永康文獻叢書

太平吕氏文集

【宋】吕皓等
【明】吕文熒等 著
【清】吕堂壽等
李鳳立 整理

圖書在版編目(CIP)數據

太平吕氏文集 / (宋) 吕皓等著 ; 李鳳立整理. 上海 : 上海古籍出版社, 2024. 12. --(永康文獻叢書). -- ISBN 978-7-5732-1414-0

Ⅰ. I214. 01

中國國家版本館 CIP 數據核字第 2024YA0910 號

永康文獻叢書

太平吕氏文集

[宋] 吕皓 等 著

李鳳立 整理

上海古籍出版社出版發行

(上海市閔行區號景路 159 弄 1-5 號 A 座 5F 郵政編碼 201101)

(1) 網址: www.guji.com.cn

(2) E-mail: guji1@guji.com.cn

(3) 易文網網址: www.ewen.co

浙江新華數碼印務有限公司印刷

開本 710×1000 1/16 印張 29.5 插頁 7 字數 370,000

2024 年 12 月第 1 版 2024 年 12 月第 1 次印刷

印數: 1—2,500

ISBN 978-7-5732-1414-0

I·3878 定價: 198.00 元

永康文獻叢書編纂成員名單

指導委員會

主　任　　胡勇春　鄭雲濤

副主任　　施禮幹　胡濰偉　何麗平　盧　軼

委　員　　吕明勇　施一軍　杜奕銘　朱林平　徐啓波　應巍煒

辦公室主任　　施一軍

副主任　　徐湖兵

成　員　　應　蕾　朱　丹　陳有福　童奕楠

顧問委員會

主　任　　胡德偉

委　員　　魯　光　盧敦基　盧禮陽　朱有抗　徐小飛　應寶容

編輯委員會

主　編　　李世揚

委　員　　朱維安　章竟成　林　毅　麻建成　徐立斌

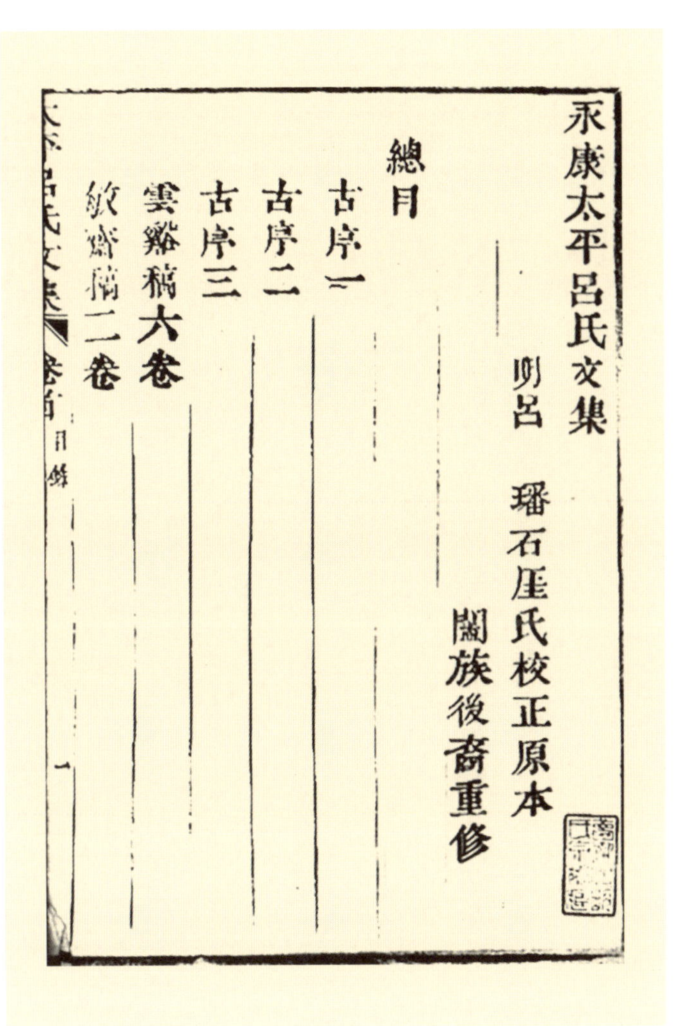
永康太平呂氏文集

明呂璠石厓氏校正原本

闔族後裔重修

總目

天津市圖書館藏《永康太平呂氏文集》書影

歲寒草卷一

永康呂傳愷曉叔

憂亂 庚子五月

義馭潛雲窟妖氛萃輦轂蛙怒擬豺狼紛紛鬨蠻觸訛言神鬼驚妄跡戎夷伏久鬱能無嚏正恐激炎毒拳勇徒階厲鼠獸無約束況茲狡猾徒得志即弛蝮成敗兩塗炭深虞亂世局寄語當路人善自運機軸

毒餤漲天黑城闕一炬燔曾無毫末益先自精華殫姦宄誠難忍縱惡良可歎豺虎當路嗥狐鼠助喧讙閭閻遭刼掠市井半摧殘百十釜中魚相持浹辰間傷夷已及千徒

義烏市博物館藏《抱經室詩文集》書影

總　　序

永康歷史悠久，人文薈萃。

據南朝宋鄭緝之《東陽記》載，永康於三國赤烏八年(245)置縣。建縣近 1800 年來，雖經朝代更替，然縣名、治所及區域，庶無大變，風俗名物，班班可考，辭章文獻，卷帙頗豐。

魏晉南北朝至隋唐，是中國經濟重心由北向南轉移的準備階段，永康的風土人情漸次載入各類典籍。北宋以降，永康即以名賢輩出、群星璀璨而著稱婺州。名臣高士，時聞朝野；文采風流，廣播海内。本邑由宋至清，載正史列傳 20 餘人，科舉進士 200 餘名。北宋胡則首開進士科名，爲官一任，造福一方；徐無黨受業於歐陽修，深得良史筆意，嘗注《新五代史》，沾溉後學。南宋狀元陳亮創立永康學派，宣導事功，名播四海；樓炤、章服、林大中、應孟明位高權重，憂國憂民，道德文章，著稱南北。元代胡長孺安貧守志，文采斐然，名列“中南八士”。明代榜眼程文德與應典、盧可久，先後講學五峰書院，傳播陽明之學，盛極一時；朱方長期任職府縣，清廉自守，史稱一代廉吏；王崇投筆從戎，巡撫南疆，功勳卓著；徐文通宦游期間與當時文壇鉅子交往密切，吟咏多有佳作。清初才女吴絳雪保境安民，壯烈殉身，名標青史；潘樹棠博聞强記，飽讀詩書，人稱“八婺書橱”；晚清應寶時主政上海，對申城拓展、繁榮卓有貢獻；胡鳳丹、胡宗楙父子畢生搜羅鄉邦文獻，刊刻《金華叢書》，嘉惠士林。民國吕公望，早年投身辛亥革命，曾任浙江督軍兼省長，公暇與程士毅、盧士希、應均等人結社唱酬，引領一代文風。抗戰期間，方巖成爲浙江省政府臨時駐地，四方賢俊，匯聚於此，文人墨客，以筆代口，爲抗日救亡而吶喊，在永康文化史上留下濃重一筆。

據粗略統計，本邑往哲先賢自北宋到民國時期，所撰經史子集各類著作及裒輯成集者，360 餘家，近千種。惜年代久遠，迭經兵燹蟲蠹、水火厄害，相當部分已灰飛烟滅，蕩然無存。現國内外公私圖書館藏有本邑歷代著作僅百餘部，其中收入《四庫全書》及存目、《續修四庫全書》者 20 餘部。這是歷代先賢留給我們的寶貴精神財富，也是我們傳承文化基因、汲取歷史智慧的重要載體，更是一座有待開發的文化寶藏。

爲整理出版《永康文獻叢書》，多年以來，我市有識之士不懈呼籲，社會各界紛紛提議，希望開展此項工作。新時代政治清明，百業興盛，重教崇文。爲弘揚優秀傳統文化，拓展我市文化内涵，提升城市文化品位，推進永康文化建設，永康市委市政府因勢利導，決定由市委宣傳部牽頭，文廣旅體局組織實施，啓動《永康文獻叢書》出版工程。歷經一年籌備，具體工作於 2021 年 3 月正式展開。

整理出版《永康文獻叢書》，以新時代中國特色社會主義思想爲指導，以中共中央《關於整理我國古籍的指示》爲指針，認真貫徹國務院《關於進一步加强古籍保護工作的意見》，繼承與發揚永康學派的優良傳統，着眼永康文化品位、學術氛圍的營造與提升，系統梳理傳統文化資源，讓沉寂在古籍裏的文字鮮活起來，努力展示本邑傳統文化的獨特魅力，積極推進永康文化建設。現擬用八至十年時間，動員組織市内外專業人士和社會各界力量，將永康文學、歷史、哲學、法學、經濟學、社會學、教育學諸方面的重要古籍資料，分批整理完稿；遵循“精選、精編、精印”的原則，總量在 50 部左右，每年五至六部，分期公開出版，並向全國發行。

《永康文獻叢書》原則上只收録永康現有行政區域内，自建縣以來至中華人民共和國成立之前的文獻遺存。注重近代檔案及其他文史資料的收集整理。在永康生活時間較長,或產生過較大影響的外邑人士的著作,酌情收入。叢書的採編,以搶救挖掘地方文獻中的刻本以及流傳稀少的稿本、抄本爲重點;優先安排影響較大、學術價值較高、原創性較强的著作;對在永康歷史上産生過重大影響的家族譜牒,也適當篩選吸收。

本次叢書整理,在注重現存古籍點校的同時,突出新編功能。一些重要歷史人物的著述已經完全散逸,但尚有大量詩文見諸他人著作或志牒之中,又屢屢被時人和後人提及,則予以輯佚新編。一些歷史人物知名度不高,但留存的詩文較多,以前從未結集,酌情編輯出版。宋元以來,我邑不少先賢,雖無著述單行,但大多有零散詩文傳世,爲免遺珠之憾,也擬彙總結集。

歷史因文化而精彩,文化因歷史而厚重。把永康發展的歷史記録下來,把永康的文獻典籍整理出來,把優秀傳統文化傳承下去,關乎永康歷史文脉的延續,關乎永康精神的傳承,關乎五金文化名城軟實力的提升。因此,整理出版工作必須堅持政府主導、社會支援、專家負責的工作方針,遂分别建立指導委員會、顧問委員會、編輯委員會,各司其職,相互配合,以確保叢書整理出版計劃的全面落實與高品質實施。

《永康文獻叢書》整理出版的品質,在很大程度上取決於編纂人員的學識、眼光、格局,也取決於編纂人員的工作態度和敬業精神。爲此,編纂團隊將懷敬畏之心、精品意識、服務觀念、奉獻精神,抱着"爲古人行役"的理念,以"功成不必在我"的境界和"功成必定有我"的歷史擔當,甘於寂寞,堅守初心,知難而進,任勞任怨,將《永康文獻叢書》整理好、編輯好、出版好。

《永康文獻叢書》是永康建縣 1800 年來,首次對本邑古籍文獻進行系統整理,是一套"千年未曾見,百年難再有"的大型歷史文獻,是對永康藴藏豐富的文化資源的深入挖掘、科學梳理和集中展示，是構築全國有影響的文化高地的有效途徑，對於推進永康文化的研究、開發和傳播，有着不可估量的可持續發展潛力。它是一項永康傳統文化的探源工程、搶救工程，是一項功在當代、惠及千秋的傳承工程、鑄魂工程，是一項永康優秀傳統文化的建設工程、形象工程。我們要在傳承經典中守好文化根脉，在扎根本土中豐富精神内涵，在相容並濟中打響文化品牌，爲實現永康經濟社會發展新跨越，爲打造“世界五金之都，品質活力永康”，提供强大的精神動力和文化支撑。

《永康文獻叢書》編委會

2021 年 10 月

整理説明

太平吕氏歷史悠久，據《永康太平志》及《吕氏世系録》記載，始祖爲五十府君吕玖，字希哲，名玖公，於北宋天聖年間從河南南陽故里一帶來到永康定居，娶清渭芮氏，生子名遵而起家。

太平吕氏人才輩出，明吕氏十二世孫吕璠曾輯刻《太平吕氏文集》，收入吕皓之《雲谿稿》、吕殊之《敏齋稿》、吕浦之《竹谿稿》、吕文熒之《雙泉稿》、吕璠之《石厓稿》（附吕一龍《淵潛稿》）五種，後胡宗楙續刻《金華叢書》時收入《雲谿稿》《敏齋稿》《竹谿稿》三種，東陽圖書館有藏（簡稱"胡本"），但篇目有缺，無書序、附録，編次亦不同，或所據本不同。所幸吕輯《太平吕氏文集》尚傳刻存世，藏於天津圖書館（簡稱"吕本"），本書即太平吕氏諸賢文集之整理，除上述諸人外，又加入清吕堂壽、吕傳愷之文集，仍以《太平吕氏文集》命名。

宋有吕皓，字子揚，號雲谿，淳熙年間中舉，初以賑粟補官，淳熙八年貢于禮部，不中，絶意科舉。九年，父兄爲人誣構入獄，吕皓上書稱願納官贖父兄罪，且言"無使聖世男子，不及漢一女子緹縈"，由是以孝義聞名天下。此後，勵志於學，以孝悌舉，以遺逸詔，皆不就。後隱居桃巖，與陳亮、葉適往來，爲永康學派人物之一。著有《窮士本末》《三徙録》《西征唱酬》《老子通儒説》《事監韻語》《遁思遺稿》《雲谿稿》等。事見本集《雲谿遺叟自傳》《闕書序》《上孝宗皇帝書》《畏天懼法碑》及《敬鄉録》卷一〇、《金華賢達傳》卷二、《金華先民傳》卷五等。《雲谿稿》六卷以吕本爲底本，以胡本爲校本。

吕殊，字愚叔，號敏齋，吕皓子。嘉定元年進士，先後任江陵府、温州教授，劉光祖、葉適交器重之。著有《敏齋稿》，輯《續通鑑節編》《西漢律令》《晉史鈔評》。事見《（萬曆）金華府志》、《（道光）太平吕氏宗譜》卷二十。《敏齋稿》兩卷以吕本爲底本，以胡本爲校本。

宋元之際有吕浦，字公甫，號竹谿。從許謙學，爲文馳騁雄暢，詩動蕩激烈，治家以禮，冠婚喪祭一遵朱子，所著有《大學疑問》《史論》《竹谿》詩文若干卷，事見《金華賢達傳》卷十、《金華先民傳》卷七、《（道光）太平吕氏宗譜》卷二十。《竹谿稿》六卷以吕本爲底本，以胡本爲校本。

明有吕文燧，字慎明，别號雙泉。幼從從祖竹谿先生講明聖賢之學，長從黄文獻門人純齋朱先生，爲文温淳，富麗有奇氣。洪武初，有司舉上南宫，擢爲永康儒學訓導，翰林學士吴沈薦其才德兼備，太祖敕召授周府長史，改刑部總部郎中，所著有《理氣合一圖》《體用相資圖》《西銘經緯圖》《雙泉稿》等書。事見《金華賢達傳》卷十、《金華先民傳》卷七、《（道光）太平吕氏宗譜》卷二十。《雙泉稿》凡九卷附録二卷，前有門人金華唐光祖序，卷一、卷二爲論學之文，卷三、卷四爲記，卷五至卷七爲序，卷八、卷九以傳狀爲主、附以詩集。唐氏序稱其“學問博深，故形於言者無不該貫，滔滔汩汩，若挽回狂瀾而之東”，其論與陽明心學相合，爲文善于設喻、别有思致，爲傳狀因事敷陳、剪裁適當，爲詩寄意真摯。今以吕本爲底本。

吕璠，字德器，號石厓。弱冠爲邑博士員，宗陽明心性之學，師王陽明、黄綰、章懋，歸與同邑石門應典、方峰程梓、峴峰周先生、厚峰周先生、一松盧先生會聚五峰講學。著有《石厓漫稿》《石厓文集》《山川人物記》《知非録》《石厓雜稿》等書，事見《石厓稿》、（光緒）《永康縣志》、《（道光）太平吕氏宗譜》。《石厓稿》二卷，卷首有倪夢魁清道光二十三年序、《石厓先生傳》、明萬曆盧自明撰《石厓先生墓志銘》、《盧一松先生題石厓子像贊》、《潘雲留先生書》等，卷一爲書序、傳記，卷二爲墓志銘、像贊、祭文、詩，末有從孫吕觀光道光二十三年《石厓先生書後》及附吕一龍《潛淵稿》五篇。倪序稱“其爲文不拘一體，而學力足以貫古今，才議足以定臧否”，遵圣門之旨，講學論道。此書有道光二十三年刻本，東陽博物館有藏本，今以此本爲底本。

吕堂壽，號菜圃。乾隆五十四年，嘗于婺城東宋氏家塾爲塾師，與其交游者有張汝房等人。所著有《菜圃文集》二卷，存下卷，首論天文，次爲賦，次爲詩。其賦敷揚景致、肖摹萬物，其詩不著雕飾、清新自然。此書刻于乾隆五十七年，東陽博物館有藏本，惜爲殘卷，闕上卷，今以此本爲底本。

吕傳愷，字虚谷，自號虚谷主人，光緒二十一年進士。所著有《抱經室詩文》，共三集，《歲寒草》四卷，《勞生草》二卷，《虚谷文》二卷。據其自序，《歲寒草》爲光緒庚子國難時所作，《勞生草》爲庚子前至壬辰年間所作，二書録古今體詩，以七言律詩居多，抒憫世傷時之思。《虚谷文》録雜體文，爲論、序、書、題跋、墓志銘、傳狀等，其文擅長史論，如《淮陰侯論》《荆軻論》。此書刻于光緒三十一年，義烏博物館有藏本，今以此本爲底本。

目　録

敏齋稿(吕殊)

竹谿稿(吕浦)

雙泉稿(吕文燧)

石厓稿(吕璠)
附淵潛稿(吕一龍)

菜圃文集(殘)(吕堂壽)

抱經室詩文初編(吕傳愷)

吕本古序一

吾邑太平吕氏，慶源綿衍，賢才代出，炎漢李唐，姑勿緩頰，在宋則有雲谿與其子敏齋，在元則有竹溪，入我朝則有雙泉。此四公者，渥史飫經，抽奇繹穎。或叩天閽，或探理窟；或評騭古人，或商確今事；或寫景抒情，或托物寓興；或鋪張創置，或訊候朋儕。各準才情，遞爲撰述，賦在名山，用遲通人。年代寖移，鼠蠹交祟，漸成漫漶，存者什一。裔孫庠生吕璠等發篋詳檢，得其僅留者如干篇，敬白宗老，請付剞劂。梓事告訖，從余問序。余倚席而諦閲之，鞭霆駕電，變態萬狀，如聆皇荂白雪之音，以洗村塤島笛之耳，不覺心骨之俱爽也。乃作而言曰：美哉，文也！其龍舟之具葉，大輅之雅車，與夫罍斝之彝卣乎！是故誦扣閽之疏，則陳情者掩孅矣；閲理窟之圖，則草玄者遜馨矣。覽評騭古人之論，則千古不斷之獄成矣；綜商確今事之議，則洛陽之武通達步矣。繹寫景抒情之什，則賦《上林》、賦《長楊》者卻矣；味托物寓興之説，則假烏有、假亡是者降矣。詳鋪張創置之言，則文直事核而飾辭誣告者忈矣；省訊候朋儕之書，則情真意質而空言相詒者怍矣。其氣渾厚而雄深，其辭嚴密而典雅。不險怪艱深以求古，而自無不古；不綺靡繢麗以求奇，而自無不奇。較之鏤肝鐫腸，苦思劬索，天心巧奪，月脇工穿，風猷理道，纖無禆益者，奚啻星淵之相去邪？夷考其師友所源淵，雲谿之在當年親受業正惠林公，而聲氣雷同相與印證者，則有陳龍川、吕東萊、朱考亭、葉水心。其於皇帝王霸之略，道德性命之旨，業已講明，譬之黄河之水發源崑崙，迹其所以開先者,非顓顓事刻鏤可埒也。再傳而敏齋,則受業於戴少望,又有真西山、魏鶴山爲之汲引。數傳而竹谿,則受業於許文懿。又數傳而雙泉,則受業於黄文獻。道訣文詮,世承代接,發爲文辭,凌駕今昔,膏沃而光煜,根培而葉茂,理所宜然,無足異者。昔人謂賢者之必有文章,如名山大川必興雲雨,隋珠和璞必露光輝,觀於是集,詎不諒哉。《雲谿集》凡六卷,《敏齋》二卷,《竹谿》六卷,《雙泉》九卷,附《旌義編》一卷,總二十四卷。四公生平履歷,方駕古人,詳具邑志暨尚寶丞石門應先生所撰四傳,覽是集者,放羅而并閲之,則立言之本於立德,可得而概矣。隆慶二年,歲在戊辰春仲月,賜進士通政大夫兵部左侍郎兼都察院右副都御史奉敕總督湖廣川貴軍務前吏科給事中經筵侍儀官後學麓泉王崇撰。

吕本古序二

太平吕氏在吾邑稱名族焉，與晉時會稽之稱王謝，唐時河東之稱柳氏，山東西之稱崔、盧一也。其所以稱名者，不惟縉紳閥閲，忠孝節義，灼灼然在人之耳目，而道學文章亦有度越者焉。余近輯文章源流，自唐虞三代以及春秋、戰國、漢、蜀、晉、唐、宋、元，暨我皇明，無慮千數百篇，而吕氏將居其十之一焉。在宋元則如雲谿先生皓與陳龍川、劉後溪爲伯仲，敏齋先生殊、竹溪先生浦與何、王、金、許四公爲輩流；在國初則如雙泉先生熒，表表然爭衡於宋文獻、王忠文、胡仲申諸公之間。天下皆推仰之，是豈尋常所及哉。厥譜牒重修於宗老石厓翁，而文章未有爲之序者，其宗彦恒德、師周介余孫成賢，請序於予。雖耄，義不得辭也。惟文章之在世，所以發道德之精藴，綜經綸之晝略，而泄人心之秘藏，實天地間之奇珍異瑞，不可以多致者也。而吕氏世修之盛，彬彬有如此，予既掇其精粹以入文章源流，不待贊一辭矣，竊附微言，以爲諸君告焉。柳氏家訓曰："夫①門第高者，一事墜先訓，則異於他人。蓋門高則自矜，族盛則人媢。實藝懿行，人未必知，而微瑕纖累，已群議於其後矣。所以修己不得不至，爲學不得不堅。"此則諸君之所當交相懋勉者也。文集不朽之傳，其在是乎？若耄筆以加於首，則如佛頂之蒙穢以寘於後，則如鼠尾之續貂，奚能增益於諸前輩哉。是爲序。萬歷丁丑，賜進士出身福建按察司福寧道兵備僉事應廷育仁卿書。

① "夫"，原作"人"，據四庫全書本賀復徵輯《文章辨體彙選》卷四百七十二柳玭《家訓》改。

吕本古序三

吾宗雲谿、敏齋、竹谿、雙泉四公，淑氣代鍾，穎質人稟，師友鉅儒，講明宗旨，學既瞰玄，文遂躋妙，闡理揆事，創議敷言，麟鳳雖逝，翎角尚在。裔孫璠等胠篋詳披，篝燈諦閱，搜鳳羽於丹山，索龍涎於赤水，纔了次詮，尋謁叙引。兵侍麓泉王公既遡其淵源，臬憲晉庵應公復發其肯綮，二難已并，一語奚添？乃謂予宗誼早敦，文詮夙解，兼擅技於屠牛，暨洽識於夢鳥，請搦彤管，用闡青編。予展轉端詳，反復研釋，辭文旨遠，論崇義嚴，矩矱率副，渣滓盡融。如公輸引繩，巧在目中；似郢人運斤，妙在法外。誠藝苑之中聲，而詞壇之上乘也。使值中郎，當實諸卧内；俾遘孝武，宜儲諸禁中。矧棗本之業就，策槐市之必售，尋聲之士與逐臭之夫，架列篋藏，昕攤夕展，習之者人人，傳之者世世矣，豈特醒一閧之文魔，貴一時之紙價已哉。於戲，識如子夏，方引《毛詩》；博似元凱，始箋《左氏》。深慙膚學，盡謝碩人。勉振羽於莎鷄，聊附吟於蟋蟀。祗切續貂，遂踽越俎，覽者幸勿誚讓。萬曆戊寅，河東派從孫欽謹譔。

雲谿稿

〔宋〕吕皓撰

雲谿稿卷之一

雲谿先生小傳

應石門

先生姓吕氏，諱皓，字子陽，少負志節，學於正惠林和叔先生，與陳龍川、吕東萊、朱晦翁、葉水心相爲師友，鋭志聖賢用世之學。晦翁薦於朝，授官禮部。時父兄及龍川誣逮詔獄，先生扣匭上書，乞納己官以贖罪，宋孝宗義而從之。平生好古樂義，躬率兄弟捐田數千畝爲義莊，以教養鄉族。制置劉光祖、郡守王夢龍、樞密陳騤等交章薦於朝，辭不起。嘗以田賦不均請復經界，諸邑取以爲法。晚歲隱居山谷，自號雲谿逸叟。著《雲谿逸叟自傳》，以見志。有《事監韻語》三卷，《遁思遺稿》六卷。劉後谿奏其書，宣付史館行於世。卒贈宣義郎，學者稱爲雲谿先生。從祀鄉賢祠。

窮士漫録序

自顧生平斐然之作，污簡策者不少，既不能出爲時用，載之空文，而豈少此？故不欲多録。《雲谿日記》，固謂矯世俗，譏時賢，我則不暇。方當盛年，輕視世事，寧免有此，今亦不復録，姑取其行己居家、處鄉黨、從師友、遭時遇變一二節目，以年繫事，次第録之。用見少而壯，壯而老，其志氣盛衰，言動勇怯，與夫進退鋭速，前後不類若此，亦足以發先生長者之一喟，而且以告諸後生可畏，而爲來者之戒也。雖然，予學本乎儒，素隱行怪，吾弗爲矣。其於克己修慝之功，不以老而遂廢也。矧雖幽人，必履道坦坦乃吉；雖遯世，必疾厲有畜乃吉。以至高尚其事，志爲可則，而後聖人有取焉。是則窮居野處，不得其道，而能一日安乎？近有蜀士，自言精《易》數，能知人生福極殊，因爲余演之。末象得《漸》之六四："鴻漸于木，或得其桷，無咎。"《象》曰："或得其桷，順以巽也。"釋者謂：桷，平柯也。鴻由陸而木，《漸》之義也。鴻不木栖，故得其桷乃安。然不直言得桷，而必或云者，其猶待於人所擇乎？順以巽者，其擇所安之道乎？然則人生無問行藏出處，殆無一可自恕者耶。莊氏所謂勞我以生、逸我以死者，其信然邪？故予特存是編，將以視故履，省夙疚，而思所以自安於窮焉爾。因題其篇首曰《雲谿窮士漫録》。或未即就盡，末猶有續云。

評史 全書廢壞已久，僅存唐初數事。

屈突遣馬千匹詣李淵，爲互市，止市其半，曰："虜饒馬而貪利，其求將不已。所以少取者，示貧且不以爲急也。"命文静使突厥請兵云云。

中國失道，則四夷知之。華夷之辨雖甚嚴，而此心之感通，不以華夷而有間也。夫苟利之矣，安得復以非我所利而欺之乎？高祖之於突厥，心實利其馬以爲用，乃曰："吾市其善者之半，且以示吾之不急也。"彼則有以察吾之實矣。盡善以至，宜何辭以却之乎？心實利其兵以爲援，乃曰："吾恐其爲邊患，止藉數百人以爲聲勢耳。"假之以爲聲勢，其功亦不細矣。突厥異時挾不細之功以責報於我，其爲蠹孰大焉？此所謂猩猩知酒之將殺己，且罵而且飲者也，豈不可笑哉！

屈突通與劉文静相持月餘，静摩其頸曰："要當與國家受一刀。"及長安不守，再拜號哭曰："臣力屈，非敢負國家。"淵賜爵蔣公，遣通至河東，招諭堯君素。素責通作説客，謂將士曰："吾事主上，義不得不死。隋祚若終，自當斷頭。"左右殺之以降。

隋氏失政，唐之義旗所指，靡然倒戈，誓以死自守者，惟潼關之屈突通、河東之堯君素爾。然通力屈而降，非固負國。苟不能死，則自陳大義，乞骸骨以待盡，猶可自見楊氏父子於地下。乃受其顯位榮爵，已爲不義，又以勉人。向謂"要當爲國家受一刀"，乃今一卑賤亦不能堪受邪？信矣，其臨節不奪之難也！若君素不顧妻孥，不貪爵位，確於守節，視死如歸，隋室一人而已。

帝伐高麗，楊玄感據黎陽爲亂，以李密爲謀主，問計安出，密曰："天子遠出，公出其不意，長驅入薊，扼其喉咽，以絶歸路，高麗必躡其後，不旬日可成功，此上計也。"感問次，密曰："關中四塞，鼓行而西，經城勿攻，直取長安，收豪傑，撫士民，天子雖還，失其根本，可徐圖也。"又次，"簡精鋭，取東都，但恐固守不克，四方兵至，非所知也。"感曰："下計乃上策。"遂引兵向洛。遼東城危，玄感反書至，帝謂蘇威曰："得無爲患？"威曰："不足慮，恐因此而成亂階。"玄感大敗而死。

大川壅遏而將奔潰，雖童子引手觸之，亦足以成滔天之勢。故秦將亂而有勝、廣，隋將亂而有玄感。以吾觀之，偶發於童子之觸水爾，寧必較其謀之得失、人之賢不肖哉！李密三策之陳審矣，殆耳、餘之請立六國，後於勝、廣者也。故嘗謂使玄感盡用三策，皆不足以成功，而皆足以亡隋。善乎，蘇威之言，可謂能觀人而察勢者矣。

玄感敗，李密亡命，往來諸帥，説翟讓天下可定。又曰："洛口倉多粟，襲洛倉，恣民所取。"越王使劉長恭討密，敗之，讓推密為謀主。煬帝命龐玉援東都，柴孝和説密，秦地險固，使翟讓守洛口，密襲長安，業固兵强，然後以平河洛。密曰："此誠上策。"唐王以建成、世民救東都云云。

李密爲楊玄感畫三策，玄感用其下而圍東都，不克；用其中而詐入關，又不克。玄感應以敗死，皆非善用密計者也。然其後以下策説翟讓，讓不敢，故以數十騎西上，呼吸而集萬餘人，此可以見其幾矣，蓋恭帝元年五月也。十月而唐公始至，世民勸父入關，料密顧戀倉粟而未遑遠略，曾不以爲憂，識者固先見之矣。

王世充受禪。

以優異之恩遇諸將，而不能止叔寶、知節之辭去；以兒女之態悦下愚，而不能遏州郡相繼之外附。於是百姓亡叛，而四鄰連坐矣，諸將出討，而家屬收質矣。世充始知虛文爲計之窮，而又不免出於峻法也。蓋自新莽開其端，千百年間，效尤者未悟，悲夫！

唐師逼洛陽，世充求救於建德，許以赴援。又遺世民書，請退潼關，返鄭侵地。世民集將佐議，宜據虎牢以拒之，衆皆以腹背受敵，非完策。世民以賊入武牢，其勢强，乃分麾下，使通守東都。世民趣武牢，不得進。凌敬以率兵取懷州、河陽，使重將守之，更踰太行，趣蒲津，關中震駭，鄭圍自解。建德不從，世民輕騎先進，大軍繼之，擒建德，世充降。

觀竇建德舉兵之初，志在靖亂，不妄殺人，勸農桑，輕貨利，厲人以義，責人以不忠，殆非僞爲之者。隋末群盜，僅足以當南面撫字之任者，斯人而已。其後不忍王世充使者流涕之請，勃然起而赴援，似未爲失。特恨其暗於兵機，而至殞滅耳。建德苟能引兵疾馳，進據武牢，逼唐師而蹙其形，兩軍合從，轉粟河北，以持其勢，則彼將背腹受敵而宵遁矣。今建德反彰彰焉遺書世民，而使之得據險以阨救兵於二十里之外，則兩軍之勢既懸絶，而危者先敗，一敗則二繼之，兹固危城未陷，而救師已敗也。雖然，使建德從凌敬之計，留重將以守河陽，趣蒲津以震關中，亦可以解鄭圍乎？噫！兵事貴神速，世民先入武牢，而建德之亡形已先見矣。世充窮寇，不能久支，元吉自足以當之。世民既無回顧之憂，彼分則我分以躡其後，彼留則我留以待其變。雖有智者，不能以轉已定之幾，況以英雄而當孺子乎！

房玄齡、杜如晦。

國之將興，人臣各出其所長，以濟同列之短；國之將亡，人臣各覆其所短，以冒同列之長。蓋集群策而後就全功，任獨斷而多至敗事。故雖以多材多藝之人，猶拳拳於同列之去者，良有以也。房、杜二公，各有長短，而相得同心，猶出一人。不以其所短自愧，亦不以其所長愧人。又從而相與引拔其類，以補所不逮，貞觀安得而不治哉！

眉州刺史李敬業、弟敬猷、唐之奇、駱賓王、魏思温等，各以失職怨望，乃謀作亂，以匡復廬陵王爲辭。武后令李孝逸擊之，傳首神都，楊、閩、楚三州平。

陳嶽論曰："敬業苟能用思温之策，直指河、洛，專以匡復爲事，縱軍敗身戮，亦忠義在焉。而妄希金陵王氣，是眞叛逆不軌矣，其不敗何待！"信哉！斯言也。

狄仁傑、徐有功。

以武后之猜虐，誅戮不附己之人，曾無分毫顧惜，乃獨知信重狄仁傑，謂爲國老而不名，敬憚徐有功，不敢加誅而屢起用，何哉？蓋溺於己愛而過於防人，亦婦人性之常也。况武后以陰乘剛之資，敢於自肆，昵親族而不悟，好賢士而不專，自非平時二公之公忠正直，眞足以對越天地而無愧，又安能有以動其誠心，而起其敬信也哉？

書兒論梁竦

道之顯者謂之文，文不根道，是爲虛文，非載道之器也。吾兒年尚幼，爲文千百言以譏梁竦。孰於吾兒而使之輕發是論也？益感吾兒之不自量，謂天下事如許其易也。嗟乎！且吾兒眞欲慕乎古而志乎道邪？夫自羲皇、文、武，更春秋、戰國、劉漢、李唐，上下數千載間，聖人賢人孤高雋偉之士，相與極原天地萬物消息去來之變，歷考天下國家長短理亂之由，以及一代因革廢置之詳。用其餘力，而寸長片善、細姦微惡，亦爲之發韜彰隱而靡遺。此其於六經載道之外，諸子訓詁箋疏，百家史氏故籍，權譎之書，異同之辨，下至騷人墨客、星曆卜祝之流，散漫天下，蓋莫不博覽采取，鈎玄提要，然後會同當世師友講切之功，以參酌一己之卓見獨識。其見諸文者，是宜與天地並其存焉。若夫道聽途説，剽掇一二，率然爲之，以媚時好，其於天地之體，古今之宜，率多遺落不備，乖戾不協。是則候蟲之鳴，轉時則窮爾。吾年日益長，志不剛而力不逮，輕發易動，不能自克，望於其子者爲益厚。故當吾兒尚可自力之時，因舉所以爲文傳後之難者以告焉，於是園老年十有二矣。

雲谿稿卷之二

上孝宗皇帝書

臣聞言動之過，而非故爲之，此士君子之所不免，而王法之所宜宥也。父兄之難，而不能以死救，此天地之所不容，而王法之所宜誅也。宜宥而不獲宥，宜誅而不及誅，是雖匹夫之幸不幸，猶螻蟻之自生自死於天地之間，固無損於造化之功也。然一夫之不獲，尚足爲至治之累。自昔聖人在上，蓋甚憂之。凡下民之微，有一不平，而義激乎其中，莫不使之朝聞而暮達，不啻如家人之相與，以情通焉。嗚呼！父子兄弟之際，天下之至情也。以不獲宥爲不幸，而自幸其不及誅，揆之常情，猶不能以自安，况夫至情所在，渾然一體，無所間斷，庸可以幸不幸爲區别，坐視而弗之救，畏一死之輕，而廢大義之重，不一仰叩天閽以庶幾一悟，而甘自投於不孝之域也耶？臣婺之永康人，世修儒業，而未有顯者。於是臣父縱臣之兄與臣宦學於外，以從四方之士游，而求光其先業焉。中間郡縣旱暵相仍，聖意軫念赤子無以爲生也，降詔捐爵，勸諭富室出粟以賑之。臣父慨然動心，令臣首出應命。既而朝廷雖特授臣以一官，臣不佞，自少稍有立志，不忍假父之資以食君之禄，于兹三年矣。去年之冬，獲從群士貢于禮部，未能以遂其志。而仇人怨家，所競不滿百錢，至誣臣之兄以叛逆，誣臣之父以殺人。叛逆，天下之大憝也；殺人，天下之元惡也。非至棘寺，終不能以自明。一門父子，既械繫而極囹圄之苦，獄告具而無纖芥之實。卒從吏議，以累歲酒後戲言，而重臣兄之罪；搜抉微文，以家人共犯，而坐臣父之罪。夫酒後果有一二戲言,而豈有異意? 此所謂言動之過,而非故爲之者也。深山窮谷之中,蓽門圭竇之下,一時之戲言,固不宜盡律以文法,而醉酒飽德,有士君子之行,亦非所以及於閭閻之細民也。今以深山窮谷、蓽門圭竇之戲言,而至上瀆九重之尊,則幾於失朝廷之體矣。且仇怨告訐之情,累歲不可知之事,所不應治也。有司今獨受而窮究之,則幾於長告訐之風矣。子實有罪,則子受之,固也。搜抉微文以致其父,則忠厚之意亦少損矣。昔漢女緹縈上書,自乞爲官婢,以贖父罪,猶足以感動文帝之聽。臣不佞,亦嘗聞義矣。父兄不幸,誤入於罪,而有司一致之以法,則上以失朝廷之體,下以長告訐之風,而損忠厚之意。所關如此其大也,乃不能乘是略出一言,以動天聽,寧不愧死於一女子乎! 臣重念士之求仕於時也,亦將以行其志云爾。今日閨門踐履之基,即異日朝廷設施之驗也。平居父兄落難,乃庸懦顧惜,不能自出死力而哀救之,是無父也。天下豈有無父之子可以受君之爵、食君之禄,而立乎人之本朝哉! 臣願納此一官,以贖父兄之罪,而甘以末技自鬻於場屋之間,毋寧冒此一官,以爲無父之子,而無所容於聖明之世。儻陛下哀矜其意,而特從其請,則臣區區之志願足矣,子弟之大義庶乎其無負矣,然豈惟一門父子之私恩而已哉! 苟以爲國家自有定法,雖子不能以及其父,遂置之而不問,是非陛下之聖明有虧於漢之文帝,實臣之不肖有愧於一女子,而不足以盡感動之誠也。則臣於此,惟有先乎父兄而死爾,復何所憾哉! 干冒天威,罪當誅戮。

上王梁二相書

皓聞手蹉足跌者不可以言禮,情迫意切者不可以言義。方聖明在上,大賢秉政,匹夫或不得以自盡,則非所以示廣大於天下也。皓本農家子,姓名不出閭里,而父教之讀書爲學,以從四方之士游。去年獲從群士貢于禮部,而有司以爲不肖,竟從黜落。方將退而杜門修業，以爲後圖，而事變出於不料。仇人怨家，所競不滿百錢，乃至誣皓之兄以叛逆，誣皓之父以殺人，倉遑就逮，一門無有遺者。幽置囹圄，枷索扭械，唾罵笞箠，備極生平所未見之苦。叛逆殺人，則其勢固應爾也。獄告具而無一毫之實，卒從吏議，以數年前酒後茫昧不可知之言，而坐其兄之罪，搜抉微文，使某之父亦不免。夫深山窮谷之中，閭閻敗屋之下，酒後耳熱，不識禁忌，此唐明皇所謂三更以後與五更以前者。若一一推尋而窮究之，則展轉相訐，疑似相乘，人無置足之地矣。今以累歲不可知之事，恍惚誕謾之言，一時告訐而使坐之，其將何所逃罪，懼非聖明之世所宜有也。皇皇忽忽，若有所失墜，既以告之吾君，又以告之相公，手蹉足跌，未暇以及禮也。今其事已具之奏牘，豈敢望置而不行哉！故皓願納一官以贖父兄之罪。使皓自鬻於場屋之間而得一官，猶將納之，伸父子兄弟之義，況此一官乃父兄之所當得，而棄以與皓，今納之以贖罪，猶將父兄之所有以求贖也，豈足以言義乎！相公若憐其意迫情切，一言開陳，使從其請，此漢法納粟贖罪之義耳。最其甚者，一行平人本有何罪？因皓之兄得罪於仇人，而皆有所坐，至有爲士而不得自明者。一或不能全其軀，則皓父子兄弟其何自容於鄉閭哉！今聽皓納官以贖父兄之罪，而一行平人皆從末減，使恍惚誕謾之言，一時告訐之事，不得以行於聖明之世，其所關繫亦不少矣。相公當國，而使匹夫不得以自盡，必非相公之心也。不聽納官而少減其罪，是引人而爲僞也。挾僞心以救父兄，縱不得罪於人，天地鬼神其戮之矣。腸一日而九迴，言語不成倫次，非敢望相公以專狥一夫之情，亦望相公爲天下大體慮也。冒瀆鈞嚴，伏地待死。

上丘憲宗卿書

某蓋聞利害切於其身，則啟口告人，動輒招疑，雖善辨如蘇、張，亦固難爲言矣。況有人焉，其姓字不能自通，面目不相誰何，誠意未嘗素孚，一旦臨卒然窘迫之際，乃欲誦古今而譽盛德，以幸一時容悦，暴志藴而矜所長，以冀一毫見知，不特爲世人所憫笑，而有識者固亦察焉而不受也。某雖不肖，竊有志於門下，顧令蹈可疑之迹，而非當言之地，皎皎此心，直欲爲老父辨明莫大之寃爾。伏惟少賜台覽。夫賢不肖之在天下，亦何嘗有貧富之間，最不可先持疑心以待之。此心之平猶權焉，苟先疑其物之輕重，而自爲權之進退，則物必有不得其平者。自爲富爲仁之説不明，居民上者每以疑心待天下，謂凡漢吏號爲良爲能者，不過擊摶一二豪姓巨族，以扶植善弱而已，往往果於破壞富民而不之恤。殊不知漢網疏闊，有以豢其姦於平時，網不能漏者，不得不取而戮之，勢之所必至也。自我國朝納天下於法度準繩之内，以至于今富室無巨萬之積，方且斂手就約束，求容於里巷，以庶幾卒歲之安，豈有稔惡之久而不敗者乎？而上之人又從而疑之，常懷忿疾之心以幸疑似之事，此今之富民鮮有三世之久者，率由小人巧計投上之所疑而因以壞也。某生長閭閻，蓋多見之，未嘗不爲之痛心疾首，而豈謂今日遽見於吾家乎？且某家世業儒而不廢耕耨，代守勤儉以謹持門户，由是衣食之具僅免求人，而人亦未有以爲疑也。時饑則隨所有以濟人之急，抑不替先志爾。去年部使者朱公晦翁乃以某之名奏于朝，私心祇爲一試計，亦不虞其爲有道之憂也。自拜恩命以來，而鄉之姦民盧氏父子屢假是非以疑上司州縣之聽而不已，既誣某之兄有狂悖等語，事方得直，又復誣某之父與同里陳公藥殺其父。雖有如閣下高明洞達，燭見物理，巨細不遺，亦未免致疑焉。此實某之身有以陷父於可疑之域，上累高明洞達之見也。試以盧氏誣告之事平其心而察之，使有人當十目所視而且飲他人之酒，後有一人幾半月而死，病寢之際，醫卜交至其門而皆能證其狀。死且十日，其子忽聲于衆，謂某與某藥殺我父而聞之官。官既窮究其事，決不復疑之而使之再冤也。眞金顧豈嫌於數煅，但某父當兹垂白之年，復使嬰木索、被箠楚，必無更生之望矣。有子三人，長既繫于官，季則尚幼，某苟不知奔走哀號於前，庶幾萬一有以釋閣下之疑，而脱老父無罪，而踐九死之地，則不可爲人子矣。古有兄弟爭死於庇賢之事者，人情之於死，夫豈不愛？義氣一激乎中，故視死如歸爾。今以名世之奇士，與鄉閭之平民，皆職某之由，無故而屢遭械逮，尚復有面目俯仰乎天地間邪？矧閣下才能德望，當今號爲第一輩流，而攬轡登車，又自負澄清天下大志。亦既有可告之人，而弗克自明，是重獲戾於大君子之門也。不可爲人子，是謂不孝；獲戾於君子，是謂不義。不孝不義，罪皆在於默默，敢恤不測之誅，避招疑之小嫌，以喪没身之大節乎？

畏天懼法碑

淳熙甲辰夏五月二十有九日，先君脱詔獄，還里舍，未定，即大書“畏天懼法”四大字於燕坐之左右。某伺間從傍叩微旨，先君愀然曰：“吾亦將語汝矣。夫寧惟吾一身是懲是艾也哉？昔者怨家誣我以藥人，我固畏天而不欺人者，是以不憂不懼而處之泰如，豈自意禍之至斯耶？今而後知隱顯畏懼，不宜偏廢也。天惟顯斯命不易哉！毋曰高高在上，日鑒在兹，暗室屋漏之中，即十目所視之地也。上帝臨汝，敢有二心乎？粤昔治世，禁網疎闊，爲吏也寬，爲士也肆，上不以文致人，下不以迹自疑，惟知天不可不畏，身不可不修爾，蔑有他虞也。逮夫世道日狹，人僞滋生，法令益密，高譚者戮，闊步者蹙，此卓茂所謂以法治人，何所措手足？一門之内，大者可論，小者可殺也。爲令如卓君，後世幾何？向也吾知敬畏而不知戒懼，遂自貽伊戚焉，汝曹宜思患而預防之。然而世人又有徒知惟法之懼，巧爲機變，出没多端，營圖幸免，而卒於不免，是謂怙力以滅天，矜智以竊命，殆似韓非《説難》而死於難，京房攻《易》而誅於《易》也。故凡畏天而恃天，必將誤入於法；懼法而玩法，必將獲罪於天。畏與不畏，懼與不懼，其禍惟均，汝輩宜深識之。”某謹事斯語，四十年間，與世交酬，動心怵目，何所不有。仰而無愧，吾自知之，難以告人。至如生以法自律，而未嘗以法加諸人。俯而不怍，世人尚有間執我者否乎？若然，則某宜有以見先君於地下矣。猶子介因新故廬，恐是字失毁，敬請刋之堅石，以俾後人勿忘先世之遺意云。

與陳龍川先生書

前代英雄豪傑之士，其行藏用舍，必有一定不易之規。天下有大變，迫之而後動，不得已而後應，神色不動，志氣不撓。鳴條之役，莘野之定謀也；牧野之師，渭濱之素略也。方二公耕釣時，未聞一言及此。近見執事酌古著論，雖孫、吴不能遠過，固吾儕所喜聞而樂道者，況在吾鄉願進之列乎？二帝北狩之恥未雪，凡有人心所宜裂眥張膽，奮不自顧者，況爲吾鄉講義之士乎？然卜而訪之，同載以歸，始與之陳韜略；聘幣三至，翻然而起，始與之陳堯、舜之道。下至漢末大亂，事亦急矣，猶待三聘之勤始出，而與論當世之故。非固自重以要其上也，誠以在我者養不裕則用必窮，道不宏則震必泥；在人者望不切則聽易藐，得不難則行易怠。豪傑之士，雖無文王猶興，至於出處之大節，率不苟也。儻人不我問，吾牽裾而强告之；人不我求，吾躡門而强售之。吾懼夫千鈞之弩，屢爲鼷鼠發機，氣泄力減，異時出爲時用，未必愜滿人意也。某偶與儕輩聚議一笑爾，而執事已大不能堪。嗟乎！一笑之餘，執事盡在吾胸中矣。昔陳勝堪隴上之笑，大呼而隳嬴氏之七廟；欒布堪驪山之笑，仗劍歸漢而受裂地之封；韓信堪淮陰之笑，北滅燕趙，南滅楚，以成漢氏四百年之基業。正將假是三者之笑以試執事爾，乃不能堪，勃然盛怒，遇人誚詈，謂某不足與語此。嗟乎，一笑之餘，執事盡在吾胸中矣。

與陳龍川先生論事書

自昔英雄豪傑之舉動，雖甚當乎理，亦未嘗敢自恃。吾心之可察，而不恤其迹之可嫌，詞語意氣之間，一涉群小之疑，皆足以萃無名之怨,而招無名之禍。蓋在我者彌高,則知我者彌鮮。世俗昧昧,得吾心之眞者寧有幾?而其所謂迹者,固已表然爲的於天下矣。瓜田不納履,李下不正冠,玆固多事自勞者。某不敢以是蹇蹇之語,猍望於門下,但私心所疑,謂既已無心於得瓜李,乃復試引手取之。比主人怪而詰其故,乃曰:"我豈屑竊瓜李之人哉?偶一爲之,而非眞有心者。"心伏於内,眇忽難見,主人見迹而不見心,將引何者以自明邪?無以自明,則主人將不我恕矣。區區之意,不過欲門下不自恃其心,亦略顧其迹爾。况人心惟危,善惡瞬息,出入無時,莫知其鄉,雖聖人亦甚凜凜焉。凡所以正色出辭,閑邪存誠,合内外而交相爲養者,亦以心迹之,不可判而爲二也。不然,則舉天下皆魯男子爾,豈可以一下惠而遂廢男女不同巾櫛、不親授受之禮哉?縱吾心可保其無闇室之欺,非所以爲男子訓也。此爲士常行之道,執事固自能知之,能言之,宜不待皓具陳。但皓重念,當先生開門受徒、四方雲集之時,而皓獨以年少庸陋,不足以當大陶冶,乃遠而他之。惟是與門人高弟往來最厚,遂得窺墻仞之萬一。其能作一家門户看者絶少,夫聚十百人於大屋之下,棟折榱崩,乃旋逃避駭散,此與麋鹿之聚何異?當是時,室人交致悔咎,已無及矣。某生多幸,獲與門墻相比,一言一動,皆將取則。故平居或有未契於私心,不敢狗衆詭隨於答問之際,因一二語執證於行事,正謂以自修其慝爾,何敢有一毫簡傲求勝之心哉?有不謂然,天實臨之。

辭婺守陳樞密舉孝悌第三劄

某一介幺麽,少壯不如人,故盡棄所學,退求其志於一丘一壑之中。自以入孝出悌,乃子弟之常職;緩急相周,亦鄉閭之常情,非有容心冀報於其間也。忽於四月八日,縣司備禮勸請,始知邑尹過聽,誤以不肖姓名應司府孝悌之舉。某聞命悚惕,無所措躬,嘗具劄力辭,乞備申罷免。不謂未蒙矜照,而縣道奉行益勤,朝夕叩門伺發。某若安坐於家，不以幽隱之情自達於相公之前，則異時失榮得辱，噬臍何及矣。蓋某之不敢拜命者有四焉，敢次第陳之。夫使四方不辱命之謂士，其次則稱孝稱悌於鄉族焉爾，降是則硜硜然不足乎道者也。某自度上則非某所能爲，下則非某所屑爲，惟可自勉於中焉。且爲士僅能勉爲中人之所爲，已自内愧，而上之人乃欲從而旌别之，此某之不敢從者一也。人孰無父母，孰不備善端？擴而充之，大舜亦可企及。適遭時之難而行以著，處變之極而節以立，不可謂達孝之不及夫大孝也。十人之聚，生同類，行同志，忽揭取一人而號於衆，曰某獨能孝，某獨能悌，九人者其謂我何？所謂有不虞之譽，必有求全之毁，此某之不敢從者二也。昔漢下詔求孝廉，闔郡不薦一人，至罰以迫之，已乃自衒鬻者以千數，亦惟從上之實意所尚如何爾。自鄉舉里選之法，更秦及漢，人無定業，士無固志，掉舌奮手，攫取富貴。一人守分家食，則家人莫不賤之。蓋有不得已，假饜足以欺其妻妾者，是則其情之可憐，而俗實驅之至此也。不然，則將見棄於妻，不禮於嫂焉。嗟夫！士之浮尚矣。鄉評不素立，名節不素著，一旦欲求實德實行之人，以詭異於俗，是徒强其所無以起異議耳，此某之不敢從者三也。自唐以來，類以文詞取士，士不由此科進者，則終身以爲恥。國初猶有明經一科，與進士並行於世，其後指明經爲口實，而譏鄙之。夫抱一經而不浮於文，猶有漢氏專門之遺意焉，而世俗乃靡然奔競於無用空文，如獸走壙而不可禦。循至今日，進取科目，惟進士之爲貴重。有如祖宗盛時，雖二三名公舉逸民之典，亦惟取其平生所爲文以繳進之，未聞有薦一實德實行，使獲用於當世。間有以爲薦者，朝廷亦不過錫一虚號，以褒其能獨善而止，固謂其無文足以適時用也。嗟乎！理勢之所必趨，人情之所共樂，而獨有取若某輩流，將焉用之？是徒使某喪其所有，以自貽羞爾，此某之不敢從者四也。負是四不敢從，故寧得罪於相公，猶可以眞情告；無寧得罪於時議，而不容以一喙解。惟相公哀之，亟收成命，則某固已被没身之榮也。

和九江守徐侍郎詩引

九江主人作詩叙意，似爲庾樓舊主聲冤者。然以予觀，元規與其君纖悉較論，謂今海内悠悠，各私其親。姻婭之嫌，與骨肉中來不同，其爲狹量褊心，患得患失，殆似閭閻刺刺結私好者。斯時荆棘已塞胸矣，故疑内則鬬同室，疑外則鬬非類，正使之久居中平章，致寇未歇，禍晉更速耳。後乃果欲挾勢以廢王茂洪，與擁兵石頭城者何以異？所以辨之貴乎早也。善乎茂洪有言："元規若來，吾便當角巾還私第爾。"賢者事君，臨得失之際，固應爾也。君疑已釋，則俯首來東；君側有語，則釋兵就道。甚矣！純臣之不多見於世也，而何元規之厚責哉！因感慨併書。

雲谿稿卷之三

與後谿劉先生書 諱光祖，字德修，四川人，宋丞相。

皓聞之，言不足以達吾所素藴，故叙其志於文；文不足以盡吾所難言，故寓其意於詩。皓，山林一野人也，生十有五年而能文，今文不偶於世，且老矣，情有不能已，敢略陳慨慕先生之始末，而終之以詩焉。蓋皓自弱冠，則獲從世之名公游，淳熙、紹熙之間，侍鄉先生正惠林公寓中都，林公退朝，與諸生燕居，輒驚歎曰："汝知蜀有劉夫子者乎？當今第一流也。"皓曰："方之先生何如？"曰："吾所畏也。節操猶可勉焉，文采藴藉非我所及矣。"皓時固深識之，自諉異時相遇江湖之上，摳衣函丈，似未晚也。不謂志與世違，蹉跎至此。因觀裴公年出三十，便不復詣人，末與張公遇，乃定忘年交，亦切慕之。及自教其子，能屬文，則攜以屬今文昌戴先生，一見則曰："有子如此，君可以老矣。"皓遂俯首東歸，屏迹不出，寧復與當世之賢有邂逅之遇邪？比年以一二老師儒在要津，偶一出聽時論焉，因又問："劉夫子無恙否？今何官？"朋輩有抽架上一紙以示曰："子獨知拳拳於劉夫子爾，亦知劉氏世有人乎？"徐讀之，乃先生之伯子奏疏論時事上泰而下危者也。皓爲之喟然起立，曰："英才萃於一門，天豈徒將以世昌劉氏也哉！國與有休焉。"自度年益邁，志益惰，第能歸而語諸其子爾。惟是此子方拙更甚，守節安分，語不出口，人罕識其面者。入學舍餘十年，雖親故在朝列，未嘗一躡其門。還舍則閉坐一室，士友來自遠方者，拒之不能，而非有意於衒鬻也。知子莫若父，世人未必盡知之，故不敢以爲嫌，而直以告焉。今適承見次，以不肖父不與俱，欲回舟者屢矣。偶有時貴先幣之招，皓欲其乘此易近地，以便往來，嘗有詩以諷其歸矣。續聞荆州易帥，而先生實當之，皓爲之喜而不寐，遂又亟馳一詩，勉其留矣。不意上勤崇重，枉教下逮，欲俾父子遂團欒之私，衰草枯木，亦爲增輝，何其幸哉！夫皓以三十年慨慕先生之誠，而又知有子，先生以一旦遇不肖子之故，而及此老父，賢愚貴賤雖甚懸絶，以類推類，未大相遠也。然皓猶有二説焉，敢卒言之。昔嵇紹入洛陽，或稱其爲昂昂之野鶴，而人則曰："君復未見其父爾。"此先知其父而得其子者也。至桓沖見劉驎之，必强其先詣家君。有如桓使君知其子不知其父，見子而不見父，未爲失也，而驎之必爾者，何哉？若嵇康名勝，固不待其子之自陳矣，先知其父而得其子，嵇氏父子遂能齊名，輝映於百世之下。因其子而施及其父，而驎之之父竟没世而名不稱焉。賢不肖，父子不能以相及，其來尚矣，而可以厚誣哉！若皓不肖父子，何敢自擬於其中？然退而視履考祥，少壯而老，所以飭身厲行，所以齊家居鄉，銖銖而較之，古之隱逸則容或有愧，至於今世之所謂處士云者，則固不敢多遜也。特風馬牛太不相及，微蠓之聲不到大賢之耳爾。有若自顧其身而念所出，情之至也；既知其子而施及所尊，義之隆也。殊念其所當念，先生施其所當施，皓也何辭焉？然世之人固有因子出仕，或曲狥其請以掩議，或喜從其後以爲榮寵者，皆非山林之士所暇及也。區區之迹，則盡見於《雲谿雜集》。先生儻自以物無巨細，欲無一之不知，則呼殊立前而叩之可也。野人不敢事苛禮，以自取外於膺門，是用援筆直書，叙其志於文，而寓其志於詩焉。惟執事其裁之。

與水心先生葉侍郎書 諱適，字正則。

皓自分山林，窮老待盡，直時未到爾。至於胸中抱此耿耿，亦自分曉，更向誰説得？蓋自東萊、晦庵二三儒先生相繼長往，東南之士，十十五五，各自雄長，有類鄉村團結保伍，斬木揭竿，各自標號而亡所統屬。龍川於此時不能表爾堂堂之陣、正正之旗，師出以律，乃反身入行隊中，欲人折其木而奪其竿，固宜保伍紛迸四出，人與爲敵，雖身死而論未定也。士論一至先生而無異辭。雖然，時異事變，先生亦少孤矣。且吾亦知先生之微意矣，有如大厦非一木所能支，而猶往來教誘不輟。人情誰不願即安？人心誰不畏禍首？適當世道之責，而屬海内之望，有不容自私而自閟者。仁以爲己任，不亦重乎？死而後已，不亦遠乎？而謂當今若儒先生，尚得而棄重就輕，以自脱乎？尚得謂吾已向晚，而遂置此事不之入念慮已乎？邵康節所謂前千百年無我，後千百年無我，中間只一綫子。惟先生尚須豁闢門户，廣示堂奥，與後學共之。使十十五五之徒，望而震驚，失其所固執，遁者自遁，伏者自伏，聽之而已。皓不自量，别有一紙，請問晦庵、龍川二先生論辨條目。尚惟先生有教無類，或思得狂士以誘來者，不罪僭妄，賜之一言，以爲印證，俾後輩知所循持，亦先生廣示堂奥之微端也。惟先生其熟念之。

荼幹毛希元考功曆書後

余少時嘗冒叩天閽，救父兄難。時孝宗聖明在御，心謀未決於死也。後三十年，後谿先生猶爲之感慨，具本末奏于朝，宣付史館。今觀劉公書毛希元母夫人之墓，稱其罵逆曦於僞都運座上，被囚幾不免，時豈復有倖生之望哉！其母以是日憂憤卒，已乃題詩《考功曆》，語侵權臣，誓不復出仕，時豈將爲倖進之地哉！至今未聞有勢位者爲擊節而列之上前，而不樂善者方將囁囁致喙焉。吁嗟乎！凡厥秉彝，曷不略以身體之？雖然，此自在人責也，何與希元事。樂只希元，其殆將隱邪？亦聞介之推有語乎，身將隱，焉用文之。文之，是求顯也。顧今遺恨，獨介母不及俱爾。水心先生亦爲賦長篇，以壯其志。二公皆予素所歸心，而及步趨者也。故樂爲希元道其事，於其行也，亦用水心韻，且自述吾所不逮者以贈之。

復應兄書

昔嘗聞之，士之爲學，貴乎不自足，亦惡乎不自量。不自足則有好問之裕，不自量則好爲人師，不惟無益，而又害之。皓披味長箋辭意，固不失爲遜志好學之士，而何以處老佚者哉？蓋皓雖老，讀所未讀書，不敢一日廢。時以所學求正於世之儒先生，誠不爲亡所得，亦僅僅自給耳。有如賢者援子夏、子張論交一節而難疑焉，若以古道望於今人者，顧何以當之？雖然，亦嘗引喻二子之爲而得其説矣。子夏言可者與之，不可者拒之，猶之欲自維舟以求自濟，而常虞非類之同載，以爲己累也，望而却之。子張之言尊賢而容衆，嘉善而矜不能，猶之自操敝舟，未必能自濟，回顧彼岸騈肩，皆欲牽聯而與之。蓋聖門弟子猶未免氣質之偏，燕居講論，未能盡適乎中，所以尚勤聖人抑揚進退，而有過猶不及之戒也。若老佚者，自度進不能爲子張，退不能爲子夏，乃所素願駕一葉之漁舟，夷猶彼岸，任其浮沉而已。世無孔孟爲之依歸，爲計正當出此，此皓所自得者，而可以授於人乎？嗟乎！今世之學者則大異是，從師取友，朝夕審訪，破題隻字之不工也，謀篇立説之亡奇也，方且偲偲竊議，又顧而之他，異時相視，殆如途人。所謂道者，果爲何物，猶諱其名而不敢指言，或誤言及之，莫不抵掌大笑，況敢明問之而若將履之乎？然今觀賢者，乃能犯俗之諱而冒俗之笑，已度越時輩萬萬矣。若濟巨川，願就萬斛之舟而問津焉，而老佚則非其人也。

送老子説與葉水心書

皓向蒙嚴戒，令姑置前論，至今書紳。雖時出酬俗，幸寡悔尤，皆先生善誘忠告，有以全皓之殘息也。猶憶頃寓荆南，嘗從後谿問《老子》要指，歸山日誦尋繹，時有管見則筆之，今遂成帙。入冬中纔畢手，而後谿乃遠在數千里外，每臨風西向，爲之興慨感泣。故書草成，而未嘗輕以示人，敬持以獻之先生，庶幾有道一正，不枉此勤勞爾。四顧一時交游固自不少，讀書進取一不遂所圖，未免放棄，不自矜持，或惰及時之修，或犯在得之戒，可與共此話者，實艱其人。因復自省一生，孑孑自修，硜硜自必，未嘗以窮達夷險少渝其度，鄉人莫不悲之且笑之。恓恓寂寞之濱，抱獨長歎，知我者其天乎！方今海内儒先生，西州惟後谿在，臨别握手，已如永訣，三年之久，才一交訊爾。而此東州也，捨水心其將疇依？是豈非吾所謂天者在邪？凡皓所以日夕耽意此經，不知寒暑之推移，必擬書成而得求正於先生，朝聞而夕死無憾也。皎皎赤心，殆與天通，非敢一語爲欺。

李蘄州哀辭序

嘉定辛巳春，淮將叛卒爲虜向導，猝至蘄城下。蘄守李茂欽率僚屬，厲士卒，誓以死守。所以爲防禦者甚苦，力弗敵，夜半城陷，遂就死。聞者莫不壯之悲之，采之鄉評，乃或不協于一，何哉？夫見危授命，聖人猶難之。危云者，未定之辭也，避之則生，就之則死，講之平素，決之俄頃耳。常山六日而城陷，顔杲卿豈不預知城之不可守，變起倉卒，決於一死，無貳爾心也。所難在一死，罵賊直餘事爾。今蘄以數百羸卒，而膺狂虜數萬之衆，不待智者而後知其必亡矣。而茂欽代且至，妻子已出關，復斂以入，未幾全家以殁，哀哉！其或與杲卿異者，恐不如杲卿之勇於罵賊，而其迹不彰也。余少時僅能熟茂欽面，聞之猶爲嗚唈，况與之有雅故，且知己者乎！噫！有若杲卿雖死，而時論方有生氣，杲卿其幾存於世矣，而唐室遂再造。方今清明在上，嗟嗟茂欽，豈遂死耶！山人與世相忘久矣，言無偏倚，義未能絶，姑爲虚文以哀之，且爲賦二章云。見詩集。

水心葉先生哀辭

某自絶爲舉子文，懼兩失之，始旁求世之老師儒而問道焉。蓋自國朝儒風大振，百餘年間，講究道德之藴奥，性命之精微，宜莫過於洛；考論古今之因革，政治之得失，宜莫過於蜀。及其徒之繁也，吹飈煽餤，而二黨遂成，迭爲勝負。既而上之人咸厭之，而有他尚焉，斯二者始浸息矣。南渡以來，一二遺老尋墜緒而揚之，於是道學之風獨熾。世之爭趨利達而冒嫉之者，遂又蟻附而蜂起。某猶及接東萊、晦庵二老之流風焉。公時方盛年，乃渺然若無所睹，夷然若無以異，泊然若無所與，爰積二十年絶學之功，操一己絶識之見，大放乎振古絶世之文，崛起於東南多士淵藪，世雖披靡，而人猶少向邇也。某嘗暇日取龍川陳公與晦庵朱公往復辨説王霸之淳駁，與夫漢唐之要略，推析而錙銖之，疏其目爲書幾萬言，而求正於公焉。而公復書，謂討論精確如此，某豈不能贊一語之決？要是面前人各持論未定，不欲更注脚，徒自取煩聒。嘉定甲戌之春也。先生既戒以置前話，遂以其所素學，假《老子》著《通儒説》以自見，往復五十餘條。其末也，爲之序文曰："子之言，近道之言也。雖不解《老子》，自足以發身，自足以進於道。"嗚呼哀哉！生平知心，惟後谿劉公與水心二公耳。劉公訃至，始遣哀辭，將與東州之士共哀之也。涕未乾，亟遣人問公疾，乃得凶問。兩月之頃，再失知心，餘生眞已矣。繼自今蒙頭結舌，待盡故山而已。嗟乎痛哉！吾自哀之不暇，尚何暇爲東州之士哀乎？其詞曰：

惟公目閲四瀆之亂流兮，不激西東。手理千載之棼絲兮，任彼錯綜。絶學無憂兮，靡間窮通。絶識難追兮，洞徹始終。接諸儒之統緒兮，不徇人而苟同。擅一世之文衡兮，養以道而益充。淵、軻已上兮，猶足折衷。荀、楊而降兮，未愜乎中。帝制屢褒兮，已極其隆。時論未厭兮，庶登顯庸。墻數仞兮，門則闢之。堂數尺兮，室則甚夷。我且直之兮，一動於微言而深知。若二老之論截不通兮，使得以撤其籬。《通儒》八十一章兮，聲叩而響隨。示余以四十七條兮，多是而寡非。謂言老去而學不倦兮，未有如吾子陽。出處之大節兮，吾謹識之衷腸。將與子之書俱上兮，俾爾死而不亡。時疾已革兮，尚緘寄以二章。吁嗟乎！人生知己眞難遇，少年角立氣未降。出門同人不我同，偶得一二又參商。昔賢四十便抱獨，誰能需血鬢毛蒼？高山流水長自在，伯牙死後琴虛張。聯篇累牘宛在目，寧忍視之中心藏。從今未死竟何爲？禿筆如束口如囊。惟時登密浦之上，矯首東甌涕泗滂。吾自寫吾哀而已，那知地厚與天長。

雲谿稿卷之四

白鄉人

竊聞縣有縣官，鄉有鄉長，里有里正，各謹守分，不相侵紊，故上下俱安。士既窮居，不能高飛遠舉，固當與鄉曲周旋上下。昔後漢陳實之居鄉也，鄉人有不平，不訟於有司，而爭訴於其門，時人盡稱其美，而青史又誇言之。余雖生乎千載之下，豈不慨慕其人？無奈風俗與古先別，間一二奉公而行，略警薄俗，便輒造謗，指爲雄斷鄉曲，欲駕禍於吾身，亦甚慘矣。日夜思念，固已深切痛戒，不意尚有過聽，復及吾門者，甚至終日不肯去，亦使吾深居不敢出。兩相伺視而不相安，亦何以鄉居爲樂哉？況余窮居山谷，姓名既不達於時官，又無以結託公吏，何能使枉者直、冤者伸邪？惟是親鄰骨肉之際，或欲得微言相勸勉，則不敢自愛。或乏日給，有乖孝養；或較毫毛，至傷和氣，得少資助，則其事平，亦不敢自愛。外此，或爭虛氣、飾虛辭相欺罔，雖吾親族，尚付之無可奈何，況外人乎？然而十室必有忠信，鄰里豈無公平好善之人？以義理勸和，且面前無非親故族黨，出入相見，寧不厚顔？切不可因一時之忿，輕至吾前，論長説短，一分曲直，便有勝負，因此或成仇隙，則是吾居是鄉，無分毫益於人，徒能鬬鄉人，且以自結怨，此余深所不願也。用是歷布忠誠，凡我同類，相與共成美意，爲萬萬之幸。雲谿遺老謹白。

辭郡守魏大監餞酒

某聞古之英傑，欲立事功，必略去邊幅，直情徑達，故事無壅滯，而實意不没，應響之捷，如左右手。默觀執事，誠有得於此矣。某是用前後所申稟目，亦未免出此，固已辱洞鑒。夫一介不以取諸人，而後可以任天下之重；不以一臂易天下，而後可以爲天下。小事亦然。某一山林窮佚，誤蒙賢使君召之，役則往役耳。合邑上下，咸謂某無有所利乎其間，故凡所在，莫不樂從某之微言，以思報稱賢使君之美意。今遽若有利焉，邑人其謂我何？酒則不敢不拜賜，當與鄉之父老共醉淳德。錢則决不敢當也，謹用申納。某敝族雖有號爲富者，而不肖一父一子，隱約同壑，甘窮不羨。切乞宏度，不以拒命爲罪，有以全某區區苦節，已不啻十倍從事之榮。異時事或有成，謂某於是役也，亦有絲毫之勞，而例酬傭焉，則願寄之公帑，而還以頒之，是則安矣。某方自東鄉還舍始知，拜命稽緩之罪，尚丐原宥。

婺女仁政本末

昔者先王封疆之内，民年二十而受田，六十而歸田。七十以上，上所養；十歲以下，上所長；十一歲以上，上所强。是則古之民自少至老，委其身惟上焉依，而其所以奉其上者則甚簡，賦十取一，役歲三日而已。王道之盛蓋如此。彼孟軻氏所謂"五十食肉，七十衣帛，黎民不饑不寒，未有不王者"，是不過因其欲而利導之，聽其自相生養而已，烏足以言王道之至？然觀其拳拳於制民産、重農時之説，得非以賦與役爲王道之始，固當先立其本，欲以漸而復王制也歟？儒者每傷今思古，謂今田制非古，役法非古，勞心忉忉，終苟道無益也。噫！騏驥固良馬，曾不多見於世，然世豈以無騏驥而遂廢驡乘之代勞乎？凡今之人，厭苦自悔，徂爲求定，知義之士因爲之倡，轉而上達，俾爾民自修己賦，自結己役，老少相爲附麗，以自爲生，以奉其上，是亦百姓親睦之遺意也。爲天子牧養百姓者，能勿撓之，又因以相之，久焉而民志自定，其庶幾王道所由以興乎？嗟夫！凡民之謀欲自爲生者，其亦甚難而可哀也已。粤自紹興十二年，侍郎李公椿年。奏請釐正經界，自吴縣始。高宗皇帝睿斷堅持,不奪於異議。迄十八年而奏成,其田賦固可坐而定矣。於是諭臣寮:差役,祖宗自有成法,無不備具,不須更改。誠以賦定則役自均,法不必易也。孝宗皇帝臨御,時有司之法或不能以定差,是用導民以義結役。寧宗皇帝嗣統,時役户之力又或不能以自定,是用徇民以義結甲。上之人非不曲爲吾赤子地,時異事變,往往防慮有弗及,而法始窮。有司營文以自免,胥徒乘間而肆欺,中產下户雖破家殞命,亦所不恤。某也亦受廛一氓爾,昔者名公大人誤蒙以孝悌舉,繼以遺逸應詔,亦既遜謝,投遁巖谷,分與世違。惟是善一鄉之念未能遽泯,有梗吾善者,若痛切於身焉。遂至嫠不恤緯而憂踰其分,蚊欲負山而謀過其力。己卯春,領諸子率同志以修經界,告于邑于郡,隨牘而告廟堂君相。仁動於中,義形於辭。蒙下郡守宗丞趙公懇夫便宜施行。七邑之民聞命懽忻,引手加額,鼓躍舉趾,以就履畝,所在棊布滿野。忽聞庾使爲豪民不樂者以奸語奇中,事遂沮。亟奔告趙公,適召對,首疏于上,令下再舉行矣。會郡將徽金華薛尹以經界累去,且不喜儒生語,事復沮。已而吾黨之士紛出,愬朝路,尋有旨促行。永康尹陳君艾。又能悉心經理,與鄉士夫坐局,夜分不寐。垂成,竟以不喜按去。士民惜之,駿奔以千百計,願借留,不遂,又中沮。不幸逢來者不以善繼,事遂大沮。莫不巷弔室嗟,至有泣下,聲徹行路者。嗟乎!凡民之謀欲自爲生者,若此其艱哉!幸遇賢史君大監魏公被旨出臨,必欲董成。視事未幾,首訪發議之人,使者三返而益勤。不得已,亟披草萊,痛陳閭閻父老苦辭,末進《老農備問十二畫》。惟公明見千里,如在目睫,遇事風生,報命響應,深山窮閭,無偏滯不舉之處。越二年,遂以成績告。噫!儻非公來,必復墮因循矣。觀其版籍井井,無一訛謬,且慮污吏之或惡其害己也,爲傑閣數十楹,列屬邑插架,以謹藏之,將俟於同志,有足證也。老氏有言:"孰能濁以靜之,徐清;孰能安以動之,徐生。"此泉之始達,木之初穉也。保此道者不欲盈,故能獘不新成,其專在繼之者。善乎!不圖邦人厚幸，又遇今賢史君宗卿王公實來繼事，坐席未温，博究下情，謂役不義結，無以保經界；田不在公，無以固義役；舊逋不除，無以紓役户。涖政朞年，再蠲逋租，凡緡錢五十萬，又捐公田三十畝，發公帑十萬緡，置田助役，爲民悠久計。凡一言一動，無非忠實，未嘗矯飾要譽，玆蓋盡從學道愛人中來也。其丁寧懇惻，聯翩交下，幾無曠日。令尹何君處信。又能謙恭下逮，咨訪老農而講畫焉。論定，即夜發馳聞，而公尋即報下，且曰："吾見略同。世故之變遷無常，士大夫之意見各異，吾已先事而慮，列入端剡，上而告吾君吾相，乞付主者行矣。尹也純篤，其爲我堅行不渝，俾勿壞，則吾之志願始塞。"然則二公不惟不撓之，且有以相之，復有以貽謀於後人者歟！其殆上下交孚，惟日孜孜宣德意，而駸駸進於王道之盛者歟！人亦有言：遭事之難，而後見君子用心之仁；禦患之切，而後見斯民感德之深。嘗觀李公侍郎被命措置經界，初年，首劾竄二大官，至於配隸決遣，民吏旁午於道，末猶未免有曲庇家鄉之評。然而七八十年間，父老尚剌剌頌説不離口，亦以傷時之變，追思其功而未厭也。況若魏公坐鎮三年，提綱張目，寬而不弛，嚴而不刻，任官而不倚辦於吏，信賢而不偏聽於能，迄成而靡有後患，去思而罕有後言，則邦人念公之績，何啻李公邪？參政李公彦穎。嘗開藩鄉郡，不過能廉儉自持，一二代民輸而已，無他建明也，猶能專美於今，僂指無二三。況若王公視民猶弱子，癨瘵未堪，常懼其勞役之横加，是必吹毛以絶吏姦，尋聲以究民隱，利害轇轕之際，爲之晝失食，夜失寢，寧勞己以逸民，毋寧瘠民以肥己。則邦人念公之德，又何啻李公邪？於戲偉矣！二公前後繼承，異事同功，講若畫一，政以平，民以寧。猗歟，亦鮮儷也哉！於是邦人扶老提少，載路而歌曰："昔也有田無賦，有賦無田；今也厥田無隱，厥賦無偏。一時之勞，百歲之安。迺蠲舊逋，撫摩痛瘝；迺相新役，資富永年。昔民嗷嗷，今民陶陶；昔吏訑訑，今吏卑卑；昔民畏吏，今民畏義。人得一天，吾徒得二。前有魏父，後有王母。父母生我，懷保誰與？齊祝二公，與國萬祀。衢謠里誦，達於在所。褒寵聯翩，無忝召杜。"輿情猶以永歌之未足也，爭裒集前後教條規式，敷奏本末，欲鑱諸石，以久其傳，而永所思。且以某昔固嘗首議也，俾代秉筆焉。顧下走分宜，賢勞何得自言？第追惟是役，間關六吏守：趙宗丞、俞侍郎、趙節使、鄭司直、魏大監、王大卿；五吏令：方宣教、董宣教、何奉議、陳奉議、張奉議，僅克有濟，以至今日。抑亦重歎處下趨事之難，而遇上就功之不易也。又嘗譬之堯之時，洪水横流，上者爲巢，下者爲營窟，猶今之窮民，自相附麗以苟生也。水患惟河爲甚，河之所經，惟冀、兖爲尤甚，亦猶今賦役之爲民患，婺特甚於他郡也。故舜使禹治之，必自冀、兖始。蓋除患於所急者，不容少緩；而圖功於所難者，其後必易。於是冀、兖之民，遂獲先天下而作而蠶矣。顧思前日爲巢爲窟之苦，豈容一日忘君臣上下九叙之歌哉？故兹山林窮佚，年踰七十，髮雖種種，氣尚全，筆尚健，尚庶幾吾聖君賢相，適循訏謨，推而廣之，將與海隅蒼生，擊壤同歌，以美盛德之形容焉。魏公名豹文，字子文，四明人。王公名夢龍，字慶翔，會稽人。

與婺守王宗卿論販糴

某竊見發政施仁，有當思患而預防者，有當因所利而利之，不必加之意者。譬之治水，但浚其源而順導其流，則水爲善利；或置其源而横遏其流，則適爲害而已。此今日救荒之説也。爲今日救荒之説者，大略有三：勸人無遏糴，抑人無增價，禁人無泄他境。三説並行，則米多而直自平，是固然矣。殊不知人情趨利，上下所同，爲義者百不一二。夫人積陳而待，安得以空談而奪之？勸之不從，安得以勢而强之？縱可强之一時，焉保其往？苟於此而屑屑注意，將以啟糴，適以遏糴；將以平價，適以增價。不若委曲曉諭利害禍福大意，使留若干而糶若干。間有負固擁多貲，乘急而要重價閉糴者，許饑民告訴，當委官計其總數，令其依時價量糶。彼既得價，則不待力强而人自糴。糴者既衆，則不必力抑而價自平。是猶源既不壅，而流自長也。婺之七邑，土地廣狹有異，人力稀稠不齊，而課收有多寡，必有以懋遷均通，以適其平，固郡太守所宜示以廣也。然一恣其泛濫肆出，以自竭其本源，則又重爲害矣。愚意以爲負販陸走，必不至過多，當爲之大防，且驅且誘。其有舟載輻輳水濱，迨其集也，州家爲之委官而撙節之，給歷而劑量之，謂如一舟六百石，官司依時價和糴三百石，則去者不至浩漫無準則，而留者可以爲他日應副和糴底本，且不至倉卒責辦，重爲公私擾。其與任自爲去來，而吏輩一石暗收三百文，利歸於私，而權不歸於上者，大有間矣。是猶防川，決之以漸，不至大決傷人也。某山林鄙人，於他事不甚通曉，至於此等猥俗，生平所歷最多，而行之亦頗熟。凡所言，非敢道聽途説而謾塞命，伏惟幸察。

書孫竹谿端叔詩稿後

余得竹谿詩六帙，屏坐累日把翫，見其感慨憂思悲苦之意居多，凡憶子念弟，思内憐孫，無卷無之，以至親朋惜别寄贈，存存悼亡，長篇絶句，曲盡人性之所有，傷時詠物之精切，細入毫端，無非發於其情之所鍾焉。因念陶淵明善退全節，爲千古標準，而吟詠性情，以自適餘生，未嘗有一語涉於芳穠浮葩，溺於孤憤偏愛，可謂得中和之正者矣。杜子美猶不之恕，乃摘其《責子》一詩而譏之，其殆責於人無由已乎！况淵明固言“幼子年六七，但覓梨與栗”。夫有子六七歲，則父年猶盛也。昔聖人尚限知命、耳順爲進德之階，儻淵明更加之年，決不以杯中物而欲强置愛子之累矣。故余觀竹谿襄陽已後諸詩，其於窮達得喪榮悴之際，是非利害禍福之分，不爲意我決絶，不爲忿激怨尤，其無乃閲世之多，造道之深，而涵中和之氣，善導而出之者乎。使工部復作，衹見襄陽以前詩，第觀其所由而不察其所安，亦難乎免於達道之譏矣，識者自當見之。故余讀其詩至卷終，亦有感於生平出處動息與拙作硬語之自得者焉，因賦七十字以寄竹谿。

書林和靖詩集後

李及守杭，以杭風俗輕靡，未嘗事宴游。一日雪作，遽出郊，衆謂其必命朋高會，乃獨造逋廬清譚，至莫乃返。李諮繼知杭，適逋死，無子，諮特爲制緦服，率門人哭而葬之。今杭俗茫然，競稱和靖因東坡爲杭守，與之往來，遂得託名不朽。曾不知李諮自洪來守在仁廟初年，而蘇之來乃在元祐中，時逋已僊去三十餘年矣。坡詩固言："我不識君曾夢見，瞳子瞭然光可燭。詩如東野不言寒，字似西臺差少肉。"乃是依坡老此詩而得並存耳。

雲谿稿卷之五

鬮書序

某痛念昔侍先君行田間，登南山之坂，徘徊指顧，自某至某，謂是三數里皆吾家物也。我昔承先公遺業，此地所有故無幾，今盡屬於一姓矣。人孰不欲自豐，至割其所愛而甘售我者，汝知之乎？非以兄弟之鬩而壞，則以鄉鄰之鬭而壞，孱弱惰偷與適遭其窮者不與焉。當其忿爭囂訟，謂是能彊其家，然駸駸卒底於壞，乃悔。後來者曰："彼不善爭善訟耳，吾且工之。"爭益多，訟益健，壞益速，且又悔，若是者蓋多矣，爾小子其戒之。噫嘻！子孫之不能皆賢，天也；家道之不能常盛，時也。吾誠欲爾後之人勿訟勿爭，而法不立，恐無以持久。吾欲及吾之尚見也，略爲之法。夫人有不均則爭，不便則爭，不明則爭。吾於爾曹，莫有愛憎厚薄間，則無不均。吾欲令析業，先從私室之所欲，分田各視塘堰之所主，則無不便。辨原隰，書名數，高下異等，廣狹異宜，户無漏田，田無匿稅，則無不明。信能行此，其庶幾乎！爾小子識之。不圖天不弔，歲在壬子，遽喪吾母氏。先君悲悼不自勝，亟欲謝事休心，遂一時草創三分之，以授諸孤。僅更二年，先君又復即世。諸孤追念吾先君勤瘁險艱積累之素，遇一器一物，輒慘焉不願視，喻家人略以意分析，引坐他室以避之，而暇問田宅乎？已而又思先君遺訓，則相謂曰："法誠不可以已也。"於是即其成緒，稍加詳焉，以告于墓下。幽明默契，公私適當，事一定，蓋内外悉無間言。諸孤又從而推致鄉之老友，精勤練密，如陳珪、叔玠，參稽互考，慮遠察微，似非輕徇人情，以苟就吾事者。越五年，書甫成，而又奪吾伯氏。嗟乎！自吾先君及伯氏，終始五十年，相繼營爲，曾不得一安逸，以及見此書之成。今書告成矣，顧使不肖二弟與伯氏二孤聯名以署其尾，睹物觸緒，獨何心耶？人生不滿百，常懷千載憂。日月如流，轉眼十許年，事恍如前日。予年已四十有八，而季弟亦四十有五矣。方來十年，寧有幾耶！吾先君在時，合田若干畝，而伯季所增，今已各倍之。又以義遜之田别爲義莊，以爲他日子孫窮乏者地，似亦足矣。吾輩既幸此書之成，便當保據所有，以無忘息爭弭訟之遺訓，異時有以見吾先君先兄於地下，殆如生之年耳。某是用再拜，端筆謹誌於此書之首，使後嗣而或因吾言而有感云。

復王兄書

辱書，措辭立意，雖今之主盟道學如晦翁先生，尚當諱晦而深拒之，曾謂一山谷鄙人，敢犯不韙而酬答邪？禮誠在所不答，某以日來懲創多畏，只得綢繆，委曲應酬，揆之亦知罪矣。抑不肖自少立身處世，自謂於道可無大繆，今年已邁，略不能養晦於時，乃逢人彰彰道説本末，類不知恥者，故不敢。然亦時未免有忿激之語，蓋嘗端居深念昔之抱負而甘心焉者。聞人譽己則毁之，見人從己則逃之。彼固自謂顯而出之，適爲損之；達而用之，適爲損之。故某自罹難以來，築室蘭谷，名以長嘯，縱未能爲山林之枯槁，而姑爲里閭之寄傲。濁醪自啜，亦泉沃於一燋；俚詩自娱，亦風號於一竅。將用是以自老，寧復納交於年少？有如足下，方有志研精六經之奥旨，而辨析今人邪正，斷斷自是。譬之逸驥脱轡趺蕩，惟意所向，雖王良猶畏之而難其御。某也何人，其敢正視？儻不因再書之辱，督促之勤，亦不敢破例縷縷也。所望改圖者，乃舍此取彼，正欲足下握數寸之管，盡衆人之長，不外六經之要旨，以求合有司之時好耳。高明所見，其有合乎否也？

雲谿逸叟自傳

逸叟家世重農事，而不廢儒業。年十餘歲，思盡事親之道，處異母兄弟之間，常欲彌縫，使無間言。年二十餘，思盡事君之道，欲移孝於忠，嘗叩閽上書，以脱父兄於難。事訖，窮日夜勵志於學。年三十餘，視一世休戚，若舉切於吾身，恨未有以行吾志耳。年四十餘，凡俗所謂義云者，皆隨力而舉，猶恨分限而施不廣，澤卑而流不遐也。惟是好善未免過，疾惡未免甚，聞謗未免怒，得譽未免喜，遇事不平未免耿耿於心，雖頻復悔吝，而猶未已。年踰五十，而善惡毁譽漸不爲動，言與理會，動與義從，自度爲世用，可無大謬矣。時既莫我與，依違未定間，俄而師門正惠林先生用至語以相規，謂："今世事不得其平者何限，苟非吾責之所當爲，與吾力之所能爲，則亦付之無可奈何而止，苟强焉爲之，是自速禍也。"遂取斯語書之座右，日消月磨，壯志所存無幾。尚有鄉族之念未盡泯，年踰六十，積行既久，衆心漸孚，蓋有踰鄉越里，願有徵於微言者，閉户拒之，則爲已甚。然自昔善人常少，不善人常多，不信吾言，反以爲厲己，所謂以言化者訟，豈惟鄉閭哉？年將七十，猶尚口耶？叟甚殆焉。是以古之逸人，時邁感傷，至於潛形土室，一語不妄出，而齊衰之喪，不過加服一慟而已。玆固矯激之爲，而非庸言庸行者。於是叟有《窮士本末》，有《三徙録》《西征倡酬》《老子通儒説》《東甌漫録》，而入山更求深矣。是爲《逸叟傳》，且爲之評曰：爲我者拔一毫不爲，兼愛者摩頂放踵而爲之。爲己而不格乎物，爲人而不本乎身，執一而廢一，錮此而窒彼，聖賢所以力辨於毫釐而不爲恕也。爲己有餘而推之人，人不答而反諸己，量力而後動，知難而遂止，此君子終身行之，死而後已者也。叟蓋講之熟矣，故言之不怍。

棄家入山示殊

我命奇蹇多艱，豈堪思量？自年五十後，便自懷棄家入山之志。

緣尚健，欲得汝及時理官業，欲得孫及時究學業，因循不覺過了。今事變至此，世念俱息，尚復何爲？汝乘此便好管了家事，在我一身有實利害，可以息影遁形，休養餘年；在人則素懷忌嫉不相樂者，得於聲傳，知我不與世事，亦不我虞。日者每言五行中犯了虎嘯虛威，不曾有心怒一箇人，便道怒他，更曉不得。想只是平昔疾惡過甚，形於辭色，所致如此。不是時節，如何與世接？只當退藏於密，以待盡耳。因書兩傳，以見微意。

晉嵇康《高士傳》，尚平潛隱於家云云。

後漢袁閎，延熹末散髮絶世云云。

余決意棄家入山矣，因書二傳示殊，以見微意。然欲從袁，則窒而不通於倫；欲從尚，則蕩而不近於情。吾其參二者之宜而行之，庶幾不悖於吾所願學者乎。

和劉後谿詩引

昔嘗怪馬伏波戒子姪，不願令學杜季良，而身到浪泊[①]、西里間，仰視飛鳶跕跕墮水中，乃始卧念吾弟少游平生語不可得。是其一生客氣，垂老猶未盡除也。後復自請征五谿，竟無成功。蠢爾小蠻，何足繫漢家輕重，殆亦畫虎不成者耶！其戒子姪，未免虛文耳。況我輩窮士，少雖有盛志，既未嘗以其身間關功名險阻，猶謂天下事直差易耳，寧足爲兒曹矜式哉！故願吾兒洗心滌慮，敬受教於劉夫子焉。

葉路分與君樓詩引

“如今若肯從徵召，總把三峰乞與君。”太宗贈陳希夷詩也。自昔騷人逸士，率多奇窮，其所以異乎尋常，有足自諉者，惟江山風月，取之不禁，用之不竭，可以敵晉楚云爾。亦必出於君上之與而後得之，

① 浪泊：原作“泊浪”，據《後漢書》卷二四《馬援傳》改。

則窮者竟窮耶！於是雲谿窮佚，重有感焉。

蔡儒隱詩軸跋語

余壯時頗有馳驅一世之志，未免鼓瑟於好竽者之門。幸故饒食，無俟畫墁，合不合所不計也。今老甚矣，身如不繫之舟，風帆上下，一從洄定坎止而休焉。鄰舟望洋而艤泊，里謳方謠互發於風朝月夕，山翁倚檣而聽之，叩舷而和之，有不能自已者。其浮游温江萬頃烟浪中，與歌而善者數人焉，蔡君其一也。惜也，聲相接而迹則藐爾也。既而余浩然有歸志，乘風鼓枻而西，忽獲君巨軸，披翫累日不停手。觀崇清褒贈之辭，知君刻勤而功未止也；觀儒隱思歸之什，知君廉退而進未量也。顧微言何足爲君重，姑自叙出處孤蹤，且勉賡二律韻以爲謝云。

潘叔潛卧游圖序後

潘君叔潛，余舊契也。曩在應門，師友過推，余不在二三後。叔潛時年最少，能以俊稱。其中鄉薦，嘗幾首選而失之。既而先生浸登顯庸，其徒參商不復合。雖如叔潛與余厚善，三十年間，亦僅三四會面而已。嗚呼！交游離合之際，可悲也已。余既窮居雲谿之上，與俗益絶。俄而叔潛與余老友孫端叔聯轡來訪，排户直入，坐余牀，縱談及詩。端叔即舉似所題叔潛《卧游圖》及《農圃圖》二章，想其幽居逸興，蕭然晉、宋間人也。然昔之逸士，尚有病不能履，扶板輿而登陟；有攀躋窮峻巔，不得食而號者。觀叔潛精悍如許，且力可遠逮，顧乃不出户庭，而按圖求山，若自以爲足，得非好之猶未篤邪？昔之窮士，帶經而鋤，叩角而歌，以至灌畦負薪之類，無非以其身親之，豈謾爲之圖以寓意云乎哉？

延真觀松風軒事始

紹定改元，猶子袾每趨邑，頗厭市囂，始屋數楹於延真之東偏，面直馬公化松石，擬爲燕息地，且言某非敢私也，因扁曰松風。夫風巽於物而化，烈於麓而變，行於水而文，萬竅起息，莫詰所因。風與松適相摩盪而成聲，其來也不可禦，其去也不可留。松猶不得而私也，人可得私之乎？一日，余偶行休焉，俯視篠簜纖萎，行人注瞪，殆未可款。因屬猶子臘月更須增植以自蔽。主觀君王迺言："地非我有也，無形可爭，尚不容私，況是區區有形者，安得如王子猷輩流，視人我所有爲無間邪？"余莞爾而笑曰："有是哉！"遂爲之次其語，以俟後觀。

牙醫説

余左車有齒，搖動痛楚不可忍，將有遠行，亟欲療之。人有言張其姓者，業攻此，因呼而示之。張者曰："是齒也，可存可去，亦視其人爲之。"予曰："何謂也？"張曰："俗輩無遠識，欲求快於一時。存之則痛，未易遽止，必訾吾無速效而莫吾酬；去之則痛可立止，然傍無依輔，牽連撼他根，必將復求於我。彼不悔，吾又何難焉？彼之齒日以少，而吾得酬益以多，不盡不止也。於公則不敢然，蓋公知道君子也，諳人情，達物理，識利害重輕，不責效之遲捷。是用先告公以自治之方，始可以盡吾術，行吾志，次第其良劑而治之。閟元氣以養齒之本也，節飲食以養齒之鋭也，嗇津液以養齒之體也。又從而度乃口以防羞之起，結乃舌以防邪之干，護乃唇以防風之寒。浸久浸固，雖無赫赫之功，必不貽患於後日。日計不足，月計斯足矣。必若不視勞以爲功，不指功以言報，故敢盡以語公焉。噫！滔滔者皆是也，如公者幾何？人苟執吾術而不知變，則有委溝壑而已耳。"張因倒其囊中脱齒數斗，列以示余，曰："此應脱而脱者，彼未應脱而與之脱者。應脱者十不一焉。"又蹙頞而進曰："脱一齒僅得米二升，吾母老、妻瞽、子幼，一日不脱數齒，則將不能給矣。利害之切吾身蓋若此。寧求脱人之齒，且快於人，而己得食乎？將必圖固人之齒，且忤於人，而己不得食乎？其爲我决之。"余俯焉無以答，因笑語座客曰："諸賢異時出而醫國，其取方於此。"

書鄭氏諭俗編後

鄭氏《諭俗編》，爲涖任化民設也。夫一出禮則入刑，欲免刑必知禮，此亦明刑輔教之遺意也。余偶得之，置案間，而猶子祩乃手之不釋，若有概於其心者，因以遺之。未幾，已令鐫工模之矣。詰其故，乃曰："近見伯父有《勸孝文》，固將以勸鄉俗也。且均之爲編氓，惟能曉以順逆之理，警以禍福之説而已。勸而不從，其術遂窮。是編所載，禮法具存，勸懲交濟。刊之以廣其傳，或者可以少助伯父善意之所不逮云爾。痛自念昔侍先父側，凡見伯父所欲爲善事而或有所掣焉者，必不愛其力而贊決之。使吾父尚在，獲覩此編，安知不爲今日之所爲者乎！"余爲之憮然，感喟以悲。雖然，詳繹是編，將窮經學士、躬行君子，猶恐有未至焉，豈但愚俗是諭哉！

雲谿稿卷之六 附録

後谿先生劉制置舉奏本末

臣恭覩郊祀赦書節文:"應士人有節行、才識、學術,素爲鄉里推重,不求聞達者,委監司帥臣搜訪,具從來所爲事實、所通學術,保明奏聞,不得以常材備數。如所舉不妄,特與擢用。"臣得一人焉,因暫寓臣所部而得其所爲事實,皆有考證,學術議論,臣熟接其人,又知其源委,非碌碌者比,用敢以聞。臣以知江陵府兼制閫,每入府學奠謁,聽教授吕殊講説,見其經學粹深、詞旨敷暢,時接其人,又見其識明而氣定,方賴以訓迪後學。顧乃踧踖不安,再三求去,臣詰其故,乃云:"殊父子相依,父隱居求志,不肯俯從禄養,殊何以安?"因問其父出處,殊出書一編,蓋其父行己本末也。殊父名皓,婺州人,當淳熙中,父兄爲人所詿誤,逮繫詔獄。皓先得釋,年方二十四,號慟伏闕上書,乞納官贖父兄罪,孝宗閲其書,義之,立從其請,緣父兄而得釋者五十餘人。既歸,益自砥厲,樂善急義,以兄弟所遜之産爲義莊,勸率鄉閭,積數萬斛穀以備荒歉。前執政陳騤守婺郡,舉以孝悌科,皓不肯就。救父兄則棘寺有案牘,置義倉則提舉司有公文。其舉孝悌也,縣狀稱其父母連喪,廬墓三年齊蔬,終喪,兄弟三人服闋析産,遂立義莊贍養親族。公牘具在此,其事實之可考證者也。殊又出《雲谿雜稿》一編,皓之文也。臣觀其《上孝宗書》,發於真情,使人感動,所論賑濟書、論社倉劄,本懷濟世之意。其他所著詩文,皆動乎情、思而止乎禮義,藹然有孝悌忠信之實,又多寓其畎畝不忘君之意。臣既考其事實,又知其發於學問文章,不可掩者如此,因再三慰勉殊,令安心職事,而自以書遣人迎致來此就養,見其狀貌偉然,氣質粹然,厲而和、通而静,相見日久,益深知而篤敬之,此其學之著於言動者也。今録其所上孝宗書及其自叙《窮士本末》,并守臣舉其孝悌公文繳進。臣觀皓之志既已往而不返,又以其子能自植立,必不願仕。然安於山林者,幽人之素履;賁于丘園者,聖朝之尚賢。伏望睿慈,特加旌異,或待以舉逸之典,或錫以處士之號,以爲隱約好修者之勸,亦於風化非小補。須至奏聞者。

〔貼黄〕臣竊惟孝宗皇帝在御,如皓一介書生,伏闕訴冤,朝奏夕行,誣罔之獄得釋者五十餘人,日月照臨,無幽不達,此可爲萬世子孫法,併乞將此本末宣付史館,以彰休烈。伏乞睿照。

郡守王大卿舉薦本末

恭惟聖天子肇慶禋成,頒錫霈典:"應士人有節行、才識、學業,素爲鄉里推重,不求聞達者,委監司、帥臣同加搜訪,每路一二人,仍與本州長吏具從來所爲事實、所通學術,連銜保明聞奏,不得以常材備數。委三司察訪,如所舉不妄,特與擢用。"夢龍雖庸暗不足與薦賢之列,苟有見聞,其敢不勉。今所領州得一士焉,其人安於義命,分甘遺逸,前後守臣固嘗招以禮,終莫能屈至,若事關鄉曲之大義,毅然以身任之而不辭也。夢龍竭來祇事,再歲而餘,采諸旦評,如出一口,兼其行實,班班可書,是蓋山林獨往之士也。不敢不爲公朝言之。伏見管下免省進士吕皓,志尚隱約,篤於嗜古,重義而輕利,急公而緩私,年甫踰冠,父兄爲人誣誤,連繫詔獄,叩匭納官以贖其罪。孝宗皇帝惻然哀而矜之,緣坐而得釋者五十餘人。厥後屺岵興變,廬于墓傍,哀毁之過,不以其身爲愛。昆弟願以田遜,牢辭不克,就舉而植義莊,積穀數萬斛,歲浸以豐,宗黨鄉閭賴以濟,距今三十年,始終猶一日。前執政陳公守婺日舉以孝悌,待制劉公舉以遺逸,具有故實可考。乃者經界之更新，義役之糾合，戛戛乎經理之難也，推擇鄉里之望，而帥先之無出其右。前守咨謀於井畫之日，而夢龍能踵承於課講之時，誼氣孚合，人心翕如。自所居之鄉而推一邑，一邑勸矣，而諸邑安得不從風而靡乎？此其已試之用也。至若生平力學，著書立言，未易一二數，如《上孝宗皇帝書》及《義田規約》《經界義役備問》與《老子通儒說》，援老而歸諸儒，皆關於世道之要。謹摭其本末，隨狀申聞。今其年浸高，雅志一壑，遺去聲利，澹無他營。幸會天開皇極，茅拔茹連，或者終身埋鏟於我土地，安在其爲長吏乎？下土淺微，雖有常職，何敢昧死輕觸雷霆之聽？如蒙公朝矜其愚戇，而察其匪欺，或者草野氏名徼幸得以轉聞于上，則未爲不遇也。將見窮居好修之士，皆知厚自金玉，而清朝砥節礪行之風激揚無際，豈曰小補之哉！已具尚書省，尚乞敷奏施行。

國子監看詳回申

切惟國朝典故，每郊禋慶霈，令監司郡守搜舉士人有節行、才識、學業，爲鄉里推重，不求聞達者，特與擢用，惠至渥也。牧守以難其選，鮮或應令。今准婺州所舉吕皓，摭其所陳本末，如納官以贖父兄之罪，遜田以置義廪之儲，發倉以賙鄉里之乏。往年本州以其孝悌爲鄉里所推重，欲表于朝，皓力自避免，嘗再試禮部不偶，因屏迹求不仕，居鄉教孝教施，倡糾義事，迹狀可攷。某檢證《國朝會要》，建中靖國元年，尚書左丞陸佃舉睦州進士王昇，義高行美，事親孝，奉兄弟義，衆經群史、諸子雜家無所不讀，下至道藏，亦皆傳釋，遂蒙補授官資。今婺州所上吕皓，文字亦於學術通贍，其所著《老子通儒説》，能援據經訓，不流於詭誕，如其文行，亦宜應令。但未委有無，應得上件指揮，及恩數輕重，則非本監之所敢議，欲回申禮部、本監，所據衆宫申到，備録在前，伏乞省部申取，朝廷指揮施行。

復吕子陽書

陳龍川

被示縷縷，其悉雅意。古人有言曰："自靖，人自獻于先王。"此不獨國家大臣之道當如此，凡人曉然使此心明白洞達，要自有知者。前日諸友嘗問陳平、王陵之事孰爲正，因答之曰：使王陵發心不欲王，諸吕皎然如日月之在上，不幸而以此國破身亡，其心皎然如日月之不可誣也。若只欲得直聲，以爲在朝諸臣皆無我若者，則濟不濟皆有遺憾耳。使陳平主心必欲劉氏之安，且委曲彌縫吕氏，以爲後日計，不幸或事未濟而死，此心皎然不可誣也。若占便宜，半私半公，則進退皆罪耳。夫子之所謂仁者，獨論其心之所主，若泛然外馳，雖曰爲善，皆君子之所棄也。亮雖不肖，然亦須要與此心爲主，眼下雖不必其一一皆是，然此心之皎然，固自知之矣。正不待他人之爲計也，吾人之用心若果坦然明白，雖時下不淨潔，終當有淨潔時，雖不爲人所知，終當有知時。若猶未免於慕外，雖聲名赫然在人心，豈可欺哉？凡百不在多，言各以此自反足矣。子才回簡一時之妙答也，若如吾輩分明説破，又煩吾友縷縷矣。

書老子通儒説後

葉水心

永康吕皓子陽解《老子》既成，以授余。周衰，諸子各騁己見於書，隳裂王道而恣於曲學，聃其最甚者，祥祲所隔，大義盡滅矣[①]，固不得而强同也。每嘆《六經》、孔、孟，舉世共習，其魁俊偉特者，乃或去而從老、佛、莊、列之説，怪神虚霍，相與眩亂，甚至山棲絶俗、木食澗飲以守其言，異哉！子陽再試省司不中，遂絕迹科舉，當得累恩，亦棄

① "矣"，原作"余"，據清光緒八年瑞安孫衣言刻本《水心先生文集》改。

不就，有高退之節。歲青黄，散穀數千，遠鄉窮乏皆賴其食，有任恤之恩。方少時，適會父兄有詔獄，上疏孝宗，且納所居官，天子感動，立命冤枉，併緣坐得釋者五十餘人，有幹子之孝。既隱居無用，獨教其子殊，亦凛潔孤立，出處必以度，子陽實知之，父子自爲師友，有察父之明。門内肅如也，閭里雍如也，非所謂魁俊偉特者耶？雖不解《老子》，亦足以發身成名矣。子陽愀然曰："我性物理而進於道，天地之大公也，眇眇乎身名奚有！"夫合性情之正而爲言者，聞道也；即性情之安而爲言者，進道也。子陽詩歌文字，多自得之心，高處往往不減古人，近道之言也。雖不解《老子》，亦足以身名兩忘，而進於道也。雖然，山林之士，倚幽樹、濯寒泉，放飯永日爲惰而已。子陽於是書，援據群聖，出入釋、老，用力甚勤，其異於若人哉。寶慶丁亥，龍泉葉適題。

跋事監韻語

喬孔山 宋左丞相謚文惠，字壽朋。

余自壯年已聞永康吕君子陽，以文字爭衡諸公間，議論不少相下，心知其爲奇偉士，獨未嘗一會面。後聞君棄去科舉，徜徉泉石，從事書册筆硯間，遇有喜愠，皆發於詩，雖不得志於時，庶幾能自適其適者，余心益加敬焉。近歲，其子愚叔官中都，欲迎侍君，不可。愚叔固以請，至則止於孤山之下，但時時有詩句流傳。余一日載酒訪之，其始若將避吾車者，顧平生願見余，亦如余之願見君也，遂相與談論竟日，亦既知君之胸次磊落可喜。俄然以里中歲饑，其鄉鄰待君以濟，君遂告歸，謂畢此事當復來，余固將就君，求他著述以自勵，不意君歸而竟死也。既葬，愚叔走書中都，奉君所著《事監韻語》二鉅編遺予，予受而觀之，累浹旬不能去手。因嘆曰：周秦而降，迄於有唐，世道不知其幾變，人物不可以枚數，儒者務爲涉獵，力或不給。今君此書上自時君之政治、人臣之事業，下及名儒哲士之言行，悉取而評之，事有當否，理有是非，皆斷以己見，多前人所未發其言，約而盡，質而明，上下二千餘年史册之菁華，大略具是矣。以君之精識偉論如此，顧不得爲美，官就清選，以少伸其抱負，亦可憾也已。愚叔之書曰："吾先君之殁，戒勿請銘於人，殊不敢違。"余謂使此編得行於世，自足以顯其所學而垂之永久，奚以銘爲？余既悲君之不遇，又重哀愚叔之言，敬爲書於卷末，亦何加損於是編，姑以答愚叔之意而慰其哀思焉耳。君諱皓，子陽其字，自號雲谿佚老云。紹定癸巳八月既望，東陽喬行簡書。

文獻通考・典籍考

陳氏曰：《遁思遺稿》六卷、《事監韻語》二卷，永康吕皓子陽撰。遁思，其庵名。後谿劉光祖德修爲作記。當淳熙中，投匭救父兄之難，朝奏上夕報可，一時非辜盡得清脱。其書辭甚偉，然非孝廟聖明，安能照覆盤之下哉。

遁思庵記

劉後谿

雲谿逸叟吕子陽，少負志節，慕古嗜義，爲古文章，於世寡偶而私心自信。年二十四，叩匭上書，理父兄冤，毋使聖世男子不及一漢女子緹縈，以爲殁身恨。五月十九日辰時書上，廿一日天申節，其日巳時批出，付都堂議。方子陽救其父兄也，不啻如救頭目然。夜草二書，聞左右相錫宴，亟從衢路投之，突騶御，二相不拘之。有司奏曰："此詔獄也，無例赦罪。"孝宗正色曰："義事安用例。"父兄即日得釋，并連坐者五十餘人。子陽感泣，誓捐軀以效報。杜門讀書，三年不出，嘗試上庠，置首選，俄以雜犯駁。又試南宫，參詳官恨所考卷，當入優等，怪失之。他日驗其真卷，子陽姓名也。於是，子陽曰："命也。"孝宗升遐，晨昏仰天號哭七日。已而父母相繼，終茹蔬三年，廬於墓以終喪。歎曰:“進無路以報吾君,退無門以見吾親,生世何爲?”始決意退藏於林壑。一子曰殊,少名園老,年方十二,爲文千百言,以譏梁竦。子陽見而異之,因書其後,若曰:吾兒眞欲慕乎古,而志乎道耶?夫自羲黄文武以來,更春秋戰國、劉漢李唐,上下數千載間,聖人、賢人、孤高儁偉之士,相與極原天地萬物消息去來之變,考天下國家長短理亂之由,以及一代因革廢置之詳,用其餘力而寸長片善、細姦微惡,亦爲發韜彰隱,而靡有所遺。此其於六經載道外,諸子、訓詁、箋疏、百家、史氏,故籍權譎之書、異同之辨,下至騷人墨客、星曆卜祝之流,散漫天下,蓋莫不博覽采取,鉤玄提要,然後會同當世師友講切之功,以參酌一己之卓見獨識。其見諸文者,是宜與天地並其存焉。若夫道聽途説,剽掇一二,率然爲之,以媚時好,其與天地之體、古今之宜,率多遺落,乖戾是則。候蟲之鳴時,轉則窮耳。吾年日益長而力不逮,望吾兒者爲益厚,故以告。”嗚呼,子陽之學如此,悉以授其子,其子既第,則退處雲谿之廬,誓三不出。其言曰:“儻從是,簡棄煩促,就成省曠,解體世紛,結志區表。幽棲一壑之中,潛交千載之上,亦衰暮之一幸也。”因自號雲谿逸叟,客至則與看孤雲、濯清流而去,其自樂則爾。其壯歲汲汲於及物之念,固未嘗忘也。其子字愚叔,教授江陵,江陵之士悦從之。愚叔以親遠不懌,余遺書子陽,强挽臨其官舍。子陽答書曰:“此子方拙,更守節安分,語不出口,人罕識其面,入太學餘十年,親故在朝列,未嘗一躡其門。聞荆易帥,爲之喜而不寐,作詩輓其留。顧父子何敢擬於前人,然退而視其所履,少壯而老,所以飭身勵行,所以齊家居鄉。銖銖而較之,古之隱逸,容或有媿今世。所謂處士云者,則固不敢多遜也。”余既幸得交子陽,子陽爲余留,凡九月而後别,往來唱和,無非切磋之言。愚叔見余説《詩》至《白駒》之末章,而有感焉。予之説《詩》曰:“古者朋友相與别行者,曰‘何以贈我居’者,曰‘何以處我’。《白駒》之詩,眷賢惜别而相贈以言,至其終曰:今雖優游以遁,猶當謹以自勉,無以閒逸而自放焉,然後爲愛之之至。‘其人如玉’,愛之之深也。‘毋金玉爾音,而有遐心’,則亦欲得其言以自警,又微諷以勿遂忘君之意也。夫人在優游而警,則警於人所不見;在隱遁而勉,則勉於人所不聞;既去而不忘君,則忠於人所不知。是詩,至誠忠厚君子之言也。”愚叔舉斯説以白其父。父曰:“我其以是名吾庵而勉思焉。”因請余爲記。夫子陽豈徒隱者邪? 人言子陽少甚豪,子陽嘗和余詩曰“消磨未盡未真豪”,是則子陽眞豪者也。余舉子陽應詔後世,必有知余心者。子陽諱皓,婺州永康人。嘉定六年十一月,簡池劉光祖記。

孤山雲隱記

杜叔高

余友吕子陽,有高世之志、過人之行,而性善遯,其於山林也屢遷。自其髫齔時讀《論語》,見子路遇荷蓧丈人,事恨不得同其子奉鷄黍見夫子。歎曾晳事,恨不得在童子列詠而歸。雅樂山水,多居山中,見一拳石、一眼泉,輒撫玩終日不忍去。年浸長,文行益峻,山林之興益深,於所居之側得幽谷焉,號蘭谷,谷取虚而應,蘭取幽而芳,與兄弟友生,日遨其間。又得清谿焉,號雲谿,一水横煙霧間,架飛梁其上,超然起江湖興,謂“樂莫過於斯矣已”。而其子殊,分教荆南,泣愬乃翁曰:“荆南去家幾千里,不得朝夕在膝下。”視棄一官如鴻毛。是時荆南帥劉後谿聞而義之,因其子知其父材行,亟書以處士招之。子陽遂涉重江、歷名山,殊以扁舟候于廬阜之下,躡五老,極其觀覽,始覩巨麗。至荆南,日與後谿遊行渚宫,登龍山,臨方城,望峴山,遐想古近英豪而興慨焉。既旋故廬,恍若自失,安如五老峰長在目乎。遂窮山之巔,得仙人桃巖,適有五峰,奇怪可喜,因以六老名其堂,登然如廬阜間也,謂是可以終老矣。已而殊分教東甌,其行也拜請如荆南,葉水心適又招之,子陽遂得過東甌,就水心辨説《老子》,觀海濤,遊雁蕩,以歸于六老之堂。殊又官于行在,其行也復請如東甌,翁曰:

“吾老矣,不能往也。吾聞林和靖隱居孤山,二十年不入城郭,詩不留稿,曰‘吾志終山林,豈以詩取名乎?’吾有志其爲人。”遂結廬孤山之上,閉户却客,如舊約不入關,窮湖山變狀,因號孤山雲隱。已而好事者日叩其門,載酒賦詩,在廷名卿亦卻騎從過其廬,晤語終日,時時播之詩篇。子陽曰:“終非吾志也,和靖將笑人矣。”遂遁歸桃巖,搜尋幽險、深入猿猱之栖,與俗益迥絶,殆將忘返焉。余謂子陽實有志於世,故而能自遯於世,故吾邦守臣前後舉行誼者再。惟荆南剡章曰:“臣觀其志,已往而不返,乞賜以處士之號。”又親爲文書之石識之曰:“余舉子陽應詔,後世必有知吾心者。”人謂後谿爲知言,子陽何必減林和靖。因序次其言而書之。紹定四年辛卯九月,金華杜游撰。

續金華叢書胡宗楙跋

宋孝宗朝，永康吕氏皓上書納官贖父罪，且言無使聖世男子不及漢一女子緹縈。上聞而壯之，父兄生繫大理獄者皆得釋。是時吕皓孝義之聲聞天下，書具載《雲溪稿》中。雲溪，皓别號也。皓有《遁思遺稿》六卷，《事監韻語》三卷，《見直齋書録解題》。是書從《太平吕氏文集》録出，標題《雲溪稿》，爲明十二世從孫璠所校正，合族後裔重修。卷數雖符，編次多紊，非《遁思遺稿》之舊。余稍加釐訂付梓。季樵胡宗楙。

敏齋稿

〔宋〕吕殊　撰

敏齋稿卷之一

敏齋先生小傳

應石門

先生諱殊，字愚叔，號敏齋，雲谿先生子也。年十二爲文以譏梁竦。長從岷隱戴少望先生學《春秋》，而得聖人筆削之旨。年二十一，補上庠，嘗上書林大中，極言和議之非。嘉定戊辰，登鄭自成榜進士第，初授江陵教授，再調温州教授，劉後谿、葉水心甚器重之。秩滿，分教京庠。所著有《兵事分合論》《淮東兵事論》，又《獻恢復十議》。被旨校文禮闈。及端平更化，德秀真公、了翁魏公相繼柄用，起先生綴班學館，嘗著《國朝事類二條》。後以病丐外差通判安吉州，方擬大用，而先生卒矣。積官至承議郎，特旨轉朝奉郎，累贈正議大夫。所著有《續通鑑節編》《西漢律令》《讀晉史抄評》及詩文等書。學者稱爲敏齋先生云。

别荆州諸友詩

荆州三度别，此别猶酸冷。蒹葭逐岸靡，烟雨隔林迥。去棹行且留，離觴醉還醒。緬懷荆州士，鵠立霜毛整。競爽信何人，班班紛脱穎。况是清俊流，魁然挈裘領。相逢名教樂，殊忘舊機境。草木臭味同，何庸絶畦町。虎豹識避就，寧忍覆陷穽。人情不盡遠，傾諒心耿耿。眼底絶荆榛，夙生獨何幸。時恨多曠違，赧容多面頸。分袂復自兹，深淵惜斷綆。斷綆無續期，分袂有時并。但願各自珍，時當動深省。一簣會成山，九仞猶棄井。要令百煉金，清瑩無留礦。大哉乾坤內，吾道相與命。

題清谿神女祠 次東坡韻。

生居萬山中，二年依澤國。偶於坐曹暇，聊欲訪禪默。再拜神女祠，劈山定何術。上有琳宫巖，作論期破惑。只今澄潭中，異影眩莫執。泉源入幽窈，蛾眉如可及。吾聞大地下，出没水中日。胡爲二鮒魚，欲歸猶未得。變化乘雲雷，那能繫不食。山深風竅號，天寒日車急。寄語龍宫君，安穩藏故穴。近來託怪多，勿遣容易測。

蛾眉亭

采石江頭月正弦，捉月臺邊酒滿船。擾擾利名蟻慕羶，如公豈但酒獨賢。平生醉裹詩三千，捲起長江作長箋。悲哉人世隔天淵，一日乘風反自然。死生在我我則天，欲死得死豈其寃。欲罷長風大放顛，蒼茫何處可拍騎鯨肩。

上林樞密論和議書

某聞舉事者必順人心。蘇公軾嘗言："古今未論行事之是非，先觀衆心之向背。"謝安之用諸桓未必是，而人之所樂，則國以反安；庾亮之召蘇峻未必非，而勢不可，則反爲所辱。是非疑似之際，猶必取決於人心，而況今日函首之事，是非較然，詎可以犯人心獨行而不顧乎？向者誅竄姦魁，收召舊德，雖未及大有所設施，而天下翕然想望至治者，無他，衆心之所歸，則未爲而人已信之也。夫未爲而人信之，則易爲力；欲爲而人議之，則難爲功。盛名之下，其實難副。某竊爲閣下惜此舉動。是舉也，不審閣下其以爲誠然耶？或心不然而貌從之耶？抑嘗誦言其不可，而卒不勝同列之議耶？今京都之内，兒童婦女舉以爲非，至有掩口而不願言，塞耳而不願聽者。人心所在，相去不遠,想閣下亦必知爲非也。豈惟閣下知爲非,想同列之人所謂異議者,亦未必自以爲是也。夫彼未必自以爲是,而復不肯中止,徘徊顧望,若將力排衆議而爲之者,其無乃以力排衆議之罪小,而重違虜情之禍大耶?夫重違虜情則和議未決,和議未決則邊釁未弭,此固今日主議之人所爲徘徊顧望者也。抑不知和好之所以可恃者,在吾國有人,足以大服其心,不在事事而從之,以求厭其虎狼之欲也。數日以來,學校諸生詣闕投匭,已嘗及此,想閣下亦必聞之矣。今區區欲爲閣下言數語而已。閣下以爲持三公之首以送虜庭,自開闢以來,有之乎?無之也。閣下以碩德重望,爲蒼生而起,乃使開闢以來所未有之事,書之史册,傳之後世,自閣下始,豈不惜哉!閣下以爲虜得吾三公之首,其止以謝邊民而已耶?其必將用是以薦宗廟也,其必將用是以傳告諸國也,其必將用是以改元肆赦、奉上尊號也,其必將用是以東封西禪、刻石頌功也。其君負中興之名,其臣受不世之賞,而吾君吾相乃含垢忍恥,偷安一隅,猶爲國有人乎?虜自得志以來,八十年矣,國力民心、將帥士馬,皆未必逮昔。兩年之間,技已止此,吾不能少忍,以舉三公之首而函授之,以成其名,是所謂藉寇兵而資盜糧也,是所謂借樞於敵而授人以柄也。其爲失計,不言可知。衆怒難犯,專欲難成。今者人言籍籍,萬口一辭,大決所犯,傷人必多,不如小決,使道吾聞而藥之也。爲今之計,誠能一紙布告遠近,明言昨來以生靈爲念,勉從所請,而内外臣庶以爲未安,所有已差通謝副使等,姑遲未行,而前所謂小使者,不憚再遣。彼以吾爲有人,未必不從,猶有難者,則雖往復數四,未害也。况虜情叵測,和議雖成,邊備其可弛乎?均之未能弛備,何至若是之迫切哉?某昨到京都,首聞斯議,疎遠之人,未知廟堂實意,始見人言如此,不無私憂,故竊爲閣下惜此舉動也。夫人固有好議論,口辯捷給,訕上不孫以沽直者,閣下平日視某何如人耶?閣下被召,親故滿前,不過謂閣下行取高官厚禄,以爲宗族交遊光寵耳。如某者,正以功名事業期閣下,閣下其毋以位五人之下，立議不專，異時或可藉口也。昔元祐諸公，坐棄地之議而擯死者非一，今日之事，未論爲國計，正使爲身計，亦已疎矣。時事變遷，詎可保耶？惟閣下熟籌之，毋以人廢言，則天下幸甚，社稷幸甚！

唐官制增損如何

論官制於後世，當原其體統之所在，毋徒以繁簡爲言也。夫官自簡而至繁者，其勢易；自繁而至簡者，其勢難。故自三代以降，内外之官，大抵有增而無損，或所損者一二，而增者千百矣。然則論唐官制者，將在所損乎？在所益乎？以唐之因仍隋舊，其可損者固爲不少，而太宗併省内外之官，君子獨以爲無益於繁簡之數，而徒以啟後世紛更之漸者，要必有其故也。世變之推移，天下之務日滋，而官亦隨衆，則自繁而至簡，蓋其勢之所甚難者。太宗犯其難，而卒無以禁其勢之復趨於繁，無怪也。而吾察其體統之未明，而本末輕重猶有未滿人意，是其所以損者，衹其所必增，而名號禄秩之末，要亦未暇深論也。唐官制增損如何？請因史臣之言，而試求其增損之大略，可乎？夫唐、虞建官惟百，夏、商官倍，周官三百六十，此其大略也。夷攷《周官》之書，自三公、九卿等而至於下士之微，略計之，當不啻萬餘人矣。然則由簡而至繁，自三代固然也。先王因時制宜，不敢自泥於上古，而徒慕其名以爲高。然而其所增者，後世卒不能有以易，則亦順乎理勢之當然，而本末之有序，輕重之有等，體統不亂，而繁簡適宜。非若後世之以私意參乎其間，則所增者未見其不可損，而或出於損者，則亦未保其不復增也。吁！責後世以繁簡失宜，則唐之太宗不容無議；而謂太宗遂能削其繁而從古昔之簡者，則其事誠未易言也。史臣謂唐之官制、名號、禄秩，因時損益，大抵多仍隋舊。其以隋之選部爲吏部，起部爲工部，侍内曰納言，諸司郎曰郎中，名號之增損僅若此。以文武兩階而視隋之十八班，以上公七百石而視隋之九百石，其禄秩之增損亦不過是，固未足深計。至若三師、散騎常侍之屬，廢於隋而置於唐，而拾遺、補闕之數倍多於舊，是其有增而無損者，君子亦固未以是爲唐病也。何者？時異事變，而難易之勢不同也。雖然，其亦有繁簡之宜，而太宗猶未之察歟。夫官之不容於不增者，豈其事之誠多耶？體統不明，而本末輕重未免紊亂，則官雖增多，而事益不辦也。天下之事，總於冢宰，而分治於六曹，體統所係，莫重於此。杜、魏預朝政，而宰相無正官；靖、勣同三品，而中書無常員。既有六尚書以擬周之六典，又有九寺以倣漢之九卿，是尚得爲知體要乎？吾不意太宗定内外之官，求爲至簡，而三公九卿乃獨不勝其紛雜者，何爲也？權分而無統，政滯而不行，將見官以不足病其事，事以不足病其官，而向之七百三十員，豈盡足以待天下賢才乎？自是而後，有員外同正之號，有檢校□攝判知之名。而景龍之際，官紀太紊，斜封墨勑之敝，益不容言矣。噫！太宗自以爲知所損矣，而其敝乃至於益增；自以爲復古官矣，而其後乃至於不可守。此非知其制而不明其政乎？吾觀光武中興之初，内外之官悉猶簡約，而於三公九卿之職任，殆若贅員。史臣美其節約之制，而自知橐閣，議者猶深譏之，亦以其體統之未明，而繁簡之失宜焉耳。太宗其無乃類是歟？太宗，一代之英主也，其慨慕古昔之意，自漢以來未見其比，而所就僅若此。或者因是謂治天下無以古官爲意，循陋習，遵敝政，且甘心焉，此甚可歎也。故吾有大恨一焉，以爲西漢創業之初，不能上接三代之文物，而惟秦舊是安，是其機之一失也。至唐則又慕古而未至，卒使後世徒有絶望三代之意，而機又再失矣。君子得不嘆息於斯！

道以天下爲一

人情之趨於薄，自世道日狹始。世道之日狹也，其原固有自也。夫能以道容天下，而使夫人相安於是非毁譽之中，殆必有權輿是者矣。自夫寬洪博大之意不存於上，而後偏駁詭激之論横興於下，君子當於其世變求之。東漢之時，何時哉？是非明，毁譽著，此其遠過後世者也。然其道視前漢已太狹矣。憂世君子，長睨遠覽，竊謂大道之行也，以天下爲一，不作好惡，無有彼已，尚何毁譽之有？意若有譏當世之士大夫者，抑由未知其所自求也。夫使天下之人私相毁譽，而一時號爲名流，獨持風裁者得執其權而奔走之，得無所自哉？苟在上者其道足以容天下，而爲公論之主，則固不止此矣。夫志欲慕古而未明時敝之原，且徒雜以老、莊之説，議者嘉其志而取其幾於道可也。道以天下爲一，嘗觀於老、莊之説矣，大要無異於朱穆所謂"道德以仁義爲薄，淳樸以禮法爲賊"。是穆之所爲言者，固聖門所不道也，君子獨何取哉？夫不究其所以言之意，妄而訾焉，則亦不足以深知之也。彼以爲使天下之人畏義而後愧生於心，憚禮而後負結於意，則是毁譽未忘也。毁譽未忘，則是人我兩立，而非以天下爲一之道也。此其志誠有足尚者，惜也不及見吾三代之盛。昔禹、湯、文、武、周公建中於上，天下有公是非而無私毁譽，故孔子曰："斯民也，三代之所以直道而行也。"使老、莊而生其時，則固知毁譽之不足爲世病，而何俟於盡忘之哉？自聖賢不世出，建中之道未知攸屬，而是非毁譽一聽人之自爲，而權始移於下矣。使權一出於上，而猶懼其道之不宏，未免偏黨之敝，况其下乎？是則世之君子有不勝其紛擾，思欲舉一世毁譽而盡忘之者，毋怪也。吾觀東漢自光武出，而磨世厲俗，以起人畏義憚禮之心，張而不弛。更一再傳，縉紳之間務爲矯異，而無包荒之德；喜爲沽激，而亡納汙之量。是其所爲得者，固其所以失也。夫公論不出於上而作於下，其道已狹，况夫磽磽者易缺，皦皦者易汙？褒善太明，或將醜正；疾惡已甚，懼其爲亂。憂世君子，安得不究極世道升降之由，而爲是反本之論歟？且其言曰："道以天下爲一。"是道也，即《洪範》所謂建極之道也。穆以老、莊之説參焉，遂謂畏義憚禮者不足以語道之大。吁！莊周有言："譽堯而非桀，不若兩忘而化於道。"此穆之論所從出也。是其傷今慕古之意，宜亦有類於周者，而皆未明夫時敝之原。且穆亦嘗究其原歟？古今未嘗有無毁譽之天下，其所以相從相薄者,豈獨天下之過哉?君子蓋於權輿是道者太息焉。向有皇極之君,其道之廣大無我,能以天下爲一,則是非毁譽之權殆必有歸矣,何至於分散四出,奔潰交激,而日趨於薄哉?穆蓋得其言,而未得其所以爲言者也。昔西漢自高祖專務簡易,議論寬厚,而風俗淳一,上下疎闊,無迫切窘束之態。公府不按吏,而士大夫聽言人過。當時之士滿於山東,游俠之説盈於閭里,卒不聞有横議之興,此其道猶有以天下爲一之意焉。蓋自孝宣綜核,而天下始相尋於毁譽,虚僞相交而俗益薄矣。然則世道之日狹也,可不深原其自哉?且穆亦既知道之廣大,如天地之無不覆幬,而顧以咎當時之士大夫爲未知道者,抑猶未得爲知本之論也。雖然,士大夫亦烏得辭其責哉?蓋東漢詭激之俗,起於處士之沽名,而成於太學諸生之横議。當其臧否人物,坐作聲價,是宜舉一世靡然趨之而莫之反也。向使得如徐穉、仇覽者數人焉,介然自守於無所知名、毁譽不及之際,則異時之事,當不至重申屠蟠之竊嘆矣。君子安得不因朱穆之言而有感於斯?

上宣明則下治辨

爲天下能示人以所可知,則民志定而天下理。夫人君不可有愚天下之心也。天下至繁至衆,難齊而易紊者,吾欲俾之各得其所,無越於規矩準繩,此豈徒法之可爲哉?是以古之王者,必使取捨好惡之意,宣布明達,坦然昭晰於天下,使匹夫匹婦之愚,亦皆知所避就。民志一定,所謂整齊之法,固已默行於其間,將不待屑屑治之辨之而自理矣。後之爲人上者,君民之際,以機相示,而以微相使,於是智者疑,愚者懵,吾法始不足以勝天下。不反己而咎人,此後世之通患也,荀卿子其能已於言乎?"上宣明則下治辨",反本之論蓋如此。嘗觀司馬遷之論,謂"申、韓之學原於老子道德之意"。夫老子欲以無法治天下,申、韓卒以苛法亂天下,事固有不相侔而實相因者,不可不察也。老子所謂道德,本無大戾於聖人,惟其言聖人之所不敢言,而以微且隱者示天下，故其道遂偏而難用。夫微且隱者，固吾道之所有，而古先帝王則不敢以是而置夫人於不可知之地。且使夫人而有不可知，則彼將何所避就？其勢必有非法之所能齊者。法不能齊，而顧曰吾法之未密，益求工於法，此申、韓之禍所由起也。嗚呼！上非宣明，民將以愚之，此非欲以其微且隱示天下乎？而或者又從而和之，而藉口於"不可使知之"一語，曰：吾夫子嘗有是矣。夫子傷世道之微，斯民陷溺而難覺，故有"不可使知"之嘆耳，豈眞欲以愚其民哉？且天下之難，莫大於民志之不定，而欲行一切整齊之具，則固不知本者也。上之率下，好惡是非不越兩端而已。上之好，下之趨也。古先聖王明示其好惡之方，必使之宣布而無隱，明達而無疑，坦乎如置尊於通衢，昭乎如爲的於天下，夫是以好惡明而民志定。官有常職，民有常業，所當治者無不修舉，所當辨者無或紊亂，井井乎如農夫之有畔，繩繩乎如布帛之有幅，蓋至於此，而吾之法制可不勞而自行。此反本之論也，荀卿子其必有以知之矣。卿當戰國之末，時何時也？古之時惟恐民之不知，後之人惟恐民之或知。戰國不足道也，自秦以來，類欲聾瞽其民，而思以獨智微權默運於其上者，蓋千百年於此矣。且夫有機心者必有險行，有險行者必有匿政，漠然而出，幽然而入。愚者莫知適從，而智者揣摩以容順，欲求其治辨，難矣。此固爲荀子之所爲拳拳，而且及於"利宣不利周，利明不利幽"之説歟？今夫人之夜行也，左右躑躅，冒荆棘，緣崖谷，蓋不勝其顛錯之患。已而東方明矣，則按轡徐行於九軌之道，而南轅北旆，將無求而不獲。然則昔之治天下者，何異於大明之當天，而後之爲天下者，何異於使人夜行也哉？雖然，道固有微而難見者也，聖人於《易》已著之矣。聖人以爲是非斯民之所能知也，故即其理，寓之文，爲制度之間，且明示其好惡，而吉凶動靜，使民知所避就，而各得其所者，皆《易》之微意也。故雖曰"退藏於密"，而猶曰"與民共患"焉。聖人之於斯世，殆與天地同量矣。故併及之，以廣荀卿子之未至。

敏齋稿卷之二 附録

宋正議大夫敏齋府君行述

先君諱殊，字愚叔，世爲婺之永康人。曾祖質，妣盧氏。祖師愈，迪功郎；妣夏氏，封太孺人。父皓，免省進士，三舉孝悌，遺逸不就，補承務郎，贈宣義郎，里稱雲谿先生；妣徐氏、沈氏、宗氏，俱贈太孺人，先君徐氏出也。生於淳熙甲午，幼穎悟，年十二爲文千百言以譏梁竦。先大父雲谿公見而喜曰："吾兒眞欲慕乎古，而志乎道耶。"其後文日以進，志益以廣。聞岷隱戴先生爲湖學博士，遂以《春秋》往從之遊。岷隱别爲澹軒以處外來之英儁，先君以年少爭雄其間，人莫得而優劣之。尋以是經魁貢補，以混試中上庠。時名儒國子祭酒文虎於書無所不讀，務以暗僻疑難之題試，諸士往往一時皆用工於學，莫敢以苟且應命者。先君每試多居首選，至有謠言經魁次第尋吕之句，蓋恐有私之者，於是請委外官考校，朝廷不得已曲從之，暨揭榜，先君復以論爲魁首，衆議始屈，然先君處之若無有也。先君素不妄交，同時同舍惟與故吏部侍郎直齋陳公振孫爲最厚，就締姻焉，然未嘗不相勉以正。其他親故在朝列，罕識其面。獨因時議有以韓侂胄函首送之虜廷者，先君大以爲非體，屬吾鄉正惠林公大中在樞府上書言之。戊午，魁監闈；丙寅，魁舍選；戊辰，登進士第。廷唱甫畢，丁先祖妣憂，時先大父尚無恙，待親終喪。初調江陵教授，荆浙相望三千餘里，先君每以吾父一子不敢從政，俄而戴公貽書相勉，謂："當今仕宦，惟有教官可行志耳，子其何憚?"先大父亦相與勉之，行及中途，忽時相史衛王彌遠馳書欲爲婿，延之爲師，且將以掌故召先君。曰："吾業已抵戍行矣，容可中返耶？"乃辭謝。既抵官所，適值後谿劉公光祖以制垣兼郡事，一見若素相知者。荆楚故多奇材特士，文尚氣概，不爲游靡，先君遂略用家塾規模課試，間以史評考之，咸謂前此所未有，士論皆爲稱快。一日升堂講書，劉公聽而喜甚，雅相愛敬。會先君迎侍有請，遂轉語諸生，相與輓留之，且爲親作先大父書，以贊其決，蓋惜先君之去，而庶幾其來也已。乃捧檄奉書馳報先大父，慨然肯從先君，亟命舟東下迎之以來。於是父子俱得登劉公門，爲忘年交。兩家子弟相過從，忘其爲屬吏者，意藹如也。及劉公歸蜀，先君侍先大父，餞夷陵，酒酣話别，喑嗚流涕不忍捨，贈别之詩，有"我思君處君思我，各一天涯再會否"之句。繼劉公者，忠肅端明趙公方也。趙公端凝若神人，望而畏之，先君居其間，不慴不挫。趙公始見便覺動色，且料其非欺我者。蓋趙公素以不欺自律，每亦以不欺律人，而先君意與之合故也。先大父思歸，先君申隨侍之請，趙公惻然興念，既已，親撫慰，復以公剡就舉之。趙公移鎮襄陽時，有老儒於先君爲師友，或爲先行輩，先君就以其賢爲薦，趙公信之不疑，悉舉而器用之。再調永嘉教授，永嘉素稱多士，人每難之，先君始至，行以無事，情久而孚。雖曰以法爲師，弟子延見必於直舍，會茶必以公餘，然其間有以氣類而相從者，或互相掊擊者，先君一無拘急，凡一時相與共學者，莫此爲盛異。時名公巨卿，炳炳相望，首出此焉。水心葉公適爲鄉巨擘，名震一世，先大父舊爲門下士屬，因迎侍先君，時以文墨附麗其傍，葉公爲之折節，嘗於所爲先大父解《老子》跋語中並有"凛潔不污"之褒。秩滿，分教京庠，先君課試必嚴其程度，出入必謹其限節。再調京帑，非其才也。然於時事動心怵目，有不能自已者，如論兵事分合，則曰："今闔寇扼於重兵，度不能北，將轉西南，有向海陵等處者，欲爲入廣地也。吾之重兵聚於一處，而未得朝廷區分之畫，則亦相顧坐食而已耳，或從事小捷則亦塞責而已耳。區區愚計以爲不如畫地而付之，荆襄一軍捍上饒趨北之路，淮西一軍防南安趨廣之路，其併入漳、泉者責之招捕司，其連吉、贛者責之建康馬帥。"其論募兵則曰："今日之事雖無西北二虜危迫之形，而人情喜亂，所在相梃，東作方興，農事失業，退無附麗，易於淪胥。府庫餘財充斥如此，而内外兵籍單弱如彼，可謂所惜者少，所喪者大。今誠令福建、江西招捕司召募材力强勇者各萬人，每募一人，給付衣裝錢，視其材力而等第之，不過費吾國帑百餘緡，可得强勇二萬。其與三衙坐招市井浮脆之人謾以充數，或反視賂以爲去留者，大相遼絶。"其論淮東兵事則曰："往者墮賊臣之計，今不可輕信左右之諛説。往者虛畏之爲難制，今不可驟急之爲易與。往者山陽孤立，傍郡犬牙，足可控制而不爲之備，今既綿亘海陵，形勢連接，未可便謂王師環繞，可斷其歸路。往者賊渠傷沮、搖尾乞憐，足張吾軍而不早爲之所，今既復振其徒鼓舞，聲燄自倍，未可便謂衆寡不敵，可以萬全取勝。往者賊渠耀兵境上，庶幾多得糧廩，所望猶狹，今既得志，規圖漸廣，且復抄掠四出，益爲自肥，未可便謂其窘匱亡食，足以坐困之。往者賊渠刑殺過差，其將校多懷去就，尚可啗之以利，今既絶其衣食之資，彼必薄此激怒其衆將，見胡越爲左右手，未可便謂逆順理明，當有自效於徒中者。往者山陽之境，其土豪部曲，往往不甘陵侮，與之立敵，今勢既燎原，將亦顧望束手，既無必勝之心，或恐反有爲聲援者，未可便謂義兵皆可倚仗，保無二三。往者殘金固切齒於此賊，然特以受吾醲賞爲吾用耳，今既反噬於吾方，將借此以窺吾淺深，如聞數年以來，亦頗潛相交結，以爲後圖，未可便謂其腹背受敵，巢穴可擣也。往者韃人縱此賊之歸，實非有他意，吾不察其空言、信其虛聲而優容之，固爲失計，然至事窮勢迫，豈無慟哭秦庭乞師以解圍者？未可便謂其全出於聲，不能一出於實也。"後又獻十議，以爲今日淮東事宜有可勝者三，而當圖勝者七。壬辰，被旨校文禮闈，及竣，事聞先大父之訃，遂奔喪而歸，甫奉窀事，就廬墓下盡置家事。端平更化，安晚鄭公清之、孔山喬公行簡、西山眞公德秀、鶴山魏公了翁、平齋洪公咨夔，相繼柄用，號小元祐，先君遂得綴班學館，嘗著《國朝事類》二條上之，一曰人才，一曰黨論。人才一條，略曰："人主之知人在於擇相，而大臣之知人，在博舉天下之才，無問其從來真不有求於我，將兼而用之歟？則邪正不可無別也。將悉從而別白之歟？則人心難測，父子兄弟有不能盡知者，而吾安能於旦夕之頃而知之？抑將使之揚歷中外，試之以事而後大用歟？則人心固有矯揉於初年，而敗露於晚節，稱賢德於下僚，而恣凶德於高位者，吾安保其往哉？大概以寇準之舉丁謂，韓琦之舉王陶，吕大防之引楊畏，司馬光之用張商英。"爲戒黨論一條，略曰："今夫進退一大臣，以爲可者半，以爲不可者半，其人有賢否，其類有親疏也。廢置一大事，以爲然者半，以爲不然者半，所見有高下，所言有公私也。此雖聖人在上所不能免，聖人不能使其議論之皆同，而能使其人之不爲黨者，蓋有道以致之也。大概以熙寧以前，有范仲淹之黨，熙寧以後有司馬光之黨，首成於王安石，而再成於章蔡之徒。"尋以病乞外倅安吉州，猶拳拳以開誠心、布公道，爲廟堂告略曰："總領衆職，恪守常慮，計直而授庸，循名而責實者，是公道也。隆寬盡下，平易遇物，斷斷無他技，休休如有容者，是誠心也。世固有刻廉峻簡，不以剛柔爲吐茹，不以通礙爲避就，有齊一之法，無屈撓之政，若此者，謂非公道不可也。然推是心以往，必至引繩墨，切事情，而逆詐、億不信之心乘之。我以薄待人，人亦以薄待我，我以疑待人，人亦將以疑自防，而所謂公道者，反將率天下而爲僞矣。是則名雖公道而非有誠心，則亦不足以運動斯世也。伊昔柄臣無復公道，不足乎議矣，而又間用區區籠絡駕馭之小術。名德之召除者，既不與之共事；耆老之篤疾者，又不使之謝事。察事於應對緩急之際，示意於眉睫嚬笑之間，下至微官末屬，亦費揣摩。或先優後劣，而示以難測，或驟抑忽揚，而使之過望，是胥吏之智而已耳，市道之交而已耳。人之視己如見肺肝，且安用是爲哉？此其大旨也。"當時諸賢方以遠大相屬望，而先君病扶憊歸里，以端平丙申六月二十七日卒於正寢，享年六十有三。以淳祐壬寅十二月，卜葬太平鄉黄菰塘山之原。積官至承議郎，特旨轉朝奉郎，累贈正議大夫，門人稱爲敏齋先生。娶縉雲田氏，後於先君五年卒，封安人，累贈淑人。子三人，長黯，朝請郎，前浙東帥司參議官。次點，早世。次夢實，修職郎，前處州松陽縣尉，幼育於從叔簡。女一人，適進士龍山徐渭孫。孫男一，潭，太學允蹈齋生。孫女二人，曾孫五人，曾孫女四人，玄孫女二人。痛惟先君自少至壯，抱負皆不在人下，自入上庠知名，當世學者執經常盈庭，至有踰邑越郡而來者。其後表表著見，如右史郭公磊卿、漕使康公植、戎監何公怡、秘監潘公墀，各能以文學德行自顯，乃若平生著述不爲不多。而先君每憶徐公無黨之語謂："吾文自足附吾師《五代史》以傳，何以多爲哉?"乃取其文悉棄之，今獨有歐陽公送公一序可證耳。先君幼私慕之，故其詩文有手自删去者，今所存僅一百餘篇耳。所著《續通鑑節編》《西漢律令》，謹藏之家。《忠義口義》，鋟梓於江陵郡齋。獨晚著《讀晉史抄評》，黯等嘗於先君即世後繕寫，晉塵乙覽，曾叨誤恩，宣付史館。重念黯蒙被先訓，不能自力以有爲，而操數寸之管，書盈尺之紙，僅能叨預計偕，不能掇取世科以繼先志，其何以廣先人之遺業，使垂之不朽？且薄宦東歸，倐踰二紀，墓上之銘久未克就，不孝之罪，何以自解？姑用百拜涕泣而書之，以告於立言君子。咸淳壬申六月望日，孤哀子黯謹述。

宋義士平齋府君傳 附録

公諱潭，字道深，號平齋。雲谿先生曾孫，敏齋先生孫也。家學相承，造詣深邃，爲文雄壯激烈，上逼晉漢。嘗準韓昌黎《毛穎傳》作《黄斑傳》，造語蒼古，誦其文則知其人，卓爲一世高士。淳祐壬子、寶祐乙卯、景定辛酉、咸淳丁卯，四請浙漕貢士。咸淳戊辰，補入太學，庚午，國子貢士。公逢時不辰，當宋末造，痛恨神州陸沉，每以忠義自奮，而欲恢復中原。夫何國步斯頻，壤地日削。德祐丙子，潭州湖南鎮撫大使李芾死節，諸關兵皆潰，文天祥被執，既而浮海。如温州益王、廣王走温州，檄召諸路忠義，同奬王室。公與同邑觀察推官章堉，起兵勤王，兵戰不利，死於國難。惜哉嗚呼！大厦將頹，非一木所能支，此人之所共知者，不忍坐視其頹。而思所以支之，雖無補於國事，一點赤心，照耀今昔。當斯時，使人人如公，則一旅□□□□□□□□□①城池數千里，諸豪傑如文天□□□□□□□□□②嗚呼！公僅策名仕籍，而爵禄未沾，雖不勤王，誰則驅之？惜乎，史不及書，郡誌録其文學而不詳其忠義，與章堉勤王死難，而不獲與章堉同傳。而此心無負於天地神明，無愧於家學，則有終不能以自秘者。當時之世，臣宗室與夫高官膴仕，僥倖於身前者曰逃、曰叛、曰降，遺羞千古，視公果孰得而孰失哉？公之心事足以白於天下後世矣，是用著之以式來許。

① 原書漶漫難辨，缺九字。
② 原書漶漫難辨，缺九字。

續金華叢書胡宗楙跋

《敏齋稿》，宋吕殊著。殊字愚叔，永康太平鄉人，敏齋其號也。嘉定戊辰進士，初擢江陵教授，再調温州。劉後谿、葉水心交器重之，積官至朝奉郎。少時嘗上書林大中，極言和議之非，書載《敏齋稿》中。稿二卷，繇《太平吕氏文集》録出，略加編訂付梓。季樵胡宗楙。

竹谿稿

〔宋〕吕浦　撰

竹谿稿序

竹谿雜稿詩文,共若干卷,永康吕公甫先生之所著也。先生蚤歲受學於許文懿公謙,學識淳明,操履方正。隱居鄉里,躬行孝弟,爲士林冠冕、後進楷模。讀書著文,以終其身,其無愧於文懿公之訓矣。文懿公之設教,止以講明義理、真知實踐爲事,不爲賦詩屬辭之傳習,不爲舉子時文之指授。先生此集,但以平時學力之所至信筆成文,自有條理,雖無意於蹈襲前人軌轍,模倣已成機軸,然其意趣清新,議論明暢,形於言辭者,自有過越於人。世有竭力研磨,苦心鍛鍊,求以句語之工,自顯於世者,鮮能及之。先生既没之三十有六年,其從孫文堅得此集於先生之子杲,持以示余,俾書一言於後。先生與余先君子裕軒翁爲同門友,文堅又方受詩於余,以明經應賢能之書,其請有不得辭也。是用書此以發明先生之所學,讀者其潛心焉。洪武丁卯冬十月甲寅,前太史義烏朱廉書。

竹谿稿卷之一

竹谿先生小傳

應石門

先生諱浦，字公甫，號竹谿，敏齋先生五世從孫也。嘗從白雲先生許文懿公游，講明性理之學，在門者三十餘年，而得其相傳之緒。潔身端行，安於義命，所著有《大學疑問》《四書辯疑》《史論》《竹谿稿》等書，太史朱伯清銘其墓。

史　論

三　皇

孔安國以伏羲、神農、黄帝之書謂之《三墳》，是《三墳》爲三皇之書，則三皇者，伏羲、神農、黄帝是也。而太史公則以黄帝、顓頊、帝嚳、唐堯、虞舜爲五帝，司馬貞補《三皇紀》則以太皞庖羲氏、女媧氏、炎帝神農氏爲三皇，皆與安國異，而各有所本，唐孔氏論之已詳，要當以安國之説爲正，後世載之祀典者是矣。夫三皇開天立極，垂澤萬世，人倫之始，教化之原也。而伏羲則又爲三皇之首，制作之先，始畫八卦以通神明之德，造書契以代結繩之政，制嫁娶以正男女之别，教佃漁而爲網罟，取犧牲以供庖廚。以龍紀官，以木德王。神農氏爲耒耜以教耕耨，使民得以資其食；始嘗草而爲醫藥，使民得以助其生；又教以日中爲市，使民得交易以通其有無。以火名官，以火德王。黄帝受《河圖》，見日月星辰之象，始有星官之書，命大撓作甲子，容成造曆,隸首作算數,伶倫造律吕,車區占星氣。爲文章以表貴賤,作舟車以濟不通,創宫室以安居止。畫野分州,舉封禪之禮,作《咸池》之樂。以雲紀官,合土德瑞。凡此皆三皇之功德,尊矣,大矣,深矣,遠矣。後世尊之,崇祀于廟庭者,不過僅以醫藥一事,致其追本之敬而已。是特舉一而遺十,識小而忘大,所謂開天立極,造端創始,使後聖得以持循,爲百王之所矜式者,泯不得而稱焉。惜哉!若專以醫藥之一事,而稱其功德,則神農固嘗草而始醫矣,黄帝亦嘗與岐伯問答而見於書矣,若伏羲則未有聞焉。是知三皇之功德,固不止於醫,後世始爲廟祀,頌其功德,而致其追本之意者,亦非必專於醫也明矣。若果專主於醫,則局於一藝之偏,而三皇之道狹矣。然歷代相承,至于今不變,每竊疑之。當今名臣賢士大夫,有能上副聖天子好古崇祀之意者,一言開陳於朝廷之上,斟酌損益,定爲祭儀。或舉當時制作之臣,以備從祀,而成一代之典,不特倉、扁十數輩而已。則三皇之功德,萬世之下,愈大而愈尊,愈深而愈遠矣。不識博雅君子以爲何如?

堯舜禹

有天下者傳之子,常道也,君天下者之所同也;以天下而傳之賢,權道也,聖人之所獨也。唯聖人爲能行權。蓋權者,所以斟酌度量、處乎變而能合乎常者也。所同者,君天下者可得皆行;而所獨者,非聖人則不能及也。然則聖人行其所獨,豈亦有求異之心乎?曰:此以己之私心窺聖人也。堯有丹朱,不得不以天下而授之舜;舜有商均,不得不以天下而授之禹。堯、舜非好樂爲異,而不順其所同也。舜受天下於堯,禹受天下於舜,始雖辭讓而卒踐其位者,蓋亦以爲非己不足以任其責,非昧其所同而苟從其異也。然堯、舜之所以授,舜、禹之所以受,皆公天下之心。使丹朱、商均僅可守天下,能不失爲中主,則堯未必以天下授舜,而舜亦未必受堯之天下;舜未必以天下授禹,而禹亦未必受舜之天下矣。然禹受舜之天下,不傳之賢而傳之子者,豈禹之聖不及堯、舜，不能行其所獨乎？曰：禹非不能也，亦非惡夫異而必行其所同也，亦非謂益不能任天下之責而不傳之也，亦非謂以天下自私而必傳之子也。使禹之子不幸如朱、均，吾知禹不以天下傳之啟而傳之益矣。蓋天下者，天下之天下，非一人之天下也。子賢則傳之子，子不賢則傳之賢，故夫賢者亦受之而不疑，天下一戴之而不變。此非公天下之心者，能如是乎？堯、舜非必欲傳之賢而不欲傳之子也，以朱、均之不肖也；禹非必欲傳之子而不能傳之賢也，以啟之賢爲可傳也。三聖人者，豈有心於其間哉？所遇有不同耳，易地則皆然。孔子曰："唐虞禪，夏后殷周繼，其義一也。"然傳賢者，聖人之事也。傳之者堯，受之者舜；傳之者舜，受之者禹。然後傳之得其人，受之勝其任，而天下乂安。若衆人而欲行聖人之所獨，鮮有不致亂者。子噲以燕與子之而蹈其禍，子之受燕於子噲而醢其身，蓋欲虚慕堯、舜之名，而苟行聖人之事者也。悲夫！

三　代

三代之興，皆本於皇帝。夏禹、殷契、周后稷，皆黄帝之元孫也。禹平水土，九年而告厥成，功及其身而遂有天下。傳之子孫，凡十六世，四百五十餘年而歸殷。契佐禹治水有功，爲舜司徒，敬敷五教，而人倫以明，以功封於商，爲殷始祖。後十有三世而生湯，遂放桀而有天下。湯之後傳二十七主，凡六百四十餘年而歸周。后稷教民播種，農植嘉穀，民賴其利。堯舉爲農師，以功封於郃，爲周始祖。後十四世而生昌，是爲文王。至武王克商而有天下，凡三十六主，八百餘年而滅於秦。孔子曰："殷因於夏禮，周因於殷禮。"則其道同也。孟子曰："三代之得天下也以仁。"則其德同也。其於民也，或安之，或教之，或食之，皆利於當時而及於後世，則其功同也。其道同，其德同，其功同，其所出又同。然傳世有多寡，享國有長短，其故何也？蓋氣運有厚薄之不同，則人之所以值之者亦不能於不異。曰：以氣運言，則所值者固不能無厚薄之殊矣。然求之人事，庸或有所不齊者乎？曰：難言也。然培其本者其末盛，濬其源者其流長，理固然也。夏之興，鯀以治水無功而殛死，未聞其積行累功也。及禹嗣興，遂以功而踐天子之位，禹之功固大矣，而天之所以受舜之薦而報其功者亦速矣。禹崩啟立，啟後十五世至桀，其間賢君惟少康一人而已。桀尤爲無道，而夏遂革命焉。殷之興，自契至湯，十四世始有天下，其間必有積行累功者，况湯功加於時，德垂後裔，天之所以祚殷者未可量也。且自湯至武丁，賢聖之君六七作，其所以加扶養之功者不爲不至，故能歷年六百，使末世僅得中主而繼之，則商祚未即泯也。不幸受惡貫盈，天命誅之，雖先王之遺風猶在，善政尚存，又有賢者爲之輔相，終莫能救其亡，故遂久而後失之也。周自后稷以來，積行累功，公劉克篤前烈，大王肇基王迹，王季克勤王家。至於文王，有三分天下之二，卒以服事殷，其所以栽培而長養之者蓋益至矣。至武王應天順人，一戎衣而有天下。武王没，成王幼，周公以叔父之親、冢宰之尊輔相成王，討三監，安周室，營洛邑，化商民，任賢使能，設官分職。於《書》則作《無逸》，使知小人稼穡之勤；於《詩》則歌《七月》，以致王業艱難之戒，其他見於《詩》《書》者，莫不致其拳拳之意焉。其所以扶持輔翼之者，則又至矣，故能制禮作樂以歌太平。成王没，康王立，成、康之際，天下乂安四十年，刑措不用，雖先王之澤未泯，然周公之功居多。其後雖陵夷至於夷、厲，幸而宣王又能振中興之業而培植之。奈何繼以幽王之淫亂，平王之東遷，《詩》自《黍離》列於《國風》矣。其後桓、文之興，雖假仁義以濟私欲，然尊君攘夷以安中國，於周室未必無匡救之功焉。逮夫周道日衰，下陵上替，孔子懼，作《春秋》，《春秋》成而亂臣賊子懼。夫《春秋》，天子之事也。夫子不得位，而託二百四十二年南面之權而不辭者，蓋寓王法以正名分，所以存天理於既泯，救王室於將亡，其功至深遠矣。孔子没而周益衰，寖微寖滅，至赧王而遂入於秦焉。嗚呼！原夫周室所以能綿綿不絶、久而後亡者，蓋以先世積累之功，後王栽培之力，周公扶植於其前，孔子正救於其後，而又有桓、文之君相與推尊而翼戴之，故能傳世三十，歷年八百，冠乎三代而超乎後世者也。是豈非人事之所不齊者乎？抑又論之，禹以禪讓得天下而享國淺，殷周以放伐得天下而享國長，又何也？曰：非禪讓放伐之殊，亦所值之運不同，而所積之功或異耳。雖然，三代之君，獨於禹、文王無間焉。禹以大功禪讓而有天下，文王三分天下有其二，以服事殷。若湯之放桀，武王之伐紂，皆未能無慚德焉。求之彼，善於此，則湯之於桀，不過放之南巢而自死耳。史稱武王親以黄鉞斬紂頭，懸於太白，果如是，謂非弑其君可乎？故蘇子曰：武王非聖人也。

夷　齊

孤竹君二子遜國而逃，一以父命爲尊，一以天倫爲重，各執其理而皆得其仁，且無一毫怨悔之意。三代以來，二子而已。夫二子之克讓國，善矣。設或既讓之後，伯夷之心猶曰："我固當立，特以父命不可不逃。"叔齊之心猶曰："父命立我，特以兄在不得不逃。"若然，則未免猶有怨悔之心，與不讓而爭者，蓋無以大相遠也。惟其能讓而又無怨悔之心，此孔子所以賢之也。其後武王伐商，叩馬而諫曰："以臣弑君，可謂仁乎？"當紂之時，天下皆被其虐，莫不欲助周而亡殷者，況有以君臣之名分爲武王言之者乎？而二子獨能以是爲諫，此又普天下二人而已。及武王滅商，遂恥而不食周粟，采薇於首陽之山，作歌以寓其感傷之意，遂餓而死。太史公述其歌辭而歎之曰：怨耶？非耶？怨之一辭，蓋本乎夫子又何怨之説，而其義則不同也。夫子所謂怨，指遜國而言，嘉其辭讓而終無怨悔之心也。太史公所謂怨，指諫伐而言，憫其忠義憤激而感其自傷之意也。事雖不同，要皆歸於仁而已矣。且遜國而逃，諫伐而餓，雖爲二事，然其心則皆本乎廉介，義則一也。嗚呼！此二子者，眞韓子所謂特立獨行，窮天地亙萬古而不顧者也。故夫子以古之賢人許之，而孟子又以聖之清與聖人百世之師稱之,而史又尊之,居於列傳之首,有以也夫。

孔子弟子

孔門弟子蓋三千焉,通六藝者七十二人,列四科者十人。四科之目,乃從夫子於陳、蔡者耳,門人之賢者,固不止此。唐開元間,始以四科爲十哲,以備配享,曾子傳道而不與焉。况曾子而下,可備四科之目者,尚有人也,豈止十哲而已哉! 故程子以爲世俗論,其後顔子升侑,而以曾子補十哲,是矣。曾子升侑,而遂以子張補之,議者不以爲可。至宋景定,以顔、曾、思、孟爲四侑,公論惟允。然顔子、曾子、子思,乃子也,升侑列而居於廟堂;顔路、曾皙、伯魚,父也,備從祀而列於廊廡。夫學所以明倫,子升於尊位,父屈於下列,雖云位以道而尊,然道豈不以明倫爲大乎? 是誠不能無疑也。又弟子名數,圖書所載多有不同。《史記·孔子世家》稱"弟子身通六藝者七十二人",及《弟子列傳》則曰"受業身通者七十有七人",則一書之中,亦自不能無異。《家語》亦有七十七人,與史所載互有同異。《文翁孔廟圖》七十二人,《史記》七十七人。《史記》無蘧瑗、顔刻以下七人,有顔高公、夏首以下十二人,其同者六十五人,其異又可知已。司馬貞《索隱》又謂:《文翁孔廟圖》有林放、蘧伯玉、申棖、申堂。以《文翁石室圖》參之,則又無林放、申棖、申堂三人。然則二圖雖成於一人之手,而亦不能無異矣。蓋年代遼遠,莫考其眞,後人各以所見爲之增損去取,其能同乎? 然其間顯然可疑者,有二人焉,則不可以不辨。蘧伯玉使人於孔子,孔子與之坐而問焉。曰:"夫子何爲?"又曰:"君子哉! 蘧伯玉。"夫弟子於師,問避席矣,於弟子之使而可與之坐乎? 且賢如顔、曾,夫子亦名之而已,字之則未聞也,况夫子之乎? 又《弟子列傳》曰孔子之所嚴事,於周則老子,於衛則蘧伯玉,於齊晏平仲,於楚老萊子,於鄭子産,於魯孟公綽。此數子者,蓋孔子先輩與當時之賢大夫,故夫子敬事之。使伯玉而師夫子,則事夫子者也,夫子反事之如數子輩乎？決無是也。公伯寮愬子路，蓋小人之讒諂者，奚爲登孔子之門？且聖人之警衆人也，未嘗不寬；其責門人也，未嘗不直。責之也直，親之之意可知；警之也寬，疏之之意可見。責之也直，如曰“野哉由也”，又曰“小人哉樊須也”，對社晝寢之失，於予尤深責焉，於求則曰“非吾徒也，小子鳴鼓而攻之可也”。使寮而在聖人之門，則愬子路之事，設或有之，必將正言以責之矣。託之於命，非所以責之也。玩夫其“如命何”之旨，蓋與待桓魋、匡人同意，非特疎之，蓋絶之矣。由是觀之，二人者，雖君子小人之不同，非特不當居七十二賢之列，而實不在三千人之中矣。故筆之，以俟夫知者而問焉。

竹谿稿卷之二

史 論

秦

秦有并天下之勢，而不能服天下之心；有御天下之權，而無安天下之慮。此所以得之易，而失之亦不難也。蓋嘗論之，關中之地，用武之國也。太華居其東，而大河經之。巴蜀之富，殽函之險，卒有急難，開關迎敵，百萬之師，順流而下，譬之屋上建瓴水焉，進則攻，退則守，據形勝以東制諸侯，豈非有并天下之勢者。雖然，有天下者，在德不在勢。蓋服天下之心者，莫德若也。勢而無德，適足聚怨而速亡耳。秦亡之易，不亦宜乎？夫秦，自孝公用商鞅之法，其國始大。惠文繼立，搆兵鄰國。昭襄以來，吞并益熾。遂使同列之國，今歲約地，明年割城，譬之抱薪救火，薪不盡，火未滅也。卒滅二周，屠六國，百五十年之間，遂帝天下。豈非有其勢，謂天下可力致耶？殊不思周之享國數十世，其故何哉？蓋后稷、公劉積行累功，至於文王，有三分天下之二，固可朝諸侯有天下矣，然卒以服事殷者，豈其力不足而智不及哉？蓋以德服天下之心，而須天命之自至也。逮夫天厭殷亂，武王乃起而平之。向使受惡未極，殷命未替，武王亦效臣節而死耳，奚必遽會孟津之諸侯，勇仗牧野之黄鉞也哉？此周所以得之難而守之安且久也。若孝公之變法，則固已失之矣。儻其子若孫能變功利之習，一新德政，以浹人心，睦鄰國，諸侯有不遵王命者，則上禀天子，下率同列，扶義而討之，天下必將懷德畏力，望風而歸。當周祚既衰，人心一歸，天命有在，徐起而收之，傳之子孫，數十世可安也，何必汲汲計戰鬬功，假儀之舌、起之計，以刼人之地、掠人之城也哉？斯可見秦不能服天下之心也。至于始皇，罷封建爲郡縣，甚得御天下之權勇，不惑愚儒之論，可取也。何以言之？夏后氏塗山之會，執玉帛者萬國。商之世，千七百餘國耳。武王之時，二分天下之諸侯，會於孟津者，亦八百餘國。逮夫春秋之世，列國相攻而亡者，十七八矣。陵夷至于戰國，併吞之餘，先王封國殆盡。晉、楚、齊、秦之彊，皆地方數千里，帶甲數十萬，其勢皆足以刼周而自王。至嬴氏卒併之，而周室遂亡矣。然則封建者，豈非啟天下之爭心，馴致其禍若是其甚歟？夫封建者，固聖人立法之大經，正上下之分，使截然不紊者也。使世有聖天子在上，下有賢方伯維持而宗主之，使襲守不亂，天下之利，孰有大於此哉？聖王不作，諸侯放恣，遂以智力相雄，亦勢然耳。嚮也七國併諸侯而爲七國，秦今滅六國而帝矣，吞并至此已劇，使湯武復生斯世，亦將罷爲郡縣，豈特秦乎？此漢之高帝欲立六國後，所以既刻印而即趣銷印也。且秦人狃於吞并之習俗，皆亡恥嗜利，勇鬬力爭。封建，天下之大利也，安有貪詐鬬爭之俗，見大利不競，相安於再世者乎？且所封之國，寧無大小彊弱之殊乎？夫強者勢足以兼弱，而小者理不得不屈於大也。况始皇之世，先代之國盡矣，其所封者，子弟功臣多不過十餘國，土地之大，甲兵之富，蓋與當時七國之勢無以異也。且其間必有一二尤强之國，使併諸侯而亡秦，猶反掌耳，秦欲不亡，不可得也。且漢之高祖懲秦孤立而亡，遂大封同姓，欲以鎮撫天下，未及五十年，而七國反矣，此又其不遠之驗也。或曰：周世封建，享國長久，秦易郡縣，二世而亡，豈封建之不如郡縣乎？曰：周之歷年，豈必封建之功也，祖宗尚德之所致也。秦二世而亡者，豈郡縣之罪哉？向使始皇舉封子弟功臣而王之，吾恐泰山之封未乾，而秦鹿已失矣。然則秦之所以亡者，其故果安在哉？蓋以詐力得之，又因以治之，始則不能服天下之心，終則無安天下之慮也。然則安天下之慮宜何如？亦曰修文德，行仁義云爾。蓋嘗論之,天下新併,宜先定儲貳。天子當立,乃使監蒙恬軍於上郡。胡亥昏暴,而使指鹿者輔之,卒致矯制望夷之禍,則本已先撥矣。創殘之餘,宜偃武修文,息民養卒,顧乃伐匈奴,坑學士,尤未足以張其威,逞其欲也,於是封泰山而禪梁父,登琅琊而訪蓬萊焉。殊不知政事繆戾,人心已摇,而豪傑已議其後矣。既而築長城,作阿房,杵聲未絶,屋壁未乾,鮑魚已腥,而勝、廣起矣。赤旗障日,沛公已軍霸上矣。素車白馬,子嬰肉袒道傍矣。吁!是何得之易而失之遽也?向使滅六國之後,布政修德,與天下更始,雖以詐力得之,能以仁義守之,其誰曰不可?惜乎計不出此,而惟欲之從,卒至社稷丘墟,子孫爲僇,非不幸也,亦理勢然也。嗚呼!有并天下之勢則易以得,不能服天下之心則易以危;有制天下之權則暫安,無安天下之慮則易失也。秦亡之遽,由是也夫!且秦亡發於始皇而見於二世,其所以亡者,豈皆始皇父子之罪哉?亦累世詐力之所致也。泝而窮之,蓋必有首之者,孝公是也。秦至孝公始大,儻貽厥子孫以道德仁義,則世世相承,民將樂其樂,利其利,而與國同休矣,何至二世而亡乎?由是觀之,帝秦者,非始皇也,孝公也;族秦者,非天下也,商鞅也。嗚呼!帝秦者,族秦之兆也,可勝悼哉!

漢高帝

漢所以得天下者何?曰:三人傑之功也。其所以得天下者又何?曰:高帝寬仁愛人,任賢使能,好謀能聽,趣時嚮赴,從諫如流,與天下同利,此其所以得天下也。曰:是則然矣,然迹其行事,尤有可言者乎?愚聞之,先則制人,後則制於人。懷王與諸將約:"先入定關中者王之。"當是時,秦兵强,諸將莫利先入關,獨項羽怨秦,奮願與沛公西入。然懷王卒不許慓悍猾賊之人,而遣寬大長者。故沛公得以漢之元年十月,兵至霸上,納[①]秦降王子嬰,受秦皇帝國璽符節。又能約法

① "納",原作"約",據《續金華叢書》本改。

三章，除秦苛法，與民更始。吏民既皆安堵如故，又讓不欲以酒食獻饗勞人。由是人心益喜，惟恐其不爲秦王。項羽後雖背約而王之巴蜀，然其德惠之在人心，雖久而不能忘也。人心既歸，天命有在，雖欲弗王，其可得乎？史以沛公至霸上之十月爲漢元年者，仍秦正爲歲首，明爲漢受命之年，以漢之得天下自此始也。又項氏之從民望而立懷王，所謂有名之兵也。羽始與沛公共事之後，迺佯尊之爲義帝，遷之長沙，弒之江中，是弒君之賊也。當時諸侯畏羽之强，莫敢問其弒逆之罪。漢王獨能奮然從三老董公之言，即爲之發喪，悉遣關中兵，收三河士，縞素西來，義旗東指，人心一歸，師氣百倍。故能以五諸侯之兵，長驅入於彭城。戰雖不利，然自是我則赫然爲仗義有名之兵，而彼則顯然爲弒君有名之賊矣。名正言順，此項氏[①]卒以弒逆爲僇，而劉氏終以順德而昌也。漢之有天下，董公之力居多。蓋正名定罪，以伐叛逆，所以能服天下之心，而天下共歸之也。夫王者之得天下，必擇善地而都之。關中左崤函，右隴蜀，所謂金城千里，天府之國也。洛之外不於是，又奚擇焉？高帝既得天下，始欲長都洛陽，聽婁敬之言，參留侯之説，遂即日西都長安。蓋長安天下形勝，四方趨仰歸嚮之地也。凡此三者，關係爲大。漢之能得天下而安之者，其亦以是也夫。抑又論之：高帝起布衣，提三尺以有天下，基漢四百年之業，可謂英雄不世出之主矣。其剗削群兇，掃除苛政，與天下更始。雖未能致隆平，然較之秦世[②]

① “氏”，原作“代”，據《續金華叢書》本改。
② 以下缺半篇四頁。

竹谿稿卷之三

與郭陶夫書

頃因報謁，遂獲識荆，且聆燦花霏屑於茂林修竹間，固爽矣。但奇言異論，則有吾輩平生所未嘗聞者，深未能無疑也。嗚呼！理一而已，豈有二乎哉？未可以區區口舌，强辯求勝也。未免以所疑義，筆呈求教，蓋亦切磋之義。雖然，此固難與俗人言矣，惟高明亮之。玆條列于後：

一、程子有言：古之學者一，今之學者三，異端不與焉。曰訓詁也，詞章也，儒者之學也。儒者之學，聖人之道也。聖人之道，有體有用，有具有文。三綱五常，其體也；修齊治平，其用也；禮樂刑政，其具也；《詩》《書》《易》《春秋》六藝之文，皆其文也。斯文也，經緯天地，綱紀人倫，扶植世教，切於時用，近可爲天下法，遠可傳之萬世而不墜者也，非後世區區無益之文也。夫子之文章，威儀文辭是也，德之見乎外者也，絺章繪句云乎哉？世有號爲詞章之學者，曰："我善爲文，我善爲賦，豈事夫規規性理之學乎？"是小人而儒者也，豈眞識夫儒者之學哉？然則儒者之學，果何學歟？曰：學夫聖人之道也。請得以詳言之，可乎？曰：舉其大本而言之，則上帝降衷，蒸民秉彝，夫子所謂性與天道，子思所謂天命之性。自其存諸心者言之，則惻隱之仁，羞惡之義，辭讓之禮，是非之智。自其接於身者言之，則父子之親，君臣之義，夫婦之别，長幼之序，朋友之信，至於目視而耳聽，手持而足行，四肢百體之所安，身體髮膚之所受。近而宫室衣服之爲制，菽粟絲麻之爲用，飲食之所以養生，棺槨之所以送死；極乎天地之運，古今之變，陰陽之消長，鬼神之屈伸，日月之運行，山川之流峙。遠而至於草木之榮悴開落，鳥獸蟲魚之飛潛走動；大而一元之運，小而一息之微，平居日用，一舉目跬步之間，一動静語默之際，莫不欲見此理常流行於其間。無物不有，無時不然，存諸心而見諸行事，不可須臾而離者也。此聖人之所謂道也，吾儒之所謂學也，非後世訓詁詞章之學也。且其爲學，多本於人倫日用之常，明乎物理自然之妙，非如素隱行怪之流，有甚高難行之事者也；又非如佛老之徒，馳心冥漠之中，探索虛無之表者也；又非獨形之空言，具之簡册，爲無用之虛文也。故童而習之，壯而欲行之，勉勉循循，隨其力之所及而求至焉，有惟日孜孜、斃而後已者也。此所以爲吾儒有用之學也。今有號爲詞章之學者，輒以性理一家目之爲拘儒，其意謂性理云者，涉於高遠迂闊，而不切於實用，從而詆毁訕笑之，可見其不知量矣。彼蓋不識皆是實理，皆是實事，二帝三王之所以爲君，舜、禹、臯陶、稷、契、伊、傅、周、召之所以爲臣，孔、孟之所以爲教，顔、曾之所以爲學，皆自此出，實一心之主宰，萬化之本原，亘萬世而長存者也，凡讀書者之所必當窮究者也。外此，則爲棄本逐末，而非所以爲學矣。且所謂性理詞章，其本曷嘗有二哉？自其純粹而藴於中者，則爲德性；自其英華而發於外者，則爲文章。有諸中必形諸外者也，故有德者必有言，順理者必成文。且性理之士，豈無文章之著乎外哉？又豈絶詞章而不爲之哉？但不泥於絺章繪句之末，而爲華藻無用之文耳。觀乎周、程、張、朱諸子之作，其立言垂訓，昭如日星，可爲法於天下，傳之後世，豈謂學道君子而無文章哉？豈如剽竊陳編，埋頭蠹簡，以苟歲月，弄筆札，閲隊仗，摘章摘句，學爲舉子文而時出之，一擬一賦，遽以自足，忤經旨，礙文理，有所不顧，而自號爲詞章之學，此又詞章之學之罪人，吾儒之殘賊者也，而可謂之文章之士哉？且文者，貫道之器也。凡作文必以理爲主，而以詞發之，未有不明乎理而能文者也，亦未有外乎理而可謂之文也。方今設科取士，舉人以德行爲首，試藝以經術爲先，詞章次之，其學必以程朱氏爲主。彼程、朱二子者，豈非性理之宗師，道學之淵源乎？今號爲詞章，而力詆乎性理，則其所作皆無理之文也，安有無理之文而可謂之文哉？而可鳴之塲屋，以僥倖於萬一哉？宜其屢進而屢黜也。必欲爲詞章之學，則當以理爲主，取法游、夏，規模屈、宋，縱觀先秦、漢晉、唐宋之文，及當今名士之著作，立言綴論，往往傑然特出，足以黼黻皇猷、模範當世者，方可無愧於平生之學，亦不失爲有用之文矣。否則區區綴緝，既背於理，奚足爲文？無益於己，而尚及人乎哉？吾子自謂造詞章之閫奥者，必不類是矣。但不審以僕之言爲何如耳？願明有以教我，無吝也。

一、凡讀書爲學，必有漸次，有始終。《詩》以《關雎》之亂爲《風》始，《鹿鳴》爲《小雅》始，《文王》爲《大雅》始，《清廟》爲《頌》始。《易》以《乾》《坤》爲六十四卦之始。《春秋》以“元年春王正月”爲二百四十二年載事之始。《禮》以《曲禮》“毋不敬”一言爲群篇之始。至于四代之《書》，則以《典謨》爲百篇之始，不易矣。自始至終，固其序也；循序而進，固其宜也。今吾子教人，自謂别有奇術。五十八篇之《書》，獨創讀自《商書》之《湯誓》始，謂由易以入難。不知所謂難者，以其文義精深雅奥爲難曉歟？抑以辭語佶屈聱牙爲難讀歟？先儒已言之矣。《書》有兩體，有極分曉者，有極難曉者。先將文義分曉者熟讀之，聱牙者且未讀。所謂聱牙難曉者，謂如《盤庚》諸篇及《康誥》之屬是也。今觀《二典》《三謨》，語詞平正，文義明白，句句是實理，件件是實事。堯之所以爲君，舜、禹、皐陶、稷、契之所以爲臣，都俞吁咈，揖讓賡歌，嘉言善政，昭然日星。正好於此中綢繆玩味，體貼自家身上來，施之新學，尤爲切要。何爲以《商書·湯誓》而先之？且《湯誓》一書，湯伐桀誓師之辭也。以臣伐君，世變可知矣。視唐虞揖讓而得天下者，爲何如哉？此湯之所以有慚德也。况《堯典》“欽”之一字，書中開卷第一義，一經之全體係焉，日用之所當先者也。自"明德"至於"時雍"，修身、齊家、治國、平天下之道具焉。《舜典》命契敷五教而作司徒，命夔典樂以教胄子，而施教之法備焉。至於《舜謨》危微精一之論，則又學者傳心之要法，帝王傳天下之要道也。張宣公所謂《書》中第一義者，此也。百篇之義，孰有大於此哉？至於《臯陶謨》九德之目，天叙天秩之論，皆聖賢之格言，修齊治平之大法也。初學之士，當先以此等辭義入之，使爲此心之主，而知所本務。今乃置之，而先之以誓師督戰之辭，孥戮罔赦之語，先後始終之序既乖，又無以開導其良心，而爲進德之基，恐未足爲至論也。不然，則有私其説，願明有以教我無隱也。

上俞僉憲書

竊聞爲治在於得人，而得人之本在於知人，知人之道則在乎存吾之心、廣吾之視聽以及之而已。天之生斯民也，林林總總，雖有聰明睿智、能盡其性者出乎其間而爲之主，然四海之廣，億兆之衆，亦安得以一人而獨治之哉？故設官分職而爲之治。然古明王立政，不惟其官惟其人，而人未易知也。《舜典》曰："三載考績，三考，黜陟幽明。"此考績黜陟之所由始也。《周官》亦曰："大明黜陟。"蓋人之賢愚邪正之事，是非得失，薰蕕雜糅，黑白混淆，苟不爲之采擇甄别，推究考核，則賢不肖何由而分？君子小人何由而别？事之是非得失亦何由而得其實哉？然所以采擇甄别、推究考核之道，則在乎存吾之心、廣吾之視聽以及之而已。爲人君者，一日萬幾，所謂廣吾之視聽，豈特專以一人之身而言，亦在廷之臣相與任其責焉耳。故其所視者遠，所聽者周。賢愚既分，邪正既别，然後陟明黜幽，信賞必罰，此唐虞三代之世所以庶績咸熙、萬國咸寧也。三代而降，用人雖多，治日常少，由黜陟之法不明，官有不得其人也。官不得其人，欲求天下之治，不亦難乎？欽惟我朝勵精爲治，稽古建官，以守令者民之師帥，承流而宣化者也，人之賢否、民之休戚係焉，於是廣四方之視聽以明黜陟。而閣下實受憲臺之委，任一道訪察之職，是則一道生民之休戚係於閣下方寸之間，其任可謂重矣。至於跋履險阻，按臨郡邑，究政事之得失，察人才之賢否，考核名實，訪求聲迹，以至採里巷之謡，擇蒭蕘之言，所以稱答憲臺之委寄，以上副吾君愛民之心者，其勤可謂至矣。雖人未易知，然亦不過存吾之心、廣吾之視聽以及之而已。鑑之明者，物之妍醜自見；衡之平者，物之輕重自明。審吾本心之權度以度之，廣吾視聽之聰明以及之，人之賢愚邪正，事之是非得失，必有不得遁其情者矣。然又必平心易氣，詳察而明斷之，何患物之不得其平，黜陟之不得其當哉！昔舜、湯舉一皋陶、伊尹而不仁者遠，今陟一人而一道勸，黜一人而一道懲，異日尊居廊廟，推此道而措之天下，以進退百官，將見不仁者遠，治道日臻，是虞廷之皋陶、商邦之伊尹復生於斯世，此吾民區區以此勇望於閣下者也。邇者閣下按臨下邑，一邑之民莫不歡欣鼓舞，知閣下有愛吾民之心也。聞於學校之政，尤切盡心，則又知非徒愛之而已也，又將加教養成就之恩焉。此後學所之以振奮激勵，而絃歌之聲自有加於昔之時，某輩何幸，身親見之！某也田里鄙夫，少壯失學，衰病以來，僅守句讀，以教於家，日與啾啾者居耳，視聖賢爲己之學何有哉！側聞善政，私心竊爲之喜，然以無由一拜大君子之庭，以瞻望道德之光爲歉。兹者天適其逢，適際車騎道敝鄉，且辱俯臨鄉之義塾，館舍有光，生徒振勵，吾道幸甚。某故敢益忘疏賤，僭述所聞，進拜於下執事。倘蒙恕其冒昧，不賜譴訶，得遂荆州之願，且賜之教誨，則又幸矣。謹奉書百拜以聞。干冒威嚴，無任戰汗之至。

上憲司委林縣丞書

林名彬祖，字彦文，處州人。至正乙酉進士，永嘉縣丞。

某不度荒賤，欲以經理田糧數事干冒威嚴，而區區悃愊，有非立談之頃所能盡露，用敢筆之尺楮，冒昧以聞，倘蒙不厭煩瀆，賜之聽覽，幸甚。夫仁政必自經界正，則井地均，而人有定業，田有定賦，民以力役事其上者有常數，而民各得其所矣。古井田之法既廢，田無分而豪彊得以兼并，資力不等而賦役致有不均，而民始病矣。古法雖未可復行於後世，然經理推排，量田定税，亦古經界之遺意也。故亡宋嘉定以經界爲名，咸淳以推排爲目，近歲郡邑之賢守令，亦嘗有以經理歸併爲事者。雖所行之法不同，然皆莫不欲實田糧，均賦役，愛民之意則無不同也。但隨地出税、隨税出役之法，則皆未之能行，而始見於今日耳。欽惟我朝，愛民如赤子，遴選守令，課以六事，而賦役居其一焉，仁恤之意至矣。奈何任承流宣化之責者，無以稱上意旨，徒曰均賦役，而賦役實未均也。惟見田連阡陌之家，與貧者例當一役，貧無立錐之地者，仍不免以舊額當差，又有無升合之糧，而常充鄉都之役者。吁！賦役之不均也久矣，貧民之病者亦已甚矣。天道好還，正在今日。況吾民多幸，適際先生以仁賢盛德之光輝，照臨下邑，此吾民之所以日夜引領，東望馬首之回，以大慰其雲霓之望，而布衣老生，區區深以寬仁之政，勇望於閣下者也。謹陳其五事如左：一曰蠲宿弊，二曰復水利，三曰假寬限，四曰選任使，五曰謹文册。惟高明裁之云云。某田野鄙夫，世居永康之太平，少學於白雲先生許子之門，今窮且老矣。幽居鼃井，事罔聞知，惟閉户課諸孫耳，豈敢舉口妄談官府之事？然而今有當言之事，適際可言之時，又幸遇賢明可告之君侯，如之何其敢自默以得罪於吾父母之邦，而重獲戾於大君子之門也？某今所陳者，大略凡五事，其餘叢碎，未敢煩瀆。乞閣下詳念某之所陳者，爲公乎？爲私乎？若以爲公而可行，則閣下當聽其言，憫其志，而力行之。若以爲私而難行，則某未嘗敢以私請請於大君子之前也，惟高明其亮之。徑情直述，言不能文，知而不言，某之罪也；擇言而聽，君侯之責也。

右節録云。

竹谿稿卷之四

送林子章遊學序

人不可以無學，學不可以無師，學必務求師，而師則所以受業者也。然古之學一，今之學三，訓詁詞章之外，則儒者之學也。儒者之學，聖人之學也。聖賢格言至訓，布在方册，昭然日星，雖千條萬緒，用各不同，然究其一本，則皆不過使之學焉，以復其性而已耳。曰知與行，則其目之大要也。果能眞知力行，成己成物，皆吾分內事耳，豈有爲乎人哉？吁！何古之學爲己，今之學爲人，非惟世道之已降，抑亦師道之不明也耶？昔吾先師白雲先生許子，以師道淑人，四方學者多宗之，面承耳受幾千人。先生學於仁山金先生，則紫陽朱夫子之傳授未遠也，道學淵源有自來矣。先生雖没，明先生之學而可宗者，亦豈無其人乎？余友林君子章，世家子也，材優而學敏，科舉復興，遂刻志絶去家務，將攜其季子文負笈尋師，志則遠矣。然古人修其天爵而人爵從之，君將爲古人之學，則必求古人之學者而學焉。自格物致知至於治國而天下平，戒慎恐懼至於天地位、萬物育，是必有其道矣。異日尊所聞而行所知，豈特章句儒將爲君子儒，而禄也亦在其中矣，又何人爵之不至乎？君行有日，邑士多爲詩文以餞。余素不文，徑述所聞以贈。道經雙溪，雙溪之士有爲吾同門友者，君其以是質之。

送傅生彦高遊學序

學不可以無師，然聖人且無常師，况衆人乎？童子句讀，傳道授業，皆師也；灑掃應對，窮理盡性，皆學也。故爲學必務求師，惟隆師乃可成學。學校之興，師道之盛，稽諸三代可見已。周德既衰，學術不明，師道日薄。嗣是以來，世之學者，不過記誦詞章之習而已。暨宋周、程、張、朱數夫子者出，然後吾道燦然復明，如日月之行天、源泉之流地也。矧我朝大興文治，科舉之設，度越前古，普天之下，莫不家孔孟而户程朱，可謂盛矣。然學者能明大義而已，教者亦止以大義語之，何復論其傳道受業，必使之窮理盡性乎？是師道未復於古，而學術未明於今也。且吾邑儒風，素稱不振，故讀書者益少。傅生彦高，年方弱冠，獨能拔出群萃，不市道交，能習舉子文。曩從予遊，講課不怠，聽其言論，往往出人意表。且謂僻處一隅，無以廣見聞，資器識，益所已能，廓所未至，終於管天蛙井耳。今春將負笈遠遊，而請言於余。余謂之曰：孟氏有言：登東山而小魯，登泰山而小天下。觀於海者難爲水，遊於聖人之門者難爲言。生將有志於四方，東而西，南而北，窮山川之勝，歷都邑之壯，訪齊魯之大儒，結燕趙之奇士。天下之大，人材之衆，豈無可師者耶？所謂廣見聞、資器識，益所已能，廓所未至者，必將有得於子矣深，余之所願也。然學問之道求放心，苟專心致志，朝益暮習，雖閉户下帷、不出門庭可也。或心馳神騖，以鴻鵠將至，則遠遊適足蕩吾心，見聞反足蠱吾志，則亦何益之有哉？故學必求其放心而已也，子其識之。子行矣，或朋友有問余者，則爲我復之曰：日月逝矣，歲不我與，子行勗哉！

送葬師葛濟民歸天台序

風水云者，原夫山川風氣而爲之説也。天地之間，質最重而静者，山也；體至微而動者，水也；無形而動物者，風也。氣則山川之氣，運行乎其間，不可得而見者也。夫大塊噫氣，鼓行乎兩間，欻然莫知其所從來，蕩然莫知其所由止，若無所往而不達者。然山川限隔，則風氣爲之不通，則固有不同者矣。若夫山水，則皆自東北而西南。山於西北而特出者，曰崑崙焉。諸山(此處闕一頁，計四百字。)而日消，而王氣歇矣。此又以其氣運之盛衰者言之也。然積功累德，則於是而興；奢淫暴虐，則於是而亡。然則山川之形勝，風氣之盛衰，在所不論也。昔太王邑於岐山之下，非擇而取之，而能肇周家八百年之基。秦政之都關中，二世而亡；漢祖都之，以王天下。六朝都建康，幾三百年，英雄代作，迭興迭衰，山川之勝自若也，風氣之勝自若也。彼王此亡，一興一廢，其故何哉？然則廢興存亡之機，關乎人事之善惡，初不繫乎山川風氣也。且國家天下，其理一也。家貴盛而敗亡者多矣，雖有安宅以庇其身，福地以葬其親，豈能救其傾覆乎？家貧賤而致富貴者亦多矣，耕漁版築之徒，甕牖繩樞之子，未聞其家厚貲擇地而葬其親，以致其身於公侯之地者也。然則貧富貴賤不係於風水也亦明矣。《經》不云乎："卜其宅兆而安厝之。"蓋卜者，卜其地之美惡，非所謂禍福者也。地之美者，土色之光潤，草木之茂盛，乃其驗也。蓋祖父子孫同氣，土之沃者草木茂，地之美者神靈安，神靈安則子孫亦安矣。猶培其根而枝葉茂，理固然也。故土厚水深之地不可不擇，五患者不可不避。必曰居某地則應某官，葬某地則獲某福，以爲子孫貧富、貴賤、賢愚、壽夭、吉凶、禍福之機悉由於此，而若無與於人爲者，則吾未之信也。吁！吉凶禍福無不自己求之者，豈係之山水哉？是則爲其可信者，合乎是理之固然；其不可信者，泥乎其事之不通者也。且古之葬者，或踰月，或三月五月，皆以貴賤有定禮，豈如後世陰陽拘忌，久殯而必待時日之利，以爲福子孫計耶？是固難與俗人言也。赤城葛君濟民，儒而世於風水者，其術固非吾所能知，其議論則皆平正切實，不爲大言以誇人，詭辯以眩俗，可嘉也已。於其歸也，直書所見以贈云。時至元仍紀之庚辰元旦後三日也。

方孝婦序

孝爲百行之原，盡其道以名於世者，古聞其人矣，今未之見也。

况爲人婦而得以孝名，尤絶無而僅有，宜嘉歎而表異者也。暨陽楊君敬妻方氏，事姑孝。姑何氏，腑道患澁，弗能親御偃溲。方每浸沃湯檠，中指探出之。歲久，手紋龜裂，無倦色。姑得以壽終，可謂行人婦之所難者矣。卒年六十一，葬黄茅山之原。金華宋君希濂父聞而嘉之，恐其事之無聞也，大書"孝婦"字表其墓，且作辭以勸來者。嗚呼！樂道人之善者，君子之心也；行人之所難者，孝子之行也。今孝婦之孝其姑，不啻孝子之孝其父母，名曰孝婦宜矣。昔漢陳孝婦終養其姑，名聞於朝；崔山南祖母唐乳其姑，猶芳簡册。焉知孝婦之事不名於今而聞於後乎？然其名也，則自宋君始，於以知君好善之聲，繇是而益彰矣。喜爲之贊，以俟夫觀風者。

贊曰：於戲孝婦，淑德懿行，孝養厥姑，匪特温凊。姑嬰奇疾，醫療爲難，竭力殫心，不辭苦艱。閲歲既深，手紋龜裂，一時淳風，千古嘉節。茅山之原，不碣不碑，不有發揮，其孰知之。猗歟宋君，豈弟忠厚，大書墓表，以勸厥後。婦事舅姑，如事父母。哀今之人，不孝不友，矯首祟阡，寧無媿咎。於戲休哉！

送琴士陳元吉歸天台序

樂由天作，而有遺音。自伏羲氏削桐爲琴，有虞氏作五絃歌《南風》，吾夫子亦嘗遊緇帷林，坐歌杏壇，皆一倡三歎，有遺音者。柰世有今古，聲音隨之，棄古調，娱新聲，往往皆是，雖琴亦桑濮矣。將禁人邪心，反有蕩其良心，將焉用之？是則琴之技小矣，其能求純古澹泊有遺音者安在哉？吾家子弟，近多習琴者。天台陳君元吉來，能琴且善斲，蓋必審於音者。又聞能讀岐黄書。余因憶歐公有《琴説》送楊寘，謂琴能愈疾。琴能愈人之疾，人獨不能醫琴之病乎？陳君其必能移醫人手，醫琴中桑濮音矣，又豈可謂技之小者哉？其歸也，鄉之人士多贈以詩，烏傷朱君伯清爲之序，亦求詩於余。余素不知音，且不善詩，姑書所憶與所感者以贈。

送王文玉歸天台序

天台王君文玉，業於儒者也。曩來於婺，周旋丹谿翠峴間。一日歸程道吾里，攜諸名賢餞章來訪，而徵言於予，始得觀其丰采，而知其志氣卓犖不群，又知其鬱然有歸歟之歎也。吁！豈有才難用而落落若是耶？《詩》不云乎："蒹葭蒼蒼，白露爲霜。"物受變則材成矣。且古之君子，以玉比德焉。今姑借文玉字義爲喻。彼粹然而蒼、而黄、而青、而赤、而白、而元者，玉之色，亦玉之文也。琢之磨之，錯之礱之，絶其瑕玷，致其精美，以之爲璧、爲琮、爲圭、爲璋、爲琥、爲璜者，人之力也。玉乎玉乎，其磨礱之功乎？人之欲成其器者有其道，天之玉女於成者，豈亦必有其兆乎？夫人苦其心志、空乏其身、行拂亂其所爲者，是天欲玉之成也。文玉其勉之行也。因書以贈。

送術士謝雲山序

一日，天台術隱雲山謝翁，携其子，挾古山孫氏子書，來訪余竹谿之上。科頭儒履，被釋子衣，自稱天台野衲。問之，則曰："晦吾目者十年餘矣。"聽其言則儒，叩其術則曰先天之數。吁！是數也，果能先天而天弗違乎？吾不得而知也。然爲術甚捷，行囊溢然，衆環視而異之，莫不羨其術之動人，而悼其明之喪，弗克輝光發越，以究其業也。余曰："不然。塞翁之折髀，安知非福乎？翁敏於才者也，使其初雙瞳無恙，必將散其精明，殫其息慮，眩瞀於多才多藝之埸，馳騁於曲徑旁蹊之域，而莫知所之矣。豈能如今日，顔温氣和，養其精明，以驗其學術，潤其行囊，以富其子孫，而優游於桑榆之境者耶？斯不幸之至幸，殆天欲福之也。翁必有以自慰於中矣，又奚憾焉？"翁聞之而歎曰："甚善。教我其旋也。"故書所語以貺其行李。

竹谿漁隱記

竹谿叟年過五十，無聞於世，更號竹谿漁隱。竹谿者，其地；漁隱者，其志也。客有問曰："師尚父之未遇於周也，固嘗以漁而隱於渭之濱矣，蓋避世者也。今叟遇聖明之世而以漁隱稱，無迺與昔之隱者戾乎？"叟曰："噫嘻！客何見之異也？客不聞善學柳下惠者，無如魯獨居之男子乎？吾尚父以雄武之才，懷經濟之志，雖遯世而漁，鷹揚之氣，固已充塞乎磻溪之上矣。一旦非熊入兆，爲王者師，卒以功佐姬周有天下，受茅土於營丘，爲齊太公，爲周方伯，可謂命世之雄才，識時之俊傑，得出處之正者矣。百年之下，幾何人哉？今余雖幸生斯世，才不如今人，志不如古人，而日月逝矣，其無用於斯世也決矣。幸於所居有竹，竹外有谿，惟煙蓑雨笠，釣磯漁艇，日徜徉其間，而優游以卒歲，是吾志也。且客又不聞韓公盤谷之序乎？世之富貴利達者有命焉，不可幸而致也，所謂上焉者也。窮居野處，惟適所安者，其次也。下此則爲奔走伺候之人矣。今吾不獲乎上，惟務其中，故寧爲此，弗爲彼也。善學吾太公者，無踰於我矣。顧世之治亂則同，人之隱顯特異，或行其道，或善其身，亦各成其志而已耳。諫伐而餓死，此夷、齊所以獨異於衆也，何必同？"客無以對，遂定竹谿漁隱以爲吾號云。既記之，且爲之歌曰：

心閒人始閒，知足事常足。一寸二寸魚，三竿兩竿竹。日暮罷釣歸，還將我書讀。五老峰長青，雙谿水深緑。此意竟何如？竹谿我盤谷。

杏壇問答

竹谿叟坐磯上，有童子笑而問曰："杏壇之杏，紅乎白乎？"叟曰："昔尼父坐杏壇之上，在緇帷之林。想其時也，夭夭而申申，喜春風之播仁，遂絃歌而鼓琴，蓋浴沂詠歌之同意，樂與萬物而爲春。爾知夫杏壇之名義乎？杏之爲木也，蓋花中之春色，乃桃李之與鄰。壇之爲地也，是澤中之高處，蓋歸乎水之濱。傳古臧氏誓師之地，有將軍戰馬之歌云。後指杏壇爲地之名兮，或地在而木不存。是或啟後學之疑，來童子之詢。且爾所謂白者，豈非鴨脚其葉、而銀殼其實者乎？或大人先生别有祖説，則余蔑之嘗矣。或爾故爲之説，無乃幾乎變黑白，易僞眞，牛羊於齊，鹿馬於秦，又何異乎宰予妄對之栗社，且何殊乎漆園無稽之大椿。正印簡册，昭昭明文。漢之鍾離，豈無所聞。歷代表植，古傳於今。爾豈知而戲我耶？不識而問我耶？”童子俯首謝去。叟因歸，筆之以求徵諸博聞者。

竹谿稿卷之五

太極賦

繫上天之載兮，無聲臭之可言。無極而太極兮，妙萬化之本源。曰動静而陰陽兮，陰陽分而乾坤。五行具質于地兮，氣則磅礴夫蒼旻。由五氣之順布兮，四序循環而迭臻。懿人物之始生兮，禀無極二五之精眞。道乾男而坤女兮，物生生而彙分。究萬殊於一本兮，莫匪太極之一元。由一本而萬殊兮，各具太極之渾淪。前乎莫究其始之所發，後乎莫測其終之所因。且視之而勿見兮，聽之而勿聞。妙冲漠之無朕兮，極坱圠[1]而無垠。是乃自然實理流行於天地，詎可管窺蠡測、私計而臆論。原夫羲皇作卦，有畫無書。此曰太極，孰爲權輿？自宣尼之贊繫，迺遺訓之云初；奈世遠而言湮，汨異説之虚無。寥寥千載，孰匡孰扶；霽月光風，舂陵鉅儒。悼斯文之抑鬱，憤紅紫之亂朱；析微辭於寸管，括萬化於一圖。啟聾聵於罔極，廓清妙而無餘。匪識道之君子，孰髣像於斯乎。奈何論説瀾翻，是非蠭起。向非紫陽之超卓，孰能毫析於疑似。走翰墨以紛霏，辯未明而不已；暨霜降而水涸，迺自見其涯涘。始玉石之莫分，終同歸於至理。譬日月之行天，並太極而終始。嗟余生之無聞，詎能探夫微旨；徒剽竊於陳編，惟誦傳於口耳。瞿撫圖而三歎，忘契心於一唯；太極於我何有哉？惟曰一理而已爾。

① “圠”，原作“北”，據《續金華叢書》本改。

金蓮炬賦

嗟末葉之有唐，期照臨於萬方。何寧馨之學士，寵殿陛之天光。對金鑾之向久，聽玉漏之初長。更已闌兮欲轉，夜何其兮未央。耿銀燭兮見跋，紛蠟淚兮成行。於是翠華風動，鑾韻琳琅；玉蟾煙歇，蘭麝餘芳。龍顔屢顧，鑾馭將翔；爰命學士，歸于玉堂。移金蓮之寶炬，洩蘭爐之天香。月芙蕖於秋水，煙菡萏於朝陽。丹燄直衝於牛斗，朱華不落乎風霜。耀嬌步之潘妃，照丰姿之六郎。降神輝於紫闥，煥瑞彩於宫墻。枝鵲飛驚以盤礴，林鴉起散而搶攘。出閶闔兮炫耀，燭翰苑兮熒煌。馬長鳴兮辟易，吏驚走而倉茫。訝鑾輿之宵幸，恍玉珮之鏗鏘；衆熟視而太息，事可感而追傷。想召對之移時，必有契乎君王；曰利害之有問，可獻替之無良。苟丹心其未秉，讀金鏡其如忘；玩威光於咫尺，逞顔色於廟廊。吁嗟乎！君寵不可久得兮，君恩不可以過望。豈若校書於天禄，感藜杖之光芒。名器不可少假兮，天威不可以不揚。曷若設燎於王庭，來玉帛於萬邦。正上下之大分，遂緝熙於八荒。協君臣之一心，保鴻業於無疆。奚必褻一夕天光之下照，使誇一時寵耀之非常。

酷熱賦

渭川主人盛夏坐艸窗，來南風，瀟然自適。客有過者，曰："主人安此，亦知熱之酷乎？"主人曰："奚而不知也？"客曰："是月也，律中乎林鐘，日行乎南陸。老火旺土兮彌張，庚金遇火兮當伏。藴隆鬱乎蟲蟲，炎光赫乎四燭。百川爲之沸騰，五嶽苦其焚熇。朝減陽侯之波，夕赭鄧林之木。銷鑠乎銅山，融液乎金谷。萬獸震掉，群鳥悲哭。龍遯乎馮夷之宫，虎竄乎陰山之麓。火雲扇天，萬里相屬。燭龍服馭，曾不停轂。炎帝執鞭而啟途，祝融持節而後逐。夸父追奔以渴死，羲和捐轡而川浴。百神徬徨，四海痡毒。痛乎血肉之微軀，忍此薰蒸而燔暴。安得坐冰壑之寒風,灑雪山之飛瀑。醉河朔之酣觴,洗煩襟之濁俗。今主人寄陶窗之傲,詠虞絃之曲。清風颯颯其徐來,灝氣飄飄乎自足。惟愛日之偏長,又豈眞知熱之酷。"主人曰:"噫嘻!客徒知今日之熱之酷,竟不知昔之熱之眞酷也。昔之酷熱,有痛心蹙頞,不可盡言者。客亦嘗聞之乎?赫赫炎炎,腥光燭天;煙凝膏柱,炮烙烹煎。妖孽僅嫣於一笑,糜爛不知其幾千。傷哉!此豈非商季世之酷熱乎?火甕煌煌,虐焰四張。煅煉鬼樸,焚炙忠良。燬王室之枝葉,見煙盡而灰揚。悲哉!此豈非唐中宮之酷熱乎?若此者,又豈非熱之眞酷者乎?于斯時也,炎飆所炙,燔焰所薰,焦頭爛額,糜骨潰筋。生斯世也,深逃此酷熱之不暇,又奚彼酷熱之足云。況夫四序迭更,寒暑來往,陽居大夏,生育長養。苟一暴而十寒,豈萌蘖之能長;惟亢陽之爲虐,慮歲事之或爽。矧今時和歲豐,十日一雨,五日一風,在伏之候,應暑之隆。迺式符乎月令,又何怨乎天工。且客區區竄迹乎陰山之冰雪,汲汲留心乎池館之荷筩。曾不愧夏畦之老圃,憫水耨之耕夫。盍洗煩襟之俗濁,徒極酷熱之形容。且夫居靜生涼,心清敵暑,凝爾精神,愼爾居處。浸皓月於寒潭,澄微波於秋浦;縱炎赫之薰蒸,亦清涼之得所。苟役外而熱中,務高飛而遠舉,雖寘身於風露之玉壺,猶混迹於炎埃之下土。客觸熱而遠來,宜褦襶之自取,反嗤我以不知,豈清修之吉士。"客於是拱而立,喟而歎曰:"非鄙夫之所及也。"主人迺揖客而退,援琴而歌。歌曰:"解吾慍兮南風薰,清吾心兮南風琴,清吾心兮濯吾襟,重華一去兮無知音。"

鱸魚賦 見邑志。

東吳主人問于渭川叟曰:"子客東南,亦知吳都土物有可珍者乎?"曰:"未也。"主人曰:"吳江拍天,浩浩無垠,中有嘉魚,絶類超倫。匪鱣匪鮪,波行粼粼,白質黑章,巨口細鱗,鬐尾玉潔,腹腴水紋。松江既秋,笠澤尚春。弄菰根於水渚,吹葦絮於江漘。避曲鈎之新月,驚沈網之行雲。白鳥熟睨以延頸,漁篓臨羡而逡巡。退結網於江臯,進鳴榔於水津。看玉尺之横罟,引銀梭而出綸。響跳鳴之撥剌,煦濡沫以繽紛。愛霜鱗之肥白,喜風味之鱻新。鄙流水桃花之春鱖,矗北溟跋浪之大鯤。似者尚或樂坡仙於赤壁,幻者亦能光曹瞞之會賓。况其眞者,豈不能引秋風之西起,鼓張翰之思蓴。迺所謂金虀而玉鱠,又豈非東南之所珍。于時蘭堂啟宴,鑾刀紛紜。聶瓊兮研雪,切玉兮絲銀;媲蕙肴兮椒藉,芼薑橘兮芳辛。會蘭臺之公子,來高堂之美人;問春色於烏程,醉妖歌之紅裙。擅一筯之肥脆,厭四事之羶葷。且賞一鱠之郎官,寧美雙魚於王孫。又何慕乎熊之掌,復何羡乎腥之脣。曰:魚固我之所欲,又豈若鱸之美之純者乎?子蓋未之味也。"渭川叟曰:"子吴人也,味鱸之美矣。亦嘗味吾磻谿之魚乎?小者曰鮒,大者曰鯉。釣必纖其綸,鈎必芳其餌。豈假任公投以五十之犗[①],衛人貪以半豚之體。法鈎餌之自然,豈式魚之云爾。終一釣以得璜,啟八百於姬女。應吉卜於非熊,耀崇勳於青史。豈屑屑乎一絲之鱠,竊竊乎一味之旨。主人呑八九雲夢於胸中,乃獨羡一鱸魚之足美。盍一釣以連乎六鰲,際風雲乎龍門之裏。"主人曰:"善。子盍爲我賦之。"渭川叟曰:"主人既味魚之美矣,豈亦知魚之樂乎?"主人曰:"莊生有言:'子非我,焉知我不知魚之樂乎?'"渭川叟曰:"然則主人既知魚之樂矣,又豈不兼知魚鳥之樂乎?《傳》不云乎:'鳶飛戾天,魚躍于淵。'渺雲飛而川泳,合道體之大全。前賢喫緊爲人處,活潑潑地,主人豈亦知其所以然而然?"於是主人長揖而謝客,客遂援筆而竟以賦鱸魚之篇。

蜀鳥賦 見邑志。

繄粤山之晚春,嗟蜀鳥之愁人。歎流光之飛電,感往事而沾巾。

① "犗",原作"轄",據文義《莊子·外物》"任公子爲大鈎巨緇,五十犗以爲餌"改。

童子怪而問客曰："客何爲者？"客曰："肇昔蠶叢，啟邦西蜀。後王杜宇，嗣德匪淑。禪位鼈靈，竄身巖谷。化爲子規，羈棲林木。追傷亡國之恨，每深春則痛鳴而悲哭。故蜀人聞其聲，則爲之迸泉而墮淚；覩其形，則爲之再拜而慴伏。蓋以其爲古望帝之魂，而致其尊君懷古之意也。方其三春向晚，九扈既鳴；遺恨塡臆，悲衷塞膺。迺振羽於北林，遂鼓翼乎東坰。望西土之萬里，發南山之一聲。訴悲風於千古，慨往事於平生。既蚤叫而暮號，復夜哭而宵征。至若芳郊未暝，花雨猶溼，一望晚煙，千峰落日。反舌息聲，嬌鶯歛翼。於斯時也，沸百酸之攪腸，快一憤之欲雪。繞大地以哀鳴，叫蒼天而出血。羽不停飛，聲無住舌；千林夜驚，百鳥悲咽。聲聲入碧宇之雲，夜夜落空山之月。巖花爲之曉紅，庭竹爲之宵裂。夫何爲而至斯極也？蓋傷亡國之遺恨，慨家山之阻隔；悲白帝之芳春，憶錦宮之故闕。渺歸路之茫茫，念音書之永絶；痛百感之積中，奮繁聲之激烈。聞者莫不情感而魂驚，心飛而神越。遂使行人灑淚，孀婦沾衣。花寂寂兮春忽暮，草萋萋兮人不歸；望南浦兮靡極，渺余心兮傷悲。"於是童子垂頭而聽，抆淚而泣，松影月寒，楝華風急。客栩栩兮付莊生之一寐，何悲乎古蜀帝之亡國。

井鼃賦

東海鼈問埳井鼃曰："汝知井中樂乎？"鼃曰："物各有天，我井其天，奚不自知我天之樂也，試爲爾言之。我跳梁乎頽榦之上，没身於缺甃之涯。饑則索塗而鼓吻，渴則赴水而持頤。風月不煩吾鼓吹，井地孰識乎官私。高笑蟾蜍，竊靈藥以長生；遠陋科斗，登名字於詩書。喜則動吾聲、出吾氣於九仞之底，而莫與吾並；怒則努吾目、脹吾腹於一竅之内，而卒無所施。悠悠歲月，朝斯夕斯。生不我惡，死奚我悲。擅一勺之水，以遊以嬉。幾欲緣寸綆而上瞻穹蒼於咫尺，又恐反失吾管中之素闚；再欲依尺甕而近訪離群於沈竈，又恐波及乎釜中之魚災。故寧甘心於幽冷之境，而便腹於一塊之坭。吾井天之樂也如是，何啻乎神龍之飛翔乎雲漢，而下躍乎天池也耶?”東海鼈笑而復之曰：“爾識樂天，井中之天耳，亦知有吾海上之天乎？瀰漫浩渺，涬瀥幽窈。包乾端而斡坤倪，環十洲而羅三島。漲萬川而不爲之大，涸千江而不爲之小。泄餘潤於尾閭，浮積陰於四表。鯤鵬於兹乎變化，蛟龍於此乎馴擾。吾之樂吾天也，有紀極乎？自吾足踏滄溟，背嶫蓬萊。或矯首於巖穴，或曳尾於塗泥。動則延頸而鶴顧，樂乎容與而徘徊。静則縮頭而殼隱，何驚乎澎湃而喧豗。或深入乎蛟人之窟宅，或高陵乎蜃氣之樓臺。環海天九十餘萬里，無所往而不可去來。自吾舉首以戴山，斷足以立極。千秋萬歲，不知幾寒暑之往回。顧海族之繁夥，孰若我之雄猜。然則井之天固不大於海之天，海之樂又豈不愈於井之樂也哉。”於是井鼃適適然而驚，規規然自失，而未心服也。仰謂鼈曰:“吾假汝偕見東海君而質之，何若?”鼈俯視而笑曰:“古言井鼃不足以語海，汝焉得遽出九仞幽冷之下，而竊窺吾海上九十餘萬里浩渺之天乎?”一日，東海鼈見東海君，告其故。東海君笑謂之曰:“若等所見，未知其孰大孰小也。坐井見之則曰小，居海見之則曰大。吾聞吾東海有聖人曰仲尼者，嘗登東山而小魯，登泰山而小天下，非若等所見者比也。故觀於海者難爲水，遊於聖人之門者難爲言。”鼈亦不敢復問，縮頸而退。

祭先師白雲許先生文

先生諱謙，字益之，生宋咸淳六年庚午三月乙巳，卒于至元仍紀之三年丁丑十月二十三日，年六十有八。四年戊寅正月壬寅，葬于金華縣婺女鄉安期里之原。晚歲以白雲山人自號，故士大夫稱之曰白雲先生，後謚文懿。

維至元仍紀之四年戊寅十一月辛酉朔，越二十有七日丁亥，門人吕浦謹以清酌之奠，拜祭于先師白雲先生許子之墓而言曰：嗚呼哀哉！道喪千載，天出周、程。繼作朱子，燦然復明。惟我先師，仁熟義精。學本仁山,派接考亭。貫穿百氏,發揮六經。覺我後覺,開我聾盲。謂宜壽考,吾道以亨。天不慭遺,泰山其頽。凡百君子,罔不傷悲。某也歛不憑棺,葬不執紼。罪奚自文,皦皦天日。哲人萎矣,吾道衰矣。異説紛霏,孰爲師矣。鬱鬱佳城,露沾宿草。哭奠墓下,聊爲蘋藻。人不復作,天非不仁。尊靈如在,默相斯文。嗚呼哀哉!尚饗。

附　録

白雲先生覆公甫書

家門不幸，先兄殁於道路，病不能醫，死不親斂，不弟之罪，無以自文。匍匐奔赴，改殯而歸，痛苦摧裂，不自堪處。兹沐存問，且有賻儀之遺，仰荷斯文之好，哀感無任下懷。仲春猶寒，緬惟動履納福，未由面訴，徒增哽塞。奉狀上謝。不宣。至治元年二月□□日，高陽許謙，狀上公甫賢友契足下。

公甫賢友契，比辱顧臨，且有惠貺，適值紛冗，不能延款聚話，負罪多矣。某自山中歸，知已回轅，徒增悵怏，承書又沐令兄遺惠，領外感感，怡怡之次，幸致謝言。瑣事紛沓，弗能覼縷。尚存嗣音。不宣。

公甫賢友契，辱書意且悉深，見篤舊交之情，惠貺則爲過矣。人事紛紛，無時可已，學者當撥忙作閒而應事，亦是做工夫處。必曰求山林幽寂而後可以用功，則百無一成也。《通鑑》向希賢假去十册，公甫且當就彼轉假，已點者續次相傳，庶得兩濟。已作希賢書，幸遣人轉達。未閑，自重。不宣。

公甫賢友來書，絶交歡伯，推學淑人，且有林泉之樂。甚善甚善，既決意絶交，則覺前日銜漱爲非矣，願堅此志，拔其病根，勿使潛伏於中，待時而發斯善之善者也。存思之文，繼先志，率後來，誠爲急務。記文當托之聞，人優於文者，庶可揚先德，垂不朽。某不專於文詞，且衰頽荒落，况欲勒之金石耶。因風作字，目小清，且臂痛不盡欲言。不具。

元竹谿先生墓誌銘

朱伯清

延祐丙辰之歲，濂之家君從許文懿公東陽之八華山中，與永康之太平吕公甫先生爲同門。後三十年，濂家君令訪問先生，既老矣。又七年，遂哭先生於柩前。嗚呼悲夫！濂初見先生時，先生髮若皓鶴，顔如渥朱，獨處一室，陳書盈几，潛心歛神，玩索古訓，誨誘諸生，竟日無倦。以通家之分，每呼濂造卧内，講評經旨，劇天命理氣之原、人心性情之妙、言行樞機之發、治亂存亡之本，研極精微，擴充廣大，令人豁然。間出其所爲文諷之，條理井井，皆可措之實用，而馳騁雄暢，落落有奇俊之氣。當其縱飲乘酣，往往遐想，古昔憫惜時俗，發爲詩歌，莫不動蕩激烈可喜。家故多貲，生長紈袴，既學，不復問生業。晚歲，家徒四壁，弊筐所貯，故書之外，他無所有，而處之裕如也。二子善於孝養，每酒饌，必欣然爲之盡醉。宗族間禮法有不合，必懇懇勉諭，使其悅從。以故吕氏昏姻、冠葬、吉凶之事，一遵朱子家禮，無敢違者，先生力也。先生諱浦，公甫其字。以至正壬辰三月初五日卒，享年六十有二。卒之日，惟命從子臬，筆其綱維宗族之要，屬諸從孫燧而已。所著有《大學疑問》《史論》《族譜》各一卷，《竹谿雜文》若干卷，《竹谿稿》若干卷。竹谿者，先生所居，因以自號。其先有曰淵者，師事歐陽文忠公；曰約，居陳文毅公之門，時稱爲三傑之一；次曰皓，受知朱子，嘗叩閽上書訟兄冤，以孝友聞。曾大父羔，宋承信郎。大父塾，登仕郎。父鎮，母徐氏。娶周氏，子男二人，長棻，次杲。女二人，適金華何璃、東陽何曙。孫男三人，文焞、文烯、文焕。女三人，皆幼。棻等以其年閏月某日，葬於其家之西北二里清塘之原。先生之從孫熒，始受學於先生，已而就濂卒業，狀其行以請曰："以公之所學不及小試於時，復可湮滅於後耶？願爲之銘，刻諸墓上之石，庶其潛德之不泯，而後人之有考也。"嗚呼！知先生之深者，誠莫如濂，其何敢辭！謹叙銘之，銘曰：

吕處太平，世以儒名。烈烈先生，益振厥聲。既得其師，竭其勞勩。求之久艱，成之匪易。亦既成之，可舉而施。胡藴其奇，終老布衣。先生之中，有以自樂。一理萬善，融明日昭。家雖困乏，匪我之傷。綿綿儒緒，我續而揚。後進之迷，我則廓之。俗敝禮隳，我以力持。祇悉厥心，以是没世。嗟若先生，死亦奚愧。清塘之原，有石在墳。觀此刻文，當慕其人。

竹谿稿卷之六 詩稿

待　客 見邑志。

一陣松花雨，半窗蓮葉風。老龍將雨去，人卧月明中。

谿　行

一谿流水急，兩岸夕陽閒。興盡人歸去，春愁山外山。

春　愁 見邑志。

花落黏蛛網，芹香襯燕泥。多情窗外月，夜夜入空閨。

偶　成 見邑志。

住近清谿曲，灘聲十二時。雨深莎草徑，風壞槿花籬。欲學淵明曠，難禁宋玉悲。麴生風味好，時復一中之。

孤山次李明之韻 見邑志。

古是逋仙宅，今遊昔未過。停車三奠酒，彈鋏一悲歌。鶴去衝霄遠，梅存占月多。春風枝上夢，遺恨滿庭莎。

山　行 見邑志。

紅樹一村曉，黃花兩逕秋。好山原不改，淺水自長流。風落經霜果，人驅渡水牛。山翁聞客至，隔屋喚新篘。

思　歸 見邑志。

凍雀噪疎籬，雲愁雪半垂。梅函春信蘂，松老歲寒枝。心醉非關酒，覊愁欲廢詩。雁飛山月上，歸夢繞天涯。

餞俞邑侯歸鎮江 見邑志。

名重金閨彦，行魁玉筍班。春風花縣靜，秋月棘闈閒。欹枕一軒雨，開帆兩岸山。歸舟何日到，北固是鄉關。

秋　曉 見邑志。

破扇未滿篋，殘燈猶照窗。夜凉人靜獨，月曉鵲飛雙。俗慮詩分遣，愁魔酒借降。酒醒愁復戰，白露滿秋江。

和美化書院范山長韻

五柳文章在，南山依舊佳。一樽新活計，三徑舊生涯。趣向靜中得，心從忙裹差。相思春樹緑，何日憇山家。

江村晚眺

極目煙村晚，風帆未繫船。沙明霞映日，江闊水涵天。失侶鴈孤下，忘機鷗自眠。一聲漁浦笛，洗盡萬塵緣。

曉　角

朔風吹透入雲聲，烏鵲驚飛客夢醒。梅落城頭霜月冷，餘音哀怨不堪聽。

西　瓜

剖雪分開碧玉團，絳珠數點水晶寒。文園病客當青眼，莫作東陵一様看。

掬水月在手

纖纖玉手弄潺湲，邀得嫦娥掌上看。覆手聽歸天上去，瓊樓玉宇任高寒。

弄花香滿衣

拈紅擷紫弄芳菲，惹得狂香滿素衣。偏怪春心雙蛺蝶，隨風步步逐人飛。

雜　興

客子悲秋雙鬢華，西風吹老牽牛花。明朝策馬問歸路，今夜夢中先到家。

三百三十有六度，二十五聲秋點長。中宵起舞不得寐，野雞遠叫天蒼茫。

月上梧桐烏鵲飛，踏翻香露滴人衣。更深起坐石牀冷，二十五絃秋韻希。

雨後遠山青黛眉，美人臨鏡欲妝時。畫眉悔學如山遠，萬水千山多别離。

月冷空堦半夜蛬，一樓一榻一詩翁。魂清骨冷不成夢，幾陣香來茉莉風。

畫角梅花吹曉寒，起來和月憑闌干。呼童敲竹燒茶火，鶴在高松夢不安。

夏末聞鶯

緑樹清聲已報秋，可人嬌媚五更頭。花時厭却繁華夢，留向西風散客愁。

旅　思 見邑志。

澤國蓴鱸入夢思，凉飆絺綌漸凄其。蕭蕭一夜簷牙雨，老却梧桐客未知。

絲　瓜

長藤緣竹過疎林，密葉相仍張緑陰。恠得貧家門巷側，重重緗翠奠黄金。

秋　夕

凉月娟娟夜色清，谿村無處不秋聲。山童隔竹燒松火，驚斷籬根絡緯鳴。

漢高帝

閱盡千辛與萬艱，不如長戴竹皮冠。誰知四百年天下，縮首甘心送阿瞞。

秦二世

望夷宫中馬生角，驪山未畢阿房作。一宵白虎齧左驂，渭水咸陽竟非昨。

梁武帝

太極東堂五百兵，淨居幽殿冷如冰。早知不得金仙力，肯作浮屠十二層。

蕭相國

秦府圖書一旦收，關中運漕幾時休。獵夫功賞誠何貴，便自輕身作楚囚。

松釵火

滿地宫釵午夜風，竹爐紅熖煖烘烘。大夫灰却虯髯貴，不比尋常獸炭紅。

秋　興

悲秋心緒怕秋聲，砌下吟蛬枕上聽。涼月空閨人未寐，推窗隔竹數流螢。

槿花籬落夕陽收，秋色愁人易白頭。涼月滿庭新促織，溪風吹老碧牽牛。見邑志。

寂寂秋閨懶婦驚，豆花新月草蛬鳴。虚堂夜半清於水，衾鐵稜稜夢不成。

故人千里一書歸，報道蓴鱸入夢思。笑我鬢絲吟榻畔，青燈永夜韻吾伊。

瑟瑟松風動玉琴，不知誰解作知音。月明獨坐石牀冷，二十五絃秋夜深。

新月庭前樹影稀，鵲翻清露滴人衣。一窗翠竹風鏗玉，説道秋來又覺非。

絡　緯

庭前織女緯西風，嬾婦心驚杼軸空。白露滿天靈籟寂，豆花深處月溶溶。

宿桃巖

一枕周公夢正酣，天雞三唱五更闌。日離海底紅光濕，月落天垠素影寒。稚子松根尋琥珀，仙翁竹裹看琅玕。一聲長嘯白雲起，龍在碧潭深處蟠。

送徐養賢之閩

五夜雞聲破曉寒,《陽關》初叠暫停驂。事不如意十八九,人到知心百二三。鴈帶寒聲來塞北,梅先春信到閩南。懷人後會知何日,握手臨歧酒半酣。

謝養賢書至

一生讀不半行書,敢道儒冠便誤儒。帶月荷鋤居有竹,臨風彈鋏食無魚。鴈辭塞北蘆花冷,鵲繞枝南樹影疎。多謝故人情意重,一封千里到庭除。

寄智者寺了然上人

滌滌曹谿幾歲零,了然心鏡徹無生。白雲茅屋初登岸,緑砌苔蝸未譯經。送客虎溪恒笑别,納交蓮社每尋盟。何時脚踏招提境,靜夜談空對月明。

秋日偶成

山頭老桂欲吹香,昨夜西風特地涼。宿雨未乾枝上露,明蟾猶占曉來光。翠荷飽鷺閒秋水,黄葉疎蟬媚夕陽。何處高樓叫長笛,聲聲渾欲斷人腸。

九　日 見邑志。

病倚西風兩髩華,門前水竹是吾家。無錢誰解憐陶令,有帽從教學孟嘉。絶岸未霜猶緑樹,疎籬過雨欲黄花。鄰家小甕今朝熟,一笑呼童且問賒。

夜 坐

半生羞戴豎儒冠，按劍長吟坐夜闌。雁影群飛千嶂曉，雞聲三唱五更寒。月籠隄柳陰全薄，霜染江楓色未乾。怪得當年彭澤令，不知何事早休官。

幽 居

覓得浮生未老閒，柴門雖設晝常關。荒庭惟有燕來去，陋室全無客往還。雨後雙溪新綠水，天邊五老舊青山。牀頭篘得新醅白，一笑能朱鏡裏顏。

殘 夏

蓮脱殘紅帶曉愁，柳搖疎翠失風流。螮蝀截斷欲來雨，蟋蟀驚催未到秋。病渴况逢三伏裏，夢魂偏泥五更頭。一聲長笛殘陽外，憶得當年趙倚樓。

蚤 秋

雨滌高林夜氣清，風翻蘋葉嫩涼生。江村綠樹已秋色，野岸黃鸝猶曉聲。松菊未荒堪適興，蓴鱸雖美不關情。簡編獨喜從舒卷，早辨書窗二尺檠。

寄徐養賢

遠隔江山阻笑談，不知何日卸征驂。經遊已半江之北，聲譽行過斗以南。書憶便風曾寄一，身驚對月每成三。昔年記得花谿上，疊罷《陽關》酒半酣。

秋日書懷

破帽誰能學孟嘉,愁來惟見酒頻賒。家資渭水荒栽竹,生計青門近種瓜。詩卷旋添秋後稿,書燈謾剔夜深花。蕭蕭兩髩西風裏,幾向衡門數暮鴉。

客　至

自笑中年百念灰,杖藜三徑慢徘徊。設羅門有故人至,封砌苔無俗履開。旰食剛抄紅腐粒,晚醺聊藉碧筩杯。杯殘未盡論文話,更向墻頭過濁醅。

秋　閨

嫋嫋西風吹白蘋,悲秋情緒勝傷春。杏梁寂寞燕如客,蕙帳凄涼鶴怨人。夜聽清碪衣濺淚,曉看蓬首鏡生塵。美人縱有相逢日,强半應知損舊神。

晚　眺

偷覓桑榆一晌閒,杖藜信步出林關。青黄秋色樹間樹,紫翠煙光山外山。飛鷺近衝殘雨宿,歸鴉遠帶夕陽還。舉頭滿眼皆詩料,只恨西風鬢易斑。

偶　成

誰能彈鋏嘆無魚,懶向侯門學曳裾。病裏不知時節改,老來尤與世情疎。枯腸抖擻無佳句,困眼支撑有舊書。昨夜梅邊春得信,一枝横月小窗虚。

偶　成

碧草黄萎春復秋,白衣蒼狗任悠悠。霜空木髪明山骨,水落江心見石頭。雁影不隨明月去，磋聲長伴暮煙愁。古來豪傑今何在，浩歎元龍百尺樓。

秋晚書懷

窗日三竿起未忺，愛看霜葉捲疎簾。溪聲隱隱來茅屋，山色蒼蒼到客簷。晴沼寒魚浮白小，雨畦秋韭長青尖。莫嫌老景生涯澹，三徑松高菊更添。

雪

萬壑松聲滚夜雷，五更天地遍瓊瑰。因風作絮此時柳，帶月浮香何處梅。茶竈旋燒新汲水，竹爐添煖半酣杯。江邊一棹歸來早，莫是山陰訪戴回。

松　風

颯颯千林響夜琴，須臾怒激撼乾坤。九天飄下龍吟調，半夜吹醒鶴夢魂。攲枕聽來山雨急，閉門推出海濤奔。平生凜凜冰霜操，翻被封姨惱得昏。

月　梅

姑射風標不受塵，嫦娥偏愛與爲鄰。銀蟾掛樹孤山曉，藥兔分香庾嶺春。鑑影寫成冰骨格，金波洗出玉精神。廣寒不被秋香占，應著孤根在玉輪。

客樓晚眺

簾捲輕寒四望賖，好山愁被碧雲遮。水搖岸柳初晴影，風動庭梅隔歲花。老去祗應甘淡泊，春來長是厭繁華。問余東里家何在，松老蒼蒼菊正芽。

花谿客中

漠漠輕寒戀客氈，淡煙疎雨弄晴天。杏花滿路人沽酒，楊柳連隄客繫船。梁燕未來春已半，塞鴻歸盡月孤圓。傷春渺渺愁如海，一點青山落照邊。

寒食思歸

九十春光扇眼過，無端風雨妬繁華。因循客裏又寒食，彷彿夢中曾到家。浪白魚吹楊柳絮，泥紅燕蹴海棠花。傷心極目松楸遠，倚遍闌干欲暮鴉。

聽　琴

古調相傳歲月深，宫商信手可追尋。高山流水心中事，明月清風指下音。露冷芝田孤鶴唳，雪晴松壑老龍吟。杏壇一曲絃歌後，大雅寥寥直至今。

歲晚即事

稚陽纔復又隆冬，轉眼光陰醉夢中。萬里雲黄天雨雪，一江波白水生風。梅花破冷明殘臘，雁陣衝寒落晚空。勁節亭亭窗外竹，歲寒心事此君同。

慕　陶

春到欣欣木向榮，趁時齊把秫田耕。怡情且進杯中物，得趣何勞絃上聲。五斗豈能拘我輩，一尊自可樂吾生。門前三徑猶存菊，爛醉秋光泛落英。

復從子椿韻

老我儒冠秋復春，涇清渭濁誰能分。學須勇出萬夫敵，筆當掃去千人軍。神仙任渠隔弱水，富貴於我輕浮雲。秋高木落遠天碧，一鶚高飛特出群。

贈史總管

盛年三十奮才名，况有胸中十萬兵。八克功勞新將業，千之閥閱舊家聲。柳營夜月閒刁斗，花縣春風動旆旌。聞道蠻煙新掃却，敷天何處不昇平。

五老峰

即桃巖，去家西十里。五世祖雲溪翁構亭，爲憩翫地。山有五峰，因借廬阜五老以名之。又構堂曰六老，亦猶六一居士之意。臨卒，有"雲迷五老難尋覓"之句，遂葬是山下。

桃巖水落桃花洞，散入江湖無盡頭。明月不隨流水去，白雲長伴故山幽。龍歸雨送千峰暝，虎嘯風生萬壑秋。六老堂空山寂寂，雙泉飛處使人愁。

哭先師白雲許先生

忽聽消搖曳杖歌，哲人一去竟如何。北方學者情何限，南國朋從恨更多。蠹簡篇章新手澤，鯉庭詩禮舊磋磨。生芻一束霜風裏，落木荒煙涕泗沱。

派接仁山一脈春，紫陽傳授最爲眞。生徒天下可千數，道學江南寧幾人。北斗泰山尊仰望，光風霽月見精神。九原一去無由作，空使儒林淚滿巾。

次王說齋詠菊韻 五首

三徑蒼松翠竹中，分香初下蕊珠宮。染勻鶯色青娥巧，剪碎鵝黄玉女工。髣髴蓬萊新佩服，裝嚴彭澤舊家風。仙成擬著朝天去，花樣從人笑不同。右道衣黄。

仙馭乘風下翠微，雪翎飄颺滿東籬。平生三徑蒼松伴，不向孤山老樹飛。破曉縞衣凝露重，欺寒雪氅冒霜披。滿頭插取酬佳節，誰憶華亭嘆陸機。右粉鶴翎。

劉郎一旦厭芳塵，移伴淵明自有神。紅粉衹今新戀主，芳心何事亦愁人。玄都觀裏仙風寂，彭澤籬邊醉色新。早爲恐搖騷客眼，淺紅特地避陽春。右粉紅桃。

分香移夢入秋叢，忘却平湖十里紅。彭澤賞音千古寂，濂溪遺愛一時同。薄匀紅粉酣秋日，不學朱華怨曉風。冷嚼騷英清當酒，藕絲何事憶郫筩。右蓮花菊。

西風籬落恥紅妝，剪水裁冰壓衆芳。三徑預期占臘信，六花特地作秋香。粉團輝映寒窗日，玉瓣模糊曉徑霜。冷艷逼人清入骨，移筇且玩紫霞觴。右雪毬菊。

梅邊稿

歲晚天寒日易曛，竹籬茅舍自相親。槎牙老樹一痕月，摘索疎花數點春。山澗水明冰骨格，江堤雪隱玉精神。逋仙去後知音少，强倩微吟爲寫眞。

酷愛寒梅爲寫眞，無緣寫出玉精神。雪霜庾嶺自春色，風月孤山無主人。嫩蕊香浮溪店曉，殘枝花盡野橋春。數聲羌笛來何處，愁見江頭柳色新。

姑射風標不染塵，問渠誰是最知音。春回庾嶺花南北，夢曉孤山人古今。花信風輕消息透，柳條煙煖别愁深。那堪畫角江城曉，滿地香消恨不禁。

趁暖晴蜂繞地尋，凌寒偷眼詫霜禽。月村幾樹雪霜骨，冰壑一花天地心。驛使不來懷别恨，詩仙已去絶知音。偶然一見春風面，三嗅清香爲苦吟。

破曉浮香到小庭，俄驚春信入荒坰。向陽林谷胚胎早，霽雪溪山醉夢醒。數度相看頭易白，幾回忽見眼頻青。故人兩地稀消息，擬折南枝寄驛亭。

孤芳不受凍痕侵，玉樣風標鐵樣心。歲晚松筠三益友，平生水月兩知音。山中老樹何年有，雪裡清香無處尋。夜踏瓊瑶折歸去，幾回夢裏亦高吟。

夜踏江邊一徑沙，手搖殘雪折梅花。多情索笑探春信，有恨相疎隔歲華。香透暗風過野徑，影隨寒月到山家。膽瓶貯水和冰插，到曉添開未吐葩。

寒梢蓓蕾便精神，兩蕊三花更可人。要結冰霜成素友，羞看桃杏解紅塵。草茅雨過驚春暖，花信風催入夢頻。安得花神留絶筆，長年幻作隴頭春。

相逢一見便清佳，時送寒香入齒牙。兩屐蒼苔禪客院，一籬翠竹野人家。雲埋絶嶺何年樹，雪壓前村昨夜花。便欲杖藜閑問信，不愁泥滑路斜斜。

人言清友是江梅，冰雪林中妙剪裁。近水不愁寒氣早，向陽先覺暗香來。枝翹鶴膝横疎竹，榦蹙龍鱗裹緑苔。冷蕋疎花渾未已，寄聲羌笛莫驚催。

千林剥落獨敷榮，一樹凌寒鏤玉英。人道雪霜堪比白，天教水月與同清。香消暖徑春正月，影落寒窗夜五更。姑射風標眞骨格，何須世上問調羹。

江路新晴雪未乾，竹君特爲報平安。懶隨驛使分春信，樂與騷人並歲寒。香颺輕風浮屋角，影隨殘月上闌干。南枝一任花開落，遲取北枝一面看。

雪妬花魁不放花，玉林何處覓香葩。寒侵東郭先生履，春隱西湖處士家。老樹影沈明月兔，寒枝光動耀冰蛇。山童認得高枝折，碎落瓊瑶散晚鴉。

苦吟頗覺費平章，遥想當年白玉堂。疎影冷摇波底月，清香暗拂夜來霜。酒翁醉處春風煖，處士吟邊白雪香。茅舍竹籬情分好，只愁羌笛斷人腸。

逋仙去後更無詩，底事窮愁苦費思。只爲愛花成此癖，縱多得句亦何爲。香隨風信來吟榻，影襯蟾光落硯池。花瘦等閒無足問，自憐添得髩成絲。

縞衣翠袖玉眞容，姑射眞仙下碧空。萬木寒聲秋以後，一枝春信水之東。根生庾嶺冰霜裡，人在孤山雪月中。浪説廣平心似鐵，文章又是一家風。

爲愛江邊一樹梅，石頭滑路幾徘徊。積年寒雪凍不死，新歲暖風吹頓開。賸喜多情便素月，莫令遺恨落蒼苔。只愁羌笛連雲起，拋却東君歸去來。

翠竹蒼松許卜鄰，只愁桃杏污清塵。水邊月下多清趣，臘後春前最可人。雪凍關山愁北使，風暄花柳恨東君。自從和靖知音後，誰肯豪吟爲寫眞。

千林木落似飛灰，江路衝寒獨放梅。月下忽愁清影没，雪中難覓暗香來。向陽老樹重新發，殘臘南枝讓北開。寄語東君作盟主，莫容桃李遽相催。

孤根迥在水之濱，白石蒼苔許卜鄰。瘦蕊飽霜初破臘，枯槎蝕蘚半含春。天寒萬里有來使，歲晚一枝無故人。他日和羹誰有分，暗香消息問東君。

盡日江行爲訪梅，幾番欲去又徘徊。數枝照水朝陽處，一萼酣霜昨夜開。折得忽驚春在手，遲來應笑客空回。不辭此去頻清賞，莫待寒香落翠苔。

一見梅花似故人，廵簷索笑日相親。五更入夢溪村曉，千里懷人驛路春。月地寫成冰骨格，水天照出玉精神。山人不管調羹事，只怕東風花信頻。

分飛何處問西東，特恨羅浮一夢中。半夜寒風山石裂，五更殘雪老枝空。苔階過雨香消盡，羌笛連雲恨不窮。只爲調羹消息早，故應歸别太匆匆。

漏洩春光鏤玉英，百花頭上占魁名。香浮屋角曉風起，影落籬根夜月明。桃杏任通春信後，松篁不爽歲寒盟。暗香疎影孤山路，想像仙風夢亦清。

近來春信到山家，報道新葩發舊槎。滿樹不粘霜後葉，孤枝先折夜來花。月窗翫影人無寐，紙帳籠香夢亦嘉。索笑茅簷看不足，幾揮吟筆到昏鴉。

先春花發太蕭疎，雪後寒梢分外癯。凍鶴立霜猜落蕋，晴蜂媚日護香鬚。山窗寫影連吟壁，野店浮香到酒爐。自古愛梅人不少，知心惟有一林逋。

自是群芳靳發生，無心獨占一魁名。月天好影不長有，雪後寒香無限清。歲晚不勞空寄驛，天寒何必問調羹。傷心二月東風惡，愁向苔階看落英。

姑射眞仙孰與鄰，青苔白石水粼粼。參横月落千山曉，雪霽風輕一澗春。臘盡香風先問信，曉來疎雨亦清塵。隴頭忽得陽和信，驚喜江南有故人。

看花幾立到殘陽，盡寫孤標貯錦囊。滿屋清風香入户，半窗斜影月穿廊。�筒千里驛傳信，鐵笛一聲人斷腸。千古含章簷下恨，至今羞説壽陽粧。

梅花開處是吾家，喜見枯槎發嫩葩。竹屋巡簷時索笑，月窗讀《易》夜烹茶。枝頭蛛網經霜葉，樹頂禽翻帶雪花。自愛門庭全不俗，暗香疎影度年華。

三花兩萼太蕭疎，春色江南百萬殊。乍見霜枝驚擁腫，絶無雨葉見清癯。廣平端士堅心鐵，姑射眞仙弄蕊珠。破曉忍寒磨凍墨，梅花應亦笑狂夫。

梅花笑我頭先白，我笑梅花葉易青。老去只愁春冉冉，吟邊不管髩星星。《陽關》三疊酒留別，羌笛一聲香滿庭。驛使未回春信歇，江南斜日短長亭。

折得寒梢付膽瓶，疎花滴滴照門屏。一枝春色催詩信，滿座寒香逼酒醒。幹鐵堅同心皎皎，蕊珠冷照髩星星。喜無俗客來相過，索笑頻看眼獨青。

疎花的皪映朝暾，鐵幹槎牙積凍痕。萬壑雪霜明素曉，一村煙雨暗黄昏。花開幾作陽和夢，香盡誰招庾嶺魂。熟讀暗香疎影句，長疑春色去柴門。

竹籬茅舍慣淒涼，何用移根白玉堂。枝待月來方散影，花從雪北不分香。調羹鼎裏誰留意，裂石笛聲空斷腸。聞道隴頭人有信，幾瞻馬首到斜陽。

越水吴山百萬株，知心惟有一林逋。冰肌綽約恥仙子，鐵骨昂藏如老夫。霽雪關山春有信，凍雲江路日將晡。絞綃安得三千丈，寫作江南烟雨圖。

凍雲含雪暗江村，一見梅花欲斷魂。吹破寒葩風有力，移來瘦影月無痕。冰霜標格人尤識，鐵石心腸孰與論。賴有西湖隱君子，暗香疎影句猶存。

莫管冰魂不易招，巡簷索句孰推敲。平生水月長爲伴，行輩松筠可結交。霽露暖香春信蕋，晴霜凍勒歲寒梢。平生不作羅浮夢，免向東君説解嘲。

折却梅花欲寄誰，東君恰想已先知。故人塞北幾千里，春信江南第一枝。驛路香風催去馬，郵亭朵雪照征夫。回鞭二月春光暖，羌笛一聲花亂飛。

眞愛梅花有幾人，愛花誰更解傳眞。半邊老樹枯不死，數尺長條先自春。花蕊向陽偏眼色，風標照水越精神。百花頭上魁名久，獨與蒼松翠竹鄰。

題伯也歹野翁宣差家藏九逸圖

公不見，穆王八駿巡八極，萬里馳驅一休息。又不見，花萼樓中六駿圖，玉驄尤得君王惜。爭如漢世良馬多，九逸飄飄來代北。天生駿骨俱絶群，聲價豈特千金值。一朝寵冠十二閑，圉人太僕增顔色。鑾旗前兮屬車後，玉輅金鑾天咫尺。朝夕出入承君恩，豈惟稱力尤稱德。按圖索駿誰云拘，駿逸今從圖裡識。韓家子弟巧入神，妙筆一掃傳九眞。風鬃霞鬣欲飛動，五色雲錦天花紋。平原萋萋草如剪，澗水涓涓煙樹遠。或相踶齧或騰驤，起立困眠沙地軟。就中玉面五花驄，四蹄踣跌如游龍。青絲絡繫緑楊下，駿逸不與其餘同。懷哉神物不常有，况覓遺蹤千載後。當時骨相豈皆然，形容巧出丹青手。展圖一見欲何言，周缺一兮唐虧三。群材優劣不復見，古今治亂猶流傳。西都百年耄荒主，馬迹紛紜遍寰宇。天寶漁陽鼙鼓聲，一時驚罷銜杯舞。偉哉文皇都西京，千里誰却九逸生。騋牝成群遍阡陌，民安物阜歌昇平。治亂安危類如許，往事悠悠隔今古。誰能索駿總一圖，百拜陳情獻明主。

歲寒三友

蒼髯古大夫，碧玉靜君子。素質姑射仙，風姿更清美。同結歲寒交，交情淡秋水。堅守鐵石心，訂約冰霜裏。千載襲高盟，三冬足清致。堯世隱巢由，商山老黄綺。管鮑何足論，陳雷未堪擬。嗟哉市道交，瞬目變寒暑。咄哉輕薄花，朝開夕還萎。爭如三友交，曾不替終始。老我平生心，交情欲如此。未審結交人，心與吾心似。悠然望三益，長嘯清風起。

秋夜吟

有客悲秋雙鬢華，西風特地吹烏紗。手激潺湲弄明月，月明水靜無泥沙。懷哉當年謫仙子，痛飲不怕杯中蛇。仰天問月幾時有，金貂換酒歌棲鴉。騎鯨一去不復反,山頭老桂年年花。留得文章光焰在,千丈萬丈淩丹霞。人生今古共流水,安得醉帽長欹斜。

寒食祭宫屬府君墓 和徐一初舊題清閟林泉壁間韻。

日望成都天盡頭,蜀江千里春悠悠。錦宫城闕不可見,空餘蜀魄聲喧啾。中原一髮草青處,登臨萬古難銷愁。林泉清閟如桃源,客來避地傷吟魂。我今尋覓舊題句,龍蛇剥落生苔痕。沈吟對景坐歎息,酒盡花落粘空尊。雙丸日夜東西馳,人生百年寧幾時。昨日朱顔今七七,傷春有恨難繫西日飛。

台山行

碧天之山明三台,神仙上應何雄哉。玉霄屹立並寒翠,赤城北聳齊崔巍。西風木落塵不揚,極目遠見群山蒼。一片雲間臂忽羽,乘風縹緲來仙鄉。不管蒼苔石頭滑,一聲長嘯行雲遏。凭高遠望大地寬,征塵車馬何轇轕。翩然直躡山之巔,去天咫尺非塵寰。桐柏眞仙在何許,從之我欲驂飛鸞。莫問神仙僞與眞,仙關深處煙霞扃。朗吟歸去讀《黄庭》,富貴於我浮雲輕。飄飄便欲離塵俗,一聲孤鶴山之曲。羽衣入夢忽驚悟,寒月下天天欲曙。

次吕叔和賡京口俞汝中韻

奎象騰新彩,皇猷炳舊章。沙塲閑驥騄,祁藪出麟凰。徵士衣冠集,趨庭佩玉鏘。鯤鵬俱變化,鳧鴈獨迴翔。笑我頭先白,憐君鬢亦蒼。松蟠雙峴秀,草占一洲芳。琴劍生涯淡,詩書興味長。遊山空有屐,浮海嘆無航。憶昔雙溪滸,尋幽五老傍。交盟非一日,話别又三霜。夜月樽同會,涼飈扇獨藏。自嗟才落魄,尤恐學荒唐。茅屋秋風句,梧桐夜雨牀。欲尋顔巷樂,肯學楚歌狂。坐久雲生石,吟成月滿岡。竹存三徑逸,桂負一林香。燈暗匡衡壁,螢空武子囊。豈無吴下吕,亦有渭川姜。旅食三家市,灰心數仞墻。詎能探虎穴,况復問鷹揚。酒醒愁還在,詩窮債未償。昏眵飛亂蝶,咈耳厭寒螿。君子窮當固,男兒志未量。磻溪一竿竹,君可繼清光。

月夜憶李白次陳澤雲韻

謫仙一去誰招魂,春風年年青燒痕。秋月生明復生魄,幾酹清觴莫來格。我今更酌天瓢酒,對月狂呼謫仙友。仰天大叫呼不應,俯視嫦娥在吾手。懷人愁恐方寸腔,謫仙仙後誰能雙。今人不識古人意,徒學翫月浮秋江。天台老人謫仙客,浩氣呑天雲夢窄。慨然見月思古人,痛飲豪吟今太白。濯濯金波千萬頃,一聲横玉青雲頂。茫茫天地冰一壺,倏然不見騎鯨形。須臾天籟空碧煙,仰見長庚星在天。飄飄想駐蓬萊巔,驂鸞駕鶴隨飛仙。又疑厭看《霓裳》舞,突然深坐清虚府。安得乘風下大荒,飄飄暫寄塵寰土。謫仙不來誰與遊,任渠一去千千秋。猛吟搥碎黄鶴樓,明月西落江東流。

秋閨怨

燕城八月霜風高,客子遠遊生二毛。美人南國怨遲暮,手弄機杼心慅慅。鴈書不寄鄉關遠,庭樹蕭蕭寒日晚。顰蛾强寫相思字,一字一愁腸欲斷。越羅蜀綺裁爲裳,雙杵宵鳴天欲霜。素娥堂上伴孤影,殘燈耿耿明秋房。夜未央,錦衾寥落慵薰香,繡羅帶冷雙鴛鴦。兩地相思天一方,裁衣寄遠道路長。寸心千里徒悲傷,夜深月照紅牙床。魂清骨冷心飛揚,夢見良人歸故鄉。歸故鄉,在何處,鵲翻金井梧桐露。可憐好夢又成空,風落桂華天欲曙。

秋風歌

秋風起兮木葉下,美人别兮渺何許。燕城八月飛嚴霜,鴈哀鳴兮度湘渚。秋風起兮吴雲飛,良人去兮胡不歸。挑燈夜夜弄機杼,霜花落杵鳴寒衣。江南鱸美蓴羹滑，冀北醍酥雪花白。兩地相思各一天，千里關山共明月。南登衡嶽峰，北望黄河水。河水發崑崙，一日一千里。滔滔汩汩無盡期，終然無復西歸理。紅顔年少時，艷奪枝上花。青春怨遲暮，兩鬢生霜華。忽忽流光若飛電，百年心事成蹉跎。勸君薄薄酒，聽我浩浩歌。人生適意即爲樂，何必碌碌悲天涯。秋風吹熟燕山禾，秋風吹白吴江波。秋風秋風兮奈老何，秋風秋風兮奈爾何！

砧杵謠

洞庭木落天欲霜，太湖紋石膩且光。連理雙枝斷爲杵，隨風飄忽聲琳琅。一聲兩聲初激烈，千聲萬聲愁斷腸。翠環玉指捲欲拆，心與杵韻雙飛揚。越羅蜀錦巧縫綴，擣霞疊雪盈衣箱。堂前皎皎霜月白，樓上遲遲秋點長。秋點長，夜未央，錦衾閒卻雙鴛鴦，羅衣輕冷慵薰香。香銷寶鴨翠屏冷，夜深獨枕珊瑚床。明朝題書寄遠去，遙望飛鴻天一方。

盧宜甫白雲山樵隱圖

白雲山人玉川子，樵隱圖中寓柯斧。不期王質偶神仙，不雜當年買臣伍。寂聞幽谷丁丁聲，暗覺夷歌相應語。千巖萬壑多白雲，日暮薪歸爨煙起。生涯長寄此山中，紫綬金章不吾累。樂哉勝採商山芝，捷徑終南寧不恥。生綃一幅經幾秋，山木那知變寒暑。固知主人心地高，亦憐畫者巧爲是。同余一見心目開，恨不相從白雲裏。猛憶漁樵寄此生，世間眞樂無如此。誰能爲作漁隱圖，磻溪老人吾鼻祖。

漢戍謡

秋風起兮木葉飛，霜砧夜夜鳴寒衣。朱門玉指弄雙杵，擣霞敲雪香芬菲。傷心舍北孤棲婦，遠念良人征戍苦。春風回鴈憶寄書，轉眼秋鴻又南聚。擣衣雙臂竟欲折，遠道霜風愁跋涉。近聞天子欲和戎，萬里關山漢家月。

清閟林泉避暑

山泉漱石寒玲瓏，恍然坐我蓬萊宫。日當正午暑不到，萬木玉立來清風。清風似報秋蕭颯，兩鬢翛翛動華髮。世間萬事轉頭空，且弄清波掬明月。

補遺

梅邊稿

寫出寒梢一點眞，苦吟在覺弄精神。千秋凍合冰霜曉，一萼暖回天地春。大庾嶺頭存故迹，含章簷下污芳塵。當年妝額同心點，自是東風巧戲人。

我家住在梅花村，花開之處香比鄰。千花萬花照殘臘，一樹二樹含芳春。街空歲晚見驛使，天寒日暮爲佳人。學吟暢飲解花下，莫待風急翻龍鱗。

一氣總回天地春，枝南枝北自寒温。雪迷庾嶺難行脚，月落羅浮空斷魂。冷蕊霜融珠有淚，晴梢雪凍玉無痕。憑誰寄與東君道，近被梅花惱得昏。

芳心底事太匆匆，恍惚羅浮一夢中。江上月明三弄笛，春來花信幾番風。南枝落盡北枝老，一片西飛一片東。只爲風標太高潔，羞看凡卉弄妖紅。

附　録

許白雲先生與宗魯書

謙頓首，宗魯賢友爲别倏久，云胡勿思，辱書已見不忘，况餽遺之勤，尤用愧感。日來想味詩書之腴，日有新得，謙汩汩循常，無足道者，但目花倍前，而足間痼病復發，白晝衮衮，夜復不可親燈火，吾已矣夫。想公父孝履安適，子行微恙盡除，每掩卷之餘，未嘗不思周也。人回，奉謝不具。

謙頓首，宗魯賢友，爲别一載，人生會合能幾何？時謙得於天之數奇，故平生動皆不偶矣。區區自守，與造物者角，僅免横潰，又安知中歲遽受六氣之寇，則莫如之何也。自去冬，非杖不能步於家，杜門絶交僅半載，呶呶之餘，呻吟不暇，舊學荒蕪，不言可知也。故人不我遐棄，存問之勤，惠貺之厚，感荷何言。人回，謹此具謝。若虚歸不遠，尚容嗣音，不具。

謙頓首，宗魯賢友，别來倏爾數月，人生會合能有幾何？不意有子夏之戚，篤愛發於心，天固不容已，然受命有數，非人力所能爲，惟宜以理自遣而已。遊目須用默識，蓋與視面視抱，對言毋上毋下，則遊目之則也。所言雖可遊目，恐非本意，蓋遊目則於親之身視之詳，對大人主於敬，若父則主於愛故也。欒共子章兩“生”字看甚精，點讀甚當，極好極好，非意所及，元本在彦修處，倘付來，即當改點。燈下作字，不具。

若虚回，辱書承惠。某老病侵，尋無補於世，數爲朋友之擾，負愧深矣，感謝何言。聞體候乖和，嘗細詢若虚顯末，豈非服藥未能盡善否。今之醫者，大率以虚字坐人，聞之者，自揆平日豈無損耗，故必信其説。用藥帶補，性補則必用濕熱之劑填塞之，遂致經絡臟腑皆蘊結而不疎利，反成重症，若是者多矣。切祈默察平昔氣體之强弱，得病之因，故病氣虚實，寒熱反覆，内觀必得梗概，然後與通達之醫，詳熟其議，庶乎可也。愛莫助之，不覺切怛，幸鑒其誠勿訝也。不宣。

元宗魯先生墓誌銘

昔者許文懿公講學東陽八華山中，於時永康太平吕氏及門者四人，而宗魯先生爲最賢，及其所學既成，抱其所藴而百不一試。惟先生爲早殁，士論至今惜之。先生既殁之六十年，其孫文燉始命濂纂辭以銘其墓上之石。按，先生諱洙，字宗魯，其先奕世以科第宦業，爲郡邑望族，至先生以明理之學，著聲士林，而家益大。曾大父羔，大父埜。父鑄，妣何氏，先生繼妣魏氏出也。自幼穎悟，長而耽學，及事文懿公深明性命道德之奥、修己治人之方，制行處事過越於人。其兄清，年踰四十，喪其嫡子，始生庶子桐，而再娶蔣氏。先生慮蔣氏不能視其庶子若自己出，乃取桐而撫有之，俾得以成人。其慮周於事而義篤於家，類如此。延祐初，元科舉之法既行，先生方大肆其力於文辭，將以功業自顯於世，而泰定四年二月二十四日遽以疾卒。娶東陽何氏，先七年卒。以仍紀四年冬十有一月廿二日，合葬於義和鄉勝隆山之原。子男一人，櫶。女二人，長適東陽何琰，次適金華戚耿。孫男二人，長則文燉，次文光。女一人，適東陽何樵濂。重念先生之事文懿公也，先君子裕軒府君實爲同門，府君常爲濂言先生之學，一時在門之士皆莫能及，其執經問難，多啓先儒所未發，公必精思審慮而後答焉。則先生學力之所造，可知矣。惜余不及一見顔色，求其平生所著文字，今又皆以散失，惟《太極圖》及詩文遺稿尚存，而幸有賢孫欲顯揚其祖之美，可不銘諸？銘曰：

道學之傳，其任匪輕。必其美質，淳粹清明。乃勝其任，而底於成。惟昔文懿，上傳正學。講道八華，朋來之樂。先生在列，祥麟一角。其所叩講，深深遠詣。萬理既融，流通無滯。俯仰鳶魚，活潑潑地。肆力文章，方將致用。巋然此身，斯道之棟。奈何中路，一蹶不驤。吾黨興嗟，斯道之傷。壽不稱德，不耀其身。有伏必興，在其子孫。勝隆之原，琢銘表墓。道不可忘，榮及封樹。前太史義烏朱濂伯清撰。

子義公墓誌銘

黄文獻公

君諱權，字子義，姓吕氏，婺之永康人。諱埜者，於君爲曾大父；諱懋者，於君爲大父。至元間，嘗宰鄉邑，後輒隱弗仕。父名汲，母朱氏。君幼習於禮度，以簡靜自持，不妄言笑，服用無華飾，然其立志果鋭，遇事機警。母歿時年甫十二，能佐父理其家①，益練達於世故，撫弟妹尤雍睦有恩。大父深愛之，指以語客曰："是兒他日必亢吾宗。"會貢舉法行，君慨然思奮，拔以自見，而雅不欲溺意俗學。聞鄉先生許益之講道八華山中，負笈往從之游，考質玩思，或竟夕不寢，儕輩推其精勤。君娶胡氏，有子曰炳，蚤夭，因以哀致疾，庸醫投藥過差，久弗效。泰定三年秋，疾小間，有司强使試鄉闈，適疾復作而止。沉疴荏苒，閲十四寒暑，浸成衰弱。以天曆二年八月辛卯，卒於家，得壽三十有八。將終，告其父曰："生不得盡人子之道，死又無後，請以弟機之子烜嗣。"父如其言而命之。始君自書其夢中之語曰："青壁雖萬里，白雲只三尋。"莫知何義。至是，以其年之短修驗之，若有數然。君所爲詩文，皆不苟而無留藁。其父卜以元統元年十一月己酉，葬君

① "家"，原作"理"，據元刊本《金華黄先生文集》改。

於義烏雙林鄉瑞山之原。哀其有用而不試，有作而不傳，無以慰前人之望，自誌其壙，累數百言，猶以爲未足，復俾予即其窆石，繫以刻辭。予雖不及識君，而辱與其父有雅故，知其言良信，乃掇取誌所述，叙而銘之。銘曰：

受材之美兮，逢時之昌。良工範我兮，游夫康莊。啬不使年兮，抑而莫揚。訊之故老兮，我夢何祥。昭回在上兮，草木承光。隕珠重泉兮，幽幽其藏。父老子幼兮，天之蒼蒼。孰紓其哀兮，薦石此章。

審言公墓誌銘

黄文獻公

君諱機，字審言，姓吕氏，在婺之永康爲大家，而君之父水西翁，爲其鄉之善士。翁二子，長曰權，次即君。權早卒，翁既爲之報服，後十年而君亦卒。翁年垂八十矣，哭之猶過乎哀。又三年，而翁遂卒。權之墓，予實銘之，翁之葬也，其家復以銘來屬，而君之墓猶未銘，因併以爲請。君，曾大父諱埜，大父諱懋，父諱汲，水西翁也，其出處之大略，具如翁墓誌。母朱氏，生君十年而卒。君既失所恃，稍長，刻意於學，通《春秋左氏》大旨，好讀司馬公《資治通鑑》，而窺其理亂得失之故。水西翁居家庭、處宗姻里黨，各盡其道。君事於父而敬於兄，事必咨而後行，撫育二妹，逮于有家。服食器用，僅無闕而已，有餘貲，輒以買書教子。待賓客朋友有禮，樂賑鄉族之急，人或懷嶮巇以相傾，忍弗與較，皆綽有父風。娶何氏，宋直華文閣樞密副都丞旨子舉之孫女。前卒，葬義烏縣明義鄉之蜀山。後十四年，而君卒於至正三年十一月十日，得壽五十。卜以五年十二月二十三日，合葬焉。子男四人：長燧，次炯，次烜，以水西翁命爲權後，次焕。女一人，適胡必慶。孫男二人，壆、堂。曾孫六人。昔韓退之誌殿中少監馬君墓，謂："吾年未耆老，自始至今未四十年，而哭其祖子孫三世。"其言反覆感傷，讀者莫不深悲之。予乃以二十年之間，銘君父、子、兄弟三人，而予亦既老矣。過君之墓而讀予銘者，孰知予言之尤有足悲也夫。銘曰：

太古之世，父不哭子。嗚呼悲夫，君之兄弟，忍去而翁，相踵以死。君則有子，子又有孫。翁歿不忘，昭刻以文。

卧雲處士傳 見邑志

永康陳世恭，築樓於梅山之麓，曰卧雲，遂因以爲號。世恭，少豪爽，游東陽鹿皮子之門，爲鹿皮子所賞識。長遊虎林，遇李草閣於西湖，一見如舊相識，遂買舟同載以歸，館於樓西，相與觴酒賦詩於樓上者二十年。一時文人學士莫不韻其事，各爲歌詩以紀之。鹿皮子之記、李草閣之賦其尤著也。

續金華叢書胡宗楙跋

《太平吕氏文集》，爲卷二十有四。曰《雲溪稿》六卷，曰《敏齋稿》二卷，曰《竹溪稿》六卷，曰《雙泉稿》九卷，坿《旌義編》一卷，雲溪、敏齋二先生箸述，余先後校刋。敏齋先生五世從孫諱浦，字公甫，游白雲許先生之門，講明性理，深入閫奥，所箸有《竹溪稿》，明洪武丁卯冬，其從孫文堅持以示義烏朱廉，序偁先生以眞知實踐爲事，平旹信筆成文，自有條理。然其意趣清新，議論明暢，世有苦心鍛鍊，求以句語之工自顯于世者，尟能及之。今讀是稿，良然。校成，彙以付梓。季樵胡宗楙。

雙泉稿

〔明〕吕文榮　撰

雙泉稿序

昔人論文，謂："氣，水也；言，浮物也。水大而物之浮者大小畢浮。氣之與言猶是也，氣盛則言之短長與聲之高下者皆宜。"蓋文主於氣，氣命於志，志立於學者也。故驕氣之盈者，其言必肆而失於誕；吝氣之歉者，其言必苟而流於諂，皆失其中者也。昔孟軻養氣，故其發於言語文字之間者，正大雄偉，能闡明斯道於無窮。後人雖未必皆至此，然而抱三光五嶽之正氣，負三綱五常之重任，凡能言之士，莫不皆以此自期。至若雙泉慎明吕先生，幼有異質，敏悟過人，善學問，嘗受經於黄文獻公溍之門人純齋朱先生。純齋以聖賢知天盡性之説、砥行著言淑人之術，責而厲之。先生是時氣壯志鋭，於授受之際，講之明，行之篤，亦自謂可以一踔而追及乎古之人。誾誾侃侃，味道之腴，遂以經學教授鄉里。未幾，有司舉上南宫，擢爲永康儒學博士。長育成就，咸能取進工第，號稱多士。所著之集，號曰《雙泉稿》。夫泉，有本者也。傳曰："源泉混混，不捨晝夜，盈科而後進，放乎四海。"則其平日才驅氣駕，與古人自期者可知矣。洪武十三年，以蘭江吴學士沉之薦先生才德兼備，朝廷以特旨徵，人皆以大用期之。然命弗偶于時，卒授周府長史，改職刑部郎中。于時六部官郭桓事發，贓濫委引，多不以實。而先生録囚徒，見罪人不肯首服，乃以仁言誘之，深文之吏短之，竟置之法，先生亦不與之直。洎上知而急釋之，已不可及矣。三子：長文、孺文、炳文。貧無以給朝夕，猶能事儒業，修舊物，不屑爲同流合汙之行，遇違禮者，必直言正之，而家聲不墜。孺文既彙次先生之文，一日來南塘徵予序，披而讀之，斷自《理氣合一之圖》至《雙泉問答》，迄於終集，益知文爲載道之器，道不明而能達其辭者，鮮矣。故曰：資之深，則取之左右逢其源，非若潢潦之水，朝滿夕除。蓋先生學問博深，故形於言者無不該貫，滔滔汩汩，若挽回狂瀾而注之東也。所惜者，未盡展其所學。曩嘗從杖屨受春風時雨之誨，愧學不加進，業不加修，無能發明師道之盛，敢摭其出處大節，并以文名家者序於篇首。異日此集之行，庶幾有傳信於世者哉。先生諱熒，慎明其字也。門人委順夫金華唐光祖序。

雙泉稿卷之一

雙泉先生小傳

應石門

先生諱文熒，字慎明，别號雙泉。幼從從祖竹谿先生講明聖賢之學，長從黄文獻公門人純齋朱先生，經明行修，爲文温淳富麗有奇氣。洪武初，有司舉上南宫，擢爲永康儒學訓導，翰林學士吴沉薦其才德兼備，太祖勑召，授周府長史，改刑部總部郎中。所著有《理氣合一圖》《體用相資圖》《西銘經緯圖》《雙泉稿》等書。

理氣合一圖

陰　　陽					
順　　健					
水冬貞	金秋利	土四季	火夏亨	木春元	天道
腎智是非	肺義羞惡	脾信	心禮辭讓	肝仁惻隱	人身
貌恭	聽聰	思睿	言從	視明	人事
夫婦别	君臣義	朋友信	長幼序	父子親	人倫

凡天地之間，有是氣必有是理。《易》曰："形而上者謂之道，形而下者謂之器。"《詩》曰："天生蒸民，有物有則。"《中庸》曰："君子之道，費而隱。"蓋器也，物也，費也，皆謂氣也。道也，則也，隱也，皆謂理也。天與人，本相貫通，各有條理。君子精察乎此，而所以修身、應事、接物，皆以理爲主而不敝於氣，自然與天地合德矣。

體用相資圖

	體	用
經	陰靜	陽動
	成之者性	繼之者善
	利貞	元亨
	性	道
	大本	達道
	中	和
	禮	樂
	義智	仁禮
	人之安宅	人之正路
	理一	分殊
	誠之復	誠之通
	誠無爲	幾善惡
	仁義禮智信	喜怒哀懼愛惡欲
緯	以禮制心	以義制事
	敬以直內	義以方外
	一	貫
	大德敦化	小德川流
	戒慎恐懼	慎獨
	忠	恕
	約禮	博文
	尊德性	道問學

存養、省察，二者入道之大端。存養所以約之於未發之前，省察所以審之於應物之際。如是則思慮未萌而天理不昧，随物順應而條理不差。今摭聖賢之言爲《動靜相資之圖》。前段言其理，後段言其用力之方，欲於日用之間，一動一靜，隨處用力，而不使間斷。與前圖皆列之座隅以自警策。蓋動靜二端循環不窮，而理氣貫其中若經緯云。

西銘經緯圖

	天人	父子
經	乾	父
	坤	母
	塞	體
	帥	性
	民	同胞
	物	吾與
	大君	父母宗子
	大臣	宗子家相
	尊高年	長吾長
	慈孤弱	幼吾幼
	聖	合德
	賢	秀
	疲癃殘疾惸獨鰥寡	兄弟之顛連無告者

續 表

緯	
事天	事親
于時保之	子之翼也
樂且不憂	純乎孝者也
違	悖德
害仁	賊
濟惡	不才
踐形	肖
知化	述事
窮神	繼志
不愧屋漏	無忝
存心養性	匪懈
惡旨酒	崇伯子之顧養
育英才	潁封人之錫類
不弛勞而底豫	舜其功
無所逃而待烹	申生其恭
體其受而歸全	參
勇於從而順令	伯奇
富貴福澤	厚吾之生
貧賤憂戚	玉女於成
存吾順事没吾寧也	

聖門論學，莫先言仁。仁者，以天地萬物爲一體。張子患人蔽於自私，而天人閒隔，故作《西銘》。大義意言天人之相與，猶父子之相親。自“乾稱”以下，言天與人，猶父與子。而凡在天地之閒者，猶一家之親也。自“于時保之”以下，言人之所以事天者，當如事親，必如是而事天，即以是而事其親者也。今作《西銘經緯圖》，以便觀省。

題座右自警圖

凡天地之道，分而爲兩儀，列而爲五行，在人爲五體，發而爲七情，著而爲五事，接之於物爲五倫。如木之有枝，源之有流。故君子知道之出於天，而不可違也；知道之根於心，而不可離也；知道之貫於事，而不可貳也。孟子曰：“萬物皆備於我矣。”此之謂也。凡形於天地之閒者，皆吾體也。有其體，必有其德。故兩儀也，五行也，五體也，七情也，五事也，五倫也。體也，健順也，元亨利貞誠也，仁義禮智信也。七情之中其節也，五事之合其宜也，五倫之從其序也，德也。體不遺德，德不遺體，人者遺之。故君子存之於心，不敢不察也；履之於身，不敢不著也。慎獨而勤禮，下學而上達之。《易》曰：“形而上者謂之道,形而下者謂之器。”又曰:“知崇禮卑,崇效天,卑法地。”此之謂也。道之在人也,其靜也,物備而無朕;其動也,文理而不殽。故君子之學,其靜也,必察諸其心,存乎? 不存乎? 其動也,必驗諸其情,中乎? 不中乎? 必謹諸其事,合乎? 不合乎? 必盡諸其倫,從乎? 不從乎?《記》曰:“尊德性而道問學,致廣大而盡精微。”此之謂也。其靜也,儼乎若存無爲之先;其動也,物交乎前,毋奪其倫,無引其端。《易》曰:“敬以直内,義以方外。”此之謂也。故君子之學,一天人,貫微顯,兼小大,齊動靜,如斯而已矣。事道而不知其統,則天人隔矣;循體而不性其德,則微顯紊矣。靜而不存,則無以宏其體;動而不中、不合、不從,則無以理其用,而小大不相攝矣。物未至而逆焉,物至而制焉,則動靜之機不屬矣。是以君子貴知學也。

雙泉問答

雙泉居士衣短褐之衣,居蓬蒿之户,形若槁橊,色若焦土,終日不樂,頹然獨處。其故人雲泉生見而憐之,問曰:“甚矣,夫子之病也! 憂貧乎?”曰:“否。”“憂失職乎?”曰:“否。吾見天地之間,無足以樂吾心者,是以若此。”曰:“天地間可樂者衆矣,豈皆不足以當夫子之心? 小子請歷舉之,而夫子擇焉,可乎?”雙泉居士曰:“唯唯。”雲泉生曰:“金玉如山,粟帛如坻,谷量牛馬,斛校珠璣,勢疑於王者,力掩於封君,奔走豪傑,驅役鬼神。若夫温奥之室,清飈之臺,繚以蘭蕙,緣以琪瑰,其下紛紛郁郁、沉沉回回,若天人之棲。於是乃有行廚别館,殊珍異齊,胹熊蹯,臇豹胎,白雁之蹠,紫駝之腴,和以芍藥,適以椒桂,鑿落之巵,水晶之杯,金盤之醥,蒲萄之醅,相與覆射博塞,交臂捩耳,引滿大噱而不知疲。於是衆樂並作(中闕二頁,計八百字。)丹丘,然後齊萬古,凋三光,周覽八極,游觀四荒,朝略崑崙,夕票扶桑,元闕熛宫,曾不一瞬,率數千歲而一反乎故鄉。指大微以弭節,聊逍遥以相羊。此天下之至適極樂也。夫子豈有意乎?”雙泉居士曰:“夫生之有死,如旦之必夜，自堯、舜、湯、武、周、孔之徒，皆不能不死。果能不死，則彼數君子者爲之矣。假令萬分一有之，是反天道也。反天而生者，天之蟊賊也，故君子弗爲也。”雲泉生曰：“待爵而貴者可賤也，待財而富者可貧也。是故無財而富謂之學，無爵而貴謂之文，故君子必自力焉。是故本之《易》以驗陰陽，參之《書》以識理亂，達之《詩》以導其和，體之《禮》以致其序，稽之《春秋》以約其斷，諸子以贊佐之，百氏以襄之。司馬遷之雄，相如之逸，揚雄之深，班固之核，老子沖嗇，孫卿明辨，莊、列放言，《離騷》善怨，反覆參伍，博求約取，要束尺度，均適酸苦，自成一家，方軌齊武，名塞穹壤，高步千古，夫子必有樂於此也。”雙泉居士輾然笑曰：“斯言近之矣。然死骨已朽，空言獨存，千載之後，亦何與於吾身？吾猶有所未滿也。”雲泉生曰：“若是，則天地之間，舉無以樂吾子之心矣。然猶有一道，夫子欲聞之乎？”曰：“唯唯。”雲泉生曰：“善言道者，必擬之於天；善言學者，必擬之於聖人。是故經之以陰陽，緯之以五行，而萬象出者，天之道也；統之以仁義，列之以五常，而百行立者，聖人之道也。是以君子居敬以約之，致知以博之，戒慎以存之，謹微以純之。然後内欲不出，外欲不入，高不淪於虚，卑不混於物，大而不疏，細而不拘。其盛也，取諸身而禮義備焉，措之家而父子親焉，推之邦國而民人育焉，放之四海之内而萬物各得其安焉。是故爲上則治，爲下則順，得其時則行，不得其時則不愠。被卷音衮。服冕，不以爲樂；啜藿飯糗，不以爲約。生則樂其道，死則行其教。爲人如此，亦可樂否乎？”雙泉居士起再拜。日：“至矣，美矣！此人道之極也。雖絶穹壤之間，蔑以易矣。小子不敏，豈能達此？乃今日請從事焉，歿而後止。”

或問

或問曰：“昔濂谿周子之居，草生窗間而弗去。或問之，曰：此與吾心不異也。草，微物也，周子愛而弗去，是亦有説乎？”曰：“有。天地之所以爲心者，生物而已。人也者，得是心以生者也。故其心視天地萬物猶吾一身，雖一物之微，視之亦不異也。”曰：“吾聞君子親親而仁民，仁民而愛物，其視之有等衰，而施之有先後。若先生之説，無乃淪於兼愛而無别乎？”先生曰：“不然。天一氣也，而陰陽、五行、四時之運殊焉；地一質也，而山川、草木、人物之類别焉；人之身一體也，而心膂、頭目、手足、膚髮之分異焉；人之性一理也，而仁、義、禮、智之德列焉，惻隱、羞惡、恭敬、是非之端分焉。是故愛周於萬物，而分達於天下。愛周於萬物者，仁之體也；分達於天下者，義之序也。周子豈不察乎是？”曰：“天下之物衆矣，而獨草之愛，何也？”曰：“不然。生物之心，塞宇宙而無所欠，體物而無所遺。故其存之也全體而不虧，其感之也隨物而類應，非有所偏也，非有所擇也。非有所偏，非有所擇，而等差著焉。人孰無是心哉？存與不存而已。苟存矣，一物之微，無不愛也。苟爲不存，則雖父子之恩，兄弟之親，亦漠然而已矣。且周子之爲是言也，心之所感由乎草也。心之所感由乎草，而視之若是無間也，而况於人乎？而况於人倫之屬乎？吾意其燕處静居，户牖空寂，衆欲消釋而不萌，萬理昭融而未感。於斯時也，唯有生物之心存焉而已。視夫庭草凝碧，含氣發榮，生意渾然，而物己無間。使之與吾並生同育於天地之間可也，芟之夷之，又何忍焉？宜周子之不去也。雖然，周子之於草，弗去之而已爾。使周子而見諸君臣之義，則恭敬忠誠之心生矣；見諸父子之恩，則孝愛慈順之心生矣；見諸兄弟之倫，則友愛怡悦之心生矣；見諸朋友賓客之際，則和樂謙讓誠慤之心生矣。周子之心，夫豈雜施而不殺，泛愛而無别乎？夫愛尺寸之膚，輕於心腹，而其痛一也；庇尋丈之枝，不如拱把之榦，而欲生之心一也。是故理一而分殊，視天地萬物一體而等差著焉。”曰：“播五穀者必耨荑稗，然則非仁歟？”曰：“不然。仁以一視，義以辨物。故天地之道，尊君而卑臣，崇賢而賤不肖，賞善而罰惡。養菽粟者必去荼蓼，植松柏者不愛樲棘。仁義之道，相爲用而不相背焉。”

白雉頌

洪武十九年三月，杞縣民獻白雉二。王在西殿，延儒臣賜觀，群屬見而欣異。既退，相率著於篇詠以進。於是臣熒再拜頓首而作頌焉。其辭曰：維王秉政，德之純兮。爰及動植，靈應臻兮。粤有奇鳥，金精淪兮。産于蓁樕，殊曹群兮。其色翯翯，皭無坋兮。望之如雪，就若珉兮。霜鵠失皓，鶴褫鮮兮。皎不自潔，貞不自珍兮。性本耿介，今何馴兮。野人所獻，達嚴宸兮。擾之靈圃，沐君恩兮。雕籠孔安，錫燦新兮。喙飲閒暇，狎於人兮。孰與偕息，俟麟鳳兮。彼翬與鷮，彪繽紛兮。析爲羽儀，充下陳兮。揠尾磔軀，衹以其彬彬兮。豈若兹鳥，獨以素全兮。昔有姬氏，夷來賓兮。懸涉鯨波，亦孔艱兮。焉知瓌異，近在原兮。匪伊恭敬，格神明兮。胡然嘉禎，及良辰兮。益恢厥美，宣人文兮。永保茀禄，億千年兮。

雙泉稿卷之二

釋　遊

或問雙泉居士曰："先生之於遊，往往不擇其類，何也？"居士曰："吾得已乎哉？古之遊欲不以類，不能也；今之遊欲以類，亦不能也。何者？古者處士於學，處農於野，處商賈於市，處百工於肆。士與士齒，農與農齒，商與商齒，工與工齒，不相亂也。當是之時，君子之遊也，雖欲不以類，不亦難乎？其後道衰，四民不得其業，爲士者不能必不齒於農、於商、於工，而爲農、爲商、爲工者，有時而可齒於士，而天下無全士矣。然則君子之遊也，雖欲求其類，不亦難乎？且子之所謂類者，將以褒衣危冠、僂行而徐言、挾策而誦説、引筆而謳吟者，爲吾之類歟？裘馬而敖嬉、緇衣而跏居、黄冠而山服、與賈技而遊、逐末而轉徙者，非吾之類歟？以謂吾之類，則色莊而意忮、言甘而意暴、外仁而内詐、貌和順而情貪戾者，有之矣。以謂非吾之類，則愿慤而可主、疎通而可與有爲、慷慨而可語以緩急者，亦有之矣。兹二者宜何從乎？吾從其前，則將得罪於德；吾從其後，則將得罪於流俗。充吾子之責於我也，則將使我杜吾室、梏吾足，絶迹於無人之境、不毛之地而後可也。故吾之遊也，不擇其類，擇其人之似者而已。其似者，吾將進之，其不入吾類者罕矣；其非似者，吾亦不敢顯而絶焉。孔子曰：'鳥獸不可與同群。吾非斯人之徒與而誰與？'子欲使我與鳥獸遊乎哉？"或曰："先生知所擇矣。"

讀史記

始余讀《史記》，喜其雄深宏衍，若大漠巨浸，浩浩渾渾，望不見涯涘，以爲六經以來，未見其比也。及讀其《自序》，以爲聖賢著書，大抵發於鬱結幽憤，而引文王、孔子、左氏、屈原、韓非、孫子之徒爲證，然後知遷之爲書，往往假古人之行事，以洩其不平之氣，非至公之論也。夫君子之著書，非以發吾心之幽鬱也，悼大道之不明，慮天下後世之不喻也，是以垂之文辭，載之方策，以扶世導民，而納之大中之域。若文王拘於羑里而演《易》，其於六十四卦之中，有凶有吉，有悔有吝，皆隨其陰陽之變而著其象，不以己意而有所加損也。孔子厄於陳、蔡而作《春秋》，其於二百四十二年世主時事之興滅善惡，皆隨其得失而載其行事之實，不以己意而抑揚予奪於其間也。此二聖人者，方其奔走迫辱之際，其憂患危困與遷之受禍不甚遠也，而其著書曾無一毫憤惋不平之氣，何也？其用心公而持論平也。今遷之著書，其自視豈不欲與《易》《春秋》並馳而比功哉？特以陷於李陵之禍，怨毒傷心，不能自平，故其憤惋之氣，時時見於議論，而不暇顧其義理之舛也。論伯夷、叔齊，則稱其怨，蓋自傷其受禍而託之也。論管仲，則盛引鮑叔之知己，而不及其佐齊致霸之迹。論晏子，則但言其脱石父之難，而不及其他，又欲爲之執鞭。論信陵之下士，則稱其名不虚得，又自傷其無知己之士，脱己於難也。《刺客傳》，則稱其不欺其志，名垂後世。《游俠傳》，則又反覆數百言，以爲足有多者，又自傷其緩急之際，無輕死殉名之士救之也。《鄒陽傳》，則備載其自辨之書，而稱其抗直不撓，又自傷其不能悟其君而罹巷伯之禍也。《屈原傳》，則於其遭讒沈身之際，慷慨極論而不厭，又傷己之被刑也。《貨殖傳》，則言賢人深謀於廊廟，議論於朝廷，守信死節、隱居巖穴之士，設爲名高者，皆歸於富厚，又自傷其失勢家貧，財賂不足以自贖，而其論益卑矣。一則曰歎息，二則曰歎息，一則曰垂涕，二則曰垂涕，蓋其素懷憤懣，隨事感觸，故其嘆易發，其涕易下也。由是觀之，則遷之爲書，多發於不平之氣可知矣。夫李陵之降虜，雖非本心，然敗不能死，以致失身異域，爲朝廷羞，則遷之救陵亦非也。刑禍之酷，固其自取，又何怨焉？若曰自傷大質之虧損，悼聲名之磨滅，因發憤著書，以自見其志，誠有足悲者。至於持論不平，傷於矯激，而不槩於理，則非至公之論也。不然，其書且與六經、孔氏之徒並列矣。

讀歐陽氏辨左氏

《春秋外傳》稱單襄公見晉厲公，視遠而步高，遂告魯成公以晉必有禍亂。成公問其故，單子曰："吾見晉侯之容矣。"又曰："觀其容，知其心。"後卒如單子之言。歐陽氏非之，以謂禮者，聖人所以飾人之情，若其衣冠瞻視、升降周旋之不中節，不過不中乎禮而已，人之禍福，豈必由是哉？且觀其容，雖聖人不能知其心，豈能知其禍福也？歐陽子之爲說如此，以余觀之，殆非知言者也。夫禮本於天而根於心，達之日用之間，豈直以飾夫人之情而已哉？《傳》曰："出禮則入刑。"又曰："明則有禮樂，幽則有鬼神。"《洪範傳》叙五事之愆，曰咎、曰罰，曰極、曰妖、曰孽、曰禍、曰痾、曰眚、曰祥，皆始於人事，而各以其類應，甚可畏也。如歐陽子之言，是舉不足信乎？古之人知禮之無不在也，是以車服有數，宫室有制，器皿飲食有章，言語拜起趨作皆有法度，不可以毫髮變也。幼則講之於學，入則習之於家，出則接之於鄉，行之於邦國朝廷之間，不可以俄頃異也。心之所思，目之所視，耳之所聽，身之所履，未嘗有離乎此也。當時之人，鷄鳴而起，日入而息，一出言，一舉足，未嘗不由乎禮。一旦失其常度，而不由乎禮，非其中有大不然者，不至是也。禍敗之來，亦何足怪哉？故君子輟朝不顧，輟朝而顧者，知其有異事異慮也；受玉不惰，受玉而惰者，知其先自棄也；受脤必敬，不敬者，知其不反也；視不過結、襘之中，言必聞表著之位，視下言徐者，知其無守氣也。今有人焉，飲食衣服，動作言語,不異乎平時,則無疾人也。或飲食失其甘苦,衣服失其寒燠,動作傾欹,而言語讕妄,則爲病狂人矣。故古人以禮觀人,往往而驗。後世禮樂既壞,風俗日偷,心不識禮樂之名,目不見禮樂之容,耳不聞禮樂之音,日與非禮俱,又惡識非禮之爲非吉哉?故有非禮者,人亦不怪也。物之白者,黑污之則見之其爲黑;黑者,受黑則無見也。古人以禮爲常,故以非禮爲異;後人以非禮爲常,故非禮者亦不以爲異也。歐陽子以後世而窺古人,故其言如此。由是觀之,則所謂觀禮之得失,不足以知禍福者,非也。《詩》曰:"抑抑威儀,維德之隅。"威儀則容之謂也,德則心之謂也。故人能審其威儀者,必能正其德者也。如宫室之制,内有繩直,則外有廉隅,不能正其德者反是,故可以占外而知内也。夫容之於心,猶影之與形,響之與聲也,豈可以僞爲哉?若所謂象恭滔天,所謂巧言令色孔壬,正以僞爲於外,而不能掩其惡,非所謂觀其容不足以知其心也。由是觀之,則所謂觀其容不足以知其心者,又非也。或曰:"古人少不由禮,則禍敗隨之,後世未嘗知禮,而亦見其禍,烏在其無禍福之應也?"曰:"古之人日由乎禮,而與福會,故少有禍敗,莫不見之後世。蓋日由乎禍亂之途而不自知,故不見其爲禍耳。若曰禮之於人,恝然無與於禍福,則禮乃天地間可有可無長物也,古之人何乃孜孜矻矻於此而不少懈乎?但古人於禮,不以求福而爲之,不以避禍而加修焉耳。左氏推人之言動,以論人之成敗,必曰某如此,後當如此,則固失之過。若歐陽子之論,則愈疏矣,故余不可以不辨。"

答朱悦道論春秋 見邑志,見學志。

辱書承論《春秋》大義,其辭汪洋博肆,累數千百言,而議論之嚴,辨析之精,援據之密,皆非常人造次可及者。觀執事之志,自三傳以來,皆欲剪拂之,整齊之,以合乎夫子之經,而其末乃責之於某,某豈其人哉?累日思之,不知所對。某於《春秋》,不可謂得其門户而窺其堂寢，抑不可謂無其志者也。執事所言，不可以一二奉復，請姑誦其所言，以質於執事。夫所謂君子者，能持公論而已。所謂公論者，能使天下之人皆知其孰爲是，孰爲非，而無所疑者是也。曷爲而能使之知之而無疑？考之於事而實，載之於言而明白簡直焉耳。孰爲實？孰爲明白而簡直？今有殺人者、毆人者、奪人之財者，號於衆者曰某殺某、某笞某、某奪某之財，則聞之者不辨解而知其非矣。某實殺而不曰某殺之，某實笞之而不曰某笞之，某實奪之而不曰某奪之，而宛轉回遠，遷就其辭，使人自推而知之，使老生宿儒相與解之數百言而不能盡其義，豈足以曉於人哉？欲曉於人而深其辭，使人不能曉，豈能言者之爲哉？故某嘗以爲《春秋》之作也，直書時事而不深其辭者也。必如傳者之言，或書族，或去族，或書字，或不書，或稱名，或特著一字以示褒，或特著一字以示貶，或予或奪，或抑或揚，則是聖人有意爲奇辭新意，自神其書，使人不可盡識也。噫！孰謂聖人之心如天地之簡易易知，而若是之迂僻而難測哉？且名也、字也、族也，皆當時之人稱於人者也，孰得而增之？孰能而去之？且增之人何由而知其褒？去之人何由而知其貶？聖人之言，決不如是之艱深而難曉也。"問者曰："若是，則《春秋》之作，不待聖人而人人皆可爲矣。"曰："非聖人不能作也。何者？好惡生於私心，而是非定於君子。周之衰，王政不綱，諸侯擅制，霸主威行於天下，而權臣交政於中國。天下之人，愓於勢利，狃於見聞，隆卑生於俗尚，而是非殽於時論。當時史官，又皆妄庸之人，往往曲爲隱諱遷就，而書法失實，故聖人因而正之。其正之也，皆因舊文而修之，非聖人之所創爲也。故某嘗以謂《春秋》之辭，當有二種：有因其舊而不變者，有聖人筆削之者。凡國之常事，聖人必因其舊而不變；凡國之大事與事雖小而足以垂戒者，而舊史失其實，聖人因取而正之，以明天理，以正人心，以達王道，使人較然知是非之正，以爲鑒戒焉。但聖人筆削之迹，不可復見，不可妄爲之説耳。故曰：聖人之作《春秋》，直書其事，而不深其辭者也。"曰："直書時事，則得失何所見?”曰:“得失焉得而不見? 鄭伯克段於鄢,兄弟相賊也,兄弟相賊可乎? 武氏子來求賻,賻可求乎? 求,非也;不賻焉而使之求,亦非也。取郜大鼎于宋,賂也,鄰國相賂可乎? 天王求金,不貢王賦,而使天子有求焉,不臣也;不能令其諸侯,顧反求焉,不君也。某入某,某伐某,某會某,天子在而擅相伐,可乎? 古之會盟也以義,今之會盟也,義乎? 不義乎? 某弒其君某,君可弒乎? 某殺其大夫某,無天子之命,而擅殺無罪之大夫,可乎? 若是,則又何待加一辭、去一辭,而後得失可見。自有《春秋》以來,爲訓註者,何止數十百家? 大抵好自立論,穿鑿附會,而自謂深得聖人筆削之旨,其間豈無一二得之者? 吾恐其於聖人之大旨,終不合也。某嘗妄謂,自有《春秋》以來,唯廬陵歐陽子、考亭朱子二君子之論,深得《春秋》之旨。歐陽子謂學《春秋》者,當信經,不當信傳。謂經不待傳而通者十七八,因傳而惑者十五六。朱子謂仲尼據魯史以書其事,使人自觀之,以爲勸戒,謂推求一字以爲褒貶,專在於是,非仲尼之意;謂以傳者之意而觀《春秋》,則權謀智略譎詐之書耳。聖人晚年流涕痛哭而爲此書,豈若是之纖巧哉? 嗚呼! 二子之論若此,可謂深得《春秋》之旨矣。惜乎歐陽子無所著述,朱子於《易》、於《書》、於《詩》、於《禮》、於《論》《孟》,或親爲註釋,或合其經傳,或考其異同,或命門人釋之,而獨未及乎《春秋》。然朱子之修《綱目》也,因《通鑑》舊史而變其書法,亦《春秋》之意也。戰國之君,《通鑑》曰王,《綱目》則曰君。周之亡,《通鑑》即以秦爲正統,《綱目》則於既滅六國之後,始以秦爲正統。漢之分,《通鑑》以魏爲正統,《綱目》則以蜀漢爲正統。漢中斜谷之師,《通鑑》曰入寇,《綱目》曰伐魏。劍閣之敗,《通鑑》曰伐蜀,《綱目》曰入寇。曹髦之死,《通鑑》歸罪於成濟,《綱目》則曰魏司馬師弒其主髦。二書書法不同,而其是非予奪之間,相去遠矣。某以謂仲尼之作《春秋》,亦不過如此而已,非如傳者之云云也。朱子雖不註《春秋》而修《綱目》,其於惇典庸禮、命德討罪之法,是亦《春秋》而已,又何必親爲註釋而後聖人之旨可見？某過不自料，嘗欲倣《綱目》，大書《春秋》之經，而約左氏之文註其下，先儒議論有可取者亦附焉，使學者以經統傳，以傳附經，而考見得失，不假立説辨議，而聖人筆削之微意隱然可見。又嘗欲效柳宗元《非國語》作《非三傳》，取其穿鑿牽合之説辭而闢之，三傳之非見，則聖人之經明矣。聖人之經猶水也，三傳之非障水也；聖人之經猶日月也，三傳之非蔽日月者也。壅塞去則水得其道矣，翳霾去則日月之明復矣。"嗚呼！以自三傳以來，諸儒之所不能明，歐陽子之所不敢言，朱子之所不暇爲，而某乃欲以蕪陋之學，去千載之獘，其不量力甚矣。是以恐懼眩惑，未能措手，誠若執事之所慮也。雖然，區區之志猶未已也，苟遲之數年，賴師友之功，有分寸之益，必當勉成二書，以畢其志，執事少須焉，無遽爲余慮也。

絳宫問

洪武戊午三月望日，余臨鏡而見髮有白者，因自愧年日益長，而業不加進，乃設爲絳宫主人，與榮庭公子相爲問答，以自警勵。絳宫主人者，養生者，謂心爲中主，絳者其色也，故託絳宫主人而問之。榮庭公子者，醫家謂血榮氣衛髮，血之餘也，故託榮庭公子以答其所問云。

絳宫主人召榮庭公子而問之曰："噫，汝來！夫天之生物，各有攸司，守惟不變，乃職之宜。余實宰君，百骸而長，汝託是身，衆體之上。我始羈午，總角齔髫，視汝如雲，悦澤美饒。自我勝冠，既壯且好，有鬖在簪，豈識謂老。爰及有室，黝黑鬒鬉，吾今視汝，種種將皤。汝何不恒，不守厥舊，遂令時人，謂余醜陋。便儇者疎，枯槁者親，黯然内沮，覆以幘巾。少而自許，惟汝焉恃，今乃無聞，坐汝憔悴。汝誠寡恥，玷我鬢毛，變亂黑白，厥咎焉逃。"榮庭公子乃跽然而答曰："噫，子不知之耶？子之賦形，幼少壯老，孰爲正耶？我之受色，或黔或皓，孰爲定耶？得之於天，孰爲媸妍？何子於我，有喜有嗔？我質甚微，幸託子首，久而見非，請問其咎。子之少時，神專氣完，我資其榮，華色腴鮮。及子更患，憂喜交攻，我亦爲子，變其故容。子又嗜書，夜卧晨興，我如飛蓬，曾不我矜。人皆自憙，飾以貂蟬，子獨一冠，垢弊不捐。我失其舊，職子之由，我不子怨，子何我求。人之常情，厭老悅少，蒼蒼爲勵，青青爲佼。或鑷或涅，如髡如黠，情狀既露，復爲星星。巨勝爲飧，甘菊爲酒，服食求仙，幾誰復黝。人亦有言，老當益壯，子齒未艾，相沮而創。少而不學，老則無聞，子爲主宰，咎將誰分。非我無恥，子實繆迷，胡不自勵，家禍福非。收子放心，勞子筋骨，惟日孜孜，無庸我卹。子能自勉，我亦無愆，願子胡耇，相從百年。”絳宫主人於是洒然而媿，釋然而悟，正冠而謝，待之如故。

書太極圖辨疑後

庚子冬十月，熒往族弟光家觀先世所藏書，見從祖廿九府君所著《太極圖辨疑》一帙，皆細字楷書，每一段終，則有許文懿公手筆，皆辨駁訂定之語，蓋府君以質之許公，而許公所書以復之者也。熒因置他書以諦觀之，凡府君所疑與許公所答，不能無少異，然其所疑，皆人人所不疑，疑之者，皆非始學之士所易及也。初，許公講道東陽八華山中，府君與從子復四府君諱權字子義實受學焉，一時門人推之以爲高第。已而府君與復四府君皆以盛年相繼淪没，獨竹谿府君壽至六十餘而終。復四府君之没，黄文獻公溍既銘其墓，而竹谿府君有純齋朱先生墓表可見，唯府君之學行德業未有能言之者，而其所著又僅可見如此。嗚呼悲夫！年代徂改，日遠日忘，熒既不能强學力行以嗣述其萬一，則此編者又焉能必其久而不逸哉！因與兄光感嘆流涕者良久，而再拜謹識其末以自勵焉。

跋大學疑問

熒七八歲時，受業於從祖竹谿府君，時雖未有知，府君特加奇愛。

府君每至朔望時節，燕私之餘，輒取書一帙及尺牘數幅置几上，危坐觀之，已而泣數行下，呼熒附几示之曰："此書我所著《大學疑問》也，白雲先生嘗爲我是正，其手澤具存焉。"又曰："此尺牘先生所惠我以論爲學之道者也，汝今雖未之解，吾他日當與汝觀焉。"及府君臨歿之年，乃出《大學疑問》授熒使藏焉，至今十有五年矣。某一展讀，未嘗不感嘆流涕，愀然若府君尚在也。第某齒日益壯，而學不加修，不能承荷府君之所付托，雖然，豈敢忘之！幸未衰暮，尚當淬勵，以期無負乎府君之教，則府君雖歿，其聲容氣澤庶乎與此俱在也。庚子冬十月，因校舊書，見其卷帙頗散亂，因復次第繕飾，而謹識其末云。

雙泉稿卷之三

樓氏致庵記

東陽樓繼與其弟福永、盛益葬其父東崗之原，而築室於其墓之側，以爲春秋祭掃妥神之廬。雙泉居士爲之題其顏曰致庵，而告之曰：致之爲言，引而至其極之謂也。事親之道，引而至其極，終身行之，有弗能盡也。今夫鄉里自好之人，立一行必致其志焉，定一事必致其謀焉，況乎君子之事其親也，其可苟焉而致不以其道乎？夫溫凊定省，所以爲敬也；甘滑滫瀡，所以爲養也；哭泣衰麻，所以爲哀也；亨熟之豐，羶薌之潔，所以爲饗也。可謂備矣，而非致之之謂也。是故倍慢之色不生於容，鄙吝之氣不設於心，可謂致敬矣；服勤盡瘁，左右無方，不敢咈其心，不敢違其志，可謂致養矣；禮稱其誠，物稱其情，可謂致哀矣；風雨霜露，如或見之，歎息聲容，如或臨之，可謂致饗矣。雖然，此接於吾親而後行之者也。朝夕之間，非接於吾親，則無所事乎，猶非所謂致之之謂也。是故吾身，吾親之有也，非吾身之所自有也。吾親之有，非謂手足耳目、四支百骸之具也，又非謂思慮知覺、飲食言動之給也，謂德也。德也者，天之所賦也，親之所全也。其畀之也，率天而不遺；其守之也，率親而不虧。是故易良博愛，不貳其心，致仁也；論倫知辨，强毅不回，致義也；恭讓以知節，曲遂以盡文，致禮也；淵深以知察，體事以盡變，致智也；質塞而不僞，確言果行而不怍，致信也。致此五者然後充其形，充其形然後充其爲子之道，庶幾乎致事親之道矣。嗟乎！人之情，登丘墓而痛心生焉，入祠宇而慕心生焉,市巷之庸能之也,然衣冠之士有弗痛弗慕者矣。生則養,死則哀,夫人而能之也,然爲士者有弗能者矣。吾聞君子不以其淺者責諸己,不以其小者望諸友。謂吾身不能者,非仁也;謂吾友不能者,非義也;不能而弗勉,非勇也。既以繼請,書之於壁以爲記。

河南能侯金華寓舍記

前宜興守河南能侯伯言,寓居金華山中,題其齋曰"隨寓而樂",俾余爲之記。余以謂天壤之間,可樂者多矣,吾不知其所樂何所謂耶? 謂夫令名顯譽之榮耶? 尊爵高位之貴耶? 抑謂夫璧帛貨賂之給,與歌舞弋獵之娱,豐衣甘食、美利田宅之饒足耶? 而侯方屏居深山窮壑之中,與樵人牧豎相從於寂静幽絶之地,向之所謂者,非侯之所能具也。然則何所樂耶? 抑余聞之,道之在天下也,無所往而無有,故君子之於天下也,亦無所寓而不樂。樂之者,非謂其有聲色之可慕也,又非謂其有臭味之可嗜也,又非謂其有奇物玩好、紛華靡曼之可悦也。無所待,故無不足;無所奪,故無所歉。魚之在乎水也,其躍也,其潛也,其游也,其煦沫也,無不得乎水,然後洋洋然,烝烝然,無不遂其性也。道之於人也,奚異於是? 是故君臣、父子、昆弟、夫婦之常,衣服、作止、言動之微,貧富、貴賤、憂樂、禍福、死生之變,接乎目、涉乎身者,皆有至適之地,至安之理。人唯不知也,而非分過求,是以戚戚焉而不得終日。故曰:君子雖大行不加,雖窮居不損,無入而不自得焉。昔者曾子居于魯,食不飽,衣不完。自他人觀之,至戚矣,然而曾子曳履而歌,聲滿天地若出乎金石。子思子三日而一食,十年而一冠。自他人觀之,至戚矣,然而子思子悠悠然處之容色不變。是二君子者之所處,苟有一毫不釋然於其心,安能隨所寓而樂之如是耶? 抑侯之所謂樂者,其亦若是否耶? 侯嘗綰符被紱,位乎通顯之班矣。今棄官而畊于野,無升龠之儲以贍其妻子,不知者皆以侯不能無芥蔕於心者。而侯褒衣危冠,與韋布之士游談終日,無居約之容，豈非所謂無所歉、無所待而然者耶？豈非所謂隨寓而樂者耶？是爲記。

雪窩記 見學志。

雪窩者，天台孫君良弼所居之號也。蓋窩者，土室之稱，遁世樂隱之士多居焉。而良弼以雪爲號者，蓋其平日慕爲潔清之行，故擬諸形容而托之也。良弼既居雪窩之久，其門人疑而問曰："居室之號，將以比德方物，而象其所好樂也。物之在天下者多矣，先生皆不之取，而獨取於雪，其亦有説乎？"良弼曰："有。夫雪，清白不污，近乎誠；凝沍畏人，近乎義；燭物無隱，近乎智；藏垢含物，近乎宏；以生物之道寓諸殺，近乎仁。此吾之所以取之説也。吾聞之，存乎道，則天下之物無見而非至理之所著。是何也？蓋賦於道而生者，無大無小，而道莫不具焉。天之所以高，地之所以厚，日月星辰之所以明，禽獸草木之所以繁，人民事物之所以衆，秋毫之微，浮埃之猥，皆是也，而獨雪乎？心苟存矣，則道之全體渾然而無欠也；心苟不存，則見爲物而已爾。故君子在乎格物以明善，而游物以養性。吾之所取於是者，或庶幾焉。"余聞而善之，恨未及謁良弼而接餘論於雪窩之中，以究其旨。會良弼之弟曇遠，以良弼之命，俾余爲之記。余學甚陋，僅能述其所聞，筆之簡而授之，使歸而復焉，不能加一辭也。良弼力學尚行，隱居不仕，常閉户不出，人或不識其面云。

南圃竹居圖記

友人孫君祐以南圃竹居之圖書來謁余曰："余之居在邑之南，以治圃蒔竹爲事，故因以自號，願爲之記。"余發其圖視之，則其居前瞰大谿，背負崇山，度爲圃數十畝，中圃爲廬，廬之外樹以雜卉，又其外植以多竹，又其外瓜田芋區，桑野漁沼，環圃而四周。仰而望，則佳花秀木、瀑流烟靄之在乎山者，皆可觀也；俯而視，則風帆浪舶、潛鱗游鳥之在乎水者，皆可玩也。至於境趣之幽野，時序之清妍，與夫天機物理之流動著見，非筆墨之所可模寫者，亦髣髴焉得之於披閱之頃。君祐之居勝矣，而工亦善畫也。夫都邑之間，廣宅甲第，歌樓舞館，接阿甍而跨衢巷，襲珠璧而飾丹髹，與夫官吏之舍，商賈之區，百貨積委，而士女充斥，此仕宦形勢之人之所居也。至於山之巔，水之涯，鑿土以爲垣，因樹以爲廬，草扉而茇舍，屏迹而窮處，此山林畸散之人之所居也。君祐嘗仕爲州縣，以能吏稱，是其所居宜據都邑之華勝，占闤闠之閎麗。乃舍而弗居，必求乎荒閒之野、幽絶之地而居之，豈其所樂獨異於他人耶？善觀人者不觀其所業，而觀其所樂。其所業則是，所樂則非，未可謂君子也；其所業則非，所樂則是，未可謂非君子也。蓋人之所業或有不得已者，而其所樂非其志之所存，不能安之而不去也。人見君祐操觚翰，從胥史，出入於官寺之庭，則以爲吏耳，而不知其所樂者獨在乎篁藪蔬畝之間，則孰知其爲潔清自好之士哉？君祐爲人温仁忠厚，其爲吏同時人皆稱其廉平，蓋由其雅尚幽静，無可欲者亂其心，故有以養其良心，而其爲吏能循理而無害。曩時君祐從事州縣，有刀筆簿書之勞，不免朝出而夕入，雖有竹居之樂，亦不能盡日而自遂，吾意君祐尚未能慊然於其懷也。今君祐且老，以疾自免，其治南圃也，始得以自肆其力，無向時之勞以拂其志。吾想其居是圃也，蔬以爲菹，筍以爲饌，則芻豢羞醢不足以爲甘；啓蓬蒿之牖，隱烏皮之几，則廣廈細氊不足以爲佚；樵於山，漁於水，則田獵馳騁、百戲之娱不足以爲適；覽草木之榮華，聆鳥獸之好音，則粉白黛緑、繁絃急管之動乎目、快乎耳者不足以爲歡。是則極天下之至富至貴、可喜可悦者，皆不足以易其所樂，豈肯舍之而有願慕乎其外之心哉？余所業雖與君祐異，然余有一畝之宫不能以自居，一夫之地不能以自治，而役役於記誦文辭之末，以竊升斗之食而不能去，視君祐之超然自放於山林之間者，其猶潢汙之蛭，視鱣鱷之在江湖也歟！故爲之記，以發君祐之志，且以識余媿云。

清軒記

洪武丁巳，東陽俞君止善來雙泉山中，留止浹旬，余從學官告歸見之。止善謂余曰："吾居室之東偏，有屋若干楹，其深廣足以容几研而藏圖書，吾應事之暇，則處於是而休焉。嘗題其顔曰清軒，子幸爲我記之。"余曰："敬諾。"會余復詣學，未暇有所述。止善與余家有連，每謝問請寄，未嘗不以清軒之記爲言。乃爲之言曰：清者，濁之對也。水不汩於沙土曰清，沙土汩之曰濁；人不累於物欲曰清，物欲累之亦曰濁。吾嘗聞之矣，人之性，其初純粹至善，湛然而不雜，猶水之本源澄潔，泠然而不污也。天下之性，與天下之水一也。人或生而已善，猶水出而已清也；或生而已不善，猶水出而已濁也；或自始至終，無有不善，猶水自源而注之海，無所污也；或生之久而始有不善，猶水流之遠而始濁也。不善有小大，猶濁有甚不甚者也。人性之善，猶水流而就下也，因其勢而利導之，則可以復其善，猶加澄汰之功而可復清也。然其復於善，則其本善爾；復於清，則其本清爾。非失之於前而得之於後也，又非求之自外以易之也。治水者，無激其波，無擾其土，則清矣，治性亦然。凡物而在上者，天理也，清也；凡物而在下者，人欲也，濁也。究其理以辨之，則見而不惑。持其志以凝之，則止而不蕩，不使相干也。不見不聞之前，戒懼以致其約，守其未發之善，防其未生之欲。事物幾微之際，慎獨以致其精。善也則順而導之，不善也則壅而塞之。及其久也，風止水静，沙土沉伏，瑩如也，泓如也，冲如也，斞之而可以事鬼神，挹之而可以羞王公。然則吾之所得乎天而未嘗不善者，豈有一毫汩之者哉。止善爲人，介然自守，内行潔修，蓋知自力於澄汰者。余因爲之推本而極言之，不自知其辭之繁複者，《春秋》責備賢者之意也。止善不以余言爲非是，則請書之以爲記。

思成庵記

思成菴者，朱君師道所以奉祀其母夫人之祠也。師道既葬其母胡夫人于朱村之原，而創祠墓道之側，取《商頌》“綏我思成”之義以名之，而請記於余。余爲之言曰：嗟乎！善乎其名之也。人子之於其親之殁，爲之封樹而安之，制爲祭祀以享之，夫人而能之也。至於求之而必感，祭之而必享，則未必能之也。先王之制祭祀也，設其俎豆，陳其牲醴，薦其灌鬯，作其祝嘏。不知者以爲禮當然耳，其知者以爲人子不忍死其親，惟以盡吾心焉爾。彼豈知古人之祭其親也，必求致夫所以享之者，而非爲是彌文也哉。吾親遠矣，欲求之陰陽之間，而索之冥漠之際，而致其來享，亦何道以得之哉？蓋亦思之而已。《詩》曰“綏我思成”，又曰“賚我思成”。思成者，言思之而成其人也。思之而成其人，則果有享之者矣。吾親遠矣，然吾之身，則吾親之身也，志慮之所通也，血氣之所關也，思而求之，則屈者可伸也，往者可返也。吾親之居處則思焉，吾親之笑語則思焉，吾親之志意則思焉，吾親之所樂所嗜則思焉。思之如是其至也，則吾親雖遠，豈不因吾之思而成其人乎？故曰：七日戒，三日齋，必見其所爲祭者。嗟乎！吾親遠矣，容貌不可見矣，聲音不可接矣，庶幾焉一來而享吾祭者，生於吾之思而已，可不盡其心哉？吾意師道之以是名其菴也，非唯有見於此，必嘗致力於此矣。吾想其祭也，酒肉不能御焉，爲思其親也；室家不能處焉，爲思其親也；念慮不敢貳焉，爲思其親也。奉盛以進，則若吾親之嘗之也；奉俎以進，則若吾親之嚌之也。進則若吾親之撫之也，退則若吾親之命之也。視之則吾親之在位者，可得而見焉；聽之則吾親之容聲、嘆息之動乎户牖之内者，可得而聞焉。如是，則豈不昭昭然成其爲人，而享其祭祀乎？師道於此，非其知之也深，行之也著，則其名之也，焉能若是當其情哉？然則師道之子姪兄弟，登斯菴而與乎奉嘗之事者，覩思成之義，豈有不思者乎？是爲記。

鈍齋記

余友樓紹先題其讀書之室曰“鈍齋”，余見而問之曰：“何哉？子之名齋也。子之聰明彊識，干將、莫邪不足以爲鋭也；能言善辨，湛盧、巨闕不足以爲利也；奇文麗句，龍泉、太阿不足以爲銛也。子以鈍爲名，將誰信耶？”紹先曰：“吾慮夫鋭之爲吾害，而反之以鈍也。夫九淬之鋒，百錬之鍔，其用之也，陸剸犀兕，水截蛟龍，然其折缺也，不足以析薪。雄戟長鎩之利於戰也，摧鋒喋血，兵不留行，然其頓剉也，不足以刈菅。夫數寸之钁，方尺之鎛，用以刋木，則不若剞劂之工；用以刌物，則不如鏨鑱之勁。然農夫家人，日日用之，而不虞其缺頓也。故聰明彊識者，必陵人以智；能言善辨者，必窮人以辭；奇文麗句者，必阨人以材。然而抑鬱伏屈者，彼豈無惡嫉忮忌之心乎？是則陵人者將以自陵，窮人者將以自窮，阨人者將以自阨，豈特剉其鑯鍦而已哉？吾以是欲反之。聰明强識，吾將反之以愚；能言善辨，吾將反之以訥[①]；奇文麗句，吾將反之以拙。卷而退於椎木蠢戇，以全吾眞，則免乎？”余曰：“子言近之矣，然猶未也。子知鈍之可以免禍，而不知鈍之可以勉學。孔子稱：‘參也魯。’魯，亦鈍也。由其質魯鈍，故其學誠篤，非安於魯而自止也，故能傳聖人之道。孟子曰：‘其進鋭者，其退速。’夫輕敏鋭勁者，其鋒不可當，而其氣易衰，持之不固，以故善敗。而質魯遲鈍之人，其進之也難，而守之也確，故不可禦。古人之用鈍也蓋如此。吾觀子之言，欲以免夫折缺頓剉則可矣，語學則未也。子將以鈍自止，則吾無庸言矣。將未止也，請繼今以言。”紹先曰：“唯唯。”

蔣氏南園書院後記

庚子之秋，東陽蔣君伯嘉以書來曰：“吾先祖友松居士，創南園書

① 訥，原作“納”，據文意改。

院，蓄書數萬卷，以訓子弟。其後屢燬于兵，鞠爲榛莽。今子孫之居，多其故址，而故書所存，猶且萬卷。吾今即吾居之西偏，加以舊扁，聚書其中，使族人之知學者，咸得以興起焉。願吾子之記之也。”某惟今之所謂善繼先志者，能不失其遺業，亦足矣。其視家學之廢興，蓋邈然若無與也。而君之用心如此，其事亦可書矣。某雖不敏，誠竊樂以所聞爲君誦之。

夫道無古今之殊，而學有邪正之異。蓋自孟氏之歿，而正學失傳，士大夫倀倀焉莫知所止，高者論難空有，卑者馳騁辭華，而其敝久矣。至關洛以來，諸子繼作，然後聖賢不傳之藴，一旦復明於天下。然自是之後，道之載於書者，雖炳如日星，而根於人心者，其昏蝕猶故也。今諸子莫不家傳而人誦之，然不過鑽研采掇，以爲發策決科之利耳。甚者至有未能偏觀其書，即謂盡通其道，自相標榜，傲然矜大，而於盡心行己之實，則概乎其未有聞也。故其論愈奇，而其心愈下；其辨益力，而其趣益污。考其所歸，又反出於鑽研之下者，其以文人自處而不此者，猶不與焉。嗚呼！世之論學者，如是而已，則何怪乎人材之不美乎！誠使登斯堂者，皆能以此自反，勿以口之所誦，與心之所存、身之所踐，判爲二途，無慕乎虚遠，無溺乎卑近，真積力久而自得焉，則其漸磨成就之功，豈直賢於今之士哉！然則蔣君所以拳拳於此者，其意蓋有在矣。故不敢辭，而書此説以竢。

行素齋記

《記》曰：“君子素其位而行，不願乎其外。”説者以謂素者，見在也。君子但當因其見在所居之位，而爲其所當爲，無慕乎其外之心。余嘗因其説而推言其意：蓋所謂道者，其理一，其分殊，故其體之大至於無外，而其細無微而不入。譬如日之麗乎天，無遠弗照，而光景所及，方圓曲直，隨物賦形。故君子之體夫道也，其心之所存，必與天地萬物一體而無間；而其身之所處，則必隨其所受之分，樂循其理而不過求。故於君臣、父子、夫婦、長幼、朋友之倫，既各以其道責諸己，而不越乎其位；至於富貴、貧賤、患難、夷狄，亦各隨其所受而安之。如是，然後爲不離乎道，而合乎中庸。且人之囿乎道也，猶魚之生乎水。魚在於渚，或潛在淵，各適其適而已。故夫富貴、貧賤、患難、夷狄，其分雖殊，而道無不在。是天之所以處我者，居於其地而求以去之，是猶魚而求去夫水也。金華高君思聰，名其齋曰行素，而徵余文以爲記。余與思聰居而同郡，生而同年，知其爲人。思聰家故饒裕，其居鄉時，輕財而樂義，好禮而下士。今爲鄢陵之校官，羈旅於荒閒寂靜之濱，從事於呻吟佔畢之末，奔走於卑冗，承奉乎上官。見之者皆以爲思聰之才之茂如彼，而其所處之地之猥如此，豈能無戚戚於其心者？然而思聰沛然樂而受之，若平日所固有然者，余往往見之，未嘗見其有不足之色，豈非所謂素其位而行者非耶？今以是名其齋，抑可謂稱情否耶？是宜爲記。遂記之。

雙泉稿卷之四

黄氏君山别業記

君山别業者，宜黄黄君伯昂讀書之所也。君山去宜黄治所三十里而近，其地有谿山林壑之勝，其土皆上腴，桑麻之衍，茭菰之池，瓜田芋區，果園花圃，大略皆備。黄氏世族也，其先有諱仲雲者，隱居其中。其後有性初者，於伯昂爲從祖，嘗領鄉薦。而其宗族多以績文修行爲事，伯昂踵而居之，學成名立，起家爲行人，掌使事方急，君效職，不暇爲他務，念君山不能數至也，乃令善畫者繪而爲圖，時一展覽以自釋。余在中都，伯昂使行傳置，過而見余，持其圖請爲之記。余乃爲之言曰：生人之具，日用之不可缺者也。三代之時，爲士者皆仰食於縣官，其所以爲事者，學與仕焉而已。其後四民之政不修，爲士者必治其生事以自振業，而後可以安其身、定其志於《詩》《書》六藝之間，而或出或處，無所往而不可。由是君子雖不以治生爲急，而亦不以惰棄爲高。苟或不能事事，而又不免於營營汲汲以終日，愚婦孱子訴饑而啼寒者，屬乎耳，拂乎心，是安得從容閒暇以潛心於學問？而其出與處，又豈能綽綽然而無拘束顧慮之患哉？方伯昂之居君山也，藉其世業，耕田灌園以自給，讀書鼓瑟以自娱，固可以終其身樂之而忘勢。今以才見推擇，奔走於王事，以咨諏於四方，其於君山前時耕學釣遊之地，望之如在天外，宜其不能忘也。然其所以得盡其忠誠欵悃，以致力於使事，而無内顧之憂，如向之云者，豈無所賴於君山也哉？余素以疎拙，不能自食其力，而從事於呻吟佔畢以糊其口，而不能以就一日之温飽。今雖忝備府僚,幸有禄食,追念曩時所以拘束之者,其狀百端,可閔笑者多矣。及閲此圖,不覺爲之發愧而自哂也,遂爲之記。

永思堂記

君子居室必有名,所以志其志也。堂以永思名,志哀也。孰名之?李氏子伯庸思其母氏而名之也。其志哀奈何?李昌南世族也。壬寅之歲,郡城被兵,伯庸母熊氏及伯兄伯仁逮於隍而没焉。自京師赴之,則無及矣。號而求其死,則不得。將從之,或告之曰:"子死,孰紹爾宗?"乃不果從。蓋除喪久之,而其哀不衰,大署其堂曰永思云。余聞而哀之,爲之言曰:嗟乎!伯庸之思,其何時忘乎?夫衣衾之設,棺槨之具,必誠必信,勿之有悔焉耳矣。人子之於送死,用其情於吾親,若是至矣。然猶不忍置於心,故有終身之喪焉。其或不幸而不得用其情,則其哀宜如何乎?"春秋祭祀,以時思之。"謂之以時,則有時而不思矣。"明發不寐,有懷二人。"謂之明發,則有時而不懷矣。若伯庸,則有時而不思不懷者乎?其可哀也已夫!雖然,伯庸之思,已無及矣,已無所用其力矣。君子大至孝,不以死傷生。且其所以思而不置者,誠有所甚痛焉爾。痛親之體魄之所遺也,身存則吾親猶存焉爾。吾所以奉其身者奈何?曰:保其四體,惟恐傷之;砥其名行,如或辱之。如是,則僅而可及以用其力者,舍是弗圖,其亦已焉爾。是或一道而可以塞其思者,余是以終言之。是爲永思堂記。

洗竹軒記

會稽金宗浩以繕寫誥命留京師。余偶過其舍,見其几案潔清,圖書筆研方列而不亂,怪其旅寓造次,猶自整飭如此,必有以異乎人者。與之語,果清修吉士也,遂與之結友。宗浩間謂余曰:"余家湘湖之濱,其地多竹,環吾舍彌望皆竹也,吾甚愛之。然惡其雜出而斜曲耳蔓者，務芟夷攘剔之，使其修挺豐大直遂，而不爲所蕪翳。如是積歲，侃然如骨鯁之臣，正色立朝，而無阿附之容也；翛然如列仙之流，遺世獨立，而無健羡之心也；毅然如禮法之士，群而不黨，而無便佞之態也。然後足以慊吾之所玩，因置小軒數楹於其間，名之曰洗竹，言致其涓淨若洗濯然。子幸爲我記之。”余聞之，君子之自治也，其心之所存者，惡夫物欲之累，則其耳目之所接，必好夫潔清，而不肯安於污冗，雖植物之細，莫不盡然。蓋觀乎其外，可以占其内也。今宗浩之於竹，猶痛洗之，不使一枝一蔓之繁其間，則其於方寸之中，豈不思所以澡洗疏雪，而極其澄徹瑩潔，而豈容一毫物欲得以垢亂之哉？余性亦好竹，所居北望桃巖，南接花谿，園廬竹樹，相屬不絶，所遇無慮數千百挺，輒留止觀之，不能遽去，獨未見有如宗浩之洗濯之者。及渡江而北，往來梁、楚、陳、鄭之郊，則并所謂竹者，亦不之見矣。聞宗浩之言，洒然如有所悟，爽然如有所失，於余心蓋荒然也，遂爲之記云。

雪蓬記

洪武壬戌之冬，余在大梁，應君思立自洛陽來，留止信宿。思立曰：“吾居洛，爲寓舍四楹，其深倍廣，圓上而不隅，塗以白堊，望之如雪，仰而視之，若舟之篷，因名之曰雪篷云。”又曰：“昔吾隱於雙泉之山，有一畝之宫，而弗得以常居。自吾飄冗於江湖之上，奔走於伊、洛、京、索之間，未嘗有一日能安於吾室。今吾之有兹室也，亦若處乎舟之中，而泛乎波濤耳。吾以是爲名，蓋亦稱也。子盍爲我記之？”余乃爲之言曰：夫飲食、衣服、室宇，凡生人之具，皆天理之所當有者也。唯夫用之而有私吝之心，則非矣。故凡天下之物，皆可以爲人之奉而役服之，及其用之而過，則其心往往牽引而去，而乃爲之役。秋毫眯目，則泰山屹乎前而不見；寸纊入耳，則大鏞撞乎後而不聞；微欲塞心，則道充宇宙而不之知。夫複欐而居，重檐而處，其結構極乎制度之美，其繕治究乎侈靡之觀，未嘗不欲終其身而及其子孫也。其或不得已而去之，則徘徊顧戀，不忍忘乎其心。噫！其爲人累亦大矣。且人之在斯世也，其出處行止皆若有主張之者，而非人力之所能與，則夫身之所寓焉，而非舟也。舟之行乎水也，或順流遇風一日千里；或驚湍疾浪，咫尺莫進；或晴晨良夕，水天一色。可以張樂而飲，扣舷而歌，至於遠行而服賈，銜使而奔命，朝置褚而暮徙槖焉。以此譬之，則其舊者不足慕，其新者不足惡。故居室之道，以舟視之，而曠然任其所之而安焉，則亦焉往而不得其樂哉！推而達之於凡身與物之所接皆廓然。公視於天地萬物之中，無所歆羡而係惜，又何物之能爲吾役哉？應君之名其室，蓋有得於此。是誠委順達運之爲見，而非摽奇揭異以爲清玩者之比也。乃爲之記。

靜學齋記

此篇乃吾人爲孝之要、入德之門，薈萃古昔
圣賢勉人修治宗旨，勿以常言視之可也。①

知崇德縣事周侯子冶，名其燕居之齋曰“靜學”，取諸葛武侯戒子之言也。侯以書抵大梁曰：“願爲之記。”蓋武侯之言曰：“夫學須靜也，才須學也。非學無以廣才，非靜無以成學。”善乎其言也。武侯生乎洙泗絶學之後，關洛未興之前，而其所言，與先聖先賢之所以論學者，如合左契，亦可謂度越諸子者矣。而侯又生於關洛絶學之後，而有志於其言，亦可謂豪傑之士者矣。以余竊嘗從事於斯也，亦不可謂不知其説者矣。乃爲之誦其所聞而復之，曰：動與靜，天命流行之機也，人心寂感之端也。二者相乘於天地之間，不知其孰爲始孰爲終也，而常本乎靜。蓋靜能該動，動不能攝靜也。故一本萬殊，一混一闢，萬生於一，闢出於混，體立而用行也。周子曰：“元亨，誠之通；利貞，誠之復。”通之言闢也，復之言反也，反乎其所也，是則天之理本乎靜矣。心之體，五性也；其用，七情也。未發之謂性，發而後謂之情。

① 小注乃後人旁添，録之備參。

《記》曰："人生而靜，天之性也；感於物而動，性之欲也。"程子曰："其本也，貞而靜。"又曰："人生而靜。"以上有不容言者，是則人之心本乎靜矣。衆人具動靜之理，而常失之動；聖人全動靜之德，而常本乎靜。故聖人之心，寂然而無欲，立於至靜之地，應天下之變，以定天下之動。周子曰："聖人，定之以中正仁義而主靜。"中也，仁也，陽也；正也，義也，陰也。陽動而陰靜，是則聖人之教，莫不本乎靜，則學焉而入者，舍是烏乎至哉！學焉者，必由乎致知以始之，必由乎蹈德以終之，必由乎致靜以成之，經緯之謂也。蓋撿攝其心，則物莫之奪矣；涵養吾一，則二焉者寡矣。《記》曰："静而后能安。"程子曰："人道莫如敬，未有致知而不在敬者，敬則虚。"張子曰："敦篤虚靜，仁之本也。"由是而觀，致知而不由乎静，則冥然而不知所適矣；蹈德而不由乎靜，則騷然而不知所止矣。靜也者，非謂其若朽木槁株也，非謂其若死灰枯壤也，湛乎若淵之止而已，必有物焉，而亦莫爲之物也。夫水激則污，木搖則傷，終日役役於途而不舍，則弛然廢矣。是故其居處必莊，懼其或擾之也；其視聽必嚴，懼其或放之也；其念慮必專，懼其或分之也；雖無所事，如或臨之，懼其肆而馳也；如對君父而交神明，懼其忽而忘之也。由是而致知，則昭乎其見之之明也；由是而蹈德，則坦乎其履之之安也。學焉者，不必由乎二者而入，則亦不必由乎是而至，則吾不得而知也；如必由乎二者而入，而不必由乎是而至，則吾未之或知也。是爲記。

玉峰記

黄巖周惟善，自號玉峰道人。蓋玉峰者，東海上名山也，在黄巖西六十里。東則駝山，其西龍谷，其南虎崖，其北浮山，皆奇峻可喜。而玉峰處其中，望之若覆釜然，而四山環而侍焉。山之土與石，皆瑩白如玉，故以爲名。山之陰，周氏居之，世多顯人。其譜曰："其先吴郡人曰嚣者，晉時逃亂居閩。嚣生卓，卓生瞻，瞻生正。正，安帝時討孫恩功，授衛將軍，始家臨海之黄巖。歷二十二世至起，仕宋，官至同知樞密院事。起四世孫知默，仕至秘書監。子麟之，仕至中書舍人。麟之四世孫坦，狀元及第，仕至資政殿大學士。坦生士䕶。士䕶生維演。維演生翁歸。翁歸生惟善。"蓋周氏之居玉峰，至是三十三世矣。其傳序之遠，名位之顯，何其盛哉！豈玉峰之靈，獨鍾於周氏乎？而居玉峰者，非特周氏也。蓋嘗爲之説曰：夫山川委秀淑之氣以生材，尚矣。然能委其靈以生人，而不能使人爲賢。蓋生之者，山川也；而自勉以成其賢以應之者，人也。是故賢材資山川以生，而山川亦因賢材以增重，二者常相須也。昔太岳降神，生甫及申，申、甫之生固異矣。然二人者，豈安居飽食，引日爲惰，高拱而自得之哉？蓋强勉以成其賢而應之者也。故又曰："亹亹申伯，王纘之事。"亹亹，强勉也。太岳之靈，亦豈厚於申、甫而薄於衆人哉？衆人固皆可以爲申、甫也，勉與不勉而已。然則周氏之盛，雖玉峰之靈，亦由其家世有積學力行之人，能勉之以成其賢而應之也。今之人諉曰："賢材固神靈生之也，人力烏乎至此？"故人皆自棄，雖山川之靈，亦末如之何也矣。不然則周氏之居玉峰者，其傳序固已遠矣，其子孫之賢且顯者固已多矣。而自晉、宋以來至於今，蓋千餘年矣，其他子孫隸於譜者不啻多也，而不能盡如六七公之賢且顯者，抑又何哉？此無他故也，能勉與否而已。惟善以選爲監察御史，已而謫居大梁爲校官，數詣吾廬，道其世緒，而求余文以爲記。余欲其自勉以踵乎其先也，於是乎言。

雷氏祠堂記 此篇稽存古禮，得其大半，好古者當遵奉而推行之。①

先王之時，擇德而授位，視位而賦禄，其祭祀之禮，隆殺之宜，皆有次第，故有七廟、五廟、三廟、一廟祭於寢之制焉，有十二鼎、九鼎、七鼎、五鼎、三鼎、一鼎之設焉，有九獻至于一獻之儀焉，有二十一體、

① 小注乃後人旁添，録之備參。

九體、五體之殊焉，有禘祫烝嘗之時焉，簠簋俎几之器焉，聲樂舞佾之數焉，宗祝有司之事焉。其他禮文等威，皆以是爲差。自天子至於庶人，各務悉其誠與力，而皆足以達其孝愛之心於其祖考，故其鬼神有常享，而子孫蒙其福也。自秦、漢以來，廟制先亡，則其他追養繼孝之禮，凡制度文爲一切皆亡，而孝愛之心缺然於其祖考矣。德位不掩，禄入無經，自富有天下者，已不能盡其制以厚於先祖，况其下者，唯自悉其力以厚其身而已。故踰侈之家，重欂而複階，穹墉而高屋，寢處之室至有金玉翠羽之飾，而神靈之居無一椽一瓦之庇。時節之宴，飲食器什，備極珍麗，而報本反始之誠，不能以時接乎其先。雖或不能自已其孝愛之心者，亦不過僅而設饌於寢，或疎或數，或豐或薄，而其禮文，又皆習於俚褻而非典。苟非彊仁好禮之士，自異於流俗者，豈能講求而勉行之哉？宋之先正蓋嘗痛惜於斯，而酌古今之宜，爲士大夫通行之禮。若涑水之書儀、伊川之六禮，蓋易遵也。其後朱子又因之以定《家禮》，首之以祠堂之制，而終之以祭禮之儀。其於世數遞遷之法，與凡歲時薦告、牲殺、器皿、祝嘏、獻助之節，大略具於其書。然視古禮則甚簡而易行矣，而士大夫亦鮮有能行之者，豈無待於彊仁好禮之士自異於流俗者哉？盱江雷彦冲率其宗人創祠堂於居室之東，以祀其祖某君而下若干世。其室屋之置，與凡節文度數之宜，一遵《家禮》之制。又割私田若干畝，以給其祭祀之費、綴食之需。而凡吉凶聚會，皆於是乎行之。其經始以某年某月某日，其釁成以某年某月某日。既而因余宋季子請爲之記。余既傷禮俗之衰，而悲彊仁好禮之士不作，聞季子道雷氏之事，深有概於予心者。嗟夫！不知厚其先，豺獺之所非也；知厚其先而不以禮，鬼神有弗之饗者矣；知厚其先又有禮焉，士大夫蓋鮮能也。而雷氏行之，其加於人遠矣。余雖未及從賓客之後以觀其禮，執燔炙以助其獻，然想其薦享以時，禮儀有度，昭穆在列而不亂，執事奉承而不怠，莫不有敬齊之色、温恭之心。其交乎神明，慤如也；其洽乎親戚，藹如也。蓋於報本反始之道，文雖未具，而已得其遺意矣。推而上之，先王之禮猶可復也。是所謂彊仁好禮，自異於流俗者否耶？因爲之著其説，書其事，使勒諸石，以告於族人子姓，庶乎知講求勉行之意，而堅其循蹈確守之志云。

同壽堂記

余弱冠時，聞《西銘》之旨於吾師，大要以仁人之心與天地萬物爲一體，疾疢痾痛，動切於身，於時惻然有利人拯物之志。既而中更亂離，願弗克遂，則有念夫困苦窮厄顛連而無告者，既坐而視之，不能爲之援。至於疾病札瘥而奪其天年者，猶可以醫藥濟其夭横，則不忍人之心得以周流不死，而爲仁之術亦有所寄寓以待其擴充，於是又求醫師之良而學之，其後奔走事役，亦終不能以卒其所業，以至於今。吾大者既不能行吾志以利人而拯物，而不忍之心又不能施於耳目之所見，聞《西銘》之旨，徒托於空文而已。余是以追想吾師之訓，而媿發於中也。崇德蔡敬之，家世以醫爲事。其曾大父梅友與兄竹友，皆以醫有名於宋。竹友嘗名其堂曰同壽，其意若曰：吾將推吾術於人，使同躋於壽也。其後堂燬於兵，傳至敬之，益勉其世緒，乃復施其舊號於其居，而求余爲之記。夫壽者，人之所欲也；夭者，人之所惡也。以吾知所以攝其生而保其天年，而不忍私之於己而推之與人同，此其用心之溥，而痛癢之相關也。仁人之本心，不繫乎事功；求仁之方，惟在乎推己而行恕。使醫者皆以同壽爲心如蔡氏者，則其術何所不至，而斯人之受濟者，豈其尠哉！况於儒者，得操其仁術以利人，而拯物於天下，則人受其惠施，可勝道哉！余於蔡氏祖孫之名堂，不能無所感以重吾媿也，於是乎言。

雙泉稿卷之五

族子思純字序

余族子玉既冠,余字之曰思純,而告之曰:玉,物之至美也,故君子以比德焉。然玉璞於深山之中,混於巉峭硜确之間,與珉石瓦礫無以異,玉工琢而取之,砥之礱之,雕之刻之,刓其疵瑕而去之,然後其器成焉。今夫萬家之邑,五達之衢,挾而衒之者日出而聚焉,市之者比而視之,或疵焉,或純焉,而其價相百也。玉誠美矣,又不若無疵者之爲美也。德本諸天而根諸心,純乎至善而不雜乎人。僞者也,其初非若玉之有疵也,氣質汩之,利欲乘之,而後疵瑕出焉。故君子力學以治之,而全其所謂純者,然後其德成焉。疵而不能去,非純也;去而不能盡,非純也,猶有僞者存也。致知以辨其璞,力行以去其疵,存心檢欲以防其缺,然後粹然純矣。爲圭爲璋,爲璧爲琮,爲瓚爲璜,飾之以珠璣,文之以繅繢,將之以皮幣,通之以介紹,薦之郊廟,陳之朝廷,襲之衮冕,以朝諸侯,以交鄰國,以事鬼神,惟所用之。故玉非難致也,而無疵爲難;德非難能也,而純之爲難。今之人,學不必其全也,曰姑爲之;己不必其盡克也,曰姑克之。邪慝藏焉而不知,玷缺生焉而不治。凡責之於身者,不必求其純,而曰苟如是,是亦足矣。如是者,求充數於人可也,豈君子之所貴耶?汝父以玉名汝者,欲汝之類其德也。汝能充其名與字,則庶幾乎無忝乎爲人子之道矣。汝其勉之哉!汝其勉之哉!

石泉分韻序 見邑志。

洪武元年四月壬戌，余與朱君材可、何君彦誠、族弟國明、族子伯貞、思恭六人者，會於石泉之麓。時積雨新霽，天氣淑清，佳花美木，攢夾兩岸，牧人樵豎，行歌往來其間，望之如繪。乃命童子疏泉爲流觴曲水，加石灌莽之上，六人者以次列坐，觴酒置之水，使順流而下。觴之所直，人輒飲之。酒半，余間語座人曰："吾今日之會，視晉人蘭亭之事，固不可同日語矣。然彼數君子者，或建節統師，或剖符典郡，或插貂入直，皆被青懷紫，食夫人之禄。而是時朝廷方介居江左，壤地日蹙，胡羯分割中土，故宫委於蓁蒿，衣冠淪没禮樂，文物爲之掃地。不能枕干席甲，攻苦茹淡，戮力王室，以復君父之讎，徇社稷之危，而留連麯蘖，貪惜光晷，以風流醞藉，純盜虚名，可乎？今我與諸君子，無官守之責，職思之憂，而一觴一詠，自放於林泉之間，亦人之情也。然則蘭亭之會，視吾今日之樂，若不及矣。雖然，終身之憂，重於一職；輟學之失，甚於曠官。今吾數人者，年益長，志益荒，聰明强識，益不及於前時，而名不加立，道不加修，其所憂豈不有大於當時者？奈何襲其故事，蹈其遺獘哉？然則吾與晉人皆失也。"五人者乃皆謝曰："當相與戒之。"酒竟，以杜少陵"願吹野水添金盃"之句，析而爲韻，各賦一詩。章既就，乃書此語，序諸卷首，以相愧厲云。

送何叔亨序

嗚呼！人而欲爲士，誠難矣哉！古之爲士者，自八歲以往，皆得以養於學，父母不以病，妻子不以累，故得以安其身，定其心，堅其志，而自盡其力於《詩》《書》六藝之間。當是之時，爲士者豈不易哉！今郡邑之間，能自達於學者，多不過十數人而止矣。有至成童而去者，有勝冠而去者，又有有室而去者，至於能終其身不變者，乃僅而有焉。幸而得終其身不變矣，至於能成其業，享其名，食其實者，又非一郡一邑之所能有焉。此無他，寒餒迫其身，而窮厄禍災拂其心也。嗚呼！士之難爲如此，又何異乎士之難得哉！夫豐穰之年，百穀猥多，其有餘足以利鰥寡，而其所棄亦可以及雞豚，宜乎不知菽粟之爲貴也。迨乎儉歲，自中人之家不能具脱粟，而窶人不得飽糟糠，然後莫不知菽粟之爲貴。今天下爲士者，亦儉歲之菽粟也，奈之何天下之人不知士之爲貴哉！嗚呼！士誠難爲矣，然爲之而摧沮困踣以死者，相踵於世，而甘心爲之者，亦往往不絶，豈其中誠有足樂者耶？苟誠知其足樂，則人之貴不貴，不足以動其心矣。不足以動其心，則又何暇計其難與易哉！括蒼何君叔亨，賢而能文，居鄉未知名。今年冬，抵余雙泉山中，與之語，若甘心於其所難爲而樂之者。余又慮其窮困而自怠也，於其歸也，爲是説以勉之，亦以自厲焉。

送孔士安試教官序

余考三代之學，至周而尤備。觀其國都鄉遂家黨之設，大學小學之等，其詳不可得而聞焉。由周而降，其最盛者，曰漢、曰唐、曰宋。漢世令天下郡國皆立學校官，其後縣道侯邑鄉聚皆有學，學置經師。唐初詔諸州縣及鄉並令置學，其學生大郡置六十人，下郡四十人，大縣四十人，下縣亦二十人。宋慶曆間，詔州若縣皆立學，部使者選屬部官爲教授，不足則取之鄉里宿學之有道業者。其後又有三舍之法，八行之科。余考其建置之廣，若無以異於成周之世矣。而當時人材風俗之效，終不能及，何也？教養之道失其傳也。蓋成周之時，大司徒之布教糾戒，卿大夫之攷察登獻，州長黨正之勸道禁令，靡不畢舉。其《詩》《書》六藝之制素備也，其孝友忠信敦睦之事素習也，其化導訓齊賞罰之具素贍也。而自王者以下，皆蹈行於其上而躬率之，所以求之於子弟者，皆已成之效，而非彊之以其所不能。以故人材之成，風俗之美，後世莫之及焉。故其《詩》曰："成人有德，小子有造。"言一時人材，隨其小大，各有所成就也。又曰："豈弟君子，遐不作人。"言人君能鼓舞作興之於上,而致其成也。又曰:“芃芃棫樸,薪之槱之。”言人材之盛,若木之繁茂,皆可用也。由漢以下則不然,其制之非不甚設也,其行之非不甚勤也,上之人所以道之者既甚疏略,而當時學士大夫所尚,非淪於黄、老,則騖於管、商,其次不過誦論訓詁與引筆爲文章而已。其養之也無素,故其收效也亦鹵莽而無所成,亦其理當然歟? 今天子即位之明年,制詔州縣立學,增置訓導之員,廪禄稍食之賜有加,而其肄業之科有六:曰禮、曰樂、曰律、曰射、曰數、曰書,令有司時省其能否而陞黜之,三年而有成,則量其材而試用之。觀夫建置之廣,固無以甚異於漢、於唐、於宋,而教養之意,先實用而後文飾,尚行檢而棄華末,則將漸復成周之舊矣。況明天子恭儉重學,自皇太子皆知隆師敦友,明習父子、君臣、長幼之義,則爲臣爲民者,孰不興起而慕效之? 嗚呼! 教道之備豫如此,又何患人材風俗之不逮乎古哉! 永康孔君士安,以教諭舉於有司,將試於禮部,詣余求贈言以别。余謂學校之制,自成周以來二千餘年,而始有今日之盛。凡爲師者,當精白一心,率厲其子弟,以仰稱德意;爲子弟者,當勤敏淬礪,服其師之教,砥行樹業,以裨贊聖化,使人材風俗之盛,與周室比隆。而《棫樸》《旱麓》《思齊》之詩,復作於今,若文、武之時,學士大夫與有榮焉,豈不偉與! 士安與四方就試之士,群進於禮部,尚以余言諗之。

貞德堂集序

永康徐君桂構堂以養其母夫人,而扁其顔曰貞德,烏傷朱先生爲之記,邦人士咸爲詩若文以頌美之。君悉第録成編,題曰《貞德堂集》,俾余序其首。蓋夫人姓應氏,歸徐氏,以婦德稱,生三子而早寡。夫人杜門嫠居,憂危辛苦,人不能堪,而夫人志益堅,節益高,省衣食,兼晝夜,紡績縫紝,以教其子。其子皆賢,能世其家。於是夫人年七十餘矣,既壽而康,家又益裕。諸子日具髓髓,適甘滑,進之斯堂之上,以爲夫人之娱焉。夫人撫諸從子皆有恩,諸從子亦皆順弟。時節上壽，則群子群婦咸在，奉觴以勸，歡笑爲樂，人以爲皆夫人之己生焉。噫！以夫人之苦節，其艱於前而逸於後也，宜哉！余常歎世降俗衰，士大夫被服衣冠，群居庠序之中，平日議論，莫不以爲緩急之際，當蹈義服節，死不可奪。及一旦有變，則背君捐父，偷活苟全，以存其喙息者，踵相接也，況可責之凡民乎？況可責之婦人女子之屬乎？蓋自三代以降，貞信之教不傳，不幸而爲婦人，則不獲識載籍之文、綱常之義。於是時也，能自全其節，不污於衰亂之俗者，罕矣。然則賢母、孝婦、貞女之生於世也，其可貴於人也遠矣。若夫人之自立如此，其亦可謂賢矣。余嘗念天下之廣，婦人女子能卓然自立於世者，非無其人也。而窮鄉陋巷，幽居僻處，不能自達於士大夫之所見聞，而湮没無傳者，蓋亦有之。此仁人志士所以重其亡逸，而必謹著之，不敢遺也。今諸君子於夫人之賢，極筆稱頌，不嗇其辭，大篇短章，盈乎卷帙，昭昭乎，熙熙乎，若春霞秋漢之列於太虛重霄之間，仰而見之者，莫不知其皖然麗且文也。然則夫人之賢，其可傳於天下後世也，將無疑矣。抑余聞之，國家必彰別殊行偉節之人，以風勵天下之爲善者，是以我朝旌表之典，著於甲令，郡邑承風，奉行惟謹。今夫人之賢，既卓卓如是，諸君子之所稱述，又可信不誣如是，有司者倘采摭以聞，則寵加優復之命，赫然賁於徐氏之門，可計日而待矣。故不辭而謹識諸篇首。

送朱先生序 見學志。

洪武四年春二月甲戌，純齋朱先生將赴京師，行而過永康之太平，某與諸生侍飲於石泉精舍。酒半，某執觶請曰："諸生各以老稚之累，不能侍先生以行，願先生留一言以别，某等將以爲戒。"先生曰："雖微子之言，吾且教子矣。子獨不聞乎？君子之爲學有二焉：文也，行也。行也者，内則體天地萬物之理，存五常之德，外則慎性情之所發，審事物之所接，盡人倫日用之所當然者是也。文也者，約其所體、所存、所慎、所審、所盡而著之言者是也。斯二者雖相爲體用，而其難易重輕之辨，不可不知也。夫誦六經之言，求賢聖之旨，倣其文辭而垂之篇籍，聰察彊敏之人皆能之，故曰易。至於存諸心而不失其性，蹈諸身而不倍於理，驗諸事而不謬於秉彝之德者，非朝夕矻矻不息，積之以歲月，不能至焉，故曰難。天之降命於我，其性至備也，而不能踐其性，則何以充其形而自異於物？故君子之學，踐性焉而止矣，故曰重。能踐其性，則天地萬物猶吾四體；能踐其性，則禍福、失得、貧富、窮達，無往而不自適矣，又何文之足事哉？特患人之不喻也，故不得已而爲之。爲與不爲，於吾性無加損焉，故曰輕。昔吾與子肄業於斯也，吾觀子之言，已近之矣。自吾之去子也，吾意子之所行，必能充子之言也。今而復會於此，舉一觴相屬，晤言以相樂也。吾觀子之論雖高，文雖工，而問子之所履與其所見，則猶不異於昔。豈行之誠難已乎？豈輕重之辨失其序乎？豈持志不堅而怠惰之氣乘之乎？自今以始，子姑輟其所易所輕，而盡力於其所難所重。使吾異日復會子於斯也，而子之德日修，業日增，操撿蹈行，篤實而光美，難者易而重者舉焉，此吾之所望於諸君子也。"某與諸生既再拜受教，退而相語曰："人常遠於師，則以爲無所受教，既受教，則不能服其教而不懈，此學之所以無成也。自今以往，其各以先生之言刻諸心。"既明日，諸生各以贈别之篇爲進，而某次第是言以爲序。

恃少贈思立

學莫患於恃少而不敏，何則？蓋學之所以不至者，非不知不學之爲耻也，又非不知學之不可以不力也，又非學之而其材質智慮之不能及也。學焉而不逮，則諉曰："我之齒尚少也。"因循焉而玩於日，日月之行至敏，而學不能敏焉，是以不自知其年之浸長，而學之益荒也。及其悔而知奮，則氣血莫之應矣。嗟乎！少而學之，老而蹶焉者，其皆在於此歟？余自六七歲以來，身不離乎庠序，而所業不出筆墨篇籍之間，非不知自力也，然至乎今且老矣，而學無所得焉。此豈有他故哉？燕惰之氣勝，而佚游之好乘之也。余非不悟其自失也，往往從而自恕曰："幸吾之齒未也。"因循焉而翫於日。今余逆計其始學之年，至於且老，其自恕者不知其幾焉。故余追訟其失，惟在於恃少焉，放其心而已矣。使余不自恃，存其心而加敏焉，則其學豈遽止是哉？余於是始知悔厲，以求補乎其所失，而未之能也。友人應思立，將讀書於邑西之環谿，詣余求贈言以別。思立年少余十歲，其聰鋭警敏，過余遠甚。以余之自恕自怠，至於老而無成，見之未嘗不愧其少而自失也。使思立而懲余之所恃，奮十年之積，汲汲焉無一朝之輟，譬如駑蹇之材，策之不進，而飛黄騄耳，駕而踔於其後，余懼其軼而過之，倍道并日追之而不能及也。思立勉之哉！少誠不足恃也，余亦嘗少矣，惟其恃也，故至於悔。思立誠少，未至於悔也。幸及其未悔而加敏焉，斯不蹈余之失矣。思立勉之哉！作恃少。

送吕兩生方生序

永康文獻之傳，所從來遠矣。以予所聞，自石塘胡先生以道德文章爲元初名儒，其後余從伯祖宗魯、公甫，從父子義三先生，爲許文懿公高弟，實繼胡先生之後。三先生既殁，則有林准子章、方逢子遇兩君子者出焉。兩君子雖不及胡先生與三先生之盛，然其任斯文承傳之重，使不敢廢墜，則有足賴者矣。予爲邑校師，訓導其子弟，而余族子壑、里、方興祖，實從予游。壑，宗魯之曾孫，里爲從曾孫，而興祖則子遇之孫也。壑沉鷙而鋭敏，里穎秀而善文，興祖愿慤而勤經，皆可教。自胡先生而下，子孫多不好學，而三子獨能踵其後，起家爲博士弟子，又其資質淳美，有進學入德之地，豈徒然不自振而已哉。胡先生至兩君子蓋遠，雖相續不絶，然其間豈能無衰微缺乏之時，其所以絶於前而續於後者，賴其人耳。今去兩君子之時又遠矣，亦衰微之時也，豈無所謂賴於三子者乎？三子者誠不可不自重也。夫斯文之衰盛，相承而無窮，故其將衰也，天必生其人以擬其盛，胡先生與兩君子所以相繼是也。今三子者之生，適當兩君子之衰，而又質美而善學，豈天之所擬否耶？三子誠不可不自重也。今年冬，詔起郡縣博士弟子年二十已上者詣京師，而三子者與焉。於其行也，余爲之道吾鄉文獻相傳之舊，與其盛衰之故，與生之所當勉者，叙而送之，其亦有所警勵而興起也夫。

雙泉稿卷之六

周繼之改字序

學者皆知性善之説出於孟子，而不知其本於《大傳》。《大傳》之言曰："一陰一陽之謂道，繼之者善也，成之者性也。"蓋天地之所以一陰一陽流行而不息者，道爲之也。"繼之"之云者，言繼續而不已也。天地之道生，而已生之道必繼續而不已，不繼則庶乎息矣，故繼之以生者善也。"成之者性"，言物各成其質，則各具此生生之道以成其性也。孟子以爲天地之道生生不已，而人得是以生，其性亦猶是也，故無有不善，於是性善之論興焉。然人性之善，微隱難見，惟其情之發見，自然而然不待人爲而然者可得而驗，於是又有孺子入井，怵惕惻隱，不忍人之心，良知良能之説興焉。此其在人，亦其善性之繼續以生，不能自已者，即繼之者善之理也。及其發見之著，而各得其理，各循其分，即成之者性之理也。故程顥氏以爲生之謂性，人生而静以上有不容言者，凡人言性，但就其繼之者善言之。此則因孟子之意，借天地之理以爲喻。蓋《大傳》之言，所以論天地之性，而孟、程之説，乃以人性言之，其理則無異焉。故在天地則繼善爲陽，成性爲陰，在人則仁爲陽而義爲陰。余嘗譬之《大傳》之所謂繼善猶木之發榮，所謂成性猶木之成實，孟、程之説則猶果之種而荄甲生也。此先儒論性之大旨，精微之意，莫加切焉。學者知此，則知性之善本於天而不可易，其發於情也亦不容已。擴而充之，自事親敬長，推而達於仁民愛物，皆不假乎外鑠。及其至而一動一静，與天地萬物同體，亦吾分内而仁義不可勝用矣。天台周生好學，與余游，其名曰善。善始字伯循，余以淺陋易之曰繼之。生請問其旨，余於是推別《大傳》、孟、程之意，爲是説而序以贈之。

厚本庵集序

余族子玉持其所輯《厚本庵集》者詣余，請爲之序，曰："玉也不幸，早失怙恃，既奉葬事於漁父之原，而築室於冢之側，爲春秋妥神之所。叔父幸已賜之名，而烏傷朱君悦道亦既爲之記矣，同遊之士又相與作爲詠歌，以發其意。今繕寫成編，叔父苟重哀之而賜之序，使玉也朝夕覽之以自省，又玉之大願也。"余以謂厚本之説，見於朱君之記與諸君子之詩者，可謂盡矣，又何以余言爲哉？余聞孝弟之道，雖根於人心，而其行之也，猶必待於教化誨誘之助焉。古之爲人君者，躬行於上而化之於朝廷；爲大夫士者，施之政事而勵之於官府；爲親戚僚友者，又相與告戒誦説而勸之於家黨庠序，如是其至矣。又恐其未足以相勉也，故於飲食會聚之際，達於詠歎吟諷之間，以相與感發而興起。考之於《詩》，如《楚茨》《天保》《既醉》諸篇，或序其祭祀之得宜，或美其致孝之不匱；《北山》《陟岵》《小宛》《蓼莪》之篇，又往往以不得盡其事親之道以爲恨；《南陔》《白華》之類，其文雖亡，序者以爲相戒以養，又以爲有潔白之行，皆所以著親親之義，以勸夫爲人子者。至于今，讀之者愛親之心且油然而生，況於當時之人，其相與感發而興起者，宜何如也？今諸君子之所爲厚本而作者，其勸孝之意，豈有異於古人之所云哉？蓋欲其自力於此，以踐其所以言，非但垂之空文而已也。使玉也得而誦之，其於厚本之道，宜知所以自勉矣，余雖無言可也。然余考諸君之作，其見諸文辭者，雖皆以厚本爲説，而其所以三致意者，又有深旨存焉。凡所謂厚其本者，厚其親也。厚於其親者，生則致其養，死則致其思而已，苟爲人子者，皆知之也，而又有大於此者，則未必盡知之也。蓋古之論孝者，有所謂尊親云者，君子以爲大而難。所謂尊親云者，學以淑其身也。身，親之枝也。是故淑其身所以尊其親,尊其親所以厚其本。今玉之父與母,既不幸没矣,其於養也,已無所致其力矣。所可致力者,獨有春秋享祀之禮耳。玉於此,固不待勸而知所以自勉矣。然猶易爲也,非厚本之至者,故又有尊親之説焉。玉也於此,其亦知所以自勉否乎? 抑余於此,則尤有感焉。余亦不幸,先君子棄諸孤,幸有母氏,又老且病,而縶於所職,既不得躬執薪水以備甘滑之奉,又不能時感霜露之變以致魚菽之薦,養與祭且未能也,況而於尊親之道乎? 觀於此編,使余媿發於心,汗出於背,若無所容於天壤之間,其亦何以發明厚本之意,而有所補助於人哉? 姑掇取作者之大旨著于篇,以塞其請,以致余之悲云爾。

榿齋詩集序

自三百篇之後,爲詩者莫出於杜甫氏,學者皆宗師之。夫以甫之爲詩,其盛如此,其視漢、魏、晉、宋以來作者,宜甫所不道。而甫之自言,每以蘇、李爲師,而欲與陶、謝同游,下至何、劉、沈、鮑、徐、庾之屬,亦所不遺。以余觀之,甫之術豈其得於數子而後致此極哉,殆甫之謙辭也。蘇子瞻則以甫之詩似司馬子長。文與詩爲體不同,豈謂其篇章句讀有似乎子長之爲哉? 亦謂其著言屬事規摹權度有子長之風類也。使甫徒知襲數子之所長,而不知子長之徒之所用心,則其爲詩也,豈能遽至乎是! 今之爲詩者,未有不自謂宗乎甫,而爲之者往往剽其一語,則肆然誇詠以訛於衆,而實無所得也。蓋欲爲甫而不知爲甫之法,使其果能盡甫之所能,未必能爲甫也,況又不能乎。故爲甫者不必踵甫之故,六經孔孟之書無所不讀,逸文古記無所不考,迹其始終之變、長短之殊、疾徐之殺、抑揚輕重之節,而參互其意之所歸,然後會之以甫之所作,斯其爲甫也易矣。是故遠學而近收,博取而約得。余與烏傷朱材可同學,材可獨善爲詩,余得其所謂《榿齋集》者讀之,觀其命辭,非拘拘於甫者,而其用意之妙,不胳合於甫者鮮矣。信乎,得甫之所以爲甫者耶。論者又謂甫似孟子,蓋推其志之所存而言之也。詩固言志也,得其志則詩弗論可也。使材可因是而推甫之志,以達於孟子之志而有得焉,則雖子長之徒亦不足言矣。

徐節婦詩卷序

余考歷代史氏所載烈女貞婦之事,大略備矣。其卓然著見者,學者可得而聞焉。其他姓名不列於史氏,而其逸事遺行,往往時見於他書。如蔡人之婦,不見於《史記》,而載於劉向之録;夏侯氏之女,不附於《魏志》,而具於皇甫謐之所著。若是者蓋多有之。蓋其當時閨門之微,不傳於士大夫之所談;鄉閭之賤,不及聞於有司之所采。而長者仁人閔其所立之難,而不忍其泯亡之易,是以摭而傳之,以補史氏之缺,以爲世勸也。今余觀節婦徐氏之集,其事亦可稱焉。蓋節婦徐氏之女,而葛氏之婦也。既嫁而蚤失所天,其父母憐之而不能奪其志,事其舅姑孝而能敬,撫其子慈而能教,待其姻族愛而有禮,其於婦人女子之所當爲者,蓋無少缺焉,亦庶乎夏侯、宋女之倫之所立矣。所可惜者,節婦生處窮野,不能自達於有司,事雖無媿於古,而不得與於纂修之筆,是以世之君子哀而録之。今參知政事徐公既爲扁其貞素之堂,而一時文辭之士,如前鄉貢進士檇李貝君、曲阜孔君、錢塘凌君諸君子者,或爲之記,或爲之傳,或爲之頌,其他見於詠歌以傳誦於人者,日以增多,蓋亦長者仁人之所用心也。節婦於此,雖不得列於史氏,而其事傳矣。夫雨露時行,雖蒿葦無不蕃茂;雪霜交至,萬物消落,而蔚乎不與草木同仆者,松柏而已。是故道降俗薄,而後高節偉行益重於世。然則節婦之所立,豈不甚難而可貴哉!節婦之子秉仁,輯凡傳記頌古今詩若干篇爲一卷,請余序其首。余既與節婦之兄昶游,而與秉仁有鄉黨之舊,故輒弗辭而爲之序。若其里居族系之詳,家庭踐履之備,已見於諸君子之所述,兹得以略云。

送陳德中赴濟寧序

始德中升於太學也,余嘗爲文以送之,大要以謂爲學之道,當矯其氣質之偏;德中爲人愿而未立,宜厲之以勇。德中既入成均,奉旨分教濟寧。後三年,請於省部,予告而歸,見余於學官。余視其氣專而色莊,貌肅而語明,問其所業甚習,豈省於余言而自勵以策其所不及耶?何其所學異於前日也!未幾,德中以假滿將赴濟寧,復詣余請益。夫師友之間,孰不欲相告以善,惟絶之而不信,故忠告之益,無自而入。德中能受人善言如此,蓋所謂説而能繹者,則人人將樂而告之以善,況與余有平日之雅而又請之勤耶!凡學患不知之;知之矣,患爲之不勇;勇矣,患不得其序。如適千里之道,必先求所向之途,然後贏糧夙興而遂行,又必問程而漸進。不用是道,終不能達也。今德中固已贏糧而夙興矣,又當進之以其漸。夫自格物致知以至於平治天下,且有科級,其事博,其功勤,豈能一踔而至哉!欲速而失序,躐等而逆行,吾知其不能達也。德中向日之所以講於余者熟矣,豈至今而猶待於余之諄複乎!異日復見,將大異於今日者乎?

聽泉樓集後序

接於物而外誘易入者,莫甚於聽。故君子之於聽,必有以制之。居則有琴瑟之御,行則有佩玉之節,在輿則有鸞和之聲,皆所以防其邪、養其心之具也。後世學失其傳,而所以爲具者皆廢。夫鄭衛之音,市井里巷之樂,與凡咬哇淫僻不正之聲,所以導慾而長怨者,既不以可聽,而先王防邪養心之具,又皆廢弛而不講。是以勵志之士,求其近似者而聽之。聲在天地間,不雜以人爲,而有自然之音響節奏者,惟泉爲然。泉之出於山下也,玲玲然,琤琤然,璆然若珩瑀之揚也,鏗然若絲桐之鳴也,鏘然若鈴之在鑣與軾也。混混然,源源然,而流動禪緒,貫乎晝夜,而其聲不嘗間。①

雙峰精舍會飲分韻詩序

洪武四年春,純齋朱先生挾篋授徒於永康之雙峰精舍。二月十

① 缺後半篇。

三日，熒與族之子弟嘗受業於先生者往拜焉。先是，先生奉旨纂修《元史》，在京師旬歲而歸，不及侍先生者久矣。先生喜諸生之既至，率之登青松之巔，憩澄清之涯，瞻眺之餘，使各叙其近事，慨然興懷者久之。迨暮，熒之族叔德務，載酒肴宴之於庭。時山月吐輝，春氣和煦，凄風不生，諸生各執觚相酬，至夜分乃罷。於是以杜少陵《客至》之詩分韻，各賦近體律詩一首。既就，先生俾熒序其端。熒退而自念，始先生之遊石泉也，熒與諸生實在館下。當是時，先生以斯道自任，所以教之者，皆以聖賢知天盡性之説，砥行著言淑人之術，責成之心，可謂至矣。熒與諸生年方弱冠，氣壯而志鋭，亦自謂可以一踔而追及乎古之人。未幾而山寇竊發，諸生往往負鋋披鎧，奔走行伍之間。其後又各有老稚事育之累，紛心擾慮於菽水米鹽之末者，比十餘年。今者追憶其曩時之所志所業，百無一二售焉。是以既見先生，莫不面赤膚浹，愧發於心，不能自容。所賴先生與承學之士肄業於此，抵家居半舍之近，月朔望日及時節游息之際，可以執經函丈，仰聆誨飭之言，庶幾痛自磨礪，以補其失，以無負先生之教，豈非幸歟！遂綴是語於卷首，以自致其愧悔之意，因以爲序。

勗士二則 見學志。

勸　學

吕雙泉曰：開卷如對聖賢，掩卷沉思義理，久之便有聖賢氣象。

敦　行

吕雙泉曰：南軒張氏有云：曾點詠歸之意，可謂知道體矣。孟子猶以行不揜言爲狂，而况下此者哉！可見學者知一事便當行一事，知一句便當行一句，如事親從兄，辭受取予，在在須着裡體勘。若不從實地做工夫，鮮得免虚聲之誚者矣。

雙泉稿卷之七

送開封太康知縣應伯和序

開封於戰國屬魏，曰大梁，□□□□□□□□□□□四通八達，居天下之衝。故□□□□□□□□□□□後漢都洛陽，則爲畿輔之□□□□□□□□□□□魏晉猶然。蓋建武、永平之□□□□□□□□□□□胡之亂，至隋、唐稍定，其後□□□□□□□□□□□見矣。五代之世，更置都邑，□□□□□□□□□□□信仁厚之俗，與東漢無異，而□□□□□□□□□中原喪敗，而爲金所據。迨至□□□□□□□□□□人物之盛，猶未復乎舊，蓋開□□□□□□□□□大略可睹矣。我朝之興，開封實爲行都，皇上慎選守令，撫循其人，將使□□□□□□□□漢以下不足論也。縉雲應伯和□□□□□□□□康知縣，將之官，求贈言於余□□□□□□□□□矣。齊，儒緩之國也，朱博治之，□□□□□□□□□文翁治之，則有鄒魯弦歌之風。然則風俗之厚薄，豈不繫於守令之所訓教變化哉！伯和以樸茂之材，而達於政事，今進膺朝廷之知，而受名都望邑之寄。其奉命而往也，推其所學，以撫其民，而變其俗，使百里之内，禮俗興而爭訟息，行者讓道，而老者不挈負。然則賢問流聞，而名績昭著，至於璽書勉勵，進秩而賜金，蓋可立而致之矣。

西山别墅吟稿序

金華邵原性氏善爲詩，嘗聞其論曰：古之爲詩者，其旨趣要歸未嘗不同，而其辭未嘗同也。學之者求其歸趣，而不蹈其辭，斯善學矣。人物之生，同出於造化之機，而其肖貌物物不同，是成其人物者然也。設色者物物而象之，其肖貌似矣，豈爲眞人物哉！是故三王之政，同歸於治，而其損益未嘗同也；六經之作，同歸於教，而其體製未嘗同也。蓋天地之義，同以爲道，而六義之爲用，《三百篇》之音節，未嘗同也。爲道同而不同於爲文，自然之勢也。漢魏以降，作者多矣，其爲體各不同。自唐以來，爲詩者莫不尊杜甫氏，甫嘗自謂以蘇、李爲師，而與陶、謝同遊，然甫之爲詩，未嘗蹈襲其語，斯甫之詩所以卓然自成一家，而非衆人之所可及。今之爲詩者，皆曰吾師杜甫氏，及觀其所作，則割裂剽掠，牽合而成文，其氣象風致，不啻遠矣。噫！是豈足以論詩也哉？余聞其言而善之。今年春，原性來永康，持其所著《西山別墅吟稿》示余，余閲之累日，信所謂求其歸趣而不蹈其辭者。使其持是而不變，不懈而益自力，則今之勒成一家，以詩鳴世者，吾知其必原性歟？余素不知詩，原性每以是病余，而余亦以是自病也。原性乃欲余序其詩，是使余不知而作也，姑次第其語，著之末簡而歸之。

送胡師文歸秀峰序

秀峰在邑之東北一舍而近，其山秀聳而盤折，林壑深密而水泉甘美，邑人胡師文樂而居之。師文好學能文，其隱居足以自樂，而不肯應州縣徵聘。始余至其家，見其獨處一室，書册筆硯外，有名畫數幅，有琴一張而已。師文留余啜茶觀畫，鼓一再行，清坐談笑，良久乃罷。自是與之游善，每至，未嘗不與之留連欵洽，久之然後能去。其後余爲邑校師，居學宫，不能至其家，師文亦深遯不出，間獨時時視余學宫，至則亦留連久之不能去。師文既隱居不與俗接，獨器厚余。兩人者，眞所謂莫逆於心者也。夫玉與金銀，所謂寶也，其用於王公貴人，藏於巨室大商者，既流布於天下，其沉埋委棄於荆棘荒閒之地者，雖人所不見，而其光怪氣燄，嘗發見於暮夜晦冥之時，往往爲愚夫賤隸私竊發之以自富。士之於天下，猶玉與金銀也，今見用於世者，既滿布乎中外，而師文獨得優游自放於山林之間。是天下之士爲王公貴人、巨室大商之所寶用者何限，而余於師文獨有愚夫賤隸之獲，是以私自喜幸，然又慮其光怪氣餤所在暴著，余亦不能久有，將轉而流布於人間也。於其歸，序以識之。

送張秉彝歸武川序

士之所以自致者，忠與孝而已矣。然而致忠者既急於君，則有不獲自遂其養親之心者矣。致孝者亦急於親，則有不能自達其事君之義者矣。二者常患於難兼，而不能以兩盡也。上之人知其如此，必思有以處之，而絜矩之道由是生焉。故凡天下賢能之士，既收而用之，使之畢志竭誠，盡其爲人臣之職，其或親老而無兄弟留養者，則必聽其歸侍，以盡其爲人子之志，然後二者得以並行而不悖，而君人者之澤，因得以周流普遍於天下，而人無有不獲其自盡之歎者矣。武川張秉彝氏，嘗以郡守之薦，試之春官，而以親老告歸矣。今年春，又隨牒赴京，奉旨出使陝西，凡五閱月而復命於朝，將授以官，會其乃翁亦起家爲某官，秉彝因力請歸養其母，朝廷義而許之。余時以親王長史隨侍在京，與秉彝相會於館，知其將歸也，而友人徐繼先、葉孟善相與集士友賦詩送之，而屬余爲之序。余以爲國家之所以處夫人者，不過使之各得其所，而於其人則終莫能使之兼至兩盡而無遺憾也。今秉彝之乃翁既以材美出爲邦家之用，而秉彝又得歸養以致其孝於其母氏。是則衆人之所不能兩盡者，秉彝父子乃能以各伸其志，而兼得之於一門。蓋朝廷之恩澤於是爲大，而張氏之慶幸亦云多矣。余與秉彝居相近也，今秉彝得請而歸，升堂拜母，奉觴上壽，其歡欣和樂爲何如也。而余方以菲才承乏藩屬，幸有老母，不獲躬養而託之兄弟，於秉彝之行，豈能無愧於余心，而又焉能自已於言哉？乃爲之序。

送朱叔仁之官序

宋之遷，道統之寄，南集于閩。及其衰也，又東南而寓於金華，以迄於元。蓋自黄文肅公得朱子之傳，而北山何文定公又得黄公之傳，以授之王文憲公以及金文安公、許文懿公。四公者，金華人，故議者以金華之學爲朱氏世適，蓋實録也。初，許公在金華，開門授徒，遠近來者無慮數千百人，而鄉邑子弟得以親承授受之的者最多。烏傷朱氏者，公夫人父母家也。朱氏兄弟子姓登公之門而爲高第者十數人，其最賢者，夫人之從子彦修，所謂丹谿先生者也。許公遠矣，門人鮮有存者，其遺説緒論益以散落，獨朱氏子弟猶能守其家法以傳諸人。叔仁者，夫人同産弟子也，不及登公之門，而私淑其説於其父兄。余從其諸兄學，於叔仁有同門之好，知其爲人，蓋能世其家者也。今年秋，余以親王長史隨侍赴京，與叔仁相見於會同館。居數日，而叔仁用薦者選知撫之崇仁，將之官，叔仁求一言以别。余念與叔仁兄弟游時，各自奮勵，欲卒其所業於山林之間，今皆不果遂其所志而奔走於四方，則於聚散離合之際，豈能恝然於其心而無一言以相告語乎？自乾道、淳熙以來，天下學者既皆歸仰於朱子以爲大宗，而其同時名儒各自以其説名家者不一。於是，陸象山兄弟以徑造頓悟之學興於大江之西，一時學者樂其簡便，靡然從之，不可勝數。雖其大旨歸趣不大異於朱子，而其求端用力入道之方卒不能合。其後朱氏之書雖家傳而人誦之，亦不過取其章句以應主司之舉而已，不能皆如金華四君子相傳者之爲親切篤實，其於兩公所見之殊，何望其能明辨而決其取舍哉？而江西士人乃至今往往有能堅持陸公之説者，有識之士亦不過爲之喟然太息而已。嗚呼！在此者既徒誦習其書而不知實用其力，在彼者又狃於氣習而不肯舍其舊見以歸於一，然則斯道何由而明，學者之趨向何由而定哉？夫曾子、子思、孟子之傳所以無獘者，豈不以下學篤實、明善誠身、集義深造之有科級次第哉？且性與天道，自子貢而下已不得而聞，而子游氏之輕洒掃應對，卒不能不見黜於子夏，此學者所共知也。朱、陸之辨蓋決於此，奈之何學者猶瞢然而不知所從哉？叔仁之崇仁，崇仁，陸公鄉里也。叔仁持其家學而遽以語其學者，彼必厭鄙之而不以聽，然叔仁不可以是而棄其所守而怠於誨誘也。篤信而立諸己，誠確以語諸人，則未必無省悟者，省悟則化之亦易也。夫明道學以正人心，令之職也。故於其行也，書以爲贈云。

臨清道隱詩序

臨清道隱者，臨川饒君叔永之自號，而詩者，中朝士大夫爲之詠歌其事者也。饒氏，邑之世家也，居于述陂，至叔永能紹其家學，鄉邑稱其行。去述陂十里，有别業夏澤者，舍之側則清流繞焉，其前則奇峰秀壑列焉，其四旁則橘林果園、芳草嘉木羅而布焉，凡所以充隱約自足之具者，無不畢備。叔永觀而樂之，慨然曰："吾道在是矣，吾將終身焉。"乃徙居之。郡守馬侯璧聞其賢，强辟之，不可，乃大署臨清二字以贈，叔永因附以道隱而自號。居久之，起爲豫府紀善，侍讀禁中，時時念夏澤之勝，不能忘也。在廷之賢與之遊者，慕其操之高，而閔其心之不釋也，尚書禮部侍郎朱公大同爲之設爲繪事，使覽以自廣，從而歌詠之以達其意者，又若干人。予來京師，叔永持其卷示余，俾爲之序。余閲之數日，乃以復於叔永曰："叔永何以區區於夏澤爲哉？夫隱與仕皆道也，請相爲言之。天之道塞乎宇宙而無内外，人之心與之混合而無彼此，非道之能合乎人也，繫乎人而已。故惟吾心之存，則其流行之機，蓋已躍如而在前，森如而在左右，吾欲離之而不可得。心或不存，則若胡之與越，邈乎其不相管矣。君子知之，故於君臣、父子、長幼、朋友、夫婦之倫，言語、飲食、動静、云爲之細，憂樂、禍福、得失之變，皆有以見其如鳥飛魚泳之自然，隨其所寓而安之，然後爲有合於斯道也。至於進退出處之際，亦皆流行之妙，寓於自然之機，隨吾身之處而反之，而不可離者，吾安得不安之，而焉有固滯健羨之異哉？人惟不知此也，故厭常之意生，慕外之心恣，則有當隱而不知退，當仕而不能進者矣。故君子有今日處乎畎畝，而明日居於巖廊者矣；有今日言不行也，而明日接淅而去之者矣。且難存而易失者，心也；至顯而甚微者，道也。存則微者顯，失則顯者微。故君子能存之於閒暇無事之時，而不能不失之於奔走事役之際者，難易之勢然也。且叔永之隱也，固以取乎水之清而不污也，請又以水譬之。夫水或止或流，或聚而爲淵潭，或散而爲畎澮，則夫道豈膠於一途之謂邪？豈非或出或處，各隨其時之謂邪？故士或處於山川，或處於朝市，時焉而已。叔永之在夏澤也，睹川流之清，悦丘壑之美，覽林園竹樹之秀，有當於心，樂而居之，不知金門之爲高，朱紱之爲榮也，可謂無入而不自得，不願乎其外者矣，非心存而有合乎道不能也。當是時，樂道自適是矣。今也曳裾乎君王之門，通籍於巇鸞之宁，藝文墨，掌議論，而出入乎帷幄，當是時，而向道外慕，是何哉？故夫爲臨清而作者，往往即是而爲説，不徒競其泉石之清麗，與其室屋之靚逸，而廣之以事君治民之實、立朝行道之施，使之居朝廷之上，其從容自得，不異乎夏澤焉。若諸君子之所著，而登載乎此卷者是也。叔永受而讀之，亦何以區區夏澤之爲，而何不自釋之有哉？”叔永乃喜曰：“子之言是也，請書以爲序。”

送章履善之雲南序

洪武十五年秋八月，天子以前監察御史章良爲雲南府學教授，馳傳赴官。熒時以親王長史隨侍在京，良來别館中，某以平日游從之雅，爲之言曰：“自古立之君師，以教治其民，未嘗不欲其入於善也。而民有從有不從者，何也？能躬行與否而已。能者教之以身，而民從之；不能者教之以言，而民不從。故身之以君臣之義，而民作忠；身之以父子之親，而民作孝；身之以長幼之序，而民知悌；身之（闕中一頁，計四百字。)蹈其言,而謹其所闕,察其所覿於我者,而永踐其説,而後責其從之也。苟如是,將見西南之夷化椎結之俗,而爲冠帶之邦,庶乎無負明天子之所委任矣。異日人將傳之曰:'雲南自章君爲教官,而其風俗之美比於中國。'顧不美哉?"良謝而去,遂書以爲贈行之序。

金谿志序題

天之於物也,鼓一氣而變化之,其生者自生,成者自成,而無意於屑屑煦煦,以求必其生與成也。物之最貴者人,而羽毛鱗介草木之屬,既皆隨其所受,而雜然並生,於是萬物之勢,日趨於生,而不知其他,紛紛然各自鶩於生而不顧。人與物始有爭奪之心,相噬相食之患,反不得以遂其生,而天亦無如之何也。於人之中,有聖人出,爲之振其人倫而紀綱之,設其條禁而整齊之,使人物各循其天然之序,而安其所以生者。故生物者,天也;善遂物之生者,聖人也。余觀上古之時,以及堯、舜、禹、湯、文、武之世,人物生於其間者,何其幸歟!其後聖人不作,而小康之運,百數十年不能以一遇。至其壞亂之極,則人物之生,不至於無類者幾希矣。生其間者,又何其不幸歟!聖人既没,而學之者誦其詩,讀其書,傳其道,推其所以綱紀整齊之法,以行于世。所得有淺深,所遇有合否,時之治亂,政之醇駁,於是乎辨。而其間人物之生,日失其所以然,而天理民彝猶未至於盡絶,人類猶未至於澌盡者,猶賴世之君子,相與傳聖人之遺意,而其紀綱整齊之具猶存爾。其君子猶知所畏,不敢肆其暴;小人猶知所畏,不敢稔其惡。蓋曰:彼君子者之論,將以爲我非也。宋主天下三百餘年,君以仁厚不殺爲制度,臣以守憲鎮靜爲職業,其學者以明先王之道爲家法,故其立國規模,藹然有三代之遺風。君子出乎其間者,其所成就,皆遠過漢、唐,而大江之西尤多。金谿,中縣也。如樂侍郎、晏丞相諸公,以及曾氏、陸氏兄弟數君子者,前後相望,皆所謂傳聖人紀綱整齊之具者。雖其所學不同,未必盡得聖人之遺意,然或以政事,或以學問,或以節行，隨其所至而皆有所裨補於世，而世之所賴者也。至今其遺俗尚氣槩，好文章，重禮節，蓋數君子者之流風遺韻之所致也。不然，道散俗弊，天理民彝之壞，又不知其如何矣。今去數君子未甚遠也，考其行事，可以法焉。

雙泉稿卷之八

貞庵説

余友人天台胡君公祥，自號貞庵。或舉而問曰："乾之德四，曰元，曰亨，曰利、貞，今胡子獨於貞有取焉?"余應之曰："貞也者，利之所復，元之所由出，萬物爲終，且以爲始。夫元，萬物之所資，至於亨則燦然以著，利則秩然以遂，遂而無所息則散，渙流衍而不知所歸。惟貞，則萬物之所止，至是渾然而起。元也，亨也，利也，皆道也，而裂於形體。惟貞也，寂然而無朕，漠然而無端。元也，亨也，利也，皆道之散殊，自一而萬也。貞也，道之大本，自萬而一也。木生有根，水流有源，人處而後能行，默而後有言，終日酬酢而不休，則神鑿而智昏。故元不始於元而始於貞，春非春生之而生於冬。事道者，非舍元亨利而爲道，而貞以爲本。"或曰："貞之爲義奈何?"曰："説者以爲正而固也。斯時也，萬象太息，不見其倪，惟有生物之理，正且固而已。正不足以盡之，故曰正而固，謂正而又固也。正且固，則萬理畢具，湛一而不雜，其流行也，莫能禦焉。不翕聚則不能發散，不專一則不能直遂，此之謂也。"或曰："人而取法於貞也，其用力也奈何?"曰："在人則謂天下之大本，喜怒哀樂未發之前，儼若思之時也。是時也，無所事焉，戒謹之而已，恐懼之而已。持敬以約之，如奉盤水，如執大圭，凛凛然唯恐其或失之，則人欲不萌，萬理森著，然後接於物也。能審其幾微而中節，繼之者善流行而不窮矣。周子曰：'聖人定之以中正仁義而主靜。'夫靜不能無動，動不能無靜，如循環然，唯以靜爲主焉。胡子之取義深矣。”是爲貞庵説。

桂月軒説

番禺何君伯川,題其軒之顔曰桂月。客或問於余曰:“何君之所以名其軒者,其説奈何?”余應之曰:“善乎何君之名其軒也! 將以爲玩物適意,留連光景,則有能言之者矣;將以爲象物類德,近裡切己,則吾能爲子言之。亦嘗登乎凌虚之臺,而觀所謂月者乎。天無纖雲,萬里一碧,圓魄正滿,無物不燭。於斯時也,身心洞徹,表裏晶瑩,世慮消盡,浩然忘歸。由君子觀之,兹豈非心得其正之時乎? 又嘗坐乎幽敻之林,而觀所謂桂者乎。秋露既零,清飈徐至,芬芳旳達,微香襲人。於斯時也,郁烈肸蠁,爽入肝鬲,外薄腠理,發越清快。由君子觀之,兹又豈非樂善自慊之時乎?《傳》曰:‘如惡惡臭,如好好色,此之謂自慊。’夫惡臭人所惡,則芬香人所好也;好色人所好,則醜厲人所惡也。惡之好之,皆所以自快足於其心,而豈爲人而然哉? 故君子之樂善,必確然如桂之香,斯樂善矣。《傳》曰:‘心有所忿懥恐懼,好樂憂患,則不得其正。’夫心至虚而明者也,有物焉,則虚且明者爲之累矣。故君子之正心,必湛然如觀月之明,斯正心矣。善乎何君之名其軒也,其得誠意正心之學者乎? 或者謂以何君之祖父世掇巍科,至君又登進士第,故託之桂月以勉其子姓。蓋知何君之淺者。夫世科之榮,君所素有,且在外也,而自標以高人若是,則何君之志荒矣。余獨善其象物類德,近裏切己,而託之以名其軒也。”客曰:“子誠知言哉!”

留耕堂説爲少尹何君作

堂,君子之恒居也。何以名? 名者,銘也,銘焉以自覽也。何君之堂曰留耕者何? 詩人之言曰:“但存方寸地,留與子孫耕。”蓋取焉爾。曷爲有取乎爾? 善之也。何善爾? 善以其方寸之地喻心也。心而以方寸之地喻之者何? 其諸以神明之舍乎。神明之舍,則曷爲可以地喻之？蓋視之不可以爲方寸，度之則不可爲廣袤。其以耕喻之者何？斯地也，萬物之理備矣。仁近乎都遂，義近乎疆理，禮近乎畛涂，知近乎川澮，信近乎土壤。明善以辟之，誠身以種之，自修以耨之，存養以收之，則吾粢盛於是，饘粥於是。其曰留者奈何？曰：斯天之所以與我者，其爲世禄大矣。吾受而封殖之，則吾子孫於是焉耕而食之。吾受而不能封殖之，削其都遂，破其疆理，壞其畛涂，決其川澮，散其土壤，荒蕪而不治，吾且不能置錐焉，則未知子孫爲隸人與？爲殣人與？蓋何君之居是堂也，兹永念曰：斯地也，吾先祖封殖以遺我者。吾殖於兹幾世矣，吾可不封殖以遺我子孫乎？居則不敢忘於斯，動則不敢忘於斯，事親則不敢忘於斯，事君則不敢忘於斯。隨其所處，而留耕之名不易焉。斯其爲善居堂者乎！作説堂。

二子名字説

至矣，文之貴乎天下也！曰：君子務道而已，奚貴乎文？曰：吾所謂文者，亦道而已。人所謂文，離道而言之。吾所謂文，道之散殊也，積於中而見於外者也。故文非他也，謂理也。物未有無理者。夫日月行而星宿列，五氣布而四時叙，非天之文乎？山岳峙而川澤流，都邑别而宅里定，非地之文乎？五性具於内，而衆理察於外，發於事業，而設於文章，非人之文乎？鳥獸之多，草木之蕃，鱗介之冗，非物之文乎？堂廉之殺，室之文也；裾袷之制，衣之文也；軫輻之稱，欒于之欵，器之文也。夫木森然而枝蘖生，粲然而花葉滋，至文也，槁株斷杙，人不觀之矣；夫雉炳然而五采具，夫虎蔚然而華色章，至文也，孤豚之鞟，家鶩之羽，人不觀之矣。是故文也者，效天下之至美而不煩也，著天下之至辨而不鑿也，序天下之大分而不勞也，釋天下之大疑而不爭也。君子襲天地之文，兼人物之理，積之而爲德、爲行，用之而爲法、爲律，言之而爲經籍、爲典則，故赫然而名聞昭於天下，焕然而輝光被於來世。爲屋者必飾之，圬之以土謂之塗，加之以盛謂之堲，惡其文之不修也。斬秸而編之,釋壤而墐之,人不貴之矣。夫文烏可已乎!余二子,長曰塗,次日塈。余字塗曰長文,字塈曰孺文,而爲説以示之。

拙齋説 見邑志。

拙者,巧之反也。巧者,世之所趨;拙者,人之所棄。余嘗究二者之得失而論之。蓋古之人,其本在於生人之具,取足焉而止矣,不求稱欲而過役其智也。食飲取其充腹而已,故汙尊抔飲而足焉。衣服取其蔽形而已,故大布博褐而足焉。室屋取其待風雨而已,故茅茨土階而足焉。什器取其贍用而已,故陶金冶土而足焉。至於禮,取其接上下之體而已,故儀文具備而足焉。樂取其達天地之和而已,故比聲切律而足焉。刑取其除暴禁非而已,故明法慎罰而足焉。政取其遏惡揚善而已,故審令施制而足焉。至於言,取其道賓主之情而已,故辭達而足焉。行與事,取其盡父子、君臣、夫婦、長幼、朋友之分,而動静云爲,亦行其所無事而已,故盡倫、正躬、迪德而足焉。夫如是,故其民相安於無事,而並生於天地之間。其後道敝樸散,人僞滋生,務求稱欲而不知止足也,遂以古人之所爲者謂之拙。於是珍饌瓌品,必求其味之美;輕紈纖縠,必求其飾之麗;瑶臺瓊室,必求其居之華;雕文刻鏤,必求其制之異。禮之敝,至於便辟習熟,而無忠信惻怛之實;樂之過,至於流蕩忘返,而無和平淡泊之趣;刑之失,至於深文峻詆,而無哀矜欽恤之意;政之衰,至於雜霸任知,而無《關雎》《麟趾》信厚仁順之風。夸毗、呫囁、從横、捭闔之辨作,而要君、證父、賣友、斁倫、敗類之行興。而凡其所行事,日趨於澆惡狙詐,鐫鑿其本眞,劙琢其天性,刓其大者使之細,朘其厚者使之薄,究天下之物不足以給,竭天下之慮不足以贍,角天下之人至於相與攘奪竊亂而不知紀極。是皆世俗之見爲巧者,而其敝至於如是,則天下之患,皆巧之所致,而非拙之罪也。其間或有豪傑之士,鑒其禍敗,苦其智之窮而欲反其本,懲其欲之過而思復乎古。於飲食也寧菲,衣服也寧素,室屋也寧陋,器什也寧樸,禮寧失之野,樂寧失之淡,刑寧失之不經,而政寧失於疎略,言寧失於訥而少文,行寧失之遲鈍椎木。徑情而直行,一切美麗、華異、淫慝、刻薄、佞僞之類,凡所謂巧者,悉推以與人,而不與之校,而以拙自處。及其至也,天下之人莫不受其弊而己獨高拱而無事。由是而觀,是拙者未嘗不爲巧,而巧者未嘗不爲拙也。拙者可以爲巧,而巧者雖欲爲拙,不可得也。嗚呼!拙者有餘,巧者不足;巧者勞,拙者逸;巧者賊,拙者德;巧者爭,拙者平;巧者擾,拙者寧。其弗然乎?延陵吴君克讓,以拙名其齋,而徵文於余。克讓,名將之子,生而富貴,又聰明而有文章,其才與力皆可自致於巧,以馳騁於世,乃恥之而弗爲,而取其所棄。蓋亦所謂豪傑之士志乎古而反其本者。故余因爲之説以贈之,且以發其意云。

聽琴軒説

琴,君子之常御也。古之人於其身之所接,皆爲之防範節度,以養其德,而尤謹於聽。蓋於視有文章彩色之觀,於聽有聲音歌誦之節,於言語有法度倫理之則,於動容有儀文度數之制。其所接者,莫非天理流行之機;其所入者,自無非僻邪慝之累。故物不能殺於外,而德有所養於内。然其機之來也,皆雜至於日用之間,而生於應物之際,或無事於幽獨可肆之地,則其心無所寓,以爲檢攝繩約。故其爲具,獨詳於聽,以致其謹,然後動静之端,自相貫續,而無須臾之間。是故和鸞設於衡鑣,珩瑀施於步趨,工歌不輟於享獻,而瞽師不離於左右,若是備矣。而又無故玉不去身,而琴瑟不釋也。故曰:琴,君子之所常御也。自道之衰,所以爲防範節度之具,次第盡廢,而古樂之亡久矣。惟琴猶有古之遺聲,而人往往有能傳之者。雖律吕之制,不知其合與否,而其和平淡泊、冲雅幽遠之趣,猶有存者。夫三尺之絹,方寸之越,引宫刻商,徵羽間作,而天地之變化,山川之流峙,君臣父子之恩義,人倫政事之綱紀,動植品物之情性,與夫放臣逐子之所悲切,去婦孤妾之所感欷,鏗然迭出,其變無窮。或渙焉如陽之舒,或揫焉如陰之慘,則其理之所寓亦遠矣。喜怒哀樂之感動乎志,而好惡生殺之形見乎聲,則其機之所應亦微矣。故以躁心聽之者,能使之釋以和;以怠心聽之者,能使之抗以武;以慾心聽之者,能使之淡以平;以慕心聽之者,能使之廣以適。則其用之所見亦衆矣。夫桑間濮上之音,咬哇下俚之曲,君子既皆屏之而不以聽,而古人所以爲防範節度者,又皆已廢,則有志於古,而欲有以寓其心,以爲檢攝繩約者,舍琴則何以爲具而致其謹哉?是以山林隱約之士,畸人靜者之倫,每於是焉聽之,亦庶幾古人所以養其德之遺意哉!永豐鍾君某,隱者也,好琴,因題其軒曰聽琴。其子深省徵文於余,而余爲之説如此。

澄心軒説

金華之雙谿,自東陽、義烏、永康諸邑發源數百里,會於郡城之西南。少折而西,則渟滀涵滙,然後浩然西流,又數百里而爲浙河,以入於海。方其上游從東北而來,其地高,其流駛,故其水不暇爲清。獨城西南,值其渟滀涵滙之會,得有所止息,而其清最甚。郡人葉德茂之居,適當其所謂渟滀涵匯者。德茂曰:是其澄清若是乎?吾將取之以澄吾心。乃名其軒曰澄心云。余聞之曰:善乎!葉君之樂學也。夫水,天下之至清也,其體好靜而惡動。大率靜則清,動則濁,其性之所遇,有得與失也。今夫千仞之淵,泓然、湛然、泠然,無毫髮之不燭者,靜而已矣。崿崖之所衝激,嵌竇之所舂撞,岸隋之所排突,或鼓之而爲濤,或吹之而爲浪,或壓之而爲潮汐,播蕩振撼,如雷霆、如鬭戰、如號呼、如傾摧,使人遇之,膽駭魄慄,耳聵而目眩。當是時,其性未定,故不得爲清。必待其勢之所止,漫衍容與,停息平復,然後不失其性,而清之爲體得矣。心則水之喻也,其理則清之喻也。其爲體至靜,仁義中正具乎其中,而萬事萬物之源於是焉出。始也虛明湛一,如水之止，此天之所以與我者，未嘗不清也。人者亂之，斯濁矣。夫利禄、聲色、口體之慾，與忿懥、好惡、憂患、恐懼之變之激於心，猶巖崖、嵌竇、岸陭之拂乎水也，不反諸其所以靜，則其播蕩搖撼之者，莫知其極，亦將何以爲清哉？故學焉，靜以澄之而已。心本靜也，靜則清而已矣。動於物則濁，物未至也，迎之則濁；物既往矣，將之則濁。心本無物也，吾敬以居心，以防未然，義以方物，順應而不撓，然後齋明潔淨，淵乎與神明居，夫孰能使吾爲濁哉？吾觀葉君名軒之意，蓋出於此，故爲之説。

涵清軒説

鎮撫趙君築軒以爲燕居之所，而名之曰涵清。蓋軒之前有池焉，池水清甚，因以爲名。既成，召客落之，而余亦與在座。酒酣，君謂余曰："願求子之言，以衍吾名軒之義，可乎？"余曰："諾。"退而推言之曰：涵之爲言，含容渟滀之義也。水，天下之至清也，其體靜，激而揚，則失其體而後濁。今夫潢汙、行潦、溝澮，僅而爲水耳，行道之人踐之，馬牛羊豕飲之，是能爲清。巫峽之奔放，吕梁之悍駛，龍門之震盪，其水壯矣，而非其體也，故不得爲清。水之性，不下不止，必止而後清，其體可知矣。洞庭之匯，具區之瀦，皆大川衆流之所趨，其爲物也大，其變也漂山而排谷，鼓舞蛇龍，侵薄日月，過之者膽落而神悸，及其風恬浪止，萬頃一碧，舟行之人，如在鏡中，此其變之復而得水之體也。沼池之飾，水之少者也，然而好事者疏其源，鑿土而居之，錮之以瓦甓，繚之以欄檻，使之得以含容渟滀而不爲外物所撓，則泓然瑩然，可以數星象而鑒毛髮，此可以知水之體矣。人所以參乎天地而貴乎萬物者，爲其有是心也；心所以主乎一身而宰乎萬物者，爲其具是理也。二者涣然而相得，粹然而無僞，湛然而不可爲垢，泠然而無物不見，其體未嘗不備也。及其馳鶩乎情慾膠擾之地，愿逐乎利害殽混之中，放之而不返，撼之而不使之安，是安得爲清乎？是故君子端居而齋戒,省躬而寡罪,持奉澄汰,以防其所以撓之者,使其方寸之内,虚明潔淨,而無纖芥汙之者,是亦所以含容渟滀其心而致其清也。既已,因書以復於趙君云。

葉眞字説

凡物出於天而自然者曰眞,爲於人而假之者曰僞。天者純,人者雜,純則眞,雜則僞。金,天下之至美也,市者利其賈而僞之以銀,良賈辨之,其色純而無雜者爲眞,否則不得爲眞矣。惟銀亦然,市者利其賈而僞之以銅,其辨之視此。吴越之人善爲綺,臨淄之人善爲紈,利其售之多而病夫絲之不可以徒得也,而僞之以絅,良工辨之,其縷純而無雜者爲眞,否則不得爲眞矣。天下之物,莫不皆然,其辨之視此。至純而無雜者,天理也,人欲僞之,則不得爲眞。仁者,純然温和慈愛之理也,殘忍之心僞之,則不得爲眞。義者,純然廉耻羞惡之理也,頑鄙之心僞之,則不得爲眞。禮者,純然恭敬撙節之理也,惰慢之心僞之,則不得爲眞。智者,純然分别是非之理也,昏冥之心僞之,則不得爲眞。是其自然而天出者,於物爲甚,尤惡夫假之者,故循其自然而無一毫人欲之爲,然後爲純而眞也。善學者辨之,廉之於意念之微,慮之於云爲之著,持之於至静之地,務去其僞而復其眞焉。履於行,其大者曰忠、曰孝、曰悌、曰信,皆天出而無僞,而亦有人爲雜之者,其辨之視此。設於事,政之治忽,俗之美惡,人之誠僞,言之信佞,其辨之視此。皆務去其僞而復其眞焉。今夫市金玉者必咨良賈,市紈綺者必問良工,患己之不識而受人之僞也。孱庸之子,持千金之貨,貿貿焉以適於市,則人皆笑之矣。天之所以予我而至純至眞者,其貴於金玉紈綺也遠矣,乃濫然僞之以人而莫之辨也,豈直可笑而已。鍾離葉君名眞,請字於余,余爲之字曰純。君願聞其説,因爲之推其言意而告之。眞乎,豈其視不若金玉紈綺哉? 由吾言而充之,其亦足以踐其名與字乎?

磻溪漁父傳

磻溪漁父者，永康吕進明也。祖、父世業儒。漁父少讀書，已能知古聖賢心學之要，及秦漢以來豪傑之謀策得失，與天下之所以治、所以亂，而不治章句文辭。獨自負其所見，論議不肯下人。居常扼腕，以古人自期，由是與世多齟齬。晚乃屏居磻溪水上，自號磻溪漁父。磻谿者，源出桃巖，所謂桃谿者也。漁父曰："昔吾祖尚父嘗漁于磻谿，吾寓其名於此，示不忘其先也。"客或造而問之曰："子之名其谿，無乃慕太公之遺蹟乎？彼太公年七十二始起而佐周，其事業勳烈，映照千古，子亦冀之乎？"漁父曰："不然。古之人或出或處，其迹不同，所同者，心也。吾之所慕者，心也；子之所言者，迹也。古之人退不失己，故名不辱也；進不失義，故民蒙其澤也。龍蛇起蟄，與時伸屈；鸞鳳伏飛，乘氣之機。一語一默，與道消息；一隱一仕，與道偕止。故伊尹力耕，爲商阿衡；太公垂釣，爲周太師。方其執耒耜，負耰鋤，服勤畎畝，以樂其道，而忘其貧賤，豈有要世主之心哉？非湯之幣聘，則莘野之農夫也。尋丈之綸，纍黍之鈎，垂餌乎清泠之淵，以樂其道，而忘其貧賤，豈有要世主之心哉？非文王之舉，則渭濱之漁父也。夫二子者，苟有要之之心，則畎畝者，耕禄之區也；絲緡者，餌名之具也。此義利之辨，公私之塗，不可不察也。吾之所慕於磻谿者，非妄意其事業勳烈也，獨其心爾。"客曰："古人之事，豈遽不可冀哉？子慕其名，乃諱其實，吾不信也。"漁父曰："不然。心迹不相殽，故足以知人也；名實不相求，故足以辨德也。德有大小，故賢愚不相踰也；事有顯晦，故出處不同時也。量力而處之，不膠其迹，務合其心，故各行其志也。吾祖之道德，吾豈可願哉？獨無要世主之心而已爾。且吾漁於是，佃於是，甘旨足以養吾親，菽粟足以贍吾妻子，食土之毛，供國家之賦，爲廉恥之民，以無觸乎世禁，則亦吾之樂也。而又遭逢聖明，宇内寧宴，天地太和，萬物得職，茂儒樸士，高拱於黔首之上，而天下無事，故吾亦得以安於漁而無所施用也。”客媿其言而去。漁父有田一廛，池園數十畝，率其妻子戮力耕織，以自振業。然好賓客，家無餘資。善事父，漁父今首斑白矣，其父年垂八十，康强無疾，漁父奉以娱嬉于谿之上，而其父樂之。父故稱壽溪翁，學尤宏粹，持高節，絶遠名勢，常避處太平山谷中，人莫知之云。

贊曰：進明，余族父弟也。與余生同年，學同師，其志尚亦略同。而進明警晤過余遠甚，故卒能自引去，不機於利害。而余頗自修飭，知文義，謬爲人所知，以故奔走於數千里之外，以就升斗之禄，仰而視磻谿之居，而思其所樂如在雲霄之上，不可企而及也。故余暇日述其志與其議論著于篇。

費興二傳

費興二者，河南中護衛卒也。其始蘇州崑山人也，父某，母顔氏。歲丙午，大軍略其地，父子俱亡命，不相知者六年。或告之曰：“父殁久矣，而母與而弟興三流落湖南，存亡不可知。”興二慟哭頓絶，積歲號慕不已。於是時興二已入天策衛卒，尋隸護衛，實周府。及洪武壬戌，十年矣，乃與其妻王氏仰天而誓，不飲酒食肉，卧冰三年，冀以見母。至十二月，每五鼓入蔡水，裸寢冰上，平旦乃歸。妻時其出，亦焚香而禱，且注水甓，跣而立，待其歸，盡一月乃止。其帥以聞，王義之，使行求其母，乃書於背布，疏其物色。行數月，達湖南，竟遇于澧。於是顔年五十九矣，其弟已死，弟妻更贅婿以養焉。遂迎其母還大梁，蓋至是其母與其妻始爲婦姑也。事聞，王賜之寶鈔，復其身。興二復疏食，卧冰如初。或譬之曰：“若所以如此者，冀以得母也。母今得矣，復爾何爲哉？”興二曰：“吾始告於天，固以三年也。吾豈以得母倍吾言哉？”

論曰：導河而疏濟，濬江而釃漢，此禹之力也。若夫就下而東注，則非禹之力也。樹之麻麥而麻麥茂，藝之粱黍而粱黍遂，此稷之力也。若夫雨之而生，時至而熟，則非稷之力也。仁義興而民化，禮樂備而俗成，不獨親其親，不獨長其長，此文武之力也。良知良能，非文武之力也。故夫沼沚之溢必趨於坎，潢潦之流必逮於汙，江漢河濟之情也。尋丈之畎有滯穗焉，勃然而生上腴，嘉穀之情也，雖有禹稷，豈能加毫末者哉？是以篳門圭竇之下，亦有刎頸引決之臣焉；負郭窮巷草澤之中，亦有斷髪蓬首之嫠焉；而披堅執鋭之士，亦有叩顙泣血於其父母者焉。彼豈有庠序之習，而豈有長者提之耳而誨之者哉！然則忠臣、孝子、義婦之情，亦豈文武之所能加益哉！余觀費氏之事，有足多者，以故第録之。或陋之曰："是非禮經也，何足道?"余曰："是爲曲學矣。夫仲尼、曾參之所傳，戴氏之所記，敬養喪祭之節文，所謂禮經者非耶？亦有習之庠序而受其長者之教者矣，未聞有能蹈之者。不此之備，乃以苛縟議論費氏之子，毋乃非人之情哉！"

原刊後人眉批：此論删繁去蕪，返本歸根，大有裨于世道人心，學者毋徒以文視之，當各返求自己之本心也可。

告龍潭神文

維丙申年月日，吕某謹再拜投書龍潭之神：蓋聞先王之制，山林、川谷、丘陵，能出雲爲風雨、見怪物者，皆祀報之。而年穀不登，民物衰耗，則八蜡不通，省其血食。神之所爲立，所以爲民也。今諸龍潭之列於祀典舊矣，有司每歲奉祀，未嘗敢闕。而閭里之民，四時詣祠下，薦其誠意，亦不敢廢。則神之於民，當察其菑患而扶救之，時其旱暵而膏潤之，固其職也。今不雨者三旬矣，境内之田，無高下腴瘠，彌望若乾葦白茅，日就焦槁。四民延首跂足，彷徨失氣，無所訴籲。神豈不知之乎？豈視之而不之救乎？豈不能洩雲興雨，弭災捍患，以濟斯民之急乎？豈民間祭事有缺，誠敬不至，有以貽神之怒乎？豈造化之數，不可得而易乎？若曰不知，固不足言。若曰視之而不救，則失上天生物愛人之意矣。若曰不能，則神已堂堂廣食，尸其祭祀，諉曰不能，不可也。若曰祭事有缺，誠敬不至，有以貽神之怒，則愚民無知，固可恕也。神則以洩雲興雨、弭災捍患爲職者也，豈可以民之事我未至，而自曠其職哉？若曰造化之數不可易，則天地以生物爲心，此心默然潛運於覆載之間，未嘗有須臾俄頃爲之息也。雨暘失時，亦適值其氣之偏爾，非欲固爲旱暵以困斯人也。如有能易之者，固天地之所欲也。神也者，妙萬物而爲言，不可測者也。一陰一陽，闔闢弛張，否者可通，塞者可開，皆在我一呼吸之間，此神之能事也。神若加之意，則天地之氣雖否塞不通，何患其不可易乎？以此數端言之，則今日不雨之故，神皆不可逃其責矣。且民，神之主也，今旱勢如此，而神弗之救，民將轉死奔竄，神將乏祀，神無民，將何所依？及今尚可爲矣，復數日不雨，則民無粒食之望，而神亦不得靦然享其血食之報矣。夫感動天地，反災爲祥，唯有德而居位者能之，神則無不能也。某一賤儒也，不能矣，而視斯人之困於旱暵，不聊其生，此心惻然傷之，不能自休，故輒以奉書告陳其所由。惟爾明神鑒之念之，勵其智睿，旋轉變化，沛然雨乎下土，導天地之和，釋民人之急，則我民人永賴神休，神亦益彰厥美。神其勉之，毋作神羞。某再拜。

雙泉稿卷之九

竹谿府君行狀

曾祖羔，承節郎、廬州都統制置司機宜文字，妣潘氏。祖塾，妣徐氏。父鎮，妣徐氏。本貫婺州路永康縣太平鄉宗仁里。先生諱浦，姓吕氏，公甫其字也。上世河南人，不知何時徙居永康。其十世祖曰玖，玖子遵，皆以經學教授鄉里，其徒甚盛。遵生質，質生師愈。師愈性好施，遇水旱，必出粟助官賑民。師愈生約、皓、源。約學於龍川陳公亮，其門人有曰三傑者，約居其一。皓補郡文學，朱文公爲部使者，行部至永康，聞其名，薦之於朝。會皓父兄被誣，詔繫獄。皓時年二十四，叩閽上書，乞納己官，贖父兄罪，孝宗義而釋之。帥臣劉光祖、郡守陳騤、王夢龍交章薦之，不起。卒，贈宣義郎。皓子殊，以文學著稱，由進士仕至朝奉郎、通判安吉州，累贈正議大夫，學者稱爲敏齋先生，潘墀、康植、杜去非、郭磊卿皆其門人也。源尤有行義，郡縣上其孝弟，詔特賜通直郎，旌表其門。源生介，官至承信郎、監御前玉津園。介生羔，是爲先生之曾祖。先生生於至元辛卯八月二十日，少好學問，有志行。弱冠，與從兄洙、從子權受業於白雲先生許文懿公之門。其學以眞知力踐爲本，不尚浮華。其修諸身者，其言温，其色恭，雖燕私亦冠帶而坐，人未嘗見其有懈惰之色。其行於家者，内外長幼，敬愛無違，冠婚喪祭，動必以禮。至今族人祭祀，必以朱子《家禮》行事，治喪不用浮屠、老子法，皆先生倡之也。先生力仁强義，表率鄉里，鄉人或有紛爭，往往詣先生求質焉。晚歲自號竹谿漁隱，以講授自娱，不妄交接。家故饒財，既力學，因不治生業，往往困乏。先生初不動於心，暇日對客論及世故，悲歌慷慨，人莫能測也。及疾，焚香室中，呼子弟命之曰："前吾語汝，爲人當安分義而謹禮法，吾將死矣，汝宜識之。"從子祁知醫，請曰："叔父病亟矣，宜愈加謹。"先生曰："死，人所不免，吾何求乎？"呼從孫燧以綱維宗族數事。會燧在外，因口授家君，使筆以授之，即正身而卧。諸生方辭出，而先生已終矣，實至正壬辰三月五日也，享年六十有二。閏三月九日，葬於清塘山祖塋之南。娶同邑周氏，先九年卒。子二人，棻、杲。女二人，適義烏何璠、東陽何曙。孫男三人，孫女二人。遺文有《大學疑問》一卷，《竹谿吟稿》若干卷，《史論》一卷。熒切惟先生之學，充於身於家者如此，使其見用於時，則舉而措之事業，必有足觀者。特以内懷道義，深藏不賈，故不能槩有所見。嗚呼，惜哉！熒自幼以諸孫受教於先生者十有餘年，雖不足以知其所至，誠不忍使先生學行泯而不傳，故略叙所知，以告當世立言君子，而請銘焉。謹狀。

復十府君行狀

先君諱臬，字子敬，姓吕氏，婺州永康人。世以儒爲業。其先曰玖者，與子遵俱以經學教授鄉里，其徒甚盛。遵生質，質生師愈。師愈性好施，遇水旱，輒捐穀數千斛以待餓者，歲以爲常。水心葉公適銘其墓。師愈生約、皓、源，兄弟三人爭爲義倉，鄉里有不能舉其兒者，其母將産，則預給之穀，待其兒三歲然後已。又創立義庄、義塾，以教養其族人。約事龍川陳公亮，其門人有號三傑者，約居其一。皓嘗補郡文學，朱文公嘗薦之於朝，會皓父兄被誣陷詔獄，皓時年二十餘，叩閽上書，乞納己官贖罪，孝宗義而釋之，名動朝廷。源尤有行義，郡縣上其孝弟，詔特賜通直郎，旌表門閭。源生介，介生羔。羔嘗佐廬州軍，已而棄官隱居，是爲先公之高祖。曾祖在，浙漕貢士。祖鎡，父深，母何氏。先公生三歲而喪母，既長，能自刻勵於家，貧甚，幾不能自全,先公力耕以養。妻子在側,纍纍然寒餒不能堪,先公處之裕如。族人爭田,搆公於獄,吏受賄,將文致以重法,會得辨,先公待其人如初。家人怪問曰:“公豈無心腸耶?”先公笑不答。後其人死,無以葬,先公周之,乃得葬。蓋與人有恩而無怨如此。至正乙未,盜起處州,鄉邑大擾,先公與宗族起兵禦之。先公日夜勤撫其人,親執桴鼓閱衆,賊至境,連戰破走之。兵乘勝不利,衆皆懼,斂妻子而遁。先公奮曰:“若等皆走而求活耶?我則止死於此。”因諭之,還使守,衆復稍集,兵復振。賊平,先公有力焉。後有司論功,擢族子用明等官之,先公勸之無受,曰:“方起兵時,誓以保鄉井,鄉井幸無恙,而以爲功,非初志也。”吕氏家世以禮法相承,婚嫁喪祭,皆有常制。大父老人行既相繼淪謝,先公身任其責,宗人稍有違禮,必直言正之,宗族賴焉。家雖貧,教諸子讀書甚力,不使治他業。每時節燕私,子弟侍側,或講評經史,則喜而爲之加爵,或道里井細事,不樂也。先公之學,於經史百家無不該涉,自春秋戰國以來至於近代,皆諳誦其事,論古今成敗,人物賢否,毫析縷分,援據精切,雖老生宿學,皆自以爲不及也。不幸於洪武元年十二月十二日以疾終於正寢,文煢等以五月三日葬於弓塘之原。娶魏氏,子男六人:文煢、文宏、文煦、文燦、文爕、文熩,文爕早卒。女一人,未行。孫男八人,女三人。嗚呼!以先公之潛德隱行,宜身食其報,而卒用悴困,不及一日享其安榮以歿,豈天之報施於先公者失其理哉?實諸孤之不肖,不能礪行砥節以承其志也。所藉以自解者,唯有得名人鉅公之文,銘諸墓道,以圖長存少慰於土中而已。故輒忍死飲痛,論次其梗槩如左,以告立言君子而哀請焉。

復三二府君墓表

煢之從叔父曰杶,字子壽,能和其族而化其家,宗族賴之。洪武元年閏七月十七日以疾卒,凡鄉之耋艾相吊曰:鄉無善人矣。學者相吊曰:無良友矣。宗族相弔曰:若人亡,無與爲善者矣。蓋輿隸僕從無不哭之盡哀。叔父爲人温柔易良，其遇人無戚疏，皆薰然以和，其接人無少長貴賤，皆退然以恭，人亦以是愛而親之。鄰里有鬭訟者，叔父必爲分之，鄰里婚娶喪葬困急者，叔父必赴而助之，不愛其費與勞。至元末，山寇亂處州，吕氏起義兵討平之，叔父之謀居多，幕府欲狀其功，叔父辭謝不受。以兄老不事事，叔父獨持門户，事至不避風雨寒暑，以至成疾而卒。卒時年四十有六耳。卜於某年月日，遂得葬塘西之原。曾祖在，祖鉉，父汾，母何氏。家世顯晦，與夫忠孝節義，具見家牒。娶東陽大里蔣氏，有男四人，女三人。云：嗚呼！門祚將衰，則其善者將亡，而其家隨之。蓋善人之於其家，維持調護潤飾，無所不至，然後其家賴以粗安，其子孫陰受其賜而不知。及其亡也，其紀綱稍稍廢墜，以至於大壞。事後追咎其故，而莫之及，此世俗之通患也。吕氏承藉先蔭，種德厚而浚澤深，安知後之子孫，不有如我叔父以善自淑，而大其閥閲也乎？嗚呼！叔父之亡，吕氏之興衰係之。故摭其大者，表之金石，以告其子孫，庶或有所感嘆而興起焉。則不隨死而亡者，叔父之善益彰彰矣。

嘉興府君行狀

公諱文燧，字用明，以字行。曾大父鑰，元初爲永康尹，是生汲，號水西翁。翁生公之考曰機，父子有隱德。其葬也，黄文獻公繼銘其墓。公爲人沉静，好大略，雖生而饒厚，攻苦力學若寒士。輕財嗜義，接遇士大夫名公鉅卿，雅相敬愛。吕氏先世倣范氏，置義田以贍其族人。其後經亂中廢，水西府君修復之，又增置義塾，以教其子弟，至公益備，族人賴焉。鄉里有貧不自振者，公必濟之，使不失所。至正末，盜起處州，東南大擾。公悉散其家財，召會其鄉人曰：與若等共食而守之。於是部伍其子弟，得數千人，使從弟文煜等將而擊賊，敗之，賊不敢犯其境。賊陷縣治，又戰復之，有司署公諸暨州同知，公不肯就。其後盜益張，官軍不能制，臺省憲府使公總制民兵討之，公轉鬭益力，賊遂平。有司署公婺州路總管府判官，又不受。人或問之，公曰："吾所爲起兵者，徒以保鄉里耳。"軍興，凡衣糧資械費皆己出，家故以貧。公曰："使衆安而我獨貧，無傷也。"會大軍南下建德，破郡城，告急於公，公帥所部赴援。居未幾，文煜亦以其兵至，公與之詣分臺計事。臺官忌公等威名，於坐殺文煜及其子，因使公詣行省而罷其軍。丞相知公之勤，上其事，朝廷勑授忠顯校尉、杭州路總管府判官，又不受。乃承制旌表門閭，復其家。一時名臣周公伯琦、貢公泰父既雅重公，見公歡然握手，相慰如平生，又率同列作爲詩歌以誦其美，於是公名益重於時。今天子下金華，公之宗族藉其甲兵詣軍門歸附，天子大喜，特置永康翼，起公爲左副元帥兼知縣事。於是時，公尚在杭州，乃以公弟文炟代領其職。公還，起家爲庸田司經歷、中書省管勾、江西省都事、知廬州府、嘉興府。其爲庸田也，分按水利，瀦防修完，所在賴之。未幾召見，特命爲管勾兼管内帑，公力辭。上面諭公曰："吾思之累日，無踰於卿者。"上察公廉謹無他，以老實稱之。江西素號難理，又始歸附，而公在職以治辦稱。知廬州甫三月，民便安之。會嘉興下，上即召公詣行在，公至，遂命公知嘉興府。松江民爲亂，謀襲郡城，公諜知之，馳告曹國公，賊始入城，而官軍已至，悉擒戮之。大將欲并殺城中人，公曰："賊無道，詿誤平民，是皆無謀。"大將悟，民以得免。考滿之京，奉詔諭招闍婆國，行至興化，遇疾，洪武三年十一月十六日卒於館，年五十四。公既卒之明年四月，浙西官吏坐鹽法死者數百人，有司以例籍公家，鄉人既哀其死，相弔以泣，又憫其家籍，見者皆爲之流涕。既而上特旨歸之，曰："吾知吕文燧誠信人，必不圖奸利，且死於使事，可念也。"詔歸其家，衆皆喜且嘆，曰朝廷明聖如此。於是人知公之德惠及於鄉邑者，至是又益信也。公娶戚氏，子三人，堂、𡋯、垍，垍出後叔父文烱。女六人，長三人，適同邑胡文海、金華戚誠道、東陽俞文璉；幼三已許字，未行。孫男二人。堂等以明年十二月日，葬公於東陽縣興賢鄉西丘之原，謀銘於棨。棨知公爲詳，謹具世系、學行、宦業，列狀如右，以付堂等，以告於立言君子，而請銘焉。謹狀。

元明府君行狀

君諱文煜，字元明，本貫婺州路永康縣太平鄉宗仁里，宋旌表孝義源之七世孫。高祖埜，承信郎。曾祖錀，永康縣尹。祖汲，水西翁。父梓。君生而警敏豪宕，任俠不羈，稍壯折節讀書，善賦詩，工篆隸，居常慷慨，欲以功業自見，不肯碌碌。至正十五年，盜起處州，東南大震，有司不能討，君嘆曰："學貴適用耳，寇至不能禦，非勇；棄父母之邦而不守，非仁。"乃與從兄文燧謀散家財，起兵禦之。十二月，盜據縣治，分衆焚刼，君與從弟元吉擊之，連戰皆捷，官軍因乘勝犄角，賊遂敗散。十六年，有司以功署君永康縣主簿，不受。歲大祲，有司命君設法賑給，全活甚衆。十七年，前盜復起，有司以君兄弟忠勇可任，因付以軍事。君帥衆深入，所向有功。賊欲陷東陽、義烏以逼郡城，而扼於君等不得西，乃盡鋭求戰。君悉力捍禦，不解甲者一月。會行臺行軍都鎮撫邁里古思帥兵專征，君帥所部佐之，轉鬬深入，前後數十戰，俘斬不可勝計，遂平群盜。有司以功加君永康縣尹，又不受。十八年四月，嚴州破，郡城告急，於是行樞密院判官石抹宜孫守處州，假君本院行軍都鎮撫兼義兵屯田萬户，將兵赴援。君御衆有威，部陣嚴整，城中將士，歡呼增氣。分臺官用讒者計，因其入見，伏壯士殺之庭中，其子堪及其裨佐濫死者十餘人，時八月初七日也。君歿未幾，郡城遂陷，經略使李公景儀辨其寃，承制贈君婺州路判官、堪東陽縣主簿。君雖儒生，素不知兵，然能以義激勵其下，人人樂爲致死。其臨機制變，每出人意表，又通吏事，而緣以文學，遇事果敢，緩急可倚。故其死也，識與不識，皆痛惜之。君生於至治辛酉七月十二日，年三十八，以卒之年十一月日甲子葬楮山先人之兆。娶義烏朱氏，賢淑貞烈，聞君變，率士卒諭以大義，乃親統生擒宣差也速達兒縛於庭，數其罪以報君之讎，有烈丈夫風，子一人堪也。夫食君之禄，死君之事，仕者之常也。古之人猶著之方册，以示後世。君一布衣耳，乃奮不顧身以赴公家之急，而在勢者不能獎拔而成就之，反擠之死，豈不可哀也哉！此固士大夫所宜表章以風勵於人者，故輒次第其事如右，以備採擇焉。

明知永康縣事元帥公行狀

君諱文烜，字兼明，以字行，世爲金華永康人。高祖埜，承信郎，妣劉氏。曾祖鑰，永康縣尹，妣何氏。祖汲，水西翁，妣朱氏、趙氏。父機，妣胡氏。水西翁生二子：權、機。權字子義，受學許文懿公，爲門人高第。學成，而蚤歿，翁甚哀之。君，機之第三子也。幼而穎悟，年十三，通進士業。翁最鍾愛，命君後權。君始成童，承宗嗣家，能自樹立。吕氏世有義田義塾，教養族人，至君兄弟又加厚焉。君内以孝弟行於家，外以忠厚接於鄉。元末，盜賊所在竊發，處州尤甚。盜至永康，君之兄弟起兵討之。君竭其粟帛，蓄儲糧，備衣械輸之。群盜平，有司署君東陽縣丞。君曰："吾豈以爲利耶?"不受。未幾，天子幸金華，君録其民兵歸國朝。於是處州未平，上爲置永康翼，以君爲左副元帥兼知縣事，以其兵鎮縉雲，以迫處州。居官二年，君以其兵從越國公平處州。兵罷歸家，君猶以本官知縣事。前後四年，邑中人皆稱其廉平。及受代家居，幅巾野服，與鄉人齒，退然以恭遜自下。邑之人遇之，不知其嘗令己也。洪武九年九月八日，以疾卒，享年五十五。娶胡氏，無子。側室吴氏，生子堉、垗。女二人，皆幼。君爲人厚重，寡言笑，喜怒不形。處患臨變，未嘗作於聲色。嘗爲贓吏之污，没入家貲。方逮繫置辭，見之者皆爲之嘖嘖稱寃，而君飲食言笑如平常。或間視之，值其熟寢，鼻息如雷。既而朝廷知其非辜，遣使者乘遞釋之。鄉人具酒殽爲賀，君曰："分定耳，不足賀也。"君事母胡夫人至孝，近出必告，返不踰時。既疾病，猶日自力問安否。易簀之夕，家人問:"豈無遺言耶?"君張目曰:"善事吾母。"遂絶。嗚呼！君之處生死患難如此,則其他可知矣。卒之年十一月十三日,堉奉君喪葬於太平鄉鳳凰山之原。既葬,堉杖而請曰:"先人既葬,而墓碑未立,恐遺德失墜,以重不孝。叔父幸圖其所以不朽者。"文焚曰:"汝父之學行宦業,於法宜得銘,可不勉諸!"乃謹論次平生大節如右,使告當世立言君子,而請銘焉。

季文府君行狀

君諱元吉,字季文。世爲士族,代有聞人。師愈以好施名,源以孝義名,皓以儒學隱逸名。在國義兵,在家義田,照耀竹帛。高祖,承信郎。曾祖錀,永康縣尹。祖浚,妣鞏氏。考櫸,妣楊氏。君好學而尚義。至正十五年,盜起處之縉雲,郡邑大震。君之父兄起兵禦之,君以子弟從,獨果敢奮發,無進退前却之意。十二月,賊據永康縣治,分衆四掠。君與從兄文煜帥兵擊之,連戰皆捷。會官軍亦至,賊遂敗散。時賊起倉卒,所至如涉無人之境,而君等首挫其鋒,郡邑始有固志。明年,有司嘉其功,署君以義烏縣尉,又辭不受。十七年春,群盜復起,憲府檄君從兄文燧總制民兵討之。文燧使君軍東窖,君即引兵深入,敗賊于左庫,尋又大敗之於靈山。賊大懼,夜遁。未幾,賊又掠方巖下,於是文煜帥兵向方巖,君往與合兵蹙之。賊乃西陷縣治,君又從諸兄救却之。賊還掠棠溪,君夜馳赴之,破其前鋒,追至上黄橋,死者相枕籍,谿水爲之赤。賊號呼奔竄,君方督士卒乘勝追賊,而山路深險,前後不相及。有賊突出叢薄間刺君,君遂遇害,時三月一日也。有司以君數破賊,擢君永康縣主簿。命下,而君已歿矣。君生於天曆戊辰六月六日,卒丁酉,年方三十。十一月庚申日,葬於義和鄉下莊山之原。娶義烏赤岸朱氏。子一人,曰埏。吕氏家世醇厚,其子弟皆能以謹修自持。君群居若椎木少文,及其遇事,則慷慨英發,風節可愛。故其死也,哭之者如哭其私親然。嗚呼！先王之制,君死社稷,大夫死衆,士死制,庶人不與也。今天下無事,則高官厚禄者享其利;有變,則君等以布衣蹈難死,豈不哀哉!然則君之死,亦足暴於天下矣。

祭　文

洪武癸酉二月,門人監察御史章良致祭于師長史府君之靈曰:師道有相傳之義,生徒有受業之恩。苟恩義之相得,實時刻之難分。良自洪武八年赴京,先生於十三載特旨召任周府,而良降職以分教雲南。二十年,子來省者云:"先生遷刑部郎中而薨。"嗚呼!痛傷乎中心,不能不發乎聲音。形容之不可復見,憶從遊已無迹可尋。念涕淚不灑乎棺槨,而巵酒不奠乎墳林。心存萬里而未泯,身絆微名而難臨。去年丁艱而棄職,歸葬雙親於西山之陰。今年畢親之襄事,方思酬師道之義深。復悲泣其惶惶,觀遺言戒飭吾行藏之恪,良從事而遵守,賴規矩而無百殃。聞先生一旦之羅咎,何不早脱夢於黄粱。豈所保之匪德,緣物理之有常。修此辭以薦觴,惟尊魂而鑒享。

詩稿

首夏述懷 二首

漸老傷春色,幽棲見物情。好山簷外得,新浪屋前生。中酒從身懶,攤書賴眼明。狂夫本疎放,莫怪不逢迎。

藜床吟度日,風榭卧看山。樹入樓簷黑,花連岸尾斑。任眞容密友,接物厭温顔。正是幽居態,柴門只自閑。

題延眞觀 見邑志。

昔日追遊地,今來路不迷。樹深重閣晚,天闊亂山低。玉訣憑誰問,松醪不自攜。倚欄成獨立,點筆一留題。

舊傳先世藏硯十一玉碾杵一於後園因發土偶得感而賦此

舊物沉埋處,幽光照地寒。相傳書課草,曾是搗還丹。百世同砂礫,今朝借羽翰。吾家好孫子,珍重比琅玕。

晚　眺

樓頭天影落,紅日半銜山。林鳥爭枝宿,岫雲對我閒。裁詩宜法杜,爲學貴希顔。太息風塵下,誰能復訂頑。

懷　歸

一枕清涼夢,半生瀟灑心。眞情兄與弟,樂意酒和琴。稚子聯朝句,山妻搗夜砧。明朝策羸馬,歸約怕秋深。

寄用明兄 二首

三接樓高不可攀,桃花流水隔塵寰。閬風玄圃群仙下,廬阜天台一氣間。近聞宣室虛前席,恐有移文出北山。安得相從明月裏,濁醪香茗聽潺湲。

每憶桃巖俱種桃,三年不見心忉忉。青春作伴豈無意,白首爲郎非不遭。江左風流諸阮好,襄陽人物老龐高。莫辭千里從王命,却喜官曹盡俊髦。

雜　興 四首,二見邑志。

南國金湯氣勢雄,吴山越水本相通。比來將相臨邊待,不覺氛埃掃地空。翡翠拂雲連甲帳,蛟龍隨仗出離宫。太平無事修文物,制詔還追兩漢風。

由來雲物喜從龍,草昧英雄此日逢。南海蠙珠頻入貢,東吴秔稻舊曾供。招搖光動朱衣舉，閶闔天開紫氣重。早晚車書當混一，再修玉檢事東封。

野外平居興最高，眼邊幽事涉風騷。晴窗夜久紬金匱，水榭天清醉碧桃。舊國園林俱寂寂，大江波浪正滔滔。欲從陶令開三徑，已見潘郎賦二毛。

長夏山村逸興催，登樓一望亦悠哉。故園喬木黄鸝立，江渚晴沙白鷺來。栗里壺觴還自酌，杜陵詩律共誰裁。起余賴有雲泉子，懷抱時時獨爲開。

同茂德國明清閟林泉分韻

興來排悶强登臨，羽扇桃笙向碧林。百頃香秔秋水落，一溪紅樹夕陽深。田園隨分潛夫計，芋栗邀賓野客心。共説鹿門同隱約，他年莫誦《白頭吟》。

中秋和楊文開

幾度悲秋獨倚樓，今宵登望更悲秋。尊前一笑俱青眼，亂後相逢媿黑頭。華月中天人影瘦，涼風入夜樹聲稠。興來隨地皆爲樂，何處江山是勝遊。

贈許存禮 見邑志。

空山雨雪正愁余，乘興相過慰索居。百代文章心事苦，十年戎馬鬢毛疎。遼東避地還成邑，稷下遭時各著書。今日雙泉一杯酒，蒼茫分手意躊躇。

到哺庵

一年不到青塘路，今日重來感慨多。清閟亭荒懸古瓦，畏天碑斷掛纖蘿。分題尚想燒銀燭，並馬何由動玉珂。滿目故人無晤語，幾時攜酒一高歌。

和朱先生見寄二首

生理蕭然似轉蓬，立身無復念污隆。濁醪麤飯農夫願，短褐烏巾處士風。禮樂彌綸千古後，文章經緯百年中。别來已覺初心失，祇向滄波學釣翁。

昔年弱冠忝從遊，亂後分張歲月流。杖策豈知談豹略，決科寧復羡龍頭。嚴陵一去鶯花老，春谷歸來竹樹幽。同學少年多悵望，不須江上更垂鈎。

侍家君叔父進明弟郊行

野水平田穀雨初，林花落盡樹扶疎。出門每費登山屐，信步無煩下澤車。諸阮風流多藴藉，阿戎談笑雜清虚。山瓶沽酒何由得，細酌龍團興有餘。

送朱悦道

江南八月鴈初飛，正是登臨送别時。豈有金樽留客坐，不辭烏帽受風吹。携家未遂龐公計，失職俱憐宋玉悲。何日卜鄰春谷裏，白頭相就盡交期。

寄許存禮

别來愁緒苦難禁，相憶能令白髮侵。燒燭頻看秋興什，封書莫寄歲寒心。八華地僻文章在，五指山空雨雪深。好待繡湖春酒熟，扁舟乘月夜相尋。

寄朱先生 二首

春谷林塘湖水頭，秋來風物轉清幽。幅巾拄杖頻乘興，石室名山豈外求。麟閣正須蕭傅入，竹林猶共阮咸遊。風塵荏苒催遲暮，何事山中苦滯留。

聞説揚帆歸故鄉，携書仍住蜀山傍。日邊奉引雲霄隔，林下相從歲月長。汾曲有田具饘粥，錦江無計築茆堂。傳經轉覺生涯盡，一日相思鬢髮蒼。

立　春

佳晨彩仗競鞭春，共接芳筵笑語親。銀勝初成花蕋細，上酥齊縷菜盆新。青衫對酒歡娱在，白首看歌感慨頻。此日殷勤霑禮數，題詩慚媿杜陵人。

雨中卧病懷周復初縣丞

三月沉綿不自勝，寒窗頻對酒繩繩。每慚匡鼎猶隨牒，獨羡崔君不負丞。哦竹也知公事少，説詩空愧後生能。花溪咫尺春風隔，引領南墻欲撫膺。

登古龍山同陳明善樓紹先諸友

絶頂移時望眼賒，好山無數接京華。原田漠漠偏宜麥，溪樹垂垂已著花。欲托隱居依佛社，更乘小艇效漁家。相逢衹説幽棲好，豈羡君門事草麻。

中秋有懷 三首

帝城不夜月沉沉，水色天光萬里深。客子倚樓吟白紵，佳人篝火校清砧。天涯偏照雙蓬鬢，江上誰憐寸草心。我正辭家情更苦，使人聽此欲沾襟。

天門幾度出銀盆，雲海蒼茫夜未闌。萬里山河同一色，九霄鐘鼓立千官。誰知客舍披衣坐，不似溪樓把酒看。最想中閨相憶久，暗憑蛛網卜團圞。

此夜中秋月最明，家庭應念别離情。老妻强笑緣兒女，慈母寬懷賴弟兄。青瑣苦辭薇省檄，白頭仍赴竹林盟。清光咫尺如相見，銀漢娟娟漏點鳴。

同朱悦道遊澄心寺

忽到招提眼暫明，老僧見客喜相迎。松醪帶蟻春盃重，茗飲浮花碧椀清。佛社每容陶令醉，邑人誰説長卿名。幽居無事堪行樂，潦倒何愁白髮生。

和朱悦道

十載憂虞意轉迷，細看物理但幽棲。衣冠舊俗交遊冷，桃李新年氣候齊。玩世未能探月窟，卜居擬欲住雲谿。君看滚滚青雲士，白首征途聽鼓鼙。

幽居閒述

茅屋低低似隱居，常從燈火事詩書。高情洞見乾坤外，世事都歸造化餘。花落階前誰遣掃，草生庭畔莫教鋤。閒中時節休抛棄，弄月吟風得自如。

遊石泉

閒遊隨步石泉山，何事山人出未還。雲路崎嶇行緩緩，野禽鳴語聽關關。傍巖結屋知心静，坐竹圍棋對日閒。自笑醉餘歸興迫，恨無好句寄商顔。

書　懷

蕭蕭風雨暗江村，竟日懷人只閉門。屋外谿清翻白晝，堤頭雲樹鎖黄昏。雙魚不寄相思字,累夢長勞久别魂。何日高樓重把盞,詩篇能與細同論。

讀書燈

蘭膏一點小窗西,閲盡殘編聽曉雞。暈轉黄簾書字細,光籠緗帙照人低。玉堂久屬分蓮炬,天禄終期爇杖藜。他日詞臣同寓直,案前還憶舊提携。

題許氏思親圖

念君奔走憶慈闈,薄宦東南苦未歸。報主早令雙鬢短,辭家轉覺寸心遲。也知異縣看圖畫,不似高堂着綵衣。咫尺萍鄉西水外,白雲冉冉正孤飛。

題葛氏節婦手卷

吾鄉葛母守空闈,偕老齊眉早已非。剪髮久欽曹氏婦,開顔今見老萊衣。畫堂問饌調紅藥,錦軸題詩出紫薇。更待日邊優詔下,丹書華表共光輝。

雙泉會合

不到雙泉又五年,木亭松榭夢相牽。炎方乘傳青袍舊,暑夜過門白月懸。對酒重留茅屋下,論詩頻憶鳳池邊。雕盤行膾絲濡手,玉椀傳瓜雪墜筵。環堵窮居聊自慰,黑頭爲掾愧無緣。戴星苦道程期迫,數日還知組紱聯。可借泛艇隨博望,定應勒石紀燕然。何須刺刺同兒女,别後行藏各勉旃。

飲田家

我生性疎放,素無塵俗慮。如何恒鮮驩,奔走在道路。今晨戴星出，躡屩媿忽遽。冉冉林表煙，纖纖草間露。日昡翳嘉木，失道泥沮洳。倉茫抵田家，面赤汗如注。田父喜我來，須臾酒漿具。欣然飽其誠，不復問禮數。興酣枕書卧，還家已昏暮。人生天地間，半爲憂樂誤。區區徇虚名，壯大心益苦。焉知百歲後，於身復何與。呼兒還秉燭，展卷聊自諭。

曉　行

仲冬百物收，四野寒氣積。日出草屋東，光射霜色白。牛羊各縱放，童稚有饑色。何事戴星出，去去迷所適。幽鳥鳴參差，寒花委道側。田家見我來，恐是遠行客。怪我衣冠異，憐我容顏黑。苦云無酒漿，糲飯聊可食。即坐且勿去，天寒路荆棘。雖與昧平生，繾綣若舊識。世情轉衰薄，同袍列矛戟。久厭市道交，感此良踧踖。我無淮陰功，孰酬漂母德。

同朱悦道遊石泉

卧疴久不出，門庭但蒿萊。力疾强行遊，幸與數子偕。出郊遵細路，解衣緣水涯。前登石泉麓，睇盼心悠哉。雨霽川陸淨，中天無纖埃。日脚插遠壑，翳雲帶斷崖。雜卉紛滿眼，禽鳥鳴相諧。陽春遽云半，覽物令人哀。諸生頗解事，傾榼澆我懷。肴核藉幽草，尊卑外形骸。漁樵互撞突，不復生嫌猜。移席俯長川，初月忽徘徊。夜久不肯歸，高談若奔雷。放浪任本性，何怪時俗乖。况兹艱難際，此樂寧幾回。爲語坐上客，得酒當復來。

游梅巖

異鄉迫春暮，歸興不自已。梅巖形勝區，登眺亦足喜。阧岸撑斷流，嵌谷付幽址。衆芳紛滿眼，初禽弄娱耳。水郭春聲繁，山廛午霏起。同遊俱時彦，談笑淹流晷。故人好事者，還家具清醮。雜坐忘主賓,藉草分俎几。及兹解鬱紆,酬唱稱具美。人生貴自適,隨地可棲止。豈必求勳華,慕彼巢居子。鄙懷良不覊,永言聊復爾。

寄陳仲章

秋霖滞空齋,客子窘前步。晨興感垂堂,百憂動其素。竈突薪未然,藜盤詎能飫。咄哉孔氏書,汝非御饑具。事畜兩難就,豈不以汝故。南山故多奇,搖落色更露。碧樹遭摧剥,霜質尤自固。摘我黄金花,味苦心獨喻。欲將兹意陳,寡知向誰語。鄰翁貧亦然,幽懷諒同趣。

贈包梅章

北風吹霜山木赭,流澌斷道行人寡。包生倦遊不肯住,翻然訪我桃巖下。若云跋涉行路難,十年辭家無知者。手持詩卷求我歌,要我吹噓爲增價。我今失職在荆棘,空言於君復何益。山中無人猿夜啼,哀鴻嗸嗸江月白。維王建國收四方,層宫雙闕天中央。群材輻湊登玉堂,談説禮樂分翱翔。丈夫遭遇當今日,銀章朱紱俯可掇,君胡不往自引拔。包生包生奈爾何,目斷寒雲轉蕭瑟。

僞鶴行

長林古柏千尺高,上有老鶴來爲巢。山村四月樹未黑,日日哺鷇聲嗷嗷。常年一生止二子,忽生三子驚其曹。傳聞故老語茫昧,云是仙鶴非凡毛。市童昏騃不更事,攀緣探取如飛猱。其母悲鳴吻欲坼,鷗鷺爲之助哀號。二雛濫死不足惜,一雛稍異焉能逃。以手裹裾疾走歸,翳以曲薄密以牢。置以雕籠花錦綢,餧以細肉無肪膏。浹旬長大見本質,狀如禿鶖短尾交。豈有清音鳴九皐,但存利嘴饕腥臊。老父來笑口流沫,此物止可充君庖。吾聞眞鶴棲息異,寄巢生子當巖坳。秋雲爲翎月爲骨,青鸞朱鳳同遊遨。卑飛縱落荆棘底,世人不識何由遭。君不見世俗眞僞每如此,大賢失職徒勞勞。

八月十五夜會同館看月有感

風高木落大江邊,又是江南八月天。故里久憐經契闊,帝城復此對嬋娟。星辰羅列周廬靜,河漢委蛇羽衛連。天上清光今夜滿,人間別影幾時圓。遥知諸弟仍嘉會,却話爲官憶少年。繡户獨看猶不足,畫堂雙照未成緣。倚闌共指婆娑樹,罷酒應歌棣萼篇。何處江魚能入饌,舊時布被倘同眠。吟成不覺青衫濕,坐久從教白露懸。咫尺庭闈煙水外,何由沙際覓回船。

喜　雨

朝來甘雨應枯焦,逆旅逢之興自饒。忽看洒塵纔漠漠,漸聞梢樹轉瀟瀟。緣山欲下雲初嫩,建屋如傾雷正驕。白漲晚汀知送舫,緑匀秋壠見蘇苗。書籤對眼貪涼入,藥裹無心覺病消。大地玄功無不宰,太平玉燭更須調。喜同蘇守彌三日,得及顔生僅一瓢。帝力深蒙何以報,題詩聊復效童謠。

冬風行

冬風昨夜吹城隅,城頭烏啼尾畢逋。飛來空齋啄青蕪,我亦不樂在窮途。絺衣蕭蕭掛寒廬,毛孔慄慄生雞膚。黄花滿籬手可斞,女蘿被樹霜未枯。采之不可以爲襦,空有艷麗如彼姝。昨者秋雨禾不蘇,糞田不足輸官租。妻孥號饑聲呱呱,耳雖不聞心匪愉。客居并食日兩廚,糊口况敢論精粗。可憐白皙一丈夫,一飽曾不如侏儒。長安少年意甚都,殷紅半臂錦模糊。曲房熾炭傾金壺,相與擊鞠爲歡娱。嗟我賦命本異殊,但令讀書襲芳腴。被以六藝之襜褕,飲以九流之醍醐。滿眼温飽無處無,君自不取誰相拘。此皆足以寧其軀,何必羡彼頻嘆吁。君不見,子思子聖之徒三日止一餔,絃歌不輟顔如朱。

咏　雪 二首

儒館淹留興不支，臘前飛雪并相欺。久嗟連舍薪芻絶，浪説三農穀麥宜。舉目山河同曠莽，舊家籬落自委蛇。風聲暗助吟偏穩，日晷潛移爨覺遲。暖借酒爐春色異，寒通書幌目華疑。梁園此日逢枚叟，剡水何人憶戴逵。客路頻驚添白髮，别懷忽訝寄瓊枝。雨花正近僧迦地，聽曲如臨王母池。玉帳各娥低唱後，柴門高士獨眠時。也知地氣分南北，誰信人情共樂悲。苦節豈能辭凍餒，草心何以答恩慈。殘宵分韻還成什，呵手留題筆尚澌。

逆旅寒多困莫支，殘冬此物又相欺。晨光晱晱看初眩，霰點蕭蕭聽轉宜。雲裹亂飄纔匼匝，風頭欲下更委蛇。態茹玉女腰支細，勢作天魔舞隊遲。屬國齧沙空自苦，藍關吟詠到今疑。江山一色天垂野，門巷無人路斷逵。優鉢總開西域樹，琅玕俱長内園枝。入簾隨意縈蛛網，妬筆偏嗔落硯池。正是映書逢獨夜，每緣待立憶前時。他鄉失路誠堪閔，散地潛身未足悲。萬一豐年蒙帝力，終期素食荷皇慈。詩成試倩諸生寫，報道齋廚凍已澌。

送楊生

鍾阜江山控帶殊，金陵自古帝王居。雚橋阻水依宸輦，膠含如星引直廬。詔旨丁寧頻勸學，生員揖讓總耽書。賓興又倣周王制，吏計多隨漢使車。芹泮同遊慙授受，花谿握手獨躊躇。象籤玉軸成詩卷，皂帽青衫去里閭。酒憶南門沽易得，花知下苑晝難如。鳳凰臺近籃輿軟，白鷺洲分錦纜徐。休憶家村勞悵望，好親燈火惜居諸。昌黎典教元和末，安定爲師慶曆初。到日螢囊應勿棄，别來魚簡莫相疎。禁林若問雙泉客，爲道卑棲不願餘。

酒禁開 和朱悦道韻

八月西風起林藪，高堂獨立搔我首。故人遠自京城歸，報我京城已開酒。初聞便覺窮愁失，少年意氣猶超忽。正冠出門轉相告，秋空漠漠煙塵豁。憶昔禁網曾闊疎，銜杯痛飲無憂虞。平居有酒唤客飲，無酒得錢還易沽。自從縣官禁私釀，豪士爲之氣凋喪。飛觴密管無消息，絳唇皓齒俱惆悵。故舊過從稀潦倒，盤飧草草祇一飽。語言無味不足聽，轉使詩腸亦枯槁。一朝開酒行寬法，閭里驩笑聲沓沓。朱門鑿落金叵羅，山村瓦盆聊小集。賣穤典幘來相邀，大觥小觥相沃澆。市人伺時且射利，白日貴沽顔色驕。平生酒徒復充斥，玳筵故事可復得。顧我與子喜醉歌，歌罷起舞人莫測。復見南樓明月夜，醉後高談何藴藉。眼前醉者常紛紛，文采風流孰能亞。乃知聖德天與通，人心所欲天必從。蒼生動植回春色，沐浴膏澤蒙帝力。我聞古人於酒初不禁，唯告庶邦戒崇飲。此時風俗尤淳龐，兵甲不興歲豐稔。況今儉德盈王庭，豈有沉湎干嚴[1]刑。嗚呼，但令飲酒薄租税，萬歲千秋頌帝明。

① “嚴”，原作“嚴嚴”，據詩義删。

附　録

白雲樓

妙年底事便投簪，一片雲飛隔翠岑。星近光聯萊子服，天低春足狄公心。四時寒燠還高下，百行根源定淺深。坐使淳風激宇宙，訟聲謾繼白華吟。

送李顯道奉使之赤城

春潮來海上，迴合海上城。其中有三傑，一呼收群情。萬艘禦城郭，三郡惟翰屏。合從有信義，以之君遠行。君世東陽家，久矣文學鳴。賢勞爲王事，豈憚山層層。風飱在一飽，春蕨甘於餳。清風舉袍袖，白日開晦冥。天台萬八丈，積翠皆崚嶒。空巖晴亦暝，六月猶寒冰。山高鳥不度，義重身且輕。相國天上人，尚乃親徂征。梯航集萬國，效順來百靈。濟濟忠義臣，赳赳神武兵。令下信不渝，傳檄命是承。拯民衆所喜，奉使君所能。從兹海宇一，載歌天地寧。

東陽白雲洞

仗劍登登劈豹關，濕雲深擁洞天寒。水晶簾外晴風健，坐對秋陽血羽乾。

石厓稿

〔明〕吕播　撰

附淵潛稿

〔明〕吕一龍　撰

石厓稿

序

文何以傳？曰：道足而辭達，斯足以傳。醇儒之文，不必馳枚馬，軼燕許，縱橫出没於宋艷班香也。而言近旨遠，布帛菽粟，歷久不能廢者，無他，其道足也。道足則不必有意於著書，而箴銘傳贊散文之屬，間有所作，莫不本聖賢之大義微言，以鳴其胸中之所得，雖單詞片旨，皆足傳後而無疑。吾邑前明吕石厓先生，爲人倫圭臬，爲諸生時，即亢志聖賢，其所師皆當世名儒，曾親炙於餘姚王文成、蘭溪章楓山諸大老之門。既而盡得其宗旨，遂飄然歸，以自樂其樂。晚乃與同邑應石門、程方峰、盧一松諸先生築堂於五峰，朝夕講學，以濂洛之心傳廣勵後進，學者仰之爲山斗。其餘韻流風，歷數百年而未艾，故至今稱理學者，猶籍籍於先生。其爲文不拘一體，而學力足以貫古今，才識足以定臧否，昔人謂其兼史氏之長，蓋不誣也。然歲久年湮，遺文不無散迭。吾友吕尚賓，其從孫也，力爲搜輯，廣求於舊家譜牒，數歲始得文若干篇，彙而付之梓。予於此竊有感也。夫先生以實學教人，當其重躬行，黜浮靡，固未嘗以摛藻爭長，而傳之數百年，光景常新，雖古之優於文者無以過，其本茂，故其末暢也。竊聞昔人緒論，謂有明一代，理學必首推姚江，迹其立德立功，卓然自命於後世者，豈區區文辭之末哉！然如《象祠記》《尊經閣記》《瘞旅文》《答毛憲副文》諸篇，靡不家絃而户誦，識者謂可頡頏於韓、蘇，此以知有德者必有言。今先生爲姚江高弟，其立身行誼所啓後而承先者，一準於姚江，而其文亦復卓卓可傳如是。韓子曰:"仁義之人,其言藹如也。"不其信哉!後有作者,讀先生之文,皆當學先生之學。先生之學維何?夫亦曰沃其膏,培其源,以求至於道而已矣。然則吾友尚賓之梓是集也,雖曰闡揚先澤,而其嘉惠後學之心,不可隱然想見哉!

道光二十有三年歲次癸卯蒲月,同里後學倪夢魁盥手敬題。

石厓先生傳

先生諱璠,字德器,號石厓。幼俊偉不群,質温而毅,淳而敏,孝友忠信,天性獨優。弱冠爲邑博士員,聞陽明王文成公倡道於越,偕一松盧子往就學焉。翌歲,文成公以王命南征,遂私淑王子龍溪,受致良知宗旨。既而東適台,師事久菴黄先生,北往金陵友善玉谿石子,又汎蘭謁楓山章先生,講明性理,若將有得而歸。乃與同邑石門應先生、方峰程先生、峴峰周先生、厚峰周先生、一松盧先生,結五峰書院學社,率宗人瑗搆堂以居,垂四十年。憫世澤之將湮,恐纘承之無自,修譜牒,刻遺文,追墓崇祀,百廢具舉。吕氏中衰,賴先生振起之,淵源得以不墜。著有《石厓漫稿》《石厓文集》《山川人物記》《知非録》《石厓雜稿》若干卷。嘉慶戊寅配享五峰學易齋。

石厓吕先生墓誌銘

歲萬曆丁丑十有二月丙申,石厓吕公歸藏於本里尚產先塋之下。余以世契晚學,展拜墓次,方致歸全之慶,復懷失助之悲,仰高追舊,思欲一洩而無繇也。迺令子宗周輩泣請予銘,以徵不朽。余維丱角即尋公之遇,繼是而叩函丈,下我榻,盤桓五峰,獲承緒教,且與諸子姓有同方之雅,文誠不足以發也,義其可得而辭耶?謹按:公諱璠,字德器,别號石厓,婺之太平人也。太平吕氏,自宋中葉有行五十者,公之鼻祖,一再傳而約、皓、源三昆作焉。三昆實吕氏之寧人也。約仕判司,皓即雲谿先生,源授通直郎,嗣是而世躋仕牓。歷十有三世,而有松泉處士諱廷粱者，則公之乃考也，豪雋有時望。妣屋樓陳氏，有淑德，生二子，公其冢嗣也。自幼即俊偉不群，質温而毅，淳而敏，孝友忠信。二十而業舉子，進爲邑博弟子員。三十而志心性之學。四十而奉祀事於雲谿，研經子，究方術，尚友四方，以盡儒者之能事，亹亹焉不知年數之不足。此公之大較也。要而言之，則所貴者三焉，曰崇正學也，揚世德也，備史氏之長而有裨風化也。蓋自東萊世遠，四賢澤竭，學如吾婺，亦寥寥矣。我陽明王夫子倡道於越，公聞之，即啓余伯父一松先生往就學焉。正喜及門，翌歲及門則王夫子以王命南征，不獲面命，遂私淑龍溪王子，以終受厥旨。既而東適台，師事久菴黄公。北往金陵，友善玉谿石子。又汎蘭見楓山章公，參互講切，若將有得而歸。乃與石門應子、方峰程子、峴峰周子、厚峰周子暨余伯父輩謀作會五峰，率宗人瑗搆堂居業，凡四十餘年。其視雲谿會東萊、龍川諸賢于石鼓、壽山而置田館穀者，益與有光矣。吕氏自雲溪師友晦庵、龍川、葉水心、劉後谿諸君子而修德行義，嫡祖源與諸昆創義庄、義塾以教養鄉閭，宗魯、竹溪問學於白雲，用明、元明舉義以禦寇。其間如帥本郡、尹本邑，功業文章，後先交映，類有足稱。迨延歷既遠，不無湮泯。公出而憫之，修譜牒，刻遺文，追墓崇祀。俾數百年之蠹簡，一朝而載新；數十世之先烈，一朝而復叙。是非吕氏之福時，而追孝於前人者乎？録往考世，必資載籍。公相先民，摭往行，紀山川人物，以爲民表。家乘既輯，爰及吾宗，率劉、賈之規，監歐、蘇之體，秉筆措詞，卓有定衡。如屋樓、翁山、梅峴、會源諸牒，悉班班而可見已。其叙彝倫而昭勸戒者，又不有在乎？修此三者，已足以貴於君子矣。若其識趣之卓，吟詠之工，探幽攬勝，留題於名山大川之間，與夫貞媛、孝子、逸士、高賢，莫不顯其微而闡其幽者，則固其文藝之末也。又出此而精古篆，善堪輿、砭焫，其濡染於緗索，窀穸於丘隴，生死肉骨，籍藉於人口者，則又其緒餘之推也，尚足爲公重哉？噫！人徒羨公之辭翰，而不知其本於性情；多公之材藝，而不知其由於學術；

尤公之揄揚烈祖，而不知其爲孝子仁人之用心也。紹述一念，終始弗渝。隆慶庚午，躬校諸集，以壽諸梓。甫克成編，而大質還化。嗚呼悲哉！執是而見雲谿諸公於九泉，吾知其慰懌而稱肖矣。時七月某日，遡生弘治丙辰四月廿六子時，享年七十有五。所著有《石厓漫稿》《石厓文集》《山川人物記》等若干卷。配東陽許氏，尚母儀，在堂婉娩多内德，公之向學與有助焉。子男四：宗堯、宗周、宗臯、宗望。女二：長適官橋陳，次適山西胡。孫男三：鏌、錡、銛，皆據今所見也。所葬今兆，蓋公之所自卜而成之後云。銘曰：太平之原，五老亘綿，谿分雲竹，匯爲雙泉。爰有石厓，一氣盤旋，篤生賢哲，間值貞元。批風抹月，探賾鈎元，投楚走越，叩彼蹄筌。追宗繩武，濬我淵源，澤延族類，藴洩簡編。香山九老，麗澤四賢，尚產之曲，惟石巖巖。億萬千年，永鑑斯阡。

萬曆戊寅春正月，後學五老山人盧自明撰。

盧一松先生題石厓子象贊

生於是鄉，長於是鄉。志於四方，友於四方。厭世末習，慕古文章。承先緒施於有政，求心學致知之良。垂老而氣不衰，處窮而志益强。噫！其不侮聖人之言，與古之名流而相頡頏也耶？

潘雲留先生書

藝苑宗台先生文几：自别芝顔，於今三載，緬懷大雅，時切寤思。頃間小兒自城中回，攜佳製長律二章，聲調鏗鏘，允推作手。惟庸村衰朽，虚擲光陰，蒙奬飾逾涯，彌增愧赧耳。正在肅緘申謝，而盛伻繼至，又拜隆儀，何以當此？謹登法醞，以誌公瑾之交，感謝不可名言。家慈托庇安康，承惠旨甘之錫，更深銘感，愧乏瓊報爲厚顔也。石厓先生遺文，聞搜羅多篇，甚爲美事，但宜别其眞贋，如自他姓譜牒中採取者，竊恐碔砆亂玉耳。肅泐鳴謝，統希融鑒，不一。宗末潘國詔頓首。

石庢稿卷之一

寄一松盧子書

去冬拜送河滸，途中風雪之勞，每用切想。今春應古麓來，詢知歲暮始還，書劍在石門先生館下，無任喜慰。緬維吾兄日來工夫，得石門公商確，必日異而月不同，究竟處諒已入手。生微軀多病，雖多良師友，無勤勵意，徒奔走而已，終於自棄，則又不忍也。生將東歸，請教有日，不盡所欲言。聞壽山虛空，爲報山靈主人來也。古麓歸，便草此怖遠懷，尚冀益加勉勵，以斯道自任。不備。

重修石馬玉川盧氏宗譜序

歲嘉靖己酉，一松盧子會講於余里東泉書舍，余以齊家相砥礪。一松子喟然曰："聖教既遠，風俗漸微，家之難齊也久矣。不有修身君子，孰能與於斯?"余曰："轉移有機，洽之以恩，秩之以禮，維之以義，其幾乎!"一松子曰："曷從而臻斯?"余曰："正爾族之名分，使各親親長長，不挾勢以相陵，不恃才以廢分，不計利以自私，則恩洽、禮秩、義明，不其幾乎!"一松子曰："余懼予族名分之淆，未易以正也。粵自我始祖越國公起家靈山，族之蕃衍棊分、星布疎逖者姑勿論，我同宗而相比鄰者，雖兄弟而各自兄弟，有若胡越然。況越國公又贅柴世宗允而冒之者甚衆，我又不知爲柴而爲盧也。況我祖之居石馬，又當兵燹播遷式微之餘，詳莫予得。"余曰："嘻，有是哉! 我聞越國公之後，其派有九，子盍稽諸宗譜以究其源乎?"一松子曰："余愧余之弗家食，譜之弗稽弗輯也久矣。余豈若是恝，將有志焉而未逮也。我嘗見我子之宗譜，始自雲谿先生秉筆，繼修於宗魯、竹谿、雙泉諸先哲，五六百年間，事皆核實，如指諸掌，且不遠有所附，眞得史氏家法。子諸公之允而能世其業，盍爲我修輯以匡不逮乎？"爰命族之諸彦集名次年月及舊譜，筐贄來謁。閲之，乃檡派而爲柴者[①]，一松疑甚。越宿，夢人與栗，舍大取小，事頗異，再詳閲世系，有所謂榛栗派者，心益疑，惕然不自安。乃遍訪諸族，不憚跋涉者浹旬，始得世系之詳爲越國公之榛派者，歷有明徵，始信疇昔之夢非偶然也。嗚呼！五百年間，精神感召，自非一松之至誠，曷足以臻斯？於是因其世次而編輯之，昔之所冒者悉爲釐正，而第之不一者又從而一之，盧氏之宗始章，名分可得而正矣。既成，又屬予序諸首。余愧涼薄，不足取重，姑撰述一松修輯之意，以感夢之異而詔後之人，使知祖宗英爽之不磨，而至誠眞足以感格也。抑以見比附收合，睦族之有道也；抑亦以見不妄冒附，而逈出於流輩也。而諸彦之樂於從事者，抑亦可稽矣。若夫枝派蔓延，本之一人，吉凶慶吊，祭祀燕集，與夫修輯之先達，類能言之。我一松且能以斯道淑人，齊家洽族之義，又必能以身率之，固無俟余轉移之云云也。是爲序。

家譜遺書引

文以載道，有關於風教者，皆道之所寓，不根於道，則謂之虛車。吾祖世多業儒，雲谿府君所著有《史評》《事監韻語》《老子通儒说》《大事評章》，敏齋府君所著有《續通鑑節編》《西漢律》《晉史抄評》，開國男府君所著有《備邊十六策》，平齋府君所著有《黄班傳》等書，宗魯府君所著有《太極圖説》《大學辨疑》，竹谿府君所著有《大學疑問》《四書辨疑》《史論》，子義府君所著有《春秋編年》，雙泉府君所著有《理氣合

① 檡，原作"擇"。按盧氏九派號皆從"木"，因據《石馬盧氏宗譜》改。

一圖》《體用相資圖》《西銘經緯圖》《雙泉稿》等書。雲谿府君、敏齋府君所著書,前後帥臣劉光祖、陳騤等已奏聞朝廷,宣付史館頒行。諸先哲皆以古人自期,立言無非衛翼六經,垂範後世。惜乎諸書歷年懸遠,兵燹迭更,皆已殘缺,僅存其名而已。惟《四書辨疑》止存《上孟》半卷,亦多蠹傷,其全章者,欲另翻刻作一卷,以見當時衛道之功。《雙泉稿》璠。商於其裔家,檢閱舊籍,幸得全書。今以所存者各録一二,曰遺書,庶幾存千百於十一,亦以徵文獻也。其餘附於遺文,諸書倘有可購,則又望於後之賢子孫。

藏春堂記

余一日入雙溪蔣子之室,顧其顔曰藏春,因諗之曰:"陽春之噓,窮荒僻裔罔弗届,子乃欲藏諸,誣莫尚。"雙溪子曰:"吁!收天下春歸之肺腑,吾嘗徵之堯夫氏。"余曰:"宇宙在手萬化生心弄丸,子儷諸古,倣諸今,其不可幾。子欲匹肩,誣誠莫尚。"雙溪子曰:"吾將是則。"余曰:"其胸次洒落,世所角而競,毫忽不入。子於聲色世味泉布,猶未免於玩好奔走而較銖兩,則堯夫者豈若兹?"雙溪子曰:"噫!子求諸外而遺諸内者,聖人未嘗離物,直不物於物耳。允若子,必盡屏諸物,如虛寂然。"余曰:"人不物,鮮不汩。蟻慕羶,蛾赴焰,世皆若,而人入聖域者能幾?吾固知堯夫之未易於則。"雙溪子曰:"子殆以堯夫爲絶德,而阻人於進。吾夫子用舍行藏爲不可幾,而顯仁藏用之説益用晦矣。"余曰:"夫子之行藏,隨用舍而無意必,大《易》之顯仁藏用,實未始相離,而子乃必於藏。"雙溪子曰:"噫!吾豈樂夫藏者。幼也嘗志於行,經傳子史,字求句糾,靡遺力。壯也又求諸聖賢之緒,以幼學者而噓之,與世同春。顧世不我以,而難於求售,安得不藏諸。如有用我,則又豈敢以自祕。"余曰:"今而後始知吾子,而吾幾失人矣。昔以景純氏盛時掛冠,作藏春塢,景純勝日遊樂於中,名流景仰,東坡蘇氏詠以揄揚。子與比隱顯雖異,能自適其適,以則堯夫,樂或過之。余愧譾陋，不能如蘇，聊以志吾子之志云。”

三省堂記

粵稽哲人君子，自治以教家者，其要固非一端。然必志爲可則，式古訓以詔來許，傳之永永無斁，斯爲嘉臧之謀也。羅堂陳翁諱公正者，其知此者乎。手闢堂構，顔曰三省，介嗣竹山居士時載屬余記，以闡乃翁命名意。余自丱角，已獲登斯堂，顧而思曰：此子曾子基以傳道焉者。翁堂名斯，意其志道自淑，而未暇究也。今因竹山之請，而試繹之。在昔聖門，其徒三千，而一貫之旨，子曾子獨得之。原其用功之始，惟在於三省而已。夫以一人之身，爲天下國家之本，而萬化之所由出，匪直爲人謀、交友、傳習已也。而省止於此，何也？蓋學以治心，省則心存，心存則自無不省。入也而親焉序别焉，出也而義焉信焉。暗室屋漏，一念之善而擴焉，惡而遏焉，百爾所值，靡不熟思審處，盡吾心而不自欺，斯曾子反己之學以基一貫者乎！斯其名堂意乎！斯其志之可則者乎！繼翁後者，登斯堂而顧名思義，儼若翁之面命而日省焉，則斯堂也，豈特肯構已乎？將益高大而爲天下之廣居安宅矣。客斯堂者，而亦惕焉。若子曾子之垂訓，引伸觸長，亹亹不倦，則翁之錫類者，又益溥矣。其謀訏，其猷遠矣乎！苟怠於省，而乃諉曰：此聖賢事，非吾所能。將見懵懵然心無所主，自恣自私，堂皆藩籬榛莽而不知，則輪奂徒美，丹堊徒飾，堂名徒侈，乃翁之意其索然矣。竹山居士曰：“敢不夙夜自省，求無愧於吾考，且以詔夫來許。”是爲記。

純樸翁傳

永康邑治東四舍許，其地有崇山峻嶺，茂林修竹，溪流溶帶，壤土沃息者，屋樓其居也。蓋去塵紛遠甚，而狙詐澆靡之風，絶不相及。其於理亂黜陟，泯然罔聞知者，皆本於山川鍾氣之厚，而太古遺風未涣耳。陳氏有曰：匡鑑者，恬然隱君子也，人以純樸目之，故因以爲號。公曰:“是善號我也。”其生平所言皆忠信,人有問而有求者,其有無知否,一以誠告,未嘗有所虛翹掩飾焉。所行皆篤敬,其庭幃宗族之間,一盡其誠,未嘗有所乖違亢犯焉。其貿易也惟其直,而論量計較不能也。其事農也惟其勤,而望碩助長不能也。年踰八旬,强健矍鑠,童其顔而鶴其髮,孫子森森,貲產殷盛,而作息亦不自懈。人有諭其休逸者,曰:“吾自樂此,不爲疲也。”尚何知機心機事乎?其貌古,其服樸,藹然山澤之癯,若挹無懷、葛天之風,宛然於季世也。

贊曰:世之好肥遯者,惟托迹於畎畝川谷之間以自適,如荷蕢、沮、溺、子陵之徒是也,其高尚固不可及已。若公之闇然而隱顯俱忘,其人品又何如耶?宜記之,以式夫澆薄奔競者。

恭二公還金傳

嘉靖庚申冬,余宿禄橋先生家,因論世道之升降,而漸至奔競於名利,凡可以適己自便者,皆將不顧禮義而爲之;能以古道自處,不攖於外物者,嘗冀其一遇,以爲薄俗勵,而斯人者落落如晨星,豈天豐於昔而靳於今耶?不然,何相遇之難也?禄橋先生曰:“誠若所云,亦有生質之美,不移於習俗者,雖未能盡如古人,將不爲今之翹楚也耶?吾兄禄溪曰清者早失怙,純樸忠厚,能以孝事父母,不愧先民遺訓。其子童時往法寧院讀書,偶拾白金於途,歸以語吾兄。越三日,兄適外出,忽有里人金姓者拊心號泣,詢其故,因歲歉鬻耕牛,得金幾許,將易粟以食家衆,中途誤失,尋覓已不可得,自憂吾家之不能朝夕,徒爾涕漣而莫可誰何。兄悉以所得慨然歸之,其人願中分以酬,父子皆辭謝。此其大略也,幸而傳其事以風後人。”余聞雖未盡悉,其父子還金,甚可嘉奬,且樂道其孝行,夙仰慕於乃祖漢孝公者,今復得之禄溪公,禄橋之言尤不我欺,故著之。贊曰:

黄虞既遠,義利不明,乘時射利,實繁有徒。至親尚不免爭競,較銖兩之微,至於推刃者,所在皆是。况獲人所遺,皆欣然還之耶?父子一心，世所難能。於戲！貪墨無恥，甘爲衣冠之盜者，視許氏父子能不汗顔乎？

雙孝傳

粵稽盛時，治隆俗美，乃至比屋可封，雖欲以一善自名，亦不可得。世降風漓，誶語德色，而孝之名斯彰。蓋惟多不孝，而後有孝之名；惟多不弟，而後有弟之名。孝弟人所同具，歷千萬世而不磨者，顧有今昔之異，何耶？夫亦習俗相沿，教化濡染，驅之使異耳。乃若家之流風餘韻未泯，國之德澤沾被無涯，而人之良心不容自昧，則興孝興弟而勃不可遏者，雖深山窮谷，未嘗無其人也。况我吕氏素以忠孝節義名，又當孝宗敬皇帝以孝治天下，雙孝萃於一門，要亦無足異者。雙孝，永康太平人，世以業儒力穡起家。考煊善養親，故二子有所觀感。兄瓊，字良璧，號東山。其季名寶，字良珍，號南林。兄弟性孝友。東山好讀書，善岐黄之術，方脈多驗，儀容修整，處事每循規矩。南林性度開易，言温而氣和，好飲而不亂，賓朋過從，情意藹然。伯仲又善解紛息爭，鄉族事有不平，禮言勸諭多平允。尤知敬禮斯文，教子讀書，久而不倦。弘治初，父病，兄弟徬徨籲天，祈以身代。兄潛刲股爲糜以進，弟亦不約而同，病尋愈，皆以爲孝感所致。後父忽膺危疾而卒逝，兄弟以弗及醫禱，痛哭幾無生，葬祭又能盡禮。奉母夫人周，尤克承順，人以雙孝稱之，壽皆近古稀。東山翁之子庠生斐，述二翁行，屬余傳其事。二翁，余族太叔也，生平受愛最深，乃著之以詔其後之人。

贊曰：孝弟，常道也。堯舜至於途人，其心同也，其道同也。堯舜不失其初，途人漸移於情欲，故始同而終異。若二翁根心之愛，不習而能，二孝萃於一門，蓋所罕見者。嗚呼！割股廬墓，昔人以爲賢者之過。屈指吾族，能幾何人，豈徒吾族爲然哉？斯過也，吾聞其語矣，罕遇其人也。

孝友傳

吕煜，字東甫，因爲藩掾，以字行，字煜甫，號後山。秉性孝友，與物無競。聞先世多孝義，動輒稱羡，每希慕之。第以位卑財嗇爲歉，而志則欲償其素，未嘗一日忘也。故凡力之所可爲，與勢之所當爲，則不計有無而勉强應酬，有所不憚。乃考翁山處士，中年塞於殖，而家日浸薄。煜甫未弱冠，即能遠服賈，以成父志。二兄業儒，家事悉藉其綜理。乃翁物故於姑蘇，出己妾以爲旅櫬之需。弟煌遊學於外，年壯未婚，則以閫之服飾，資其聘禮。于歸未幾，遽爾不偶，母哭之甚哀。又承時志，罄所有以求善匹。庶弟燮，憐其孤幼，慮一兄教之姑息，特延師以訓之。季母丁氏，食貧苦節，曲爲周濟。又爲經久計，置田數畝，以爲終身之責。丁氏惟一子曰煦，來杭之公廨，忽遘厲疾，多方醫治不靳，氣將垂絶，家人欲具殮，捫其胷，尚微温。煜甫焚香籲天曰："吾嬸氏青年撫孤，其苦節天地鬼神所共鑒者。倘天欲絶其後，予有兄弟五人，願以身代。"天亦垂憫，而煦竟無恙。妹氏適同里周某，其家漸落薄，不能自食，尤母所鍾愛者，助其日給，以解母氏之憂。姪志臯讀書婚聘，資之甚悉。從弟仁甫爲邑庠弟子員，或值困頓，亦不惜維持。自期功服屬及族人貧病死喪，量力以周其急，鄉族以孝友稱之。東陽邑侯今侍御王公用禎書其門曰孝友。諸薦紳聞其行而善之，作爲詩歌，以揄揚其美。煜甫素亦善余，其弟煌屬余傳其事，乃著之。

贊曰：好名者或能勉强於一時一事之善，久而不變者無幾。競利者雖銖兩之微，同氣乃至於推刃，而况施其惠於族屬者乎？昔范文正公置義田以贍族人，以其位高禄厚，乃能推恩有序，後世稱頌之不衰。煜甫身無厚禄，家無餘貲，不自封殖，篤於親親，歷久暫如一日，非其孝友天植，曷克臻斯？《書》稱君陳孝友於兄弟，煜甫其能知此也乎？先儒謂一命之士，苟存心於愛物，於人必有所濟。煜甫他日得階一命，其推恩又可以預占矣，豈直如今日而已哉！

節婦李氏傳

李氏諱妙音，東陽人，宋正節侯誠之先生裔，余從叔祖妣也。叔祖諱文壽，不幸蚤世。妣無子，止一女，以《柏舟》自厲。衆憐其無子，欲强之再適。東陽金禮富聞妣賢淑，厚禮以賄其外家，知乃剪髮欲自經，金之輿從致被斥逐，欲陳情於有司，金遂中止。獨處一室數十年，辛勤不憚，蓋有烈丈夫所不能及者。嗚呼！夫乃婦之綱，一醮終身不可改者。悍婦棄其夫，視若仇敵，然屈指蓋縷縷也。相敬如賓，能幾何人，况欲望其守節哉！有子不二其操者，上猶旌奬之；無子能堅苦節，此尤人之所難者。閨門潛德，慮成湮没，故特著之，以竢告於司世教者。

貞母胡氏傳

胡氏諱圭，永康古山人，山東憲副瑛之從女弟。及笄，歸余從伯父五六府君杖。伯父青年逝去，生二子，曰玨、曰瑊，未總角。貞母慤守婦道，主饋奉先，皆有條理。躬織紝，至老不倦。兩遭回禄，更新焕然。訓子以義方，不爲姑息之愛。性素温燠，寡言笑，處妯娌姊姒一於和順，閨門中肅然嚴密。孀居六十年，終始一節，人皆敬仰之。享年九十有一。女濂，適古山胡鍊，亦早寡，克守母儀。孫洪，不幸夭逝。孫婦庫川胡氏，宋兵部侍郎則公裔，亦以青年寡居。一子夢然，未髫齓，克修内政，竭力撫孤，勤勞無少壯。事上馭下，悉孚於禮，蓋棺無愧於幽明，宗族皆稱羡其能繼太姑之烈。

贊曰：世教衰而女訓湮，婦人女子能自淑者每間見於世，而失身無恥者恒接踵。貞母之母子孫婦貞節相承，天畀之良，相觀之善，門祚之厚，皆足徵矣。璠，貞母再從子也，習聞婦姑之素，因著之以俟吕氏之子孫，且以俟觀風君子。

貞母陳氏傳

陳氏，永康清渭人，諱眉，宋提刑公裔。既笄，歸余從伯父橝。貞母無所出，婢生一子曰聰，撫之如己出。不幸失所天，誓不再醮，曰："吾雖無子，庶子亦吾子也。"有欲迫之再醮者，已受人之私，貞母訴[①]於有司，毅然不可奪，其人遂止。青年寡居，勤勞一生，紡績每至夜分，至老不倦。妯娌中有怠業不潔者，輒面斥之不少貸。再罹回禄，子欲創居别業，乃曰："先人所遺，我居於斯而死於斯，庶不負先人之所託。我死，任汝爲之。"子竟不敢違。壽九十一而終，鄉族皆稱獎之。

贊曰：夫婦之情，人孰無之，背夫而從人者何限。母子之情，誰則無之，七子之母不能安其室。乃若貞母者，安於所遇，不肯負於亡人，又能不失舊物，撫子育孫，至於上壽，此實人之所難得者。余與貞母聯居，吾母氏若親妯娌。稔聞其事，故著之以詔其子，使知不忘貞母，且以諷夫世之嫠居者。

節婦胡氏傳

胡氏，永康山西人，宋宣教郎鳴鳳之裔，諱某，吾族叔升二百四十二處士實之妻也。處士無子，惟一女，不幸青年即世，胡方年餘二十，痛哭幾無生，即屏膏沐。服闋，有欲强之再適，乃以死自誓，聲色厲甚，無有敢强之者。女既適人，閉閫獨處，無故不出，凡喜慶俱不與，惟吊喪纔一出。生平寡言笑，衣服縞素，雖近鄰罕識其面，亦不聞其聲。躬織紝以資日給，困頓中略無怨尤。嘉靖己酉，鄉里舉其行於邑大夫梁公，欲行奏聞旌獎，以陞任事寢。迄今未有表揚之典，故著之以俟司風教者。

節婦楊碩人傳

尚志子曰：婦順必稱四德，其嫠居守志，克完其節者，尤德之大而

---

① 訴，原作"訢"，據文義改。

賢之最者也。叔世風微,女鮮全節,其絶無而僅有,識者喜聞而樂道之,若祥麟瑞鳳之快覩於世耳。玆處士益七盧君配楊碩人,系出唐慈舊族。及笄,歸於盧君,僅三載,君以轉輸公務至南京,疾卒。楊碩人哀慟劇甚,誓不二心。自此容常憔悴,不御鮮華,辛勤織紝,雪屋寒燈,機杼不輟。慎守家業,弗損於舊。旁及妯娌,一接以禮讓,雖婢妾亦嚴以臨之,慈以畜之,能得其歡心。一子道裕,訓以《詩》《書》,授以成業。子復有孫,白首而逝,允爲閨壼之望。昔共姜早失所天,作《柏舟》詩,以死自誓,碩人其亦共姜之儔乎?誠可謂有德而稱賢也已。惜觀風者失採,未表其宅里。元孫相思揚先烈,爲余道其懺,余義不容辭,而傳之若是。

陳節婦李氏傳

節婦姓李氏,諱賢,東陽桂坡人,宋正節侯誠之公裔。祖龜靈,父良模。李氏年十三,歸於官橋陳廷評。年二十五,廷評逝去。一子元鍾,甫二歲,衆皆憐其青年,家且不裕,勸之再醮。李乃毅然自誓不可奪,必欲養姑撫孤,操井臼,艱苦備嘗。姑亦早寡,性頗嚴,恐其志不堅,屢以事難之,辛勤不憚,事之惟謹,未嘗違其所欲。婦姑相依者四十年,姑以末年患風疾,艱於步履,李哺其飲食,持其起居,屢更寒暑不厭。姑歿,哀痛不自勝,喪葬尤能誠信,撫孤至於成立,卒如其志,春秋六十有三。人皆以陳氏世德之厚,姑婦雙節稱之。其從子元曉,屢道其詳,欲傳其事。余以秉筆者優於才德,乃可垂不朽,顧予姓名不出於閭里,又安能使之永其傳耶?然善善之心,不能以自已,而元曉之言可信,因著之。

贊曰:王化煥于昌朝,行興倫叙,江漢婦女,亦知自飭。慨惟叔運,已漸淪斁,士君子有能一節自持以昭世典者,亦不易得,而況今日闕觀也乎?若李氏者,人固以媪囝音減,閩人呼兒曰囝。之故,當逆境而不二,予則謂其情眞質善,雖無媪囝,必不至於失身,其婦行之可嘉者歟?

石厓稿卷之二

夏湖公墓誌銘

嘉靖乙卯冬十月二十有三日，余獲與會八華，祭白雲許先生，揚州别駕界邱郭先生基來主其事。飲祭畢，諸友以丹峰許子澄迺翁來月十有六日壽躋八秩，乞言侑觴。界邱先生曰："壽本諸天，而培之以德，吾與翁居同鄉，嘗聞其概，其詳不可得而知也。"立齋許子位曰："翁之稟性寬厚，律身行己，率履不越，處鄉族，言貌恂恂，從容慷慨，鄉之望也。"山陰兩山李子誥曰："是固足以爲翁壽，而非其至。吾聞晉旌孝孜翁，乃其鼻祖。白雲先生講道八華，其流風遺韻，薰陶沾染，亦有足徵者。"龍山蔣子基曰："流風遺韻，吾鄉之所共被，生質之美，天之所予，未足以爲公壽。公俗多强悍，公乃能不爲習俗所移，教子孫，業儒力穡，惟孝友是求，此誠足以爲公壽。"當時之議論，皆以爲鄉之善士，余猶能記憶之。越七年，爲嘉靖壬戌八月十有二日，一疾長逝。以今年九月九日，葬於其鄉之紫荆山，去家僅里許。其介嗣淮、汎告余曰："先人墓上之石，未有刻文。吾兄丹峰子，與執事爲莫逆交，不幸棄去，願推吾翁若翁意，丐一言以書其概。"余以義屬通家，乃忘其固陋，叙次疇昔之言，與夫生卒月日，納諸幽而係之以銘。鉅生於成化丙申十一月十六日，享年八十有七，膺高年冠帶。五世祖三畏，嘗師事白雲先生許文懿公謙。高祖採。曾祖晟，享年九十有六。祖侶，享年九十有一，皆以高年冠帶。吾嘗羨夏湖公三世高年，膺朝廷恩典，此誠世之所罕見者。雖其山川聳拔，風氣攸鍾，要亦世德有以承之也。嗚呼休哉！考廷器，有隱德。母厲氏，生母方氏。配晝溪王氏，台州路教授廷槐公裔，生成化癸巳六月初五日，先翁十六年卒，時嘉靖丁未八月十三日，與翁俱合窆焉。公瑫音滔，名；尚英，字；夏湖，其别號也。子三人：長澄，郡庠生，先翁逝；次淮，次汎，克紹箕裘，家聲益振。孫男十人：天錫，邑庠生；天録、天鎔、天衢、天文、天章、天倫、延齡、延榮。孫女三：會源蔣應試、洪塘郭廷璧、晝溪王良楠，其壻也。曾孫男十一人：鳴清、鳴雷、鳴鳳、學吉、鳴時、鳴岐、鳴鴻、鳴鶴、鳴雁、鳴臯、鳴翱，讀書好禮，遠大可致。曾孫女三：長適木香亭李元澤，次幼未耦，皆據今所見也。

銘曰：夏湖之堂，聿發其祥。紫荆之域，人鮮克當。天畀我公，百世其昌。佳城鬱鬱，地久天長。

樂軒處士墓誌銘

處士諱潮，字孟信。既卒二十年，以今嘉靖戊申十月十五日，附葬於其鄉之下櫛後力先人墓次，墓木且拱矣。二子鎮、鏡，乃姪雲岡、天錫，具述樂軒素履屬余，感二子之孝思，且以雲岡之言足徵也，乃序次其事而銘之。東陽之有許氏，自晉旌孝孜公以下，遷徙靡常。厥後曰昊，由邑之通儒里始遷梅峴。其七世從祖諱源孫者，嘗庵於八華之上，曰景睦，延禮先儒文懿公謙，以振吾婺之學，稱爲八華主人。六世祖三畏，嘗從白雲先生遊，爲許門高弟。五世祖採，高祖晟，曾祖佀，皆以高年膺朝廷冠帶恩典。祖廷芳，考珪，讀書好禮，爲鄉閭仰望。處士生而頎偉，長而好學，性剛直，立心光明，不設鈎鉅。治家辛勤，晨夕無厭，歷暮年而愈致殷盛。用度則量入爲出，不作浮靡事，衣食服御，皆有節制。性好飲，豪宕不羈，賓朋過從，款洽盡歡。至於獨酌，則怡然自得，酣歌長嘯，有竹林遺響。喜讀《資治通鑑》，夜分不寢，國家理亂之源，與夫興亡得失之故，上下數千載，如燭照數計。處事欲法古人，不肯苟同于俗。交鄉鄰，無炎凉態。至于延接士君子，情文交至，久而不衰。訓子姓以義方，持身以廉自守，人多敬憚之。古之遺直，樂軒近之矣。距生成化甲辰十二月十有三日。娶會源蔣氏，生於成化乙巳七月廿二日，卒於嘉靖壬子五月三日，合附於後力。子二人：鎮、鏡，克承先志，忠厚温雅，日益豐裕。孫男四：思明、思賢、思廉、思治，讀書好禮。曾孫男五：世科、世隆、世盛、世美、世顯，皆據今所有。嗚呼！積之厚者發必久，源之潔者流必清，處士之裔，吾知其未艾也。

銘曰：處士之德，遠而愈彰。動儉自持，教子義方。滿庭蘭桂，茁而彌芳。溶溶會源，其流深長。勒此銘詩，永固玄堂。

西軒蔣君墓誌銘

余自弱冠與君獲識，既而約會靜因精舍，爲麗澤之雅，君以例貢之京，不果。比嘉靖戊戌、己亥，余與君及乃弟雙溪子偕會八華，道義之愛，殆逾骨肉。一日，忽謂余曰："人生修短不可期，倘余先子而逝，子必銘吾墓。"予頗訝之。既又與諸友戲作藏鬮祝曰："長者壽，短者札。"君偶得其最短者，色稍異，予笑曰："長者果壽，而短者果札耶？子貌厚氣充，雖祁寒盛暑，遠在數千里外，而微恙弗侵，蓋素負以强壯者，今乃以戲動心乎？"君徐曰："吾固知戲也，偶然之事，亦有數存，苟然矣，奚以動心乎哉？"越明年庚子冬，一疾五日，而君不起矣。嗚呼異哉！丙辰之冬，家嗣應奎持雙溪子狀叩余而泣曰："孤將以某年月日，奉先君與杜氏合附於下陳祖塋之原，爲先君交深知厚，祈弗吝金玉是愬。"嗚呼悲夫！吾忍銘吾西洲乎哉？君姓蔣，諱清，字本澄，別號西洲。其先後唐檢校司空兼御史大夫諱勳，自台遷東陽之高砂，傳五葉曰海，遷前嵩。海生章，嘗建義塾以淑其宗。厥後曰澄，孫又遷泉村，曰巽、曰艮，領景定甲子、丁卯鄉薦，宋亡，遂隱居，人稱爲雙潛龍。曰迅雷，爲柯山書院山長，以德學締交於白雲許子。曰隆，又遷會源，君八世祖也。高祖永堅，曾祖榮，祖顢。考昆，倜儻不羈，善封殖，貲雄於鄉。妣南山郭氏，侍御鈞公裔，善治内。君生而頎碩，長而好學,以《詩經》補郡庠弟子員,抱藝不售,遂輸粟爲國子生。其爲人忠厚勤儉,俗尚紛奢,君能以節自持,不作浮靡,不競勢利。翁考早逝,君承遺命治壙下,陳規制甚宏。母杜夫人孀居,能盡孝敬,處庶母弟及女弟尤有恩,課諸子不徒事進取,而必以聖賢爲師。以家世承豢養,使知稼穡之艱難,婣睦之行孚於戚黨。聞吾鄉石門應先生倡正學於五峰,偕乃叔龍山及雙溪來從。每聞師友緒論,惕然有省,直欲身體而力行之,不徒出入於口耳而已。嘗持醫書一帙示余曰:“此吾手録也。”余聞之笑曰:“子異時出而醫民,必能取方於此。”君亦笑曰:“吾將以自治,而子謂可以治人,其敢不勉?”方將受職銓曹,以展素志,遽爾不禄,惜哉!雙溪於君以兄弟兼朋友之契,每以伯牙、子期自況。君没,遂以爲世無知己,抵狀咨嗟嘆息,讀之可爲流涕云。距生弘治丁巳九月初十日,卒嘉靖庚子十二月二十日,享年四十有四。娶横城杜氏,諱恩,貞淑宜家,後君九年卒,嘉靖己酉五月十二日也,距生弘治戊午十一月初二日,享年五十有二。子男五人:長應奎,次應期、應宿、應祥、應禄。女一,適三峰盧仲東,侍御荷亭先生從孫也。孫男廷臯、廷佐、廷龍、廷俊、廷相、廷儀、廷雲、廷松、廷震、廷信、廷諫、廷梅、廷雷。孫女一,廷留,未字。皆據今所見也。

銘曰:爾抱瑚璉,而弗耀其光;爾佩蘅芷,而弗泯其芳。下陳之原,有封若堂;鬱乎劒氣,將射千古之星芒。

森軒蔣翁墓誌銘

自余獲與蔣氏諸彦遊,得奉辭色於其諸先輩。森軒翁者,會濱聞禮之從祖也。翁仲子洪曁諸孫輩,謬執經於余。與翁相盤桓者,殆逾二紀。翁既没,家嗣汪持其從子聞樂狀,請銘於余曰:“先君即世,將謀葬事,附先人之兆於高砂黄園之陽,惟執事知先君最深,敢請書其概於墓上之石,以詔我後人。”余以固陋不足以闡幽光,辭弗獲。據狀,翁諱松,字仲涇,别號森軒。爲周公之允,伯齡食采於蔣,故遂以蔣爲氏。嗣後爲𨚕音歐亭侯，諱澄，澄之後又遷台。後唐檢校司空諱勳，又自台遷東陽之高砂，實會源之鼻祖，翁其二十一世孫也。高祖諱道昌，曾祖諱文昭，祖諱永堅，考諱棠，咸以忠厚稱。母安恬徐氏。翁生而穎偉，性度開拓，克修家政，事親善，承順二兄恒怡怡，垂白未嘗有間。輕財嗜義，人有稱貸者，未嘗較銖兩，貧者免其息，間有逋負者，不以爲意。族有孝子名仁益者，亦嘗周其急。生平好飲，終日自適，一切世故，置之度外。與人無競，足迹不至公庭，人望之瀟然物外。又能充拓先業，聿新堂構，敬禮士君子，有《杕杜》風。諸從孫業儒者，惓惓勉勵，且厚助之，而以遠大是囑；家居者，則訓以無忘世德，而勗之以勤儉。至於親故，不忘其舊，處之恒有禮。歲時伏臘，情意溢於樽俎之外。奴隸下人，不妄加以箠楚，雖没世，無有怨尤之者。遐邇疏戚，咸以長者稱之。邑大夫聞，以恩例賜冠帶，公聞牘至，𧙕爾辭謝，則其高尚又爲人之不可及者。嘉靖癸丑正月二十三日，以微恙終，距生成化壬寅正月十三日，享年七十有二。娶畫溪畫溪即王□□王氏，台州路教授斗山先生從孫女，生成化庚子九月十九日。內助多賢，且無妬忌心，壼儀懿行，足以垂範。先翁十八年卒，時嘉靖丙申十一月十四日也。合附葬黄園祖塋右。子二人，長汪，次洪。女金，適侍御荷亭先生從孫盧堯明。孫八人，長聞言，次聞吉、聞哲、聞訓、聞謨、聞詡、聞誥、聞誠。孫女二，曰徽、曰壁，皆未字。據今所見也。慨惟世降俗偷，殘忍刻薄，視至親若仇敵然者恒不少。翁能不忘世德，而以忠厚自持，可以光宗族而超流俗矣。乃爲之銘曰：

嗚呼森軒，壽古稀年。不作風波，處世若仙。不同流俗，忠厚超前。培埴心田，鑣之綿綿。不在其身，在後世賢。嗚呼森軒，黄園之巔。是附是依，先人之阡。鬱鬱喬梓，萬祀斯延。

陳兆彩公墓誌銘

處士諱兆彩，世爲東陽路西人。劉宋時曰元寶者，自開封來遷，歷年懸遠,代有聞人。蕭梁時曰修者,嘗爲合浦牧伯。修之十世孫仕澄,宋承節郎、南劍州都巡檢使,生德先、德佐、德高。德高斥田千餘畝,以贍族屬。德佐生宋武舉進士、宜城尉天紀,是爲處士八世祖也。高祖茂老,曾祖佛元,祖和同。考某,妣許氏,生妣厲氏。處士伯仲三人,惟處士爲最幼。生質多樸茂,雖不甚知學,於親親敬長,若夙昔所究心者。二兄不能自給,父母甘旨,身獨任之。十餘寒暑,先承益謹,至終養不衰,喪祭從厚,不涉二兄,攖永疾,事之亦不懈,俱得以天年終,撫其孤若子。其作務之勤,治家之儉,各適其宜,而公稅之輸,尤不敢後。處宗族親故,真情藹然,是非曲直,不徇於俗。每以忠厚訓飭子孫,鄉族咸以長者目之。卒於嘉靖壬寅十二月二十七日,距生成化丙申四月十九日,享年六十有七。癸卯年八月初八日,葬龍頭山之原,鄉曰仁壽,里曰文質。娶厲氏,生成化庚子六月初十日,卒正德戊辰三月初十日,附厝東陔祖墓。子一,廷楷。女一,適畫溪王鑰。繼娶張氏,子一,廷梧。孫男五人,元熠、元燿、元燐、元勳、元點。孫女二人,長適南山郭倪,次未字。曾孫男一人,亨盟。女一人,在幼。廷楷以墓石未有刻文,介乃姪庠生元曉,具述處士素履,屬余銘。余慨世之父子兄弟,有較銖兩之利,視若途人,甚者至於傷殘,天理民彝,掃蕩澌盡。處士乃能以孝友自效,是固知能之良,根諸天性而不昧,似非人之所能及者,故不辭而爲之銘曰:

人於大倫,孝友爲先。猗嗟處士,乃能知全。龍頭之原,處士之阡。雲仍是虔,於萬斯年。

陳處士原遠公墓誌銘

處士姓陳氏,諱墟,字原遠,世爲東陽路西人,蕭梁合浦牧伯修公裔也。大父道貴,始遷官橋。父貞白翁啓宗,以詩禮起家,爲鄉之望。妣南山郭氏,侍御鈞公從女。處士生質甚美,克承家計,以孝友自律,動止不失尺度。好讀書,能知大義。處宗族戚黨與夫故舊,皆有禮意。表率諸弟，略無間異。至於下人，御之亦有恩。其清裁英範，可以爲薄俗勵。年未垂白，有宿德元老風致。正統丁卯十月十日，卒於正寢，距生洪武丁丑六月二十五日，享年僅五十有一，衆皆惜其不獲躋上壽。以成化癸巳月日，附厝本里官橋山祖墓右。娶晝溪王氏，月溪先生姪女，懿行宜家。生洪武戊寅九月二十三日，後處士二十六年卒，爲成化壬辰八月十三日，另窆郭園山之陽。子五人：鐩、鉦、鉅、銓、鎬。處士葬且久，其子等念墓上之石未有刻文，每與諸子言，輒悲咽不勝。既没，厥孫廷洓等承其志，以狀請銘於余，欲追而納諸幽。余嘉處士之行，乃不辭而爲之銘曰：

緊美君子，貞白之嗣。秉心弗績，承家穀似。謂宜食報，天不憖只。不於其躬，在其孫子。官橋之曲，柳溪之涘。鬱鬱堂封，億千萬祀。

陳桂軒公安人蔣氏墓誌銘

安人姓蔣氏，閨字明，會源人，後唐檢校司空兼御史大夫勳公裔。考晃，妣路西陳氏。安人年十五，歸於官橋萍齋陳府君季子廷士。廷士爲伯父蒲庵府君後，浦庵既没，廷士致訟累年，不暇治生業。安人經理家事甚悉，每以爭競足以破家，不若處和爲愈相勸，事遂寢。姑包氏，性嚴厲，事之曲能承順，凡姑所欲爲，躬行無倦，務求得歡心，雖翁媼婢妾，亦以禮御之。待妯娌未嘗誶語，至於女婢，不忍妄加箠楚，故上下無闕失。於子姓恩意藹然，好周人之急，待賓客一出於誠，遇祭祀必敬必戒。生平頗愛雅淡，不飾紈綺，而女紅之制，勤勞無少暇，内政有足稱者。嘉靖戊申三月二十五日以疾卒，距生弘治己酉七月二十四日，享年六十。嘉靖庚戌十二月一日，附窆鮑陂山祖塋右。子男三人：元丁、添丁、季丁。添丁繼伯父汭濱翁後。孫男五：立己、正己、克己、守己、知己。廷士以從孫亨福所撰行狀屬余銘，以納諸幽。慨惟古之婦女無專銘，皆附於夫之後，蓋以無閫外之政，故人知之者鮮。自無誶語德色之風興，能安其職分之常，遂爲女士之行，而乃係之以銘。若蔣氏者，其安於職分之常者歟？故不辭而爲之銘曰：

有善有非，非婦之職。無非無儀，斯婦之德。是惟蔣氏，墓上之石。後千百年，余言可式。

陳南野處士墓誌銘

處士諱元晟，字南甫，行益一百十四，東陽官橋人，南野，其别號也。考南京武庠司訓茶山先生潭，妣杜氏，陝西副憲季璋孫女，生妣丘氏。南野天質甚美，少嘗習舉子業，才可望進取，以乃翁避榮而歸。諸兄皆長，挺然任弟子職，遂棄去舉業，而事善養。諸户役應酬，以身攖之，經紀家政，斬斬可觀。以故尊翁與諸兄，得以優游桑梓，遐邇見者，莫不羡南野之能子弟也。性素温雅，美髭髯，喜談論古今人物事變，皆有指歸。暇則讀書，而且閑於藝，數學尤精。邑大夫聞，委以覈實丁糧，至則秉心公勤，綜理甚密，無絲毫忒。細民之困於身丁者，則又爲之减免，至今德之。乃翁不禄，躬請銘於台之霞山方伯蔡先生，度嶺涉波，辛苦不憚，霞山感其誠敬而亟與之。嘗好手談，臨枰用智，對敵者每稱其有神算。一日，與親友白塔杜氏較勝負，少倦，假榻休息，遂成物故。人皆驚異，若羽化然，時嘉靖癸卯四月二十日午時也。懷才蹷運，良可哀痛，距生弘治戊申二月廿四日戌時。娶白塔杜氏，母夫人族女姪，卒嘉靖癸巳八月初九日亥時。南野屢爲余道懿行，欲以請銘於宗工，未果，距生弘治壬子六月十四日辰時。以嘉靖丙申正月庚申，窆於本里前墓山之陽，去家僅里許，以嘉靖癸卯十二月十四日合葬焉。子男四：長亨嗣，係兄雲山居士之三子，初以未有子，從幼育繼；次亨周、亨冏、亨谷。女一：亨艮，適矢下金溏，皆杜出。孫男三人：茂仔、茂鸞、茂鵬。孫女三人。據今所有也。諸孤以狀請余書其概於墓石，甚愧譾陋，不足以闡幽光。而南野仲兄漁隱翁，乃予之私，予又素爲南野所知愛，義屬通家，乃不辭而銘之曰：

於維南野，心達身窘。孝友其求，幹蠱而穎。何藝不閑，動中繩準。不習王喬，無疾而隕。繄彼善匹，先君而盡，前墓之陽，同蔽形影。我作斯銘，以詔厥允。於維南野，雖死不泯。

元拱公行狀

公諱守樞，字元拱，世爲永康屋樓人。其始祖遷自東甌，其二世祖妣盧孺人以孝義聞，改其鄉以今名，纍纍遺德，代不乏人。公高祖善榮，曾祖、世祖、祖，公大考，其實皆隱德弗耀，素以禮義相承。公自幼即有成人志，厥考即世，承遺訓，早夜以思，且欲以亢其宗。初居室不甚裕，乃辛勤經理，積日累月，末年富甲於一鄉。且奉先必誠敬，處家必嚴密，内外之界肅如。子孫稍有不如其教者，必深惡痛絶，至創懲後方假其辭色。待親故必盡其欵洽之情，且禮賢下士，歲延師以教子弟，克盡尊隆之禮，久暫如一，修脯必豐，故其子弟之賢不肖者，皆承公樂育之功也。鄉里有變故，如親罹之，事有不平，於心耿耿，必詳析其所以處之之意而後已。鄰有羅姓者，豪右誣以重憲，公爲多方解釋，費自己出，不計也。故鄉族之人，倚公如藩翰然。常與弟松月相友愛，至垂白如兒時，怡怡然華萼之相輝也。此蓋孝義之流風餘韻，相承不泯，又公之天植其性，非人之所可及者。嘉靖己卯春，得微恙，遂不起，時二月三日也。距生天順辛巳，得壽七十有一。配南湖胡氏，相與經理家政，先八年卒。子三人：曰偉，曰倈，曰佐。女二：長適大皿羊茂，次適南湖胡拱。孫男九人，曾孫十人。諸君以某年月日，奉柩合葬硎塢祖塋之左。公於余爲從舅父，且稔知公素行，故不揣而次狀於右云。

洙山處士行狀

洙山處士葬株樹園已二十餘年，墓木且拱矣。其介嗣爌追念墓上之石未有刻文，述處士之素履，屬璠爲狀，將以乞銘於宗工。處士之先世，爲永康太平人。高祖諱文熄，字惟明，號畏齊，有司以經明行修薦爲本邑校師，刑部郎中雙泉先生之幼弟也。曾祖垛，自太平而徙居東陽興賢鄉之千祥。祖鏑，妣吴氏。考濂，妣吴氏。皆潛德弗耀。處士諱松，字廷盛，别號洙山。生平秉心眞率，温雅而謹厚，與人無競，不爲世俗滃滃態。凡事合於義者，必以身先之。乃翁既殁，久羈襄事，心惟惶惶然。卜吉於五十一都將軍殿後，金鉤之陽，以爲歸藏地，其所直悉出之於己，初不累於兄弟。鄉鄰有鬬，力爲分解，惟求其事之有濟，雖勞倦頻仍，亦不計也。睦媚任恤之行，默孚乎古訓。待宗族親故，情意藹然。凡疏戚遐邇，皆稱道其有長者風。見囚禽鳥之屬，每市而縱之。一念惻隱之心，又足徵矣。居常訓子弟曰：吾家素以忠孝節義相傳，今吾族猶殷盛，此乃世德之不可忘者。諦觀覆宗絶嗣之家，皆由積習不善，以至於此。但將好事與人，不作風波於世，必有食其報者。此亦天道福善禍淫之常，汝曹其熟思之。嘉靖癸卯十一月初七日，以疾終於正寢，享年六十有一，距生成化癸卯十月十七日。娶同里丁氏，有婦行，先處士二十三年卒，時正德辛巳八月初七日，距生成化乙巳十月初三日。嘉靖丁未九月初五日，合葬於本里株樹園，去家僅里許。子四人：長照；次熿，嘗從石門應先生遊，與會五峰；次灯，有乃父風；幼玘，爲伯父楦後。孫男十一：興仁、興祖、興國、興文、興賢、興聖、興讓、興孝、興信、興邦、興齊。孫女三：長適大盤孔釧，次適石門盧承式，幼適東陳陳良韶。曾孫男五：思學、思正、思敬、思恭、思進。是用評隲其概，以告於立言君子而採擇焉。謹狀。

充山處士行狀

余族兄曰鸞，字克用，别號充山，宋登仕郎次一府君曰鑄之八世孫。高祖世培，曾祖鉅，祖潛，以忠厚起家，兩娶戚氏，皆司巡廷玉公女。父榻，母葉氏，都察院經歷存敬之曾孫女，繼孫氏。兄生而體貌孱弱，似不能勝衣。其於治生，則善封殖，取息雖不甚計算，而漸致饒裕。人有逋負者，亦不甚追究。處宗族親故，一惟以禮，情文兼至。嘗以家譜久缺修葺，欲集衆重修，雖重有所費不計，屢爲余言之，惜無贊其成者。處兄弟恒以遜讓自居，事繼母不失孝養，視異母弟有若同胞然。一生以勤儉自持，家雖殷盛，不作浮靡事，恒如未嘗富時。雖不暇爲學，其亦儔人中之翹楚者與？嘉靖乙未三月初一日，以疾卒，得年五十有一，距生成化乙巳二月廿八日，葬本里陳公山。娶東陽長履葛氏，宋參知政事洪公裔，生平温淳，克修内政，自于歸即能輔相經理，米鹽井井，處妯娌未嘗疾言遽色。吾兄先即世，惟一子尚幼，不爲姑息之愛，義方之訓不習，而能與古之淑媛相默契，紡績織絍，初無倦勤，而家益日裕。孤寡中母子相依，諸凡忍耐，艱阻隱憂，蓋有人所不堪而人所不知者，亦既屢遭之而不敢以告人，實嫠居之所不可及者。故其子能承先志而身任户役之寄，處宗族而善於應酬，挺然有以自立，實賴母氏之教致之也。卒於嘉靖庚戌十一月十三日，得壽五十有七，距生弘治甲寅正月十九日，另附葬下墓山始祖墓東。子一，聰。女一，適城川朱天宥。孫男一，文奇。孫女二，長適芝英應世教，幼適柏巖黄應興。曾孫男二，良化、良仁。曾孫女一，良儀，皆在幼。聰念罔極之恩，屢欲乞銘於大人君子，以圖不朽，屬余狀其行。兄於余有夙昔之愛，余之所遭與聰略同。余爲孤子時，齒僅半於聰，而事勢之難則又過之，知孤寡之情無有及於余者，故爲叙述其概，以告於立言君子，而請銘焉。

南京武庠司訓茶山先生陳公行狀

公諱潭，字時清，其先開封人。劉宋時有諱元寶者，避地東陽之路西，遂家焉。傳四世曰修者，仕蕭梁爲合浦太守，嗣遠族蕃，若南劍都巡仕澄兄弟之義兵，朝散大夫德高之義庄；文科如崑山令宣子、饒州都大使君采；武科如閤門舍人炎、承節郎幾先；明經如興業尹樸；宦達如福建巡撫原武。簪纓奕世,爲東浙望族。曾祖貞白翁廸傳,始析居官橋。祖峴南翁垠。考慎翁初,母杜氏,有懿行。公少有異質,五歲能誦詩,習句讀,對語出人。十歲學《易》於工部尚書郎姚江楊先生,輒通大義。弱冠補邑博弟子,勵志匪懈,復遊於楓山先生章文懿公之門。弘治辛亥,督學吴公會浙士之儁異者講道吴山,公與焉。凡九試於鄉,弗售。戊午貢上禮部,與試大廷者數百人,公居首選。時翰林編修周公玉、刑部給事中徐公希曾勸曰:"子科第英也,盍卒業胄監,少需之。"公不從,授南京武學司訓。其子弟皆貂璫,驕惰成習,公涖之,不激不徇,從容指授,皆有方略,尤惓惓以古人忠孝爲勵,故成材獨多,若俞徵、劉宗啓之宗文庠,陳賢、梁萬鍾之登武庠,參將如楊鋭,坐營如張輔,皆有聲望於時。尤善處同寅,有酗酒使氣者,公益以禮遇之,卒自愧服。九載考績,大司馬何公稱之曰:"學無飾詐,教有成效。"冢宰王公亦以科第遺才獎之,當得超擢。公棄繻而歸,年方五十有八,士論高之。性度和易,體貌頎碩,好讀書,先儒經訓,靡不研究,下至陰陽醫卜之術,亦所不遺。每風日佳麗,左子右孫,徜徉泉石,一切世故,泊如也。年餘八旬,猶能閱細字,作楷書,亹亹不倦。九旬端坐終日,怡然若自得者。平生事親盡孝,慎翁嘗遘危疾,公至誠籲天,以減算一紀祈代,後十餘年,疾作而逝,哀毁幾無生。奉母杜夫人色養備至,侍御陳公士勳以養萱額其堂而記之。迨終,哀毁尤至。每祭祀,嗚咽不自勝,雖耄耋必躬不懈。嘗過錢塘,風浪大作,舟人驚懼罔措,公以母老,整襟祝天,俄而風息瀾平,同載皆以孝感賴焉。與弟球友愛尤篤,至白首無閒。居常訓子孫,惟正直忠勤,畏天畏法,以保業惜身爲戒。訓子婦以温柔孝敬,毋楚女婢以傷天和。處宗族善於敦睦,修明譜牒,以正名分。與親故恩意藹然,歲時伏臘,恒相燕集。家雖不甚裕,周人之急孜孜焉。温州鄭某同貢之京,每出所有資之,久而弗靳。人有疾病,無問貴賤,必教以方藥,或親爲灸治,人多德之。嘉靖辛丑正月二十一日,忽以微恙終,若熟寐然。逮殮，神色不變。距生景泰庚午十二月二十九日，年九十有二。娶同邑峴北杜氏，陝西憲副季璋公之孫女，先五十年卒。人或勸其再娶，乃正色謂曰："女不可以再醮，男又可以再娶耶？又獨不聞伯奇之事耶？"子男四：長元杲，讀書孝友，幹蠱用譽，先十四年卒；次元旦、元昶，皆杜出；幼元晟，側室丘出，丘亦早世於杜。孫男十七人，孫女四人，曾孫男二十人，曾孫女十一人。所著有《茶山稿》若干卷，藏於家。元晟撰述公之素履，屬予狀以乞銘於宗工。嗚呼！公之務學也，勤敏而靡有老少；居官也，盡職而勇於恬退；居家也，孝友而臧於詒謀；律身也，純篤而不貳其操；享壽也，大耋而且得以令終。是皆人之所難，而公備之，所謂古君子者非耶？然位不稱德，不足以展其平生，不能不爲公惜。予既世屬相契，又每親聆教益，是用評隲其概云。

質窩盧公行狀

公諱璡，字商器。其先汴人，自越國公炎始遷靈山，遂爲永康人。炎生珪，嘗尹京兆兼秘書少監；珪生湖南總把傳；傳生孔目松；松生安南經理福；福生宣尉富；富生賢，仕京都長史；賢生長旺，仕教諭；生滄；滄生柏，仕判院；柏生宣；宣生豪；豪生星；星生昂，授蘇武郡判；昂生璡，登宋寶慶進士，仕至德州判官；生柏松、檜松，登寶祐進士，歷官翰林院孔目，爲石馬始遷祖；松生教諭叔懋；叔懋生思宏；思宏生瑞翁，是爲公五世祖也。高祖道廉，曾祖奇，祖球，皆載德弗耀。考暹好讀書，重然諾，人以遺直目之。妣周氏，相夫有法。公承遺澤，潛心經術，不爲俗學所累，雖當多故，處之裕如。善吟咏，觸物興懷，有風人遺響。俞沙泉、雲窩昆仲相爲賡和，雅相敬重。設帳於鄉，鄉之知禮者多出其門。尤善解紛，息爭訟，諭誨中人肯綮。其鄉之里役，歲取細民貼役錢糧，積獘已久，公乃以身率免，至今德之。鄰有杜姓者，父以不孝訴其子，有司將置之以法，公憫其無知，爲之陳情懇解。至於教子，尤以義方，嘗命子可久爲舉子業，每以古人勗之。及聞陽明先生講道於稽山，雖當窘迫之際，作《戒行詩》以勉之，有“阿兒有志投明師，異時當抱稽山歸”之句。及可久歸，具述先生之語，欣然有得。方謀就正，而先生有兩廣之行，不果，及聞訃，哭甚哀，每以不及門爲恨。既而石門先生作會，五峰公以耆碩應請，退後益自勵。未幾疾作，遂成物故，時嘉靖甲午年十二月二十有二日也。若公者，可謂不虛生虛死者矣。所著有《形影集》若干卷。距生於成化丁亥年十月十一日，享年六十有八歲。娶厚仁李氏，衡陽節推悌公從女，南昌二牧鴻之從女兄也，内政整肅，後公四年卒，爲嘉靖戊戌八月二十有二日，距生於成化壬辰年二月二十有四日，享年六十有七歲。公葬於鶴鳴山祖塋之左，安人另窆，相去僅數十步。子五人：長可希；次可遂；三可翼；四可久，即一松，能闡明陽明之教，不負公之所志；幼可紹。女一，純，適厚仁李岳，讀書好禮，爲鄉曲所推重。孫男六人：長成基，次成方，三成墀，四成繼，五成允，六成元。孫女三：長適金塘吕邦英，宋監潭州南岳廟事祩公裔；次女適桐塘吕欽，侍御廉公裔；次未字。曾孫男一人，時立；曾孫女一人，俱幼。一松以墓上之石未有刻文，撰述行實屬予狀，將以乞銘於鉅儒，以表揚公之德。余素辱公知愛，而一松又與余爲同門友，故因其行實而序次之，以俟秉筆者。

明經泉山盧先生行狀

先生既歿之十六年，爲嘉靖己酉，乃子廷輔持先生之甥五峰周德基氏所譔行實屬予狀，將以乞銘於宗工。五峰，篤實君子也，其言足徵，無俟於予矣。然先生與余爲忘年交，其内弟徐希濂氏，又余之莫逆友也，義不容辭，乃因五峰之所譔述者而節略之。先生諱洵，字誠之，號泉山，世爲永康石馬人。宋太祖時，曰炎者以工部尚書封越國公，自臨安來遷於邑東之靈山，遂家焉，實先生鼻祖也。炎以武功起家，其允襲其餘蔭，故多顯宦，至於胙土者亦有之，若湖南安撫使珪、湖南總把傳、安南經理福、京都長史賢、德州判官璡，皆先生之嫡宗也。工部侍郎璞、武烈侯璿、諸道總制衡、廣南提刑勳、隨御副將理南國防禦使存恭、龍虎上將軍存源，又其族之最著者也。璡生翰林孔目松，是爲石馬始祖，先生其七世孫也。高祖伯祥，曾祖原禮，祖道珉。考善才，妣周氏，生妣朱氏。先生得於賦畀甚厚，性敏且謹慤，舉動悉有繩墨，言笑不苟，恂恂然無疾遽，雖閨門中亦不褻狎。衣冠整飭，無間寒暑，故人見者皆稱其有古君子風。痛父不及終養，事母以孝，歷久暫如一日。處異母諸兄，庭無閒言，於親故鄉曲，情意尤浹洽。性喜飲，每微酡，談論古今人物、國家政要，皆有條理。至於啓迪後進，必以涵養德性、尚友古人爲先。嘗築室以居從遊者，既而聞吾陽明先生講致良知之學，遂遣子往從，且誨之曰："我以遠大期汝，他日得爲端人正士，吾願也，俗學非所望也。"至於處宗族，尤能以身率之。蓋盧乃介胄餘裔，尚多强悍，先生能不爲所移，不妄加人以非禮，故族之人不無潛消默奪者。嘗爲邑庠弟子，勤勵無少壯，綽有聲望。舉貢上禮部，於某年考職授教諭事而終，衆皆惜之，以所藴弗獲一售，時嘉靖甲午年六月十有一日也，距生於成化戊子年十一月初七日，享年六十有七歲。葬於泉山之南。娶徐氏，邵武節推璞公孫女，内政婦道，有《鷄鳴》風。事姑朱以孝稱，姑嬰末疾，周旋調養者歷年，以勞瘁與姑同日歿，詳見應晉庵《朱氏墓誌銘》，實先生之賢内助也。先十四年而卒，附姑川山墓次。子一人，渠，即廷輔，能繼先生志。女二人，長適巖下程滌，次適六都應蛟，咸以賢淑稱，亦庭訓所及也。孫男三人，可繼、可述、可立。孫女一人，適游溪塘周承壽。皆據今所見。是雖先生之概，乃人之所共聞者，立言君子垂擇焉。謹狀。

松泉處士行狀

先君諱廷梁，字道才，别號松泉，世爲永康太平吕氏。宋宣和庚子，方寇之亂，譜亡，世系無從考。十二世祖雲谿府君，斷自所知者，以高祖五十府君爲世祖，刻石爲本支圖，世系始詳，迄今五百餘年矣。五十府君生二十府君遵，以經學教授鄉閭。遵生質。質生廸功郎師愈，嘗出粟數千斛，佐郡邑賑貸，人多德之。師愈生約、皓、源。約師龍川先生陳文毅公亮，仕終判司。皓號雲谿，與東萊、龍川相友善，晦翁薦爲春官，適父兄爲同里盧氏誣繫大獄，叩匭上書，願以官贖罪，孝宗義而從之。源與諸兄創義莊、義塾，教養鄉族，郡邑上其事於朝，詔賜通直郎，旌表門閭。源生承信郎介，介生承節郎羔，羔生承信郎埜、漕元在。埜生登仕郎鑄、承事郎鑰。至元間，嘗尹本邑。在生漕元鉉，會宋亡，與諸凡在位者皆斬衰入山，誓不臣二姓。鉉生汾，汾生杞，至正間，與族子嘉興知府文燧、婺州路左副元師元明、永康翼兼知縣事兼明輩起義兵以禦處寇，封武義尉，是爲先君五世祖也。若敏齋先生殊、開國男撫宗魯先生洙、竹谿先生浦、刑部郎中雙泉先生文燚，皆群從祖之最著者也。高祖文琰，曾祖墁，祖鏇，亦嘗出粟助賑貸。父闊，母胡氏。先君生質甚美，好讀書，涉獵子史，喜吟咏。不幸少孤，與弟廷宇勤儉持家，以培植先業。遇人有急，必爲之解紛。度量宏大，人雖有犯，置弗與較。痛先大父早逝，遇忌辰嗚咽。事祖母胡尤盡孝敬，先意承志，惟欲得其歡心。與弟同居至終身，略無間異，教諸子姪，不啻己出。從父添爲仇人所害，奮身控訴於有司，以及於朝，必欲以復其讐，雖馳驅困頓累年，弗憚也。嘗與從弟榮修蓋大宗祠，以祀先世之有功德者，衆推爲宗正。先君以誠意率先之，凡宗族有事，必諭以大義，嫁娶不論貧富，惟欲擇名門右族，以禮義世其家者。弘治庚戌，有司正經界，舉以爲鄉長，履畝奉公，至今人猶頌之。每念先世義莊未復，譜牒年久未修，將次第舉行之，家遭回禄，更新未完，遽以疾卒。時弘治壬戌九月二十五日，生天順戊寅十二月二十八日，得壽四十有五。而不肖孤，年方七歲。嗚呼痛哉！所著有《松泉稿》一卷。嘗以能詩納交於俞沙泉先生與陳鈍庵、周靜窩。初娶可投應氏，宋少師孟明公裔，先二十年卒。繼配屋樓陳氏，宋旌孝義陳夫人盧氏裔。子二人，陳氏出，長即不肖孤，次肆。女一，應，出適東陽茶山先生陳司訓次子元旦。孫男二，孫女二，在幼。以正德丁卯葬城路塘下墩頭之原。既二十年，地頗卑濕，嘉靖丙戌十二月二十五日改葬本里讓產之陽。慨惟墓上之石未有刻文，謹抆淚述其梗概如右，敢乞大人先生而賜以銘焉，則幽潛不泯矣。謹狀。

吕氏安人行狀

嗟予不肖，夙罹困阨，七歲而孤，姊氏歸於柳溪愚隱陳寅甫已五六年，余異母弟也，鍾愛與同胞無異。逮予弱冠始知學，予甥亨吉已應鄉薦，依予姊，資予甥講習者僅踰年，不幸姊氏遘危疾，遂即世，時正德庚辰三月十一日也，距生成化丁酉十二月二十日，得壽四十有四。嘉靖壬午冬，葬於家北二里許長坑墳山之陽，鄉曰仁壽，里曰忠孝。既二十年，墓木且拱矣，予甥屢屬予狀其行以圖不朽，搆思輒嗚咽，痛念先君與姊氏，不能措一辭。久之，狀其聞見之略。先姊姓吕氏，諱翠，世爲永康太平人。父松泉處士某，宋旌表孝義通直府君源公之十一世孫。母應氏，宋太子少師孟明公之裔，早世。繼陳氏，宋旌表孝義陳夫人盧氏十五世女孫。姊氏得於坤道僤甚，性慧而安靜，幼則寡言笑如成人。鞠於祖母胡，口授以《孝經》，遂能成誦。陶成於繼母陳，慈愛交至，竟忘其所自出。及歸愚隱，姑氏已先棄養，遇祀事必躬親誠敬，藹然若親奉顏色。暨尊翁致政南歸，孝養如不及。相愚隱恭順無褻狎。冢子教以業儒，雖雜佩之飾，資爲贄禮不靳。及其入邑膠，衆皆喜，以科第可致。則曰："此子性頗粗厲，得以觀法聖賢，使氣質變化足矣，榮貴非不欲也，預期則吾不敢。"居常與諸子講郭巨、王祥故事，以養其良知良能。雖衣食起居，教之皆有方略。當吾父之歿，哀毁幾不能自存，終制如在室。人有以爲過者，則曰："吾盡吾心耳，制之得失，吾何暇知哉！"處妯娌柔以和，視子婦惠以嚴，馭奴婢恩而難犯，待親賓不計有無，濟人貧乏數而不厭，乃若自奉則甘於淡薄。

百爾家政,經理井井,紡織每至夜分。且不喜浮華,冶容怠業者,心甚鄙之。至於病革,精神不亂,猶能以手加被者數四。愚隱以盛年而失吾姊氏,至今尚不忍再娶,雖其尚義之根諸天植,人皆以爲吾姊之有所感而致云。子男四:長即亨吉,才識有足稱;次亨古、亨召;幼亨忠,爲從父元旻後。女一,適東湖胡璠。孫男七:利行、利仁、利成、茂侃、茂功、利用、茂賢。孫女三:長適長衢郭璇,次字庠生樓桂,次在幼。愚隱名元旦,蕭梁合浦牧修公之二十二世孫,南京武庠司訓茶山先生潭公之仲子也。嗚呼!閫觀之行,鮮克貞吉。吾姊氏懿行宜家,足以垂示於後,是其得之於天者甚良,而壽則嗇之,可哀也已。謹撰次如右,畀吾甥以告於立言君子。

松林處士像贊

猗我叔父,天懋厥衷。孤而克植,長飭厥躬。篤於孝友,先民追踪。秉正嫉邪,睦族和宗。好施慕希文之志,表正有太丘之風。郡邑優養,膠序禮隆。烏臺旌奬,良善譽崇。既獲乎黄耇而有淑其終,又繁乎允嗣而蟄蟄斯螽。嗚呼!此我松林叔父之行,而稱頌於疏戚之所同者也。遺象垂式,曷其有窮。

元柯山山長蔣泉村先生像贊

饜飫詩書,依稀仁義。密邇白雲,共探洙泗。鳴鐸柯山,發舒素志。解組歸來,烟雲耽嗜。老老會盟,邃古遺意。預作志銘,靖節風致。嗟若先生,不昧幽明之故,而直欲逃乎形器。

西洲蔣公像贊

藹然而温,自人即之;怡然而順,自人懷之。以一身備太和之氣,以一心涵玉臺之春。天靳其施,吾不知不幸在何扈之民;天需其報,吾又知不在其身而在其子孫也。噫!

祭質窩先生文

維嘉靖十四年歲次乙未正月十有二日癸酉，姻晚生吕璠等謹以香燭致告于質窩盧老姻丈之靈曰：自吾黨講學於斯，孰不駭而相疑。惟反躬之未實，抑末學之多歧。惟翁聞之克悟，信爲聖基，一經教子，早自得師。五峰秋會，示我軌儀，雄章巨文，訓勉孜孜。蓋翁之得於天者，資爲獨厚，而開啓以淑夫人者，年亦既耆。迺能排俗論於晚節，立吾黨之赤麾。將惟永有賴焉，胡天之不憖遺。懋宏家學，屬在箕裘。璠等傷老成之寡助，懼晚學之孤離，臨風哀告，豈徒辱交令子之私耶。嗚呼哀哉！哀哉！

登白雲亭 見東邑《八華山志》。

曾向源頭辨僞眞，幽懷耿耿迴風塵。四賢久已成鄒魯，五教今猶淑我人。鷽鳥不隨空谷老，白雲常伴故山春。先生東障百川力，緬想當年幾萬鈞。

石厓文集書後

余自束髮受書，側聞父老傳述，前明有石厓府君諱璠者，繼竹谿、雙泉諸公後，而爲吾族間出之偉人，時雖心識之，初不解流風餘韻何以若斯之綿遠也。嘉慶己卯，重修家乘，得見盧新庵先生所爲墓誌，始知其生平大概，惜歷年既久，著述一無所遺，深以爲憾。是年秋，同族兄典啓告五峰書院會友，既奉主配享學易齋矣。道光丁酉，纂修邑志，載入補遺，而文集仍僅存其名，不克列于書目，良可悲已。然墓誌所載羅列，其備史氏之長而有裨風化者，若屋樓、翁山、梅峴、會源諸譜牒，班班可考。因於己亥春，偕族兄典歷訪東邑各處，獲抄遺筆數十篇，裒集成帙，以存一綫之遺。嗚呼！古人所謂三不朽者，道德事功，幾莫從而徵信，惟文藝所留，可以想見不朽之梗概。爰加校正，附《吕氏文集》後，以永其傳，庶不没府君一生績學蓄德之實也。若夫性情學術之奚若，墓誌已詳言之，兹不贅。

道光二十有三年癸卯七月，從孫觀光謹跋。

附淵潛稿

金華徵獻略《儒學傳》

吕一龍，字雲君，永康人。爲人高曠磊落，從陳春洲、誠源二師聞良知之學。嘗謂學者以治生爲本，魯齋言非是，開功利之漸，一切銀錢貨賄，直當糞土視之，乃可爲學。家無擔石之儲，樂趨人急，見親友貧不能舉其喪，質所著布袍助之。一龍蓋合曾點、原憲爲一人者，終日爲學，終身無一言講學云。

西軒前集《金華先賢詠》，有序。

夙聞父兄教，先生古人儀。毅然任道重，珊珊骨節奇。廉隅分義利，涇渭别公私。迹其過於厚，不失長者爲。許葬季武子，償金直不疑。解襦過雪嶺，貸粟享雲輜。利人皆忘己，遂爲下士嗤。君不見鼎革之時衆力糾，王師一掃同天帚。當時義士散如煙，只有先生坐授首。

公永康諸生，爲人清骨癯貌，平生任道之心甚重，義利公私之辨甚明，鄉人稱爲長者。余未知其全德，少時聞其逸事一二云云，因列其略于此，以俟知者爲之立傳，且當謀之同志，祠公於鄉賢也。

淵潛處士傳

先生諱一龍，字雲君，號淵潛。生平學本程、朱，爲明季儒林之望，一時英俊，咸願從先生遊，先生惟恭默端坐，以身爲教。一日，偶與弟子登堂論學，因問曰："今日非中秋令節乎？"諸生曰："然。"又問："中秋餽及師尊乎？餽及妻家父母乎？"諸生皆曰："然。"公曰："諸生試默思今日奉其父母，有能加於師尊、妻父母否？不則亦先有片肉杯酒，專致慇懃於父母否？余與爾諸生共當省惕。"其教人指示詳明如此。嘗客富人家，富人忽失金，踪迹問公，公不爲辨，以家藏金償之。後其僕竊金，事覺，以金還公，公受之，亦不爲辨。原有田百餘畝，歲饑，屢散貲以哺鄰貧。崇禎辛巳歲大祲，不忍斯民餓殍，遂傾產以賑。厥後理敝器，揭書囊，隱居獨卧於五峰石室。一夕群盜疑公有易產遺金，突入其室，公睡方覺，枕上信口吟曰："吐林殘月照山腰，空費東君走一遭。架上惟存書數卷，且將拏去教兒曹。"盜知公年老孤身，不能捕捉，遂盤桓不去。公於是從容秉燭，整冠納履，正襟危坐講堂上，諭之曰："爾等俱有四端萬善，何如此爲？"盜曰："吾儕惟利是射，何識四端萬善？"公曰："汝果無，試脱其衣。"盜乃解衣袒裸。公曰："必盡現其體乃見。"盜恥之，公曰："此即羞惡之良也，擴而充之，雖聖賢可至，汝曹何自賊乃爾？"盜始翻然曰："先生眞道學也，吾儕安足令大君子見乎？"遂羞慙俯首而去。在括蒼教士，朋友多來訪，則貸其館穀以享賓，歲終徒手旋家。一日踰蒼嶺，見一人寒甚，則脱其襦與之。其生平輕財好施，大都類此。未幾而玉步頓更，鼎革之際，公蒸藜含糲，髮不薙，衣不更新，令到任不趨不拜，宛然有叩馬却聘之遺風。已而衆人聚兵圖恢復，推公共事。大軍至，衆四散奔竄，獨公坐堂上，延頸受刃，神色不撓，主帥義而釋之。其後卒於家，享年七十有八。著有《淵潛集》《内傳發蒙》等書。惜僻處偏隅，史僅附見《王陽明傳》中，稱其言動不苟，學者咸宗。即載在郡志者，亦略而不詳。余懼時愈遠而迹愈湮也，爰録其一二，使後世知所景仰云。乾隆乙酉從孫春九謹述。

陳貞烈賢孝王氏傳

古來惟貞烈、大孝二者多不能兼，至於兼之而本諸天，抑又難矣。

何也？天下有見情重而義亦因以重焉，是人也，而非天也；有見義重而情更因以重焉，是天也，而非人也。有見恩重而義亦因以重焉，是人也，而非天也；有見義重而恩更因以重焉，是天也，而非人也。余受業誠源陳夫子，偕師兄弟雁序四，而字君哲者最幼，嘗舉楓山先生所稱婺中道德、文章、勳業三大擔以示，竊願一人努力仔肩焉。歲時發憤，力行甚勇，不虞時，方弱冠，補博士弟子，而天遂慳其壽，惜乎未見其止也。哲原聘王氏，以甫年十有七未婚，忽焉聞訃而即哀號，披麻髽，行衰斬，水漿不入口者累日，其間從旁沮撓以奪之，亦且十之九。乃王鐵石堅貞，從容授命，歷萬折而不變，獨以適陳爲懇，而終婦事。閱八載庚辰，年及二十四，適七月既望，忽罹師母李捐館，而王追憶勉留餘生以奉舅若姑，姑竟不我待，究付空懷。與其裂碎肝腸，從夫君九原下，不若矢志奔喪，執婦禮以代亡人爲之愈也。訃至即趨，素幃星奔，擗踴悲慟，跪不能興。旁觀者僉謂世間安得有此貞孝烈女，亦奇矣哉！且奉事吾老師，動稱以媳當兒，儀節靡所不備，即學問中人亦蔑以逾之。夫君哲之與王氏，不過有夫婦之名耳，何情哉？以彼之從一不貳，雖結髮終身不啻也，所謂義重而情更因以重者也。況師母之與王氏，不過有姑媳之名耳，何恩哉？以彼之昊天罔極，雖慈撫畢生不啻也，所謂義重而恩更因以重者也。且貞烈賢孝者不能該，而王氏獨以一身兼盡其間。《易》曰："中孚：豚魚，吉。"貞孝風聞，所維植天下名義之功不淺矣。雖然，君哲逝矣，有配若兹，浩氣孤貞，同千秋以如生，又何莫非一天之所爲哉！龍生也晚，忝在師門，日以聖學相切琢，習聞李母氏聖善茂著，而王媳貞孝於母有光，且慕且奇，不覺自忘愚陋，以誌其萬一云。若夫闡詳休德，自有老師之實録在，愚又何敢贅？

五峰書院會中示諸友二則

人生只有此事，古今只有此道，得之則生，失之則死。《禮》曰：

"爲義而不講之以學，猶種而勿耨。然則先賢設會以培後學，其功豈淺鮮哉！滿期諸英堅鐵石志，挺剛很骨，勉相撐持，以共綿斯道，庶不負此千載之佳會也。龍瞻教已久，忽於是月十二日，有誠源老師安厝之役，謹附臆説，以求郢正。

心極在中，渾全靈空，寂然不動，感而遂通，爲萬理宰，爲萬事宗，何内何外，無始無終。

此必如夫子志學，以至從心不踰，始盡人還天矣。故先師曰：一原中分萬化，實事中見本體。又曰：一極全修，密修歸極。而要之，學總在一時，時總在一習，而時習總在不睹不聞中，戰戰兢兢，敬以完其誠而已矣。

聖有眞功，賢有實地。孔曰時習，孟曰集義。

試思吾人，自幼至老，有一刻離五倫乎？故習者習此，集者集此。有一刻離五事乎？故集者集此，習者亦習此。五倫一薄，無以成身，而五事一失，亦無以敦倫。是則敦倫又從敬字始，夫敬而貌之恭，言之從，視之明，聽之聰，思之睿，則習之集之盡是矣。且敬而至恭之肅，從之乂，明之哲，聰之謀，睿之聖，則習之集之又無盡矣。以無盡爲盡，以盡而更爲無盡，斯之謂實地，斯之謂眞功。

菜圃文集(殘)

〔清〕吕堂壽　撰

菜圃文集

□□略

天象不過日月星三辰而已。以日月言，日有中道，黄道也，出入天之赤道者也。月有九行。青朱白黑各二，合黄道爲九。黄道一周，分七十二候。一候爲一道。日月之行，遲速不同，一歲十二會，同度同道則日食，對度對道則月食。日變有暈、譎、抱、背、冠珥、虹蜺。月變：月朓、朒、側匿。

以星言之，有中宫，有四宫，有五緯，有妖，有瑞，有客。所謂中宫者，合三垣大角言也。中垣曰紫薇，上垣曰太微，下垣曰太市。紫微垣中有五星，謂之北極，在牽牛之次。一主月，太子；二主帝，爲太一之座；三主五星，庶①子；四主后；五爲天樞，所謂居所不動者也。又有北斗七星，一天樞，主冀；二璇，主雍；三璣，主青、兖；四權，主徐、揚；五玉衡，主荆；六開陽，主梁；七搖光，主像。一至四爲魁，五至七爲杓，合爲帝居，運於中天，臨制四鄉，分陰分陽，天官爲諸星綱也。魁戴六星，爲文昌上將、次將、貴相、司命、司中、司禄。魁下兩兩相比，名三台：泰階、中階、下階。太微十星在翌、軫北，天市廿二星在房、心東北。三垣皆有帝座。蓋紫微爲天子寢宫，太微爲布政之宫，天市爲巡狩之宫也。大角在角、亢間，斗柄所指，以建時節，曰攝提格。

四宫星，東蒼龍七宿屬三十星，北玄武屬廿五星，西白虎屬五十星，南朱雀屬六十星。皆經星也。

五星，歲星十二歲一周天，熒惑二歲周天，太白、辰星並一歲周天，填星二十九歲周天。五者皆緯星也。五者同色，天下安寧。

---

① 庶，原作'太'，據《隋書・天文志》《晉書・天文志》《宋史・天文志》改。

所謂妖星者，即五緯所變，火變：彗孛昭明、司危、蚩尤旗，金變：六賊、天狗、長庚，土變：五殘、獄漢、獨星，木變：天棓、天槍、天衝，水變：枉矢、天欃彗。皆變而爲妖也。

瑞星者，一景星，如半月，生于晦朔；二周伯，黄色，見之大昌；三含譽，似彗，國喜光射之；四格澤，色黄白，見之大熟。客星有三，一老子，二國皇，三温星。凡此皆三辰之大概也。

又有雲漢者，天一所生，凝觥而成，所以爲東南西北襟帶之限也。金之散氣，其本爲水，漢中星多則水多，少則旱，故占水旱亦此也。又云升沈四維，與山河脈絡兩界相配，故論分野者亦觀此也。

雲物亦有瑞妖之辨。慶雲、歸邪、昌光，三者皆瑞；虹蜺、牂雲，二者皆妖。

雲氣，海旁之氣象樓臺，廣野之氣成宫闕，塞北之氣如牛羊，海南之氣如船幟。又韓雲如布，趙雲如人，魏雲如鼠，齊、鄭雲如絳衣，越雲如龍，蜀雲如囷，此雲物大凡也。分野有應五星者，歲主齊、吴，熒惑主楚、越，鎮星主中州，太白主西方，辰星主燕、趙、代，其屬於十二次者曰：壽、火、析木、星紀，起元枵、娵訾、降婁，理大梁、實沈、鶉首，排鶉火、鶉尾十二次，鄭、宋、燕、吴、齊、衛、魯、趙、魏與秦、周及楚。

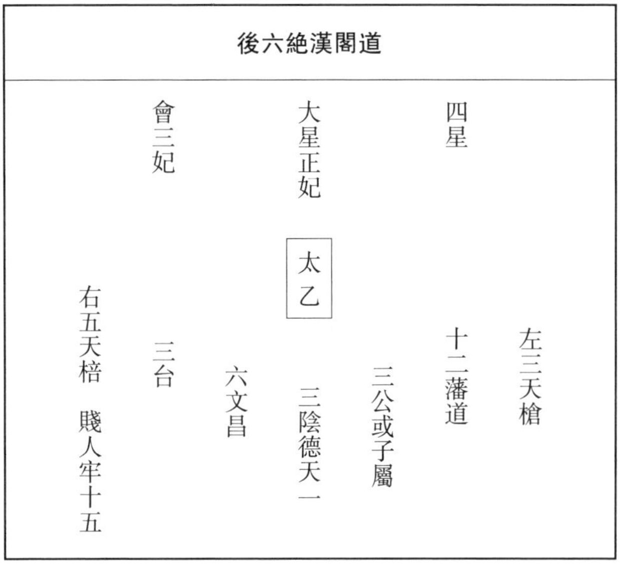

後六絶漢閣道

四星

左三天槍

十二藩道

三公或子屬

大星正妃

太乙

三陰德天一

六文昌

會三妃

三台

右五天棓

賤人牢十五

《星經》：天在紫宫右，與太乙近，考要天一與太乙各一星，在紫宫外垣，外二，旁十五，東八，西七。東一：左樞、上宰、少宰、上輔、少輔、上衛、少衛、少丞。右一：右樞二、少尉、上少輔、上少衛、少丞。　門内東南維五尚書。　極東一星柱下史。　御女四在宫内。　尚書西二陰德。　宫内六勾陳。　華蓋七，其杓九，共十六，在勾陳上。　勾陳口内一天皇。　六甲六在華蓋旁。　五帝内座五在華蓋下、勾陳上，内階六在文昌北，九舍九在華蓋上，近河。　天牀在閶闔門外。　内除二在垣外東南角。　斗魁戴筐六文昌三公在斗杓東。　天牢六在斗魁下。　三師在文昌前。

東宫蒼龍七宿

壽星：

角二。天王帝庭，大角二旁各三星，鼎足鈎之。斗杓所指曰攝提格。

亢四。疏廟，南北二大星曰南門。

氐四。天根。

大火：

房四。天駟，旁二曰衿，北一曰牽，東北曲十二曰旗，旗中四曰天市，中六曰市樓，房南衆星曰騎官。

心三。明堂。

析[①]木：

尾九。九子。

箕四。敖客。

北宫玄武七宿

星紀：

斗六。廟，其北六曰建星。建北入河中天弁中。《晉・天文志》：河漢至七星南而没。

① “析”，原作“柝”，據文義改。

牛六。犧牲,其北四曰河鼓,左右各九天旗,牛南九天田,田東九黑星曰九坎,牛東三星羅堰。

女四。河北,其北是三天孫,七黑扶筐。天津北四奚仲,其南五匏瓜珠。

元枵:

虚二。哭泣。虚北九天津、女,次北五鷄。考《星經》,虚二星,泣南十三,形圓曰天壘,虚、危南四曰敗臼。

危三。其南三:杵、臼、危,三上一高,旁二下,蓋屋,南四虚梁,危下四墳墓。

娵訾:

室二。清廟。離宫六。漢中四,天駟。旁一,王良。閣道六。旁八,絶漢曰天潢。

壁二。

西宫咸池七宿:

降婁:

奎十六,封豕,爲溝瀆。婁三,聚衆。胃三;天倉,南衆星曰廥積。

大梁:

昴七,髦頭,胡星爲白衣會。畢八;罕車,其太星旁小星爲附耳。

實火:

觜三,虎首其南四天厠,厠下一星天矢。其西句曲九星,三處羅,一曰天旗,二天苑,三九游。東有大星曰狼,下四曰弧狼。北地大星,南極老人。

參三。白虎下三曰伐,其外四左右肩股。

南宫朱鳥七宿

鶉首:

井八。其西曲星鉞,北三,北河;南三,南河。二河、天闕間曰關梁。

鬼五。中白者爲質。

柳八;爲鳥注。匡衛十二,主藩臣。西,將;東,相;南四星,執法;中,端門;內六,諸侯。太微垣內五帝,座後十五星郎位,傍一大星將位。西有隋星五,曰少微。前大星,女主象；旁小星，後宫屬。

鶉火：

星七。朱鳥頸爲員官。

張六。素爲天廚。

鶉尾：

翌廿二。羽翮爲天樂府。

軫四。旁一小星，長沙南衆星，曰天庫。

角二，黄道經其中，十五座：

平道，左右角間。天田，二，角左。平星，二，庫樓北。天門，二，黑星，在平星北角右。南門，二，庫樓南。柱，十五，庫樓旁，三三而聚。衡，中央四小星，周鼎，三，攝提西。進賢，一，太微宫東。庫樓，十，其六大星爲庫，四爲樓角南。

亢四，日月中道，附七座：

折威，亢角七黑星。頡頏，二，折威東南。大角，一，攝提間。陽門，二，庫樓東北。攝提，六，夾大角，如鼎足鈎。

氐四，日月五星中道，附十一：

天乳，一，氐北。招搖，次北斗柄端。騎官，廿七，三二相連，在氐南。車騎，三，騎官下。陳車，三黑，在氐西、官上。騎陳將軍，一，在騎官東南。帝席，三，大角西北。龍池，六黑星，大角南。天輻，二黄星，在房西。梗河，三，大角北。

房四，直下，附八：

鈎鈐，二，小星房北。鍵，一，鈐北。東咸，西咸，各四，房北。日，一，房中道前。從官，二，積卒西北。罰。三，在東咸正西，南北而立。

心三，中央色最深，大火，附二：

積卒。十二，房、心西南。

尾九，如鈎，附六：

神宫，尾内，西一。傅説，一，尾後河中。天江，四，尾北。天龜，五，尾南河中。魚。一，尾後河。

箕四，附三：

杵，臼，三，箕南。糠。箕口。

斗六，共十座：

建，六，斗背。農丈人，一，斗西南天弁，九，在建北，入河中。狗，二，斗魁前。狗國，四，建東北。天淵，十，在鼈東南。天雞，二，狗國北。天籥，八，斗南。鼈。十四，斗南。

牛六，日月五星中道，計十一：

織女，三，河北。漸臺，四，織女東。天桴，四。河鼓，三，牛北。左右旗，鼓左右各九。天田，九，牛南。九坎，九，黑星，在田東。羅堰，三，牛東。

女四，計十九座：

扶筐，九，黑星見吉。奚仲，四，天津北。天津，九，虛、危北横河中。匏瓜，五，離珠北。離珠，五，婺女北。十二諸侯。十六，齊在九坎東。

虛二共十座：

哭，二，虛南。泣，二，哭東。司禄，二，虛北。司危，二，司禄北。司命，二，虛北。司非，二，危北。天壘，十三，形圓，泣南。離瑜，三。敗臼。四，虛危南。

危三，上一高十一座：

蓋屋，二，危南。虛梁，四，蓋屋南。車府，七，天津東南。人星，五，車府東南。天鈎，九，如鈎，造父西。造父，五，在傳舍南河中。内杵，三，人星旁。内臼，四，杵下。天錢，十，北落西北。墳墓。四，危下，如墓形。

室二，十三座：

離宫，六，中二爲室，繞室。兩二三向，繞爲室。天綱，正北與南北極應。壘壁陳十二，横列室南，羽林之垣壘也。八魁，北落東南九，黑星。鈇鉞，三，八魁西北。土公吏，二，室西南。羽林軍，四十五，三三而聚營室南。雷電，六，室南。北落師門，一，在羽林西南，旁大星北落。螣蛇。二十，室北落，盤蛇居河濱。

壁二，離宫下六：

霹靂，五十一，工南。雲雨，四，霹靂南。天廄，十，圓黄，在壁北。土工、二，壁下。鈇鑕。五，天倉，西門。

奎十六，環繞九座：

軍南門，一，將軍西南。天駟，四，奎北河中。王良，一，駟旁。策，一，王良前。閣道，六，王良前，絶漢，抵營室。附路，一，閣道南。天溷，七，外屏南。土司空，一，天溷南，黄明。

婁三，共六座，

左更，五，婁東。右更，五，婁西。天倉，六，婁南。天庾，四，婁西南。天大將軍。十二，婁北外小星，吏士也。

胃三，鼎足河之次，七座：

大陵，八，胃北。積尸，一，大陵中。天船，九，大陵北、河中。積水，一，船中。天困，十三，胃南。又天廩。四。

昴七，日月中道，九座：

天河，一，昴東。月，一，昴西。天苑，十六，畢昴南，如環狀。芻稿，六，苑西。天陰，五，畢柄西。礪石，四，五車北。卷舌，六，昴北。天槐。一，在舌中。

畢八，似爪叉，十七座：

天高，四，畢北。附耳，一，畢星下大星旁。參旂，九，參西。五車三柱，車五柱九，共十四，在畢東北。九州殊，九，畢下。諸王，六，在五東南。天關，一，畢西北。天街，二，昴畢間。天潢，五，在五車中。天節，八，畢南。天園，十三，天苑南。咸池。三，五車中，天潢南。

觜三，在參右角，如鼎足，共三座：

司怪，四，井鉞前。座、旂，九，司怪西北。

參七，兩肩雙足，三爲心中，一星大，七座：

玉井，四，參西下。屏，二，玉井南。軍井，四，玉井東。天厠，四，屏東。天矢。一，厠下。

井八，衡列河中，廿一座，

四瀆，四，井南。五諸侯，五，近北河。南河，北河，各三夾，井南北。天罇，三，五諸侯南。積新，一，積水東。闕卯，二，南河東。積水，一，河北。水府，四，井西南。水位，四，井東。弧矢，九，狼東南。狼，一，參東南。軍市，十三，參東南，如錢狀。野雞，一，軍市中。老人，一，弧南。子，二，丈人東。孫。二，子東。

鬼四，方似櫃中一積尸氣，七座：

外厨，六，柳南。天狗，七，鬼西南，横河中。天社，六，弧南。天紀，一，外厨南。

柳八，曲重似柳：

酒旗。三，軒轅右，角南。

星七如鈎，在柳下，六座：

軒轅，一，在七星北大。御女，一，轅南小星。内平，四，中台南。天相，二，酒旗南。天稷，五，在七星南。

張六：

天廟。十五，張南。

翌廿二，主太微三公，計二座：

東甌。五，翌南。

軫四，居中，又有二星左右轄：

長沙，一，軫。青丘，七，黑星，在軫東南。土司空，四，黄星，軍門南。軍門，二，青丘西。器府，三十二，軫南。

碧海掣鯨魚賦 以題爲韻。

伊兩浙之名區，實三吴之舊迹。州《禹貢》而稱揚，國《周官》而爲澤。斗牛上應，派引天潢；淮海交通，泉流地脈。西連梁莊、秦駐山，開巨浸之門；東扼日本、琉球港，接諸蕃之舶。魚龍出没，風濤天際而來；潮汐往還，烟島霧中而隔。鼓千層之浪，渺矣無涯；揚萬頃之波，澄然一碧。爰有鯨魚，時常負海，長竟千尋，力雄萬倍。形開巨鬣，勢若垂天之雲；氣吐圓竅，光成倬漢之綵。噴沫則夏雨滂沱，衡波則秋濤磊嵬。長鬐指處，掩三島以失高；巨口張時，呑百艘而猶餒。觀有形於庶類，眞覺大也不倫；念育卵於其中，未知生於何載也。忽有勇猛過人，豪强絶藝，謂懷才既已超群，將用力必須蓋世。二牛抃而任鄙何論，兩虎擒而卞莊不計。斬蛟橋下，伏劍嗤周子之迂；釣鰥河中，持竿笑衛人之蔽。渺焉水族，反掌可擎；蠢彼鱗魚，轉睛能縶。蹲會稽兮侍腊，不必巨緇之投；蹈東海兮揚塵，直須徒手之掣。第見解衣而往，攘臂以迎，翻身竟持其尾，抗手將奪其精。奮呼而身輕似鷺，控御而目怒無鯨。一躍千尋，恍攀龍鬚以去；長驅百里，儼附驥尾而行。翻濁漲於波心，海若愴惶而欲遁；潑洪濤於水面，蒲牢恐懼以長鳴。電掣雷奔，直使三山欲動；雲垂海立，幾教萬艦齊傾。孟賁聞之而膽落，烏獲述之以動驚。雖然，此特文人托興，非爲史氏傳書。但謂氣雄者無敵，甚言力大者有餘。思特一劍之誅，韓公安有；歆擬百川之吸，左相豈如。歸去横山，東坡果曾控也；訊逢杜甫，太白真已騎歟。大抵意到豪時，不必言衷乎實；但使文當妙處，無妨吟涉于虛。如欲按而索驥，必將衆也維魚矣。然而事宜誕而有眞，言過誇而非誤。昌黎驅鱷於片書，大禹駕鼉而爲渡。斷鰲立極，羨女媧之奇能；騎龍升天，誇黄帝之異遇。大臣有補天浴日之才，聖主負旋乾轉坤之具。掣何止於海鯨，追且窮乎月兔。信斯言之有徵，聊秉筆而爲賦。

景賢賦 以“何、王、金、許，尚有典刑”爲韻。

粤金華之人物兮，多聖賢之儒科。乘長山之靈秀，受瀫水之融和。建天地兮無悖，歷古今兮不磨。小魯小鄒，稱焉何愧；江南江北，抗之豈訛。典籍猶昭，良可喜也；丰徽已渺，傷如之何。遐思帝心毓秀，范浚破荒，沉潛易象，祖述素王。纘千年之墜緒，拓萬世之宏綱。洞達《心箴》，表章於朱子；泰然神宇，誇贊於侍郎。故東義金蘭，各聞風而奮起；何王金許，爰被澤以名揚。首稽何氏，杰出武林，閒居養性，閉户薰心。萃時賢於几席，寓往聖於瑤琴。閲今日之詩文兮，錦心繡口；想當年之氣體兮，良玉精金。次稽王柏嗣興，魯齋自處。中懷常服乎北山，好爵不縻夫當宁。吟風弄月，偏題山島之詩；茹古含今，詳著經書之序。縱精純如何氏，固宜望之而深嘉；即粹穎若金公，亦應學焉以自許。試稽蝸室名英，蘭江令望，古籍分披，天機舒暢。《尚書》之表註詳明，《通鑑》之纂編醞釀。仁山號廓，每來秀士咨嗟；金邑風高，曷禁文人惆愴。衡之思誠諸子，應推出群；擬以汲仲等賢，猶不多尚。若夫東邑先生，白雲老叟，知濂溪之淵源，向履祥而授受。致辨分殊於先，要歸理一於後。誦《毛詩》之傳註，御案猶採其刪裁；讀《論》《孟》之篇章，考亭尚待其分剖。洵爲宇宙所特奇，而爲人間所罕有者也。迄今人往風高，年湮世衍，胡寅、胡翰奉其言，唐友、唐龍崇其典。雅懷明月，綠窗題刺史之詩；高挹晴雲，朱閣緬尚書之賽。悟化機於青草，滕公之芳躅猶新；訪名勝於紫薇，劉子之講堂共演。皆本四子所昭垂，斯仰高山而繼善。躬逢聖天子崇儒重道，稽古宗經，英才應運，俊乂盈廷。沐作人之雅化，禀先正之典型。事功、道德、文章三大擔，同思任重；《博議》《前編》《通志》三大書，豈類覆瓶！紹家學於中原，徵文考獻；擷瓣香於桑梓，復性踐形。初逐隊夫名場，羞同曳白；倘趨陪乎殿陛，或遇垂青。

桃花酒賦 以"玉盌盛來琥珀光"爲韻。

品美飲於古篇，識芳醪於仙籙。看火齊兮明珠，盼水泉兮香玉。乘良晨而把盞，何者庶幾；對美景以飛觴，此焉裁足。因材表號，無如竹葉芳春；即實標名，莫若桃花美醁。是酒也，法始太清，方傳醫散。漬自花朝，熟來春滿。占斷流霞之色，風味何如；分來結綺之春，芳澤應罕。郫筒貯處，光灼灼其如桃；春甕開來，香馚馚乎盈盌。故村壚遺賣，柳榼分盛；騷人覽勝，旅客晨征。各典衣而解珮，咸浮白以稱觥。野老醽來，恍在武陵溪畔；牧童指去，疑當潘岳縣城。醉隔壁於三間，欲惹采花之蝶；香開瓶以十里，頻招含實之鸎。則或芳園燕集，御苑筵開，酌黄嬌而悦懌，佇紅葉以徘徊。落數瓣於巵中，有無孰辨；照連枝於酌内，彼此奚猜。金谷羽飛，恍因曉風吹散；曲江杯至，疑遣流水隨來。若夫殽盡几筵，爵空璜琥，咸怭怭兮載呼，各僊僊兮屢舞。

拂紅塵於滿面，衆客顏酡；沾花露以連衣，佳人醉吐。楊妃泚處，倍芬芳以拭巾；桂守嘿時，亦亂落如紅雨。所以珍等蒲桃，光流琥珀。名重下都，品推上格。擬陶公之菊，蘊遜芳馨；方杜老之松醪，無其舄奕。故服之而疢疾消除，亦醶之而容顏光澤。此誠碧漢之瓊漿，蓬萊之玉液也。

亂曰：紅萼造兮凝香，玉瓚儲兮流光。酒云花兮以無二，花擬酒兮以無方。思春醴之旨甘兮，堪一斗而一石；脱無聖賢之明訓兮，吾將泝桃源而覓醉鄉。

嚴瀨風帆賦 以題爲韻。

按浙中之屬郡兮，别州號而爲嚴；係桐君之所隱兮，爲方老之曾潛。嚴瀨水深，浩淼千尋無底；富春山迥，岧嶢七里秀尖。西連穀水蘭川，遙青不斷；北赴梁莊秦駐，新碧初添。春雨渡頭，郁郁一汀之芷；秋風江上，蒼蒼兩岸之蒹。爾乃翠列千屏，江流一帶。過客沓來，行船群會，或分道乎揚鑣，或并流而挂旆。滅明漁火，光炎桐渚之中；欸乃棹歌，響徹富陽之外。鼓扁舟兮潑浪，咸趁勢以過瀧；挂輕席以翻風，各順流而下瀨。第見雲帆隱隱，烟水濛濛。畫槳喧塡而上下，蘭篙蕩漾以西東。白馬素車，簇出何方守宰；霓旌雨蓋，扶來那處王公。晚泊亭畔之楊，水雲歸壑；朝燃楚山之竹，煙霧漫空。繫纜前來，不啻鷗群浴浪；連檣遠去，何殊鴈陣颺風。若夫晨潮起處，夕漲來咸。聲驚霹靂，勢叠巉巖。舟子隨波而出没，梢[①]翁向若以呼喊。舴艋攢而似蟻，艨艟逸以如颿。看去飄揚，寧分沙鷗之與竹樹；飛將歷亂，孰辨烟島之與風帆。斯尤遠觀之特異，而爲佳景之不凡。故有遷客騷人，宰官當路。或駕小艇以閒游，或登危亭而遠顧。華陽戴而挈伴啣杯，《周易》披而焚香覓句。喜風光之不異，且將同李白之秋尋；知名

① 梢，原作“捎”，據文義改。

利之殊途，不必效劉基於夜渡。生也學乏五車，才無七步。羞將白腹，何擲地之有聲；幸托青雲，敢操觚而均賦。

復其見天地之心賦 以題爲韻。

時惟仲冬，日轉南陸。黑帝司寒，黄鍾發育。栗烈兮風凄，嚴威兮氣肅。緬廣澤兮凝冰，瞻中林兮伐木。履長納慶，方幸三至之辰；歲亞迎祥，已占一陽之復。爾乃陰窮半子，運啓昌期。天行東北，地轉巽維。卦以静而方動，爻以偶而配奇。共樂升新之候，咸歌永照之時。謂有脚以行春，猶須待也；若存心於生物，已可觀其。第見淑氣微分，生機忽徧。吹六管兮飛灰，刺五紋兮添線。灩走凌之水，愷澤如流；扇廣莫之風，歡情若現。珠聯璧合，且徵此日昇平；雪瑞雲祥，還兆寰區清晏。重離迭麗，試俯察而胥呈；繼照昌明，一仰觀而可見。若夫群芳欲達，萬彙咸宣。葳蕤勃若，蓓蕾森然。芳芸兮應節馥，柔荔兮感時鮮。松柏凌霜而競秀，枇杷冒雪以爭妍。抽嫩柳於隋堤，恍見無窮之道；逗寒梅於庾嶺，微窺不已之天。至於寒蚓鳴，鶡旦秘，虎始交，雞將字。雉感火而南飛，雁隨陽而北至。屯而又泰，宛剖腹以偏呈；否而仍亨，盡披肝以相示。豈徒民聽民視，可徵耳目於高天；奚止山骨山容，堪察肌膚於下地。獨是化機自費，大道常熙。徂夏秋而莫間，亘今古以如斯。魚躍鳶飛，時昭梗概；水流花放，每露端倪。化育汪洋，寧在東而始見；流行活潑，獨來復以方知。固識往來遞嬗，昔原彰也；至於屈伸代謝，今倍信之。方今聖天子，明同日月，德配陽陰。休風皥皥，道化森森。下民祗懌，上帝時歆。授時因乎夏統，奏樂取乎元音。德合無疆，不異乾坤之運；純亦不已，依然天地之心。

抽秘騁妍，精凝細膩。于復見天地心處，寫得暢透豁達，洵異率爾操觚。長山蓉塘宋夫子評。

雪子賦 以"帶雨不成花"爲韻。

時值氣嚴,候當寒大。凍坼地中,風號天外。硯水滴而如珠,簷乳垂而似帶。罩冷霧兮凄凄,布彤雲兮靄靄。昏鴉繞樹,將密雪之紛飛;凍雀鳴簷,忽陰霖之霶霈。維時陰氣未深,陽光猶煦。將雾未雾,似雨非雨。羌滴滴以方零,亦翩翩而欲舞。交加撒去,幾同謝氏之鹽;淅瀝飄來,未比王生之羽。第見冷氣冲冲,飄風弗弗,水襖思披,薰爐欲熨。隴頭聞客繖之張,江上見漁簑之拂。擬飛春之柳絮,猶疑帶雨依稀;方點硯之楊花,更類沾泥彷彿。倘謂神龍降雹,勢或非然;如云上帝雨珠,誰言豈不。於是鋪來鴛瓦,漏下雕甍。看漫天兮無力,聽擲地兮有聲。亂擊枝頭,孰携珠而彈雀;横堆砌下,誰聚米以談兵。敲竹瓦於黄崗,定覺新詩初就;打紗窗於繡閣,應嫌好夢不成。若夫寒威漸逼,密雪交加。時寒徵於聖世,美景見乎皇家。沾鴛侶之朝衣,均成玉屑;襯馬蹄於御駕,盡作銀沙。盛世歌一時之瑞,豐年兆六出之花。此誠良辰之可賞,而爲麗景之堪嘉。

日添一線賦 以"冬至之後,添長一線"爲韻。

時維章月,序屬仲冬,寒司黑帝,律中黄鐘。宫聲調乎九寸,暖氣入於三重。晷影初回,共樂離明繼照;陽光乍復,咸歌泰運重逢。爾乃日馭徐驅,羲輪緩轡。潛行黑道之間,漸在元枵之次。羌小往而大來,亦短窮而長至。暮返扶桑之島,猶冉冉以經天;朝來若木之津,早曈曈而出地。則有蘭幃繡婦、綺閣瓊姬,每倚欄而工作,恒視日以爲期。謂改歲其陽止,因隨光以測之。淑景方臨,未覩三竿日晷;光華已旦,先添一縷紅絲。思夫小寒以前,冬至以後,近改臘其無多,去升新其未久。紛沿砌以行堦,忽穿簾而入牖。朝暾未出,競喧炙背之兒;暮景將晡,猶見負暄之叟。於是開松牖,捲珠簾,五紋刺,弱線添。玉剪放兮流韻,金針停兮復拈。綉閣寸絲,不異移磚之晷;蘭房半縷,依然測漏之籤。圖分八十一圈，從兹日益；月得四十五日，不必宵兼。第見或剪宫燕，或刺鴛鴦。或裁紈而作袴，或製錦以爲章。覩殘陽其未隱，幸旭日之初長。繡出鵶頭，遠綴數行之線；刺來鴛背，轉增幾縷之黄。若夫志士維乾，終朝罔逸。惜寸惜分，維精維一。《閣帖》兮添毫，裁詩兮益律。不必長繩之繫，且觀惠日重舒；奚須映雪之勤，自有晴曦早出。我皇上夙凜幾康，早朝無倦。甸設庭燎，宫懸漏箭。天將曙而思興，夜已央而未宴。金門未闢，常聽雞人之報籌；玉琯初和，應幸女工之添線也。

天孫之錦七襄，江女之螺五色。律賦至此，吾何間然。長山蓉塘宋夫子評。

呵筆賦 以"大寒撰詔内侍執呵"爲韻。

稽盛事於前朝，羨明良之際會。太白降而磊落才高，謫仙呼而風流學大。長安醉後，來不上船；采石詩成，興思入瀨。一書薦拔，曾來宰相震驚；三疊《清平》，屢沐明皇恩濊。嘗聞内廷應製，前殿揮翰。時當歲暮，候值天寒。料峭侵而霜毫忽凍，嚴威逼而墨瀋頻乾。揮毫礙龍驤之馳驟，落紙妨蛟虎之屈盤。聖眷如天，命宫妃而呵解；君恩似海，傳内侍以吹彈。於是妾媵操觚，嬪娥進簡。翠袖盈庭，雲鬟滿眼。凍融供學士之書，冰釋侍翰林之撰。我茹爾吐，諸姬相對以情歡；此吸彼呼，衆妾諦觀而色赧。第見左右吹嘘，後先易調。染來口脂之香，寫出神彩之妙。啣焉即解，不須解凍東風；吮處皆消，寧俟消寒夕照。天孫爲織，題成錦字之文；玉女報章，草就黄麻之詔。當夫乍置唇間，群含口内，玉涎涓滴以分流，人氣氤氲而可愛。緑沉斜插，幾令梅頰增輝；青縷倒含，宛與桃腮作態。嚼彩毫於舌底，疑餐江氏之花；沾濃墨於眉端，誤點壽陽之黛。由是墨迹横飛，筆鋒迅利；取次交持，更翻互侍。進來倍濕，何憂鄭譯之乾；操過猶温，似向湯池而瀆。倘搦而描早景，旋來遍紙露光；若携而點寒圖，定覺滿林春意。此見帝澤汪汪，憐才汲汲。採佳話於稗官，傳異聞於遺集。方國忠之磨墨，敬禮差同；擬力士之脱韡，尊崇倍十。錦心繡口，且傾紅粉於君王；吐氣揚眉，寧激青雲於宰執。我國家仁風廣被，旭日方多，普萬方於煦嫗，臻一世於祥和。瑞氣蒸而霜不留草，陽和布而雪不封柯。試士瓊林，自有煖杯之賜；爲文玉殿，無須凍筆之呵。

此愚館厚塘時作也。於伯村舊帙中翻得，複閲之，覺呵字尚能刻畫，並不粗率了事。乃知從前負質椎魯，迄今雖無寸進，而於作文工夫，殊不敢偷惰也。對之不覺自憐。己巳小暑日自記。

早霞賦 以"早霞麗初日"爲韻。

當夫曉月方殘，朝暾未杲，玉漏停催，金鐘尚考。愛夜氣之猶存，喜晨光之正好。夢回香閣，鳥驚上苑之林；迹亂板橋，人在山陰之道。聽鷄聲於茅店，灶下爨初；明枳蕚於驛墻，塚邊耕早。第見一天霧氣，滿地霜華。上遲遲之旭日，罩靄靄之紅霞。叠錦鱗兮千片，蒸烟火兮萬家。爲龍爲鳳而爛熳，似輪似蓋以交加。舒艷騰輝，剌出天孫之錦；攢紅散紫，飛將玉女之花。卍丶次第鋪來，不減圓窣呈幻；凹凸頻仍罩上，何殊錦帳鬬奢。不盡光華，無窮綺麗。明北闕而新雨乍晴，映東窗而碧雲初霽。影水則遊魚誤羅，烘林則宿鳥驚繯。軒軒舉處，耀五色於崑山；皎皎明時，燦九光於上帝。紅紗字展，雁度雲中；綵帛圖開，箏飛天際。分蒲關之馬色，訝爲太守之驄；映彭澤之征衣，疑是大夫之毳。于是東西荏苒，上下紆徐。長空一色，萬里相於。伴彩虹而璀燦，隨孤鶩以卷舒。海日紅雲，子美懷人之後；江天緑樹，龜蒙得句之初。餐仙客於空山，豈是丹爐所煉；抹美人於曉閣，如將金屋以儲。我皇上夙禀幾康，命基宥密。日昃不遑，早朝無逸。聽階石以投籛，望庭燎而警蹕。捧玉皇於一朵，金闕初開；臨仙掌以雙圓，玉階始出。太平瑞應，已見含稍之雲；盛世休徵，還看抱戴之日。

詠史

讀宋太宗本末

後儒薄太宗，不恤姪與弟。竟渝金匱盟，殘忍乃至是。豈知燭影下，難解斧聲似。元佐疾有由，忿發遭廢徙。人心屬太子，聞之殊不喜。父子尚如斯，其他可推矣。

王介甫

士恨不通經，經通治術具。如何白眼郎，轉因通經誤。不達《周官》書，青苗爲民蠹。流離幾滿山，執迷猶不悟。通經豈誤人，實由不通故。

趙　普

趙普晚讀一《論語》，謂分其半以佐治。讀書既志聖賢訓，所行豈容有謬異。久要不忘平生言，胡不直爲太宗示。只因記得鄙夫章，苟患失之無不至。

和王介甫讀史詩

忠奸千古何能混，幽獨無非指視時。且就明公居鄞日，老泉作論已先知。

王　烈

重罪不憂官吏責，污名翻畏彦方知。居官但少眞誠動，直道斯民本可爲。

書生諫留兀术

金國岳留宋祚捐，後人何必恨朱仙。權臣在内功難立，少保如聞亦應然。

擬宋潛溪東陽十孝子贊

顏　烏

人生百行，惟孝爲先。求之古人，卒鮮覯焉。維彼顏公，肝胆天植。用力用勞，肫然純德。荷鋤築墓，孝致靈禽。啣土相助，口血泠泠。始皇曰嘻，孝能有此。置縣烏傷，以旌孝子。古稱純孝，物類感孚。顏氏之子，其庶幾乎。

斯　敦

幾諫事親，不從又敬。陷父於罪，子實不令。上書求代，非以沽名。不枉明法，聊效緹縈。洋溢天恩，惟此爲最。釋復其官，本出意外。厥親抱病，刲股以醫。股猶親肉，雖刲何奇。泣血居廬，德薰鄉里。斯孝名鄉，由是以起。

許　孜

嗟嗟義季，天性彌眞。終天遺恨，毁瘠其身。大功方營，棄妻宿壟。朝夕悲號，鳥獸翔踴。墓前松栢，手親自蒔。鹿獨不念我乎，胡竟觸之而萎。水亦有源，木亦有根。劬勞生我，罔極親恩。虎鹿峰高，孝思不墜。天道好還，永錫爾類。

馮子華

孝哉子華，亦又何求。養生送死，云何其優。臨穴惴惴，哀哭蒼天。身處曠野，于今三年。藤纏於床，草生於髮。上帝臨女，勅使嘉瑞。爰爰其兔，燦燦其芝。九原不作，用此何爲。世歷千年，風微人往。采録前徽，深人景仰。

應　先

天乎何辜，遘此閔凶。瞻彼庭闈，倀倀何從。悵望平原，親骸斯在。築室以居，雖死不悔。簋飧鹽酪，於味何如。承歡無自，焉用食諸。不弔昊天，我罪伊何。鮮民之生，較死爲多。白楊蕭蕭，青楓欲暮。高塚巍峩，哭焉誰訴。嗟乎應君，惟終身之慕。

唐君佑

唐氏之子，孝行可風。癙思衃血，永慕無窮。編茅夜臺，晨昏哭奠。淚染成鵑，如將或見。春秋改序，草木變衰。天地晦暝，風雨爲悲。孝已何人，王裒誰氏。茫茫天涯，孰非人子。親兮生我，報寧有期。寢苫枕塊，乃分之宜。好事有司，聞于當路。静言思之，使我心怖。

陳大竭

昔陳文毅公之來吾鄉也，曰：禮義之俗，淳實樸茂，書傳所録。我思陳君，孝行莫加。痛悼親没，終身衰麻。形質枯瘁，不輟哀哭。薦食墓前，烏鳥不啄。手栽松栢，蓊翳成陰。日居月諸，孝敢忘心。誰無二親，君偏不捨。特表鄉賢，以勸來者。

董少舒

嗟哉董生誰與儔。父没築土，累累成丘。親口則含，親棺則蓋。薄送於郊，見已不再。天降嘉瑞，忽長靈芝。紫蓋黄幹，用表孝思。睦冠猖狂，相諭以道。去逆歸順，鄉民獲侽。孝親之至，忠義自流。聖主用賢，當是之求。嗟哉董生誰與儔。

金景文

孝德格天，斯言益信。敦孝景文，百靈效順。祖父罹疾，並禱而痊。光燭廬所，五色爛然。坐誦梵經，鳥獸環聽。旱魃爲災，有求輒應。庶人敦孝，浮珍以舒。澤林盛茂，水出神魚。德修于躬，休祥自至。孝通神明，不爲公異。

賈南金

緬彼賈公，端平進士。厥親云亡，欲從之死。音容猶在，見我夢中。覺而不見，哭喪雙瞳。人生孺慕，至長而止。今公孺慕，死而後已。雖古皐魚大連，不過如此。孝行如公，不愧爲子。

表忠觀落成詩以誌事 五古

緬彼錢越王，卓然百夫特。五代亂離間，能收死士力。發迹起江淮，鄉兵擊破賊。殺宏與誅昌，奄有吴越國。萬弩射江潮，靡焉水患熄。梁祖玉帶旌，唐宗金券敕。世代有賢良，昭昭人共識。趙公來是邦，上書紀忠直。爲觀龍山陽，碑銘撰蘇軾。神宗賜御書，表忠名始得。宋代及元明，享祀從無忒。洪惟我皇朝，祀典崇明德。前賢舊迹遺，草木皆封植。因思錢氏忠，殷勤隆廟食。揭額在臨安，春秋薦黍稷。迄今歷百年，廟庭漸剥蝕。就地許增修，鄉民群奉職。捐土與掄材，早晚無休息。鳩工幾月間，棟宇復嚴飭。松桷煥然新，黝堊藴然飾。斜陽古木中，一朝頓生色。良由慕戴深，落成在不測。

古今體詩

和王明府甲子鄉試分校雜詠十首原韻

奉　調

堂空衡鑑選文豪，頭腦冬烘敢浪叨。氣誼雅知開府厚，才華終讓使君高。書傳驛路飛騘騎，檄發都臺絢彩毫。桃嶺久羈良驥足，此行差逞解牛刀。

代　理

冠蓋交衢亦巨州，簿書煩劇借前籌。漫誇景倩登仙去，旋憶於菟告政留。竹閣莎庭今共坐，冬冰春露定分憂。公家五日稱京兆，杜母行將傳志修。

考　簾

金猊烟噴挹清氛，濟濟賓僚試典墳。屬咏刻將深漏燭，揮毫羞倣近時文。同來律度程多士，樹出旌旗將一軍。寄語南宫射鵰手，休拚秋色與平分。

入　闈

鼓吹轟天鹵部新，行襜淨去閩粼粼。兵丁簇舉成帷袂，士女喧揚夾道塵。衡岳風標群賞識，武林佳麗半遊巡。耳傍記得論公語，蒞永清廉惠愛人。

分　房

十六房分咫尺前，掣籌偏傍聚奎邊。錦袍艷麗秋登閣，烏几清涼夜坐禪。燦燦球圖周序列，煌煌星宿潁川聯。雞鳴風雨從兹始，爭似芸窗擁冷氊。

閲　卷

朱衣何用點同官，一杖藜光夜影單。冀北馬群空自易，歐陽文彀入終難。庭花砌月供評仄，風虎雲龍策治安。特念小知慙大受，掄材辜負杞柟看。

發 榜

醮樓鐘鼓鬧殘更,拆卷爭傳解首名。座下誰人聯沆瀣,田間此日慶揚明。高懸棨戟祥烟罩,捷報門闌喜氣生。鼓瑟承筐來示我,呦呦齊向野蒿鳴。

出 闈

黄茅白葦看頻頻,棘撤房闈眼界新。暇日娱遊窮睇眄,高秋風景最清眞。金蘭館客携樽賀,玉筍門生問字親。迴首華溪棠舍在,重陽引領定來旬。

赴 宴

畫堂陳列玳筵鮮,簫管悠揚舞袖翩。兩月勞心承惠澤,三年勝事托歌絃。才當白傅風流地,景值黄花雨過天。都督閻公饒雅望,應曾同作醉中仙。

回 任

竹馬迎歸十月初,寇公竟肯借年餘。詩吟月夕添新卷,菊傲晨霜發舊墟。一室樹薪留未毁,滿門桃李植無虚。鸞旂仍許從于邁,夜蹴雞聲再讀書。

己巳重陽扃試易明府招飲兼以話别

公門深鎖寂無譁,濟濟文才赴吏衙。宿雨滿城來蠟屐,秋風三徑遍黄花。題詩自喜依韋綬,落帽何心學孟嘉。最羡太平租稅足,年來新句已增加。

驪駒唱罷喜旋驚,傳説登高又送行。偃蹇敢當名士目,薰陶難舍縣官清。酒緣嘉客朝浮白,菊爲離人夜綴英。醉把茱萸思後會,當湖遥望不勝情。

壽楊芝山少尉四旬

砌綻寒梅復一陽，南山晴雪捧霞觴。太公書出年纔半，仙吏官來仕正强。調叶鳴琴風草偃，書成醉墨浪花香。關西自昔稱夫子，愛日同民祝永康。

東坡後遊赤壁

一天寒雨洗殘秋，赤壁重來夜景幽。木落空山人影去，舟穿淺瀨[1]水光流。滿懷風月成新契，擊棹賓朋憶舊遊。悵望美人歸未得，多將豪興寄觥籌。

料峭冬風木葉摧，黄泥畈過雪堂回。衝舟鸛鶴從西去，舉網鱸魚自外來。千尺斷崖扳石磴，一篙明月下江隈。青山緑水尊前約，斗酒傾餘更洗杯。

呈張雲巢太守

高飛漫信羽毛豐，爭奈荆山抱璞同。能咏劇餘牙後論，不材空費手栽功。浮沉身世隨天命，顛倒鬚眉任畫工。庚申，呈荐悞于謄録，曾面稟阮中丞飭戒，上科又悞。賴有先容知己在，芝蘭氣味已潛通。是科道遺卷爲鑒臨劉宗師亟賞，臨郡以經解拔魁，闔屬補廩膳。

瞻韓猶記菘杭年，皂蓋重逢亦夙緣。鮒困久拚終涸轍，人生難捨是情田。恩酬老馬期三世，贄出荒莊愧一錢。肯許階前還吐氣，招來惟望庶人旃。

勸賑爭相出俸金，同爲良相濟時心。蘇魚澤共姚江永，集雁功偕澥海深。師任餘姚，陞任仁和，故云。三任挽留都似昨，闔中晤姚友盛師，公正廉明，愛民重士。臨去，人不忍捨。八州歌咏又從今。福星一路鮮于駿，何地聞風

① 瀨，原作"潄"，據文意改。

不仰欽。

婺州文物競相招，繫得花驄意永朝。明月雙溪澄藻鑑，清風八詠貯詩瓢。師有木癭瓢，爲朱少仙贈。昔從渭北思春樹，今向周南頌伐條。惠政漁陽欣再展，麥秋更聽兩歧謠。

哭門生族姪洪恬

應是文魔妬學文，端儒何處構妖氛。本咯血病，悮説狐迷。追隨患難慙知己，講習門墻見樂群。勵俗宜收忠直報，交朋竟斷善良薰。迴思試邸空懷願，歲辛未，試邸醉歸，翻酒滿褥，生潛滌巾袍，瀹茗以俟，兼辦入場諸務。醒來不勝感激，口占贈之，有"願爾門生亦似君"之句。從此誰人更武君。

窮通久付達人觀，天獨於君忍且殘。半世箕裘雙女止，十年書卷一衿難。龍鐘老父傷開篋，燕婉惸妻泣撫棺。嗟爾有文偏薄命，空令揮筆涕汍瀾。

重九原倡 二首係易明府梧岡作。

驥在駒時齒已奇，我非伯樂愧眞知。堂無冰鑑幾迷目，座有菊觴爲賦詩。人插茱萸兄弟帽，客題篛笠古今辭。扃門謝却催租者，不羨龍山主是誰。

一番檄到使星移，風雨重陽存去思。愧我折腰羞見菊，貪君入室盡成芝。試開童子酬佳節，咏集名賢泛壽巵。莫笑行裝輕似紙，題糕俱是壓囊詩。

和海寧州勸賑詩原韻

霎然歉歲轉爲豐，良吏循聲兩淛同。旱魃竟難爲世害，仁人獨有補天功。能教澤國成淳里，無使流民付畫工。刺史果然籌畫善，救荒蘇困總圓通。

話別棠陰已七年，東西相距憶前緣。計公任永時，別後今七載矣。忽傳恤患回天變，已識恩膏徧石田。調劑從知勞筆墨，輸將尤肯助刀錢。公既賦詩勸賑，又倡俸捐之。河陽舊侶聞新政，每向花前仰畫旃。

何須旻昊雨黃金，善政眞能慰衆心。恩到翳桑情最切，澤甦涸鮒感尤深。黔敖路粥週蒼赤，杜母慈懷無古今。煦育眞如春有脚，閭閻安得不同欽。

昔年校士屢蒙招，冰署琴聲聽暮朝。公任永時每月課士，堂壽屢叨拔取。自愧菲材同菽粟，頻叨鶴俸助簞瓢。傳來鉅製知嘉政，便動離情怨柳條。也學塗鴉書滿幅，願歌五袴附氓謠。

祝年伯母應太孺人九秩榮壽次杜少陵上韋丞相二十原韻

綺陌清和節，瑤池九十春。深仁宜壽考，造物特陶鈞。出谷鶯求友，隨陽雁逐臣。北堂開燕雀，南國化睢麟。橛楔施巾舊，屠蘇釀酒新。柳梯時正夏，桃熟歲經秦。曰耄靈香侶，思齋窈窕倫。闔評情散朗，鄉譽口流津。挽鹿嬪華胄，鳴雞佐大紳。雙珠明蚌月，七葉燦花辰。雅擅梁生配，芳聯孟氏鄰。丸熊成仲郢，膾鯉宴陳遵。識客門無俗，崇儒席有珍。桂蘭培馥郁，圭璧貯温淳。淑德終洋溢，徽音詎隱淪。輸公富好禮，儉己貴能貧。蘋藻隆先祐，詩書啓後人。儀型君子女，慷慨丈夫身。闕下看封勅，崧高慶降神。稱觥偕鞠跽，叨記擷青襟。

丁卯壽文郁姪六秩

東山之麓雲溪宅，中有人焉號幽客。謝安去後悵無人，杖藜更整東山屐。聯吟分韻石泉間，縱酒快談風月夕。栽來藥圃四時春，烟霞笑傲幾成癖。思君壯歲别膠庠，鼓吹笙簧流六籍。談兵著論擬太公，習術窮經追歧伯。風流傾座羡人豪，馬氏五常眉獨白。晚知世事付空花，懶向侯門爭射策。十畝田園高隱淪，滿架琴書聊自適。藝菊蒔蘭卧草廬,半爲修仙半訪釋。翛然高意出塵埃,南面之君無有易。行年今當花甲周,鸞鶴精神冰骨格。握手欽惟棣萼芳,齊眉笑指蘭芽坼。泰和佳氣集君門,發祥想象名儒澤。介壽觥稱值早春,滿樹梅花飄絳席。豪吟屬和有群公,無文愧我枯腸索。啣杯賦就短歌行,願祝幽人壽以百。東塢栽藏不老春,詠懷長撫山中栢。

題畏齋年叔小影

此先君執友也,而留此碩果之僅存。凝然者其秋肅,藹然者其春温。既成名而教子,復執卷以貽孫。迎凉避暑,覽景開樽。行見龍頭屬處,福萃一門;榮膺紫誥,亟受皇恩。推三朝之元老,以號天下之達尊。

二松禪師小影贊

觀公之狀則釋,相公之氣則儒。倘遵傳氏之規,胡以削髮?如證含人之果,胡以留鬚?栽黄菊之三徑,撫青松之二株。豈其師秘演、師惟儼者流,有所托而逃耶?吾亦將過虎溪焉,而與之爲徒。

酬二松大師

山齋鎮日聽伊吾,陋我疎慵一腐儒。松徑旅行尊佛印,草堂高坐晤文殊。荷香清沁楞嚴帙,竹籟凉生玉版厨。自喜逢君閒又得,敢將童冠擬風雩。

漁家傲一闋恭祝洪茂年長兄老先生六旬榮壽

景物芳菲三月天,桃花流水鱖魚鮮。愛林泉,絲綸閒把釣長川。
草履黄冠陸地仙,居鄉相尚曰耆年。樂隨緣,雲沂風浴慕前賢。

和梧岡易明府遊方巖至五峰書院原韻

路繞中峰翠鬱盤,攀捫豈恤步行難。佛原無我空塵世,道譬登高度遠巒。虬影偏教冬嶺秀，雲根不碍碩人寬。未隨仙舄探名勝，遙醉春風也自歡。

其　二

高山流水足知音，勝景天開雅共欽。玉漱一簾遙掛影，松栽三徑已成陰。碑殘未許風霜落，洞古常留雨露深。此日摩挲懷作者，可能如見擬文琴。

由靈隱至弢光

轉罷輪迴出上方，問禪隨喜到弢光。橋通斷澗春流碧，路繞危崖古木蒼。偶坐三生思釋澤，高吟四韻憶賓王。由來淨土稱名勝，幾度登臨寵辱忘。

和重九後五日偕同堂諸友登雪川龍潭

石下本境地名。君新去，潭邊我舊過。坑深樵採少，雨晦魅魑多。乳竇流涓滴，懸崖掛薜蘿。同來山水客，風趣竟如何。

其　二

大造功何偉，層巒聳獨奇。峽間横窾窟，峰頂倒成池。野菊侵陽發，巖松溜雨披。風光看不盡，多處得新詩。

其　三

神龍知在否，鏡水忽凹然。翠黛連東廣，飛流下雪川。林深看犢出，徑仄倩人先。莫是桃源路，清幽别洞天。

其　四

重陽曾獨往，今日又同登。峻壁攀蘿上，危崖脱履升。聽聲投小石，窺底下長籐。莫漫愁龍起，高秋卧不興。

遊　春 有記。

春殘春尚在，徐步隴頭間。石峙千重秀，溪流一帶灣。地偏人意遠，林霽鳥聲閒。欲識廬陵志，無過水與山。

登　塔

寶塔千尋接紫霄，層樓乍上發詩豪。遙瞻景物猶圖畫，俯望江城一錦條。倚檻凌虛紅日近，憑欄摩漢白雲高。偶然索句風聲裏，驚起天門伏虎號。

遊法輪寺

法輪寺宇勢盤旋，龍象宏開别洞天。百仞鼇頭迷翠黛，千重鷲嶺鎖雲烟。禽啼古樹沙門静，日照疎窗梵唱傳。偶坐上方修竹裏，道書看罷聽清泉。

丙寅十月望日偕樓兄大培與姪啓通厲君期華應君廷玉黄君式金暨理通兄弟登舟山絶頂

舟山叠翠倚晴空，勝景巍峩縣治東。爲訪舊遊來古竹，因尋秋景上丹楓。幾家翌瓦登臨外，方罫原田指顧中。杜宇侵陽花蓓蕾，芸薹過雨葉籠葱。衣縈犖确虬巖峻，手界藤枝鳥道通。日落前村人晻曖，烟横小坦樹冥濛。憑高擲石摩天遠，即憇焚茅蓦地紅。諸子風流皆謝客，我無佳句愧歐公。

擬和陸務觀六七月之交山中凉甚原韻

夏日山棲樂，郊原納晚凉。坐依巖樹密，行挹野荷香。倚杖來樵徑，披襟過石梁。白雲無俗韻，高隱趣何長。

題緑竹圖

翠竹蕭踈只數竿，請君試向畫圖看。凌雲節勁清光遠，掃月枝繁碧色寒。笋拔龍孫穿石徑，葉搖鳳尾映欄杆。當年淇澳猗猗日，描寫此中却一般。

瀫溪春

瀫溪流過繡溪南，泉水芬芳勝別潭。汲向外城跬步近，春開鄰甕十分甘。小梅艇賣秋江雨，平渡帘招曉驛嵐。信睦人來釃正煖，蒼甌客去酌方酣。范公一飲詩思出，金氏三盃道妙含。望月紫巖携隻蟹，聽鶯烏石下雙柑。名珍竹葉香應遜，品重桃花色可參。分付酒傭加意造，他鄉曾有謫仙探。

寶掌冷泉歌 次謝翱《寶掌山》七古原韻。

寶掌之山眞奇絶，形勝迥與他方別。虎豹狻猊鐘鼎列，巉巖怪石叠嵬崛。寶掌大師神通烈，雙峰曾教五丁掣。迤邐遠與仙華接，靈鷲飛來勢嶢嵲。下有甘泉漾澄澈，凹然竅穴如天設。應是精英之融結，清泠一鑑當禪闥。潺溪石磴四迴泬，雨後飛流音擊節。松風鼓浪鳴嗚咽，朝汲人形照底徹。烹飲一甌神超越，斬取藤蘿卧石榻。長吟閒把道經抉，鐘響疏籬漫山月。

失路行三十韻 重過清泉禪寺，訪李君希周不值。

行行望武城，道出豐坑口。前途覓主人，忽得相知友。村店問清泉，導我情何厚。陳君高發籠引至。縶維擬永朝，共慰科場後。痴雲放懶晴，自悔輕分手。登途風水淒，客囊困肩負。到城心事違，值府尊下省。三夕空搔首。仗策復來歸，辛苦徒自受。入境曦已暝，曲折迷岡阜。落葉秋山滿，行迹尋無有。一蹶一荒坵，精神愈抖擻。深谷少人過，幾遭野仲誘。林外一聲鐘,急趁柴扉扣。灶下僧懶殘,戲詰名某某。翠微開竹房,重將舊齋剖。上堂喚先生,回言去已久。驚魂飛上天,進退兩掣肘。嗟哉下第生,遭逢胡不耦。君留我欲行,我返君又走。夜話望巴山,竟爾卯和酉。莫是荷蓧翁,莫是桃源藪。白雲舊高峰,黄菊仍瓦缶。悄對獨無朋,兀坐儕土偶。山雨暗深更,汩汩寒溪吼。陳家妙二生,風雅相左右。晚饌供伊蒲,殷勤頻把酒。膳罷倚禪床,一壁孤燈守。青蛚鳴堦下,長歌用自咎。前約業已渝,後盟猶可糾。日至來河東,如期不悮否。

童子告在東祖郁二君云煮茗乏水束裝欲去因草古詞一首戲之

煑茗乏水,此亦天公偶然少雨,欠二碗,客或枯悶不至,取西江遂作鮒魚,何爲乎竟束裝同欲歸歟? 持此叩昏當有與,終不信世俗偷澆,有馬借乘今已無。至水火亦與菽粟同儲,果爾一村人民渴死先無餘。不獨吾與汝就合歸去,同此天公亦無他取。嗟乎吁! 虎跑[①]戴泉古有矣,揭水從師近無諸。今君欲去,莫是陶彭澤或恐田蕪? 莫是張季鷹托思蓴鱸? 一時游戲,翻成笑譜,聊筆記,一葫蘆。

厚塘十景

大雪潭

大雪潭高在石川,兩山峭壁勢參天。一泓聚水微波静,百仞飛流瀑布懸。源溯夾坑泉脈遠,峰迴東廣洞花綿。雲烟罩處淪漪碧,應有神龍此内眠。

將軍巖

峰巒百仞矗朝曛,獨愛形容似將軍。石皺兜鍪誇峕崿,松鱗寶甲

① 跑,原作"泡",據文意改。

羨繽紛。澗泉礪劍横朝霧,古柏排戈簇暮雲。待看登壇逢聖主,凌烟閣上紀元勳。

石棊盤

誰把棊盤峙碧霄,分明仙子奕山腰。縱横一局神斤琢,黑白兩奩鬼斧雕。砲過長河星斗度,車排遠陣月輪朝。羽客爛柯今曷適,空留勝迹在岧嶤。

象巖山

危巒兀立羨名山,號錫象巖上古間。鼻捲南峰攔地户,身高碧漢守天關。晚烟淡罩霜蹄冷,殘雪頻堆銀齒彎。試問埋牙誰洞府,白雲深處匪塵寰。

頭巾巖

一團怪石傍溪津,好似當年錦里巾。兩角崢嶸緇布美,四圍委婉漆紗勻。雲横蟬翼千秋媚,蘚綉虎紋萬古新。豈是龍山風落後,長留古蹟水之濱。

照鏡巖

千尋巨石在深山,象擬佳人體態閒。面對圓嚴窺寶鏡,情同越女望朱顔。風搖緑草梳螺髻,鶴上蒼松插翠鬟。兀坐黄昏誰是侣,月明新柳照眉彎。

石牛山

孤峰峭拔石如牛,寄迹雲霄歷萬秋。背犯風霜眠緑野,身經雨雪立青疇。春花發處騂毫麗,宿霧籠時畫角幽。日暮牧童呼不下,名山竚足幾添籌。

石倉巖

巍巍怪石在山岡,不愧人間萬斛倉。岫聳連厥驚峻絶,巖高鉅廪羡軒昂。丹沙作穀烟霞秀,古壁爲門花草香。恨乏巨靈伸手劈,誰將菽粟賑窮荒。

仙人橋

仙人累石駕仙橋,勢聳晴空仙斧彫。瀑布飛流通澗水,危岩接續峙雲霄。瓊姬夜度青鸞舞,羽客晨過白鹿朝。信是蓬萊名勝地,花明古壁絶塵囂。

麥磨巖

幽巖古怪信稀奇,象似西天麥磨遺。皎雪初堆驚麪湧,陰雷細吼訝聲彌。心堅不待良工換,底實何堪老婦移。誰説得人輕借力,神仙到日轉身時。

方今遭逢盛世，聖后垂裳，大雅之儒，無不流覽詩章，以爲鼓吹休明之具，誠奇遇也。予少愛諧平仄，及出就外傅，師友薰陶，夕弄晨拈，遂成癖好。然蛣蜣轉丸，蜘蛛結網，徒勞何益。己酉春，以學師胡夫子薦，舌耕婺城。東翁宋君，雅有羊棗之嗜，見之謬加稱獎，相與唱酬，又至累牘。今年春，家居無事，回憶去年同學，似存聚散之感，因檢篋中，得所與宋兄及諸故友唱酬者數十首，鈔彙成帙，非敢云詩，第欲存之他日，以驗宋兄之或謊予，且以俟大雅師儒見示教言，此則予之深意也。夫旹乾隆五十七年歲在壬子上元節，菜圃堂壽記。

長山蓉塘宋夫子鑒定。

初夏偕攀龍賀學兄登永福寺浮圖

直上危樓十二梯，迴欄四望别山谿。凌虚地迥江城小，倚漢簷高日月低。旅館下觀蒼竹裡，故鄉遥指白雲西。踈鐘一擊層霄徹，驚得天門伏虎啼。

新篁笆緑籜

茅簷初上翠篁新，緑籜層遮自抱貞。篠嫩微教窺半節，竿柔未許撫全筠。離離篩月虫書少，簌簌凌風蝶粉勾。自受淇園稱誦後，到今堅守不輕身。

夏晚偕諸生天一門徐步

北門出自步遲遲,少長章縫取次隨。園林百畝暮烟鎖,習習輕風撲面吹。又聞在後還笑戲,二三童子繹絡至。回頭叩問因何來,聞道師遊忙陪侍。聽得此言喜欲狂,不愧吾徒樂徜徉。木棉花下同徐步,兩岸蟬聲送夕陽。曲徑纏綿行且止,桑柘低枝拂衫綺。舉頭四望暮雲平,插天城郭參差起。牽衣彳亍下平臯,稻隴青蛙傍水跳。短笛一聲來何處,牧童驅犢出林梢。從容步上小丘脊,殘碑依稀多篆刻。未知何自欲相詢,諸生掩笑無相識。吁嗟人生信是空,隴頭高塚徒巃嵸。安知此碑非古蹟,胡爲至今竟沉蒙。太息憑吊情未已,丘下泉聲流沚沚。臨崖土斷川已分,出水遊魚驚藻裏。隔林疎寺晚鐘鳴,斷續噌吰徹漢清。偶來得句情莫遏,一聲長嘯山月明。拂袖歸來風骨異,村犬狺狺夾道吠。小窗欹坐賦長篇,寫出廬陵山水志。

盤中水石 夏日用素盤貯水,沉小石于其中,置几上,名曰消暑盆。

水一勺兮石一拳,清光蕩漾水晶盆。悟來生物無窮理,携近窗前仔細看。

贈崑山宋先生

先生年八旬餘,戊申鄉荐。今春聖上恩賜檢討,初歸前來晉謁,拈此贈之。

南極星明景運開,新承帝寵出蓬萊。齡餘八秩推元老,位擢三廳羨卓才。劒佩乍隨蓮炬引,鬚眉猶惹御香回。昨宵燈下酬觴後,夢寐還疑太乙來。

嚴子陵釣臺 秋闈赴省,舟泊富春。

不羡雲臺簇寶鞍,江湖自在一漁竿。日觀晝舫腰金輩,窃笑危亭齒舊寒。

其　二

一舸飄然物外遊，朝隨麋鹿暮隨鷗。胥潮千載猶誰恨，驚得鱸魚不上鈎。

祝元圃胡老師八秩壽

翠栢黄花壽域開，八齡初進萬年杯。身從四代驩虞老，學向三朝諳鍊來。朝焕弧南聯寶婺，夜燃太乙照文魁。吾皇昨卜非熊夢，束帛蒲輪後載回。

冬至夜書懷

紙帛燒天夜帳虚，滿城祭奠慶冬除。身違丘墓思何限，遥向東城一拜抒。

思　家

唧唧蟲聲透綺疏，角枕清寒兩地孤。一壁暗燈思遠室，半床明月憶征途。宵間祭奠曾修否，雪後薪糧有備無？客悶頻來消未得，呼童洗爵再傾壺。

亞歲早起

黄鐘昨夜管飛灰，四甸陽生春氣來。我試殷勤問朝日，窮寒黍谷幾時回？

或人求醫誤投館内拈此戲之

君處何人病患罹，倉忙躡蹻往尋醫。不才止識狂愚疾，外此風痰尚未知。

步蓉塘宋世兄書齋對雪原韻

漫天滕六逐風吹，擁氅閒吟道韞詩。酒力微時梅綴萼，茶烟濕處竹橫枝。桂華未夜鋪瑤砌,楊絮非春點硯池。書屋自名環翠後,書齋額,其匾曰環翠書屋。而今環素一番奇。

天孫今日巧施爲,剪散銀花滿樹垂。巷静掃苔烹活茗,庭閒呵筆和新詩。寒光倒映芭蕉砌,冷艷斜侵薜荔帷。賓至若詢佳句在,灞橋驢背是吾思。

春　雨

清明時節家家雨,司馬光。百畝庭中半是苔。劉禹錫。春色滿園關不住,葉清逸。東風愁寂幾回開。高季迪。

春　晴

東風嫋嫋泛崇光,蘇東坡。兩兩時禽噪夕陽。朱淑貞。最是一年春好處,韓昌黎。桃花歷亂李花香。李太白。

春　夜

一痕新月在梧桐,文徵明。金鴨香消翠被空。劉泰。春色惱人眠不得,王安石。誰家吹笛畫樓中。趙嘏。

謝玉岩蔣學兄惠書

足下工書世所稀,鸞箋潑處墨淋漓。龍蟠玉匣藏巾後,月上瑤臺展軸時。不惜五雲誇獨絶,輕將連錦擲相知。宋窗只有談雞在,恐異鵝群未敢遺。

田家麥稔

黄鋪丘隴緑鋪疇,荷畚歸來喜有秋。分付家人觀野碓,水輪壞處且增修。

朝携銍艾向南皋,牟麥如雲匝地饒。香穗雙歧堅且好,老翁束打小兒挑。

打下金莖顆顆黄，蒸成午餉饁分秧。鄰兒餅餌休誇示，今歲吾家亦滿筐。

初夏即事

雀茶初煮試新絺，簾外輕寒細雨遲。記得去年春漲日，全家浸溢上樓時。

戲答子規 子規一名杜鵑，常叫不如歸去。

夏入園林翠四圍，客心孤悶故鄉違。杜鵑不必枝頭唤，且待端陽我自歸。

客中歲月等閒過，看盡春花又插禾。羈旅亦知歸去好，爭如歸去舊愁多。

步諸生夏晚出天一門散步 原韻

薰風拂袖引荷香，緩步郊原逐晚凉。霹靂一天過雨後，流泉無處不宫商。

城上高懸落照明，緑苗披拂晚風清。牧童未夜歸來緩，隔岸猶聞短笛聲。

夏　夜

銀釭璀燦小堂東，羽扇輕摇坐晚風。酌罷偶來松架下，緑槐亭際月朦朧。

秋夜偶咏贈諸生

高齋蕭灑類槃阿，偶步空庭冷氣過。竹徑已關人迹少，瓜棚初去月光多。香浮茗鼎生幽思，火熾薰籠伴寤歌。發軔有期須勉學，時將考試。挑燈休問夜如何。

和宋世兄詠菊十色

白剪絨

茸茸剪白綴枝頭，送酒人來一色秋。細碎欲詢誰剪就，素娥青女曉粧樓。

醉楊妃

浥得瓊漿五夜初，香寒艷冷頰凝酥。芙蓉帳出嬌無力，幾度迎風倩蝶扶。

荔枝紅

淡紫深紅一笑堪，雲烟玉蔗本同甘。樊川早向楊妃植，何用包馳貢海南。

粉牡丹

晚節幽芳儕隱逸，胡爲名與牡丹俱？只因陶後無知己，聊借繁華引世趋。

馬耳黄

金攢片片竹斜裁，聽盡秋園羯鼓催。九日馬臺簪戲後，飛塵閒染一頭回。

西施面

素質嬌容晚更妍，採香徑裏笑嫣然。怪來當日陶彭澤，把酒携君愛獨專。

御衣黄

六五黄裳位在中，金風開扇耀秋容。曉來輕霧迷離罩，疑是香烟傍袞龍。

太師紅

新紅不借錦袍絲，婉婉凌霜勁直姿。欲覓御衣黄下伴，太師陪架定無辭。

金龍爪

籬下秋風屢舞飛，朝朝弄徹露珠晞。登高莫佩袍裳側，作繪原來帝者衣。

鵝兒黄

金毛淺翠未長鳴，穿出東籬三五群。逸少園中如種此，山陰籠得定疑君。

贈寄軒張學兄

寄軒諱汝房，浦城士也。年甫壯補廩膳。工詩，尤工古體。有稿一帙，多經名公評定。庚戌冬，予館婺城，東翁宋君攜其稿于予，得與觀焉。嘆賞累日，拈此贈之。

張君寄軒眞奇負，瀟灑胸襟羅萬有。西泠毓秀出英才，舊家錢塘。和鳴特假分章手。古風豪壯漢晉間，排律奇横抗杜叟。下筆幾同霹靂驚，文成欲使蛟龍吼。更有嚴氣浩然伸，滿腔正性昭星斗。壯心不因窮達移，風流克纘留侯後。宋君蓉塘雅慕君，詩草携來云某某。晨盥薇露伏高吟，令我一篇一肯首。嗟予垂髫已伶□[①]，四壁家徒惟一耦。乍讀君之旅懷詩，集中旅懷詩，懷父母也。有"古人愛日因何事，幾月晨昏定省

① "伶"下字漫漶，疑"俜"字。

疎”之句。痛我鮮民欲踏厚。又讀君之《紫荆篇》,《紫荆篇》,詠兄弟也,有“只願同根死,不願異根生”之句。痛我煢煢誰左右。至讀窮達不變語,下第詩有云:“縱敝黑貂裘,猶全三尺劍。平生區區心,不以窮達變。”箪瓢清操愈堅守。文章果從眞性露,贈友詩有“彫蟲非是壯夫爲,文章要從眞性露”之句。君子立言誠不苟。欽御難追吉甫風,古來張仲原孝友。相逢何必舊相知,縞紵相投良非偶。握瑾懷瑜正及時,雍熙遭際唐虞后。四門開闢攬英賢,肯令宏才終畎畝。轉盼青雲會有期,詠歌清廟垂不朽。平生欲作歲寒交,《新竹詩》有“好隨荃蕙分秋色,還約松梅共歲寒”之句。小技彫虫不棄否。

抱經室詩文初編

〔清〕吕傳愷　撰

自　序

《歲寒草》者，奚以名？以其聲名之也。夫四時莫不有聲，歲寒之聲，悲聲也，悲聲無不寄其於草也。蕭蕭瑟瑟，屑屑悉悉，如蠏行沙，如鼠夜出，如螽羽相切，詵詵揖揖。微矣哉，聲也。審之而不諧，引之而不韻，人之聽之也若有聞若無聞，偶然相值而未嘗憖置於耳也。然使羇人怨婦懷抱不平，塊然側席，獨坐夜聽，則有淒淒楚楚，歷歷在耳，感從中來，淚下如雨者矣。是故草本無聲，有激則鳴，聲無足取，意感而與，亦各有其時也。且夫物剛則有聲，柔則無聲；泛然無泊則無聲，苟有所縶則有聲。束絮而捶之，雖百擊不能發其響；帛而裂之，則足以粲妖姬之齒。懸百丈之絲，彈之而不鳴，紘而柱之，鏗然滿乎大宅。惟草亦然。和春陽夏，芊綿猗那，隨飇舒卷，不韻而波。洎乎葉枯榦立，涼飈摩戛而聲作矣。然芟而崇之，有飄然下上，已爾根縶於土，風搖其巔，不拔不撓，雜然乃號。其在於人，則長沙之賦、江潭之騷、杜陵野老之詠歌，皆是也。雖大小不同，高下殊致，其所以爲聲則無以異矣。余性不能詩，遭值世變，心有所縶，不能自已，輒率然賦之，凡得若干首，既而視之，恧然汗淫，悔不更作，將聚而燎。諸妻見而奪之，曰："吾三載蠶，緯而爲繒，粗惡之未嘗服也，然以其成之力，且捨是，則無有。鄉之人貌寢，使工圖之，怒而投諸火，其貌終不傳。"余笑曰："有是哉，余姑以惜吾力也，余姑以存吾貌也。則何恤乎粗惡寢陋，不諧不韻，無以置人耳乎？而豈有羇人思婦聽之而感，感之而淚，如歲寒之草者哉！夫其於歲之寒則若是焉已矣。"庚子小寒，日虛谷主人自識。

抱經室詩文初編目録 光緒乙巳年刊者。

歲寒草

勞生草

虛谷文

右拙集三種，本意止刊《歲寒草》，因篇帙太少，復掇拾庚子前至壬辰并少作數首，爲《勞生草》附焉。雜文舊稿，亂後奉諱南歸，倉皇遺落，今存者殘餘無幾，以多係庚子亂中所作，故並附於後。竹頭木屑，篡作家具，見者縠之矣。

歲寒草卷一

憂　亂 庚子五月

羲馭潛雲窟，妖氛萃輦轂。蛙怒擬豺狼，紛紛鬩蠻觸。訛言神鬼驚，妄迹戎夷伏。久鬱能無噎，正恐激炎毒。拳勇徒階厲，竄獸無約束。況茲狡獪徒，得志即虺蝮。成敗兩塗炭，深虞亂世局。寄語當路人，善自運機軸。

毒燄漲天黑，城闉一炬燔。曾無毫末益，先自精華殫。姦宄誠難忍，縱惡良可歎。豺虎當路嘷，狐鼠助喧讙。閭閻遭劫掠，市井半摧殘。百十釜中魚，相持浹辰閒。傷夷已及千，徒歎仰攻難。況彼群醜來，何以捍狂瀾。鼠窮技立盡，猶自肆欺謾。蚩蚩倡亂徒，詎解策治安。胡爲食肉鄙，翻思假羽翰。徒然逞小忿，曾不慮後艱。欲言路先塞，孰向剖忠肝。書空長咄咄，淚血暗中彈。

歎　逝

嗟哉乘時客，要路日馳逐。風鶴乍聞警，掉頭苦不速。輕裝挈妻兒，喘汗走奴僕。猝遇揭竿徒，傾囊飽其欲。東西亂奔竄，傍徨坐涕哭。空自網羅投，難云趨避熟。嗚呼死誠艱，千秋大義燭。樂樂亦憂憂，將誰諉苦毒。胡爲雄飛者，一朝盡雌伏。始知識時傑，到處爭捷足。

時事日急書以見志

妖孽無端出禁中，達官奔走一城空。河山浪擲成孤注，人鬼僉謀説大同。慷慨一身曾許國，艱難八口盡懷忠。天心悔禍知何日，仁聖應能格上穹。

夢見慈母賜以甘蔗命之曰此節節甜矣醒而賦之

南北風塵音訊艱，白雲迴望涕潸潸。客中愁苦勞慈眷，夢裏分甘慰別顔。遙識朝來持玉玟，不堪日夕撫刀環。生逢離亂情何極，忠孝難言鬢已斑。

明日重賦

草蟲食苦豈能甘，蔗境憑將夢境參。多難未堪方集蓼，深恩欲報莫投篸。諼花自是忘憂好，諫果還從餘味探。滿眼荆榛歸不得，懷中淚落陸郎柑。

謀寄家書不便

滿目風塵隔，艱危萬里身。思鄉生白髮，遍地起黄巾。烽火驚心久，更聲攪夢頻。賓鴻何日去？爲我謝雙親。

庚子六月紀事罪言

天柱欲折地維傾，轟然下擲來妖星。毒霧瀰漫滿大谷，散作青齊幽冀之亂民。聞者戒心識者恐，乃有愚夫愚婦歡呼跳躍如雷鳴。噫嘻！何獨人心思變亂階厲，乃自宰輔王公卿。經國奇猷未易管蠡測，直欲借此一舉報仇洩忿大功成。嗚呼！遠自軒轅近列聖，勘亂奚止百千萬億經。堂堂正正稱王者，豈有妖人術士相誇矜？蠢兹醜鹵人神憤，得失詎關强弱形？文德聿修武備飭，赫然一怒，似此幺魔小醜何足平？惜乎不學霍光未聞道，惟有稗官野乘、街談巷説久服膺。經綸别入非非想，氣味何怪合淄澠。豈知奸民煽亂亦有術，無非借端蠱惑相師承。鷸蚌相持兩喪敗，彼乃坐享漁翁羸。所以聖王治世垂厲禁,凡在左道立殺無赦有常刑。不聞此輩沙中坐偶語,祇緣天久亢旱廢春畊。適遇大臣忠憤久鬱結,暗中招納相與共功名。毒蛇添足虎傅翼,從此盜弄潢池兵。教民屠僇教堂毁,刳腸剖腹誰與爭。蹂躪畿輔入京邑,群聚輦轂恣横行。云是有術能使火自起,能使敵人槍礮不能聲。嗚呼!貴人濟變多方略,乃使兵連禍結、神號鬼哭天惶驚。自從春莫來帝闕,無賴狐鼠紛結盟。廣設壇場習拳勇,有如羅刹鬼趣狀猙獰。五城循例班條禁,其奈渠魁潛處親王庭。紅巾抹額握刀走,縱横街市誰敢憎?譁傳天遣神仙滅夷鹵,誰勿信者血染猩。家家勒令焚香拜,又催户户懸紅燈。小民身家各愛惜,性命孰等鴻毛輕。一旦猖獗亦已甚,猶云報國矢忠誠。君子信盜亂用暴,坐觀毒燄向空騰。夷巢市月不能燬,鬼火早上城樓甍。延燒市户成千百,金玉錦繡化作火雲昇。萬邑膏腴天府聚,一炬已竭精華精。此時天子始聞見,下詔捕捉無留停。金吾上將解媚竈,炎威詎肯當途攖。禁軍十萬貔貅列,招邀貓鼠爲同朋。況乃入關董卓驕悍久,羯奴狡獪機暗乘。滿腔忠義恐叵測,未必將軍願太平。嗚呼!叛民易殺寇難滅,坐使西鄰責言入耳難爲聽。深仇已結成騎虎,於是遣官招撫爲團營。軍容倏忽現變相,督隊乃有賣丹行乞之妖僧。高旂大馬志願足,殃禍慘及百萬生。吁嗟叛族誰不懟?强寇誰不懲?善謀能斷兵食足,思患預防宜兢兢。孫傅何桌成底物,殺賊乃仗一郭京。不愁黄巾作米賊,翻誇力士有六丁。虢國徵神内史歎,臺城佞佛佛無靈。矧此妖民同鬼蜮,鼠技立窮夢易醒。刻鵠類鶩虎類狗,掩耳何堪竟盜鈴。嗟乎王黼邀功猶乘勢,侂胄復仇曾请纓。强鄰偵伺幸未發,防維正賴股肱能。寸籌莫展平戎策,出手孩兒已倒綳。潛憑妖讖作秘術,上驚廟社羞朝廷。奇聞創見古未有,鐵中猶自命錚錚。不記甲午前年逢陽九,中朝氣運尚蒸蒸。上至縉紳下耕鑿,壯志誓欲築鯢鯨。一聞盟書下天闕,哭聲震地天爲青。若使一鼓乘衆怒,百戰竟可蹴東瀛。彼時公等久在列,垂頭束手徒涕零。事機坐失臍難噬,補苴罅漏百不勝。瘡痍已潰膏肓病，禍機重搆豈人情。況今門闥盡仇敵，環球虎視百倍并。一誤再誤皆殊絶，豈非妖孽由人興。嗚呼孌人肉臭那堪食，可憐蒼赤膏血飛青燐。衹今兵搆兩閱月，神京擾擾如沸羹。將星忽擲門户失，聶士成死敵。血肉逐彈飛砰訇。妖人吐舌民情解，中書束手目徒瞠。小臣日夜悲憤無可説，惟有焚香涕泣拜跪陳太清。六月望日，率家人哭拜告天，言皇上聖明，爲庸臣所誤，小臣無力挽救，願禍我一家，無及聖上，不自知其愚且僭也。蠻夷猾夏此焉極，豈有乾父坤母坐視宗子之憑陵。蠢夷逆天不受裨瀛限，造作貪謀毒械和戰俱難憑。斗筲之人誤國洵堪恨，惟賴上帝好生我皇夙聖明，勿使詐力逞强仁義弱，掃除妖孽歛欃槍，自今開國承家，小人勿用永永叶師貞。禱罷空中如聞神語答：咨爾下土臣，上帝錫吉徵。歲在析木利禦寇，八國慴讋散縱横。慎勿畫卦懸旄旌，待召和甘洗羶腥，勗哉上薦明德馨。

危城曲

危城壁立何巉嵲，寒威六月飛霜雪。蝨賊内訌敵外逼，十步五步流人血。昨日君王已賜玦，誓將山河尺寸裂。健兒惡少盡英雄，報仇洩忿恣剔抉。到處揭竿號義旗，豺狼狗馬從何别？有刀且用殺敵讎，何苦孜孜自屠滅！陰雲慘澹氣凛冽，鎗礮隆隆冤聲結。强敵未至力先竭，紅巾一裹金甌缺。逐虎反與虎作倀，爲虐豈非更助桀。滿城生命寄蜉蝣，手語相逢各嗚咽。嗚呼！不愁豺虎能噬人，只患義民來不絶。

黄金臺

水上臺擁黄金，臺下水照丹心。黄金築臺納賢士，易水悲歌壯士死。興亡得喪詎由天，餘恨千載留人齒。七雄交鬭四海煎，儀秦三寸竊大權。原嘗信陵下馬拜，雞鳴狗盗時世賢。斯時廉節棄敝屣，儒術迂疏那復理。魯連先生東國珍，拂衣蹈海卻强秦。侯嬴田光亦俠烈，報國能捐七尺身。荆卿意氣友屠狗,慷慨僅堪牛馬走。縱有丹心能幾何?輕送山河入人手。不見水上黄金臺,黄金散盡賢人來。昭王功業一時恢,可憐臺下易川水。荆卿渡過燕社圮,水聲嗚咽含羞恥。

望鄉關

望鄉關,鄉關遠在白雲閒。水藏蛟龍陸猛虎,止有高飛可往還。浮邱翁、廣成子,掉臂游行不我以。桃源雞犬異人閒,借問仙鄉何處是。我今思作丁令威,翩從雲中歸去來。生恐玉京多羇絆,不比閒散在蓬萊。但得將軍如周處,隻手屠蛟箭殺虎。長途萬里無困苦,便處他鄉若故土。

時城中盡行遷避友人相勸同行作此謝之

無端兵禍發,驚擾日三四。十室九遷移,倉皇齊引避。親朋吁喘來,勸我早爲計。即未挂冠行,且向山中寄。不然遣家屬,毋爲俱待斃。我聞心骨悲,殷勤謝厚誼。束髮事詩書,寧不聞大義。委贄作人臣,理無貴賤異。雖非守土責,事急難捐棄。有妻願從夫,有子樂隨侍。賢愚雖殊科,各守匹夫志。弱弟自南來,間關良不易。同遭網羅厄,撫衷乃自愧。人生各有命,禍福隨天意。豈伊貪瓦全,甘心共玉碎。持此答故人,握手一揮淚。

聞天津警信

烽火連雲白日昏,驚傳夷鹵陷津門。紅巾滿地群狐竄,黄霧迷天萬馬奔。報國將軍空墮淚,籌邊閣老已無魂。蒼生願爲吾君死,速斬王恢即主恩。

太阿曲

吴楚爭桑,季郈鬭雞。讒人搆其閒,百事成禍梯。前車苦不鑒,後悔難噬臍。鞭長不及腹，投鼠思忌器。狂人持太阿，反自斲其鼻。沐猴而衣冠，鮮不震天地。公孫彊兮公孫彊，曹社胡爲待爾亡，爾何面目對君王？先穀兮先穀，舟中之指今可掬。奈爾剛愎猶未足，爾今聽唱《太阿曲》。

乍　喜

玉兔翳浮雲，金烏皓無滓。祥光徹大千，熒惑倏退避，時雨散飢民，密室全敵使。事豈關人爲，幸本由天意。威信懾群夷，馨香斡元氣。從兹四海民，共沐君王賜。

哀高門

正陽門外火已灰，正陽門内礮如雷。軍士聲言擣夷穴，鏖戰五旬不得拔。卻愁穴中珍寶多，負嵎固守奈寶何。摸金校尉鼻火出，怏怏遂顧而之他。左右高門羅第宅，食肉噬肥急何擇。傾囊倒篋一洗空，貴人坐視不敢惜。東家已盡復西家，紛紛擾擾如亂麻。此時長安暗無日，遑説祈父爲爪牙。我聞旗營副都統，一門慘死竟無種。又聞農曹滿尚書，忽騰蜚語坐囚拘。昔日曾經戮廝養，去作團民禍反掌。睚眦相尋毒螫深，到此那堪更設想。聽我此言慎勿嗔，斯時何用作貴人。華屋朱門半凋喪，不如蓬藋可保身。

陶然亭

錦秋墩上澹塵囂，一望憑闌感又招。名士飄零悲粉蝀，醉徒淪落脱金貂。風流往事尋僧話，潦倒新愁借酒澆。日暮城頭嗚畫角，可堪蘆柳更蕭蕭。

感　事

冷宦年年坐歎吁，多因厮養更躊躇。蒼頭欺主如便了，赤脚妨人似的盧。穎士奴誰施撻楚，康成婢豈辱泥塗。千金難滿無窮壑，不比豚魚易感孚。

餘生井底拯沈災，仇報深恩事可哀。作賊那知奴叛主，論心還欲僕臣臺。短狐工射誰能料，妖鳥斜飛竟不回。堪笑子淵《僮約》在，而今何處覓癡騃。

亂中雜述十首

羽書日夕至，傳聞陷北倉。去賊百餘里，上下競倉皇。倉皇但避敵，誰及官軍防。擄掠日已久，搏噬如虎狼。提刀捉車馬，捆載及時颺。得車更索御，那顧僕人亡。坐執主者名，逼使李代僵。貴官駕短轅，十里百金償。逢之叱下乘，敢顧車上裝。踉蹌避道遲，身命膏斧斨。如此三五日，蹄噭絶城廂。乍喜官軍去，幾將寇敵忘。

逃軍西出城，敗兵東入郭。本是亡命歸，到門翻刼掠。亂民紛乘之，各自飽囊橐。黑夷敵先驅，時外城先見印度兵，故云。踵至竟罔覺。豈無守陴人，想亦狐隨貉。況聞敵來時，三五無部落。茫若喪家狗，東西亂插脚。倘得勁兵百，直同羊豕縛。反謂勤王來，聚觀相笑樂。漸使腥羶集，郊壇蒙毳幕。巍巍帝王都，一旦風吹籜。兒戲有如此，豈云鐵鑄錯？

城郭一墻隔，消息斷不通。連朝坐待死，何用知賊踪。惟聞衢路閒，砲彈聲隆隆。夜半禁林火，一炬沖天紅。北望隕血淚，疑信尚夢夢。或云城敵逃，巢穴成火攻。豈知三日前，大事早虛空。出門赴急難，已是議和戎。

死生縱有命，誰能破此關。垂白諸公卿，蹬蹀塵埃閒。高軒苦不穩，到此健且頑。那顧尊貴體，且逐亂離班。半途念嬌女，老淚忽潸潸。曾不思帝后，聞者爲赧顔。吁嗟絲麻重，竟爾同蒯菅。敵來未殺人，勸君且復還。

崐山火炎炎，何分玉與石。嗟哉諸豪貴，甘溷風塵迹。尚書執庖廚，侍郎共掃滌。史公牛馬走，儒冠亦遭溺。但識且偷生，遑復知辱國。不見高明家，勢去來鬼責。忍痛第須臾，門庭自烜赫。莫學輕生流，殁後無人惜。

紛紛避難者，莫向蘆溝去。頗聞甘肅軍，逃亡當此駐。專截城中人，刀槊横大路。刦物復借頭，冤屈將誰訴。日來御者逃，豺虎頓失據。箱篋空纍纍，有車不能馭。閴然鳥獸散，輜重委無數。長途乍可通，强寇還恐遇。

京師百萬户，居民半惡薄。未卜誰死生，乘危已剽掠。身命得苟全，貪癡逾妄作。視彼殷實家，閧然爭取攫。健婦勝惡男，攘臂尤踴躍。所至如飛蝗，秉穗鮮遺落。眈眈滿衢巷，坐待及時穫。貧富在俄頃，誰復甘退卻。譬彼蛇無頭，遂如龜脱殼。竄伏豺狼窟，惴惴日驚懼。得去莫復來，此鄉安可託？

敵來三二口，畫地各分守。踽踽掉臂行，競向閭閻走。初至猶逡巡，恐或議其後。居民思獻媚，當户持雞酒。再來便無忌，漸與人狎狃。可知敵情怯，胡行未敢陡。墻壁伏兵戎，無難殲群醜。奈爾心膽碎，虎鬚誰捋手。况幸未兇殘，擇肥噬亦偶。較之亂軍民，席捲此猶否。遂使閭巷閒，狺狺惟一狗。莫笑晉靈獒，獨向夫獒嗾。

悵望九重闕，旦莫涕沾裳。故舊半誅戮，新進悉逃亡。欲戰人何有，欲和誰與商。崎嶇草莽閒，未審果安康。大亂經旬日，茫乎無主張。長使犬羊逆，鼾呼卧榻傍。不知郭李輩，何以急吾皇。一身幸未死，尚冀睹重光。東西走問訊，探索邈無方。人生竟到此，天道真茫茫。

微生若螻蟻，報國苦無路。拚此八口家，效死矢勿去。敵來數日前，商量陳死具。畢命謝君王，清白完吾素。虎口得餘生，倘有神靈護。城陷賊不屠，沿門索雞鶩。閉户戒勿納，去之亦不顧。里鄰財物盡，取求無旦莫。處險獨如夷，天幸寧非數。民盡懸旂，吾家獨否，敵以爲空屋而置之。飢寒强復忍，鄉關或重度。傷心白髮親，驚疑恐傳誤。拉雜書此篇，何時得持訴。

秋　思

城上陰雲慘不收，寂寥氣象亂生愁。銜山赤日從西落，入海黄河向北流。玉樹葉凋隋苑晚，金莖露冷漢宫秋。豺狼窟裏蟲聲咽，留得驚魂欲白頭。

九重城闕晚陰陰，破瓦頹垣感不禁。暮雨蒼苔迷戰血，秋風黄葉阻歸心。長門已燼滄桑變，太液無波寇敵深。行在近聞宣魏絳，醜夷毋事久相侵。

斜陽閃閃照金臺，閉户偷生事可哀。犬吠遥知鬼影過，鴉飛卻避彈丸回。空囊已自愁三斛，小酌何從覓一盃。井竈荒涼兵革裏，幾人相訪説餘灰。

西郊古道幾横斜，秋草離離自著花。文武衣冠趨野店，王侯車馬滿山家。翠華縹緲無消息，金鼓銷沈坐歎嗟。聞道禁軍猶十萬，無端談笑老蟲沙。

征鴻迢遞沮鄉關，生死傳聞萬里間。戀闕微官餘傲骨，倚閭慈母益衰顔。身經虎口緣知命，夢跋狼胡且未還。看盡黄昏天際月，清光夜夜故園山。

苦　日

白駒嗟過隙，難得長繩繫。人生悲老大，流光常恐擲。獨此陽九會，日月苦不逝。一日已三秋，況乃百日計。長使亂離民，飄飄失所寄。乍看道旁人，相逢若隔世。速策陽烏行，毋爲久留殢。

鴟鴞吟

鴞鳥來何方？啾啾鳴屋角。窺我屋中雛，爾意何太惡。有雛翼未齊，危機蹈豈覺。跳躑集爾旁，險被强肉弱。嘵嘵唤雛回，幸未遭搏攫。毛羽免摧殘,精魂歘銷鑠。故巢不復安,意態殊非昨。豈伊嬴負螟,有如蛤化爵。今年風雨狂,飄搖室家落。外侮更迭乘,内憂紛以錯。恩勤代母慈,俯仰期有託。一朝變爲鴟,也似母睛啄。不怨爾心歧,但苦吾命薄。嚶嚶召同侣,莫予相救藥。鴞兮雖殊族,飛鳴常一壑。胡爲生性頑,同類相殘虐。不念予悲鳴,翻助爾歡樂。苦口對雛言,狂飛爾且莫。何如健六翮,相共翔寥廓。不逐鴟鴞群,安所逢矰繳。

中　秋

客中見月歡懷少,亂裏逢秋淚眼多。底事浮雲埋玉兔,翻教刼火照銅駝。仙娥掩面羞兵甲,山鬼潛形幻薜蘿。何日一清妖蜃氣,良宵依舊鏡新磨。

陰雲漠漠暗荒城,獨坐愁時淚欲傾。天上蟾蜍空有暈,人間雞犬已無聲。淒涼蟲語當風咽,黯淡燈光照雨明。萬里關山同此夕,不知何處月晶瑩。

雨中憶行在

畿疆遥望五雲停,法駕森嚴護百靈。妖讖豈關熒入斗,悲聲忽聽雨淋鈴。禁門已作烽煙黑,驛路愁看塞草青。節使急圖興復策,前宵朗盡紫薇星。

諸　將

驪山宫殿已成灰,不見平原匹馬來。鹵騎縱横穿紫塞,屬車駱驛動黄埃。侍臣近進滹沱麥,大將遲開庾嶺梅。李泌無人陸贄死,更誰解撰詔書哀。時車駕至山西,粤督奉召未至。

財賦東南萬里疆,戎心無日不包藏。海隅自古多蛟鱷,天塹於今集犬羊。不信波濤驚壯闊,翻令寇敵作康莊。諸公既重封圻責,莫遣紛紛更逞狂。

茫茫滇蜀界重關，金穴銅池寶藏山。屬國已將白雉去，賈胡猶望碧雞環。貪人殉利終無賴，老將籌邊且未閒。但使諸軍能力戰，崎嶇天險孰躋攀。

爲憶從龍戰績多，興王事業幾銷磨。山逾蔥嶺皆甌脱，水入松江半鄂羅。都督兩兼文武重，殊恩百倍沛豐過。軍儲竭盡東南力，棄甲于思奈爾何。

十萬禁軍號虎貔，關西出將本來奇。安危共仗中流柱，宿衛同誇外宅兒。賈勇身曾經百戰，談兵氣欲奪群夷。如何叱咤千人廢，準備西巡扈蹕師。

陷　城

魚游沸鼎已三旬，鳥墮樊籠奈一身。日食將何謀蟹稻，鄉思空復感鱸莼。魂隨玉輦傷心久，夢挽銀河雪涕頻。豈有江山真敝屣，可堪和戰俱無人。

夢　起

時危多惡夢，世亂識民情。狐威專假虎，鳥語不離鸚。敝廬愁暴客，殘卷慰餘生。旅夜頻推枕，無門可請纓。

聞李相將至

久傳相國自南來，雲裏詔書疊疊催。曉市摩肩人漸集，覆巢完卵鳥思回。正憐苦雨秋蕪滿，想到重陽野菊開。涸轍求蘇歌代哭，遺民聚語有餘哀。

遣　悶

茫茫瀛海九州環，設險真同百二關。多恨滄溟非弱水，難教丁甲盡移山。祖龍鞭石終成幻，儀鳳鳴琴未格頑。文德交修武備足，蕩平何事畏夷蠻。

紅羊刼運苦相侵，恤緯孤嫠隱痛深。牧馬豈無去害術，毆魚竟有爲淵心。久虞大道將波靡，不信中原遂陸沈。天意未忘人事改，宿痾待起急砭鍼。

病中自遣

亂離臧獲盡長辭，賴有妻孥自護持。細弱那禁風雨瘁，飄零更被雪霜欺。夢魂夜夜愁金革，菜色人人減玉肌。貧病交侵憂患裏，五千《道德》是吾師。

撫　劍

擾攘干戈直到今，悲來撫劍一長吟。殺人未若庸醫手，報國常存烈士心。三尺芒寒當夜静，一燈影淡逼秋深。千年遺恨秦廷柱，空使燕民淚滿襟。

等　是

等是冰山雪海中，誰知冷暖又難同。東城薄霧西城雨，南郭微曛北郭風。異族貪殘逾餓虎，連宵絡繹度哀鴻。危巢終究非安宅，拯溺何人速奏功。時外城惟西南隅稍安，爲美利加所佔，居人皆夜半移來。

贈賣花人

花農無賴奈花何？盡日載花空巷過。郭外斜陽人影少，枝頭帶露淚痕多。金穰半已蹂車馬，玉蕊誰當上髻螺。且待重陽還對菊，與君一再補蹉跎。

南　柯 自騾馬市以北，有告示懸挂曰：北京知府柯。

槐安妄想忽南柯，條誥張皇夢囈多。自大夜郎眉倒豎，無滋他族劍橫磨。沐猴豈識冠裳貴,妖蜃憑將樓閣呵。一角空城零落在,紛紛兇狡待如何?

城陷後半月聲兒行過给孤寺爲德兵所止食頃乃歸驚歎賦此

亂中不得食,糟糠雜糒糗。兩兒遠負米,雙雙提瓦缶。一兒號咷歸,一兒落賊手。母聞掩袂啼,搥胸痛自咎。深悔腹累人,未審得還否。踉蹌忽自至,衣破面重垢。問兒賊何爲?兒言賊狀醜。提刀偪我行,不容更分剖。趣運陶侃甓,還塞后缗竇。躑躅東復西,督促形赳赳。力弱任盍勝,一步一顛踣。並見衣錦人,蹣跚相先後。嗟敵胡不仁,童稺亦何有?纔似脱殼雛,臂骨若管瘦。驚嚇恐未堪,重大烏能負。兒亦自强項,身小膽如斗。犒以弦高牛,事畢給牛肉。抵地誓不受。倘然逢彼怒,豈望脱虎口。试觀豪富流,且復供奔走。斯時那可言,矧爾年尚幼。兒云渴寧死,不飲盗泉酒。

遣　懷

深井愁窺咫尺天,人生真有日如年。米珠薪桂金垂盡,腸斷頭昏眼欲穿。失水蛟龍難自料,處堂燕雀孰相憐。出門十步無消息,坐聽秋聲古木邊。

幽冀由來首善都,蕩平周道日荒蕪。街頭吠客驚狂犬,水面含沙怯短狐。九鼎難窮機變術,百年孰挽泯棼區。何因山澤能藏垢,富教商量事久迂。

歲寒草卷二

感舊十二首

黄文甫先生煜

一生文戰老名場，七十頭顱尚俠腸。柳下和風誰接武？至今人説魯靈光。

潘憇南徵君樹棠

少年賅博老無遺，九十傳書未足奇。著述等身餘刼火，經師何況是人師。

應黼庭母舅祖勳

渭陽一别淚痕多，痛憶生平幾坎坷。寂寂西園荒草滿，庭前玉樹有高柯。

胡月樵觀察鳳丹

萬卷瑯環信手編，先賢著述藉流傳。迄今退補齋頭過，不比尋常書畫船。

朱蓉生侍御一新

文章經濟本吾儒，誰説書生報國迂。嶺嶠分明傳道脈，千秋鼎足峙韓蘇。

朱苗生大令懷新

兄弟如君信二難，季方才調屈微官。南天先後靈旗展，賦罷招魂老淚彈。封翁竹卿先生有《哭子詩》一卷。

龔菊田刺史啟藩

次公自昔擅狂名，瘴雨蠻煙老此生。六十居廬長泣血，黄泉阿母待兒行。

王雪評茂才詠梅

才美群推王子安，驚人句每嘔心肝。文章自古能憎命，好假他人作羽翰。

應敬卿秀才德輿

兩行梅竹一編詩，每憶花前擊節時。重到倉橋河畔路，更誰相送折楊枝。

丁夢軒明經朝牧

令威爛熳賦天真，墨妙鍾王獨入神。食字已多成脈望，歸來華表恐無因。有言其曾經降鸞云。

李若農宗伯師

暗中摸索豈無緣，兩度頻將衣鉢傳。知己如公能有幾，心香一瓣淚潸然。

朱濬生教習國華

消夜吟成百十篇，玉樓聞召忽登仙。始知長厚終多福，體骨還家在亂先。

早　蟬

侵曉鳴何事，嗟嗟爾獨醒。涼呼北人謂之呼涼。疏密樹，夢破短長亭。露潔餐能幾，風高響不停。無求空有恨，此意倩誰聽。

夜　蟬

煩暑鬱荒城，秋蟬徹夜鳴。悲天知有意，閱世豈無情。畫角三更急，羈魂萬里驚。不堪離亂日，重聽斷腸聲。

詠蟬五絶句

緑樹陰中自在過，聲聲還怕喝人多。生逢盛夏偏憎熱，老不投時奈爾何。

污泥脱盡上喬枝，同是飛鳴得意時。唱罷清歌聊飲露，一生高潔有誰知。

嘒嘒空知感候蟲，高呼竟欲動蒼穹。晚來天氣炎蒸甚，葉底頻招習習風。

太息逢人只熱腸，翻教一葉翳螳螂。生成薄翅能輕舉，底事琴心助虐忙。

朝朝遺蜕挂枝旁，絶妙人閒卻老方。只是君王不好潔，空令齊女自悲傷。

讀史有感

六國縱親合，秦關百二堅。如何今日勢，卻與昔年懸。天幸誠難恃，人謀貴獨先。無因鑄此錯，撫卷一潸然。

虜輿尸

虜騎縱横久莫攖，輿尸今見入層城。愚民誤國猶知奮，主帥貪生但擁兵。果使甘泉常奏捷,何愁洹水不成盟。事機坐失真堪歎,況復聞絃鳥已驚。

感懷近事

坎坷未盡鬢成絲,坐對秋風補《楚辭》。塞上風雲多變幻,庭前花萼亦參差。生逢磨蝎休論命,兆告靈龜果不欺。豈獨引狼成反噬,愁圍深鎖有誰知。

居 民

出城百里盡安居,困苦何爲愛守株?舉步常須防虎尾,謀生多恐跋狼胡。凌晨爭糴搬糠覈,入夜焚膏滴淚珠。究竟飢寒憑一策,牀頭金盡即萑苻。市中惟麥皮粗粉可買,夜半設栅限出入,人准市二觔,弱者恒不得。油更貴,而每門必責懸燈,隱即扣門甚厲。

獨 步

檐前獨步寫離憂,耿耿星河澹遠秋。夢入南華頻化蝶,心隨流水欲盟鷗。閒花無主難爲韻,騷客言情祇解愁。孰把鄉思動胡虜,悲笳一曲在樓頭。

謁吕祖祠口占

邇來每欲訪仙山,聞説仙風便解顔。學道豈關黄白術,長生不羨閬蓬班。百年待拯斯民苦,一劍相扶國步艱。只此未能除妄想,幾時飛舄落塵寰。

過 市

熹微曙色動霜晨,市面縱横列百珍。書籍殘經奴僕手,衣裘舊著宰官身。銅盤有淚方辭漢,金碗何心更出秦。法物飄零悲故府,淒涼最是眼前人。

和議久稽城中望合肥相國甚切

喬木凋零實可傷,楚人望屬沈諸梁。白頭報國無旁貸,赤手擎天待主張。九鼎重輕勞把握,一身功過漫評量。中興郭李更誰在,速蒴荆榛向洛陽。

即　事

遠夷愛清淨,潔治首道途。晨朝下一令,里鄰遞催呼。殷勤事汛掃,不待相迫驅。豈惟積威約,民窮望易孚。聖世日姑息,治具陳其粗。法令或未嚴,翫弄如鼠狐。一朝遇强暴,凛凛伏殘軀。幸得脱囚拘,敢不勤走趨。近復事要結,吹噓到朽枯。法行易知恩,煦煦浹肌膚。斯民昧大義,向慕漸喁喁。此志不在小,積久難爲圖。睹此懷隱憂,願言告僕夫。庶幾肅戎行,慎勿淫蕘芻。次第澄吏治,恐效淵叢敺。仁政在愛民,王道諒非迂。觀彼所設施,亦竊慕吾儒。毋令吾赤子,反被他人愚。

道旁馬

卓立騂騮天骨開,轅閒躑躅久虺隤。行憎絶嶺逢蛇退,險越高峰值雁迴。秋竹雙批隨鹿豕,殘芻細嚼逐駑駘。奇材不遇孫陽賞,空自悲嘶古道隈。

南郭謠

南郭先生敝廬裡,終日昏昏坐隱几。虎來不覺狼不聞,此心已同古井水。狼奔虎嗥滿人家,分疆劃土如剖瓜。街北自稱得意致,街南共説美利加。奥俄法意及英日,紛紛盤踞難盡悉。喜則猶人怒則獸,只聽狐埋與狐搰。就中幾輩饜貪殘,谿壑盈時約法三。惟有一隅長無賴,爭避街北向街南。街南街北生死路,彼此相形羨安堵。入水那復判淺深，富者亦貧貧忽富。止有平時蠻語人，搖脣鼓舌隨車輪。肩頭書字帽壓頂，揚揚不顧俗人瞋。又有惡男同健婦，乘時刼擄罄人有。本來藍縷饜糟糠，錦繡裹身肉適口。嗚呼！頑民作惡那可嗤，天與斯人縱恣時。一朝日出雲霧散，瘦者復瘦肥終肥。世事難言惟有淚，漫喜竄身得善地。既未生作懷葛民，不願長醒但願醉。

西兵既踞京城日夜巡邏令居民懸燈除道時時剥啄門扉盡破既已偷生亦設燈於門并題四絶句其上

十年映雪復囊螢，容易清光拂短檠。今日移將門外去，暗帷頓滅讀書聲。

一輪皓月澈重霄，底事門前絳蠟燒。説與外人渾不管，中華燈節只元宵。

干掫本賴主人賢，底事旁觀代保全。一盞蘭膏千點淚，但求閭井得安眠。

朝催除道夕焚膏，欲保殘生敢憚勞。夜夜夢魂驚剥啄，柴門已破莫頻敲。

題　後

箇中心事豈難知，怕有暗陬伏莽時。可歎滿城無健者，義民已挂順民旗。

狡夷雖狡亦平平，假説巡防禁夜行。夕出早歸圖掩耳，朝朝過市示添兵。

道　旁

道旁空被爾揶揄，共載原來祇一車。任汝行踪同罔兩，可憐聲勢盡張虛。

生來野性與狼心，幻作蛟螭闘海潯。大地掀翻天帝怒，逝將怪族九淵沈。

敵　情

坐看夷鹵逞兵戈，失水蛟龍奈蟻何。回紇願扶唐社稷，匈奴妄覬漢山河。定知割肉餧狼虎，誰復同心整鸛鵝。縱敵早成千古患，此回莫更怨蹉跎。

底事載書久不成，且須百萬壯軍聲。蘇張三寸憑威刼，虢宋兩盟尚力爭。大局急應籌進退，外夷何況過縱横。古來有備方無患，一味低頭奈此行。

有懷班侯户部

城北徐公意若何，相離咫尺似天河。江山欲共楚囚泣，道路還愁醉尉訶。肘後方書參藥石，眼前消息但干戈。日來困阨君知否，賴有剛腸未折磨。

秋　雨

慘雨陰雲晚更悽，柴門静鎖古城西。秋來涼意砭人骨，夢裹繁聲怯馬蹄。淚血欲隨檐溜滴，愁眉長共柳梢低。驚魂未卜終能定，且覔金尊學醉泥。

閏八月

咸豐、同治兩元年皆閏八月，均值粵寇之亂，今年復閏，民間以前事皆有憂亂之心，團民果因起釁。天乎？人乎？

時衰莽戎伏，民窮生姦宄。歲運偶相遭，世變從此始。吁嗟夫婦愚，詎識陰陽理。妄謂八月閏，不得安田里。片言造妖孽，道路揭竿起。泰山寧負蝨，長堤竟潰蟻。無端致寇盜，薦食來蛇豕。豈伊思亂心，若有鬼神使。嗚呼天人際，可畏有如此。

醫　喻

太白神人丈六軀，金銀爲骨玉爲膚。氣備四時藴五德，靈臺炯炯運元珠。參天兩地立人極，陰陽氛沴何有無。忽然氣血兩壅塞，脈絡不得相灌輸。積毒内攻象外現，臟腑生疾肝腸疽。湛然天君坐退聽，痼疾未易爲驅除。日銷月鑠精氣耗，大厲直入膏肓居。六淫乘虛更相逼，可憐毛髮成焦枯。斯時性命在呼吸，緩和束手越人吁。紛紛但説兩和解，舉筆欲下神躊躇。門外道人前獻策，匆急臣請竭其愚。醫雖小道合權變，治此勿用常法拘。病本由來始内爍，賊邪外襲乃其餘。湔滌腸胃刮垢穢，毋使餘孼得逃逋。正氣漸充邪氣退，清淨先須根本扶。若使心腹留疾惡，羸敗何暇外賊驅。況乃暫去必復發，事機再誤難爲圖。神人聞言頻歎息，思君此論良不誣。速進砭鍼施藥力，慎勿有意辭勤劬。嗚呼！治疾豈不貴決斷，沈痾立起神歡愉。

聞車駕自晉入秦感賦

燕臺宫闕久蒙塵，禁旅長驅復入秦。終究山河思聖主，可堪將相盡庸臣。魴魚日夜愁頳尾，鸞鳳翱翔且引身。止是君門憂更遠，誰令淵海拯沈淪。

雜　感

蠻夷猾夏不勝悲，覇説亡曹夢亦奇。萬里河山供浪擲，百年兵食總虛糜。少陵隕涕憂唐室，屈子傷心託《楚辭》。杯酒難消今古恨，空嗟瑣尾憫流離。

合肥至京聞之乍喜賦此自嘲兼示同人

涕泣何人拯溺飢，道旁欣睹漢官儀。金繒莫補艱危局，樽俎權修輯懌辭。但使前車能共鑒，誰云大廈果難支。經綸正現雲雷象，莫聽休兵便展眉。

聞有郵遞欲寄家書訪係奸民設以愚人者南北路絶兩月矣

迢迢南北沮音塵,兵革深叢殢此身。憔悴青衫遊宦客,淒涼白髮倚閭人。士衡何處呼黄犬,殷羨不堪託素鱗。欲報平安無那遠,況兼兩地隔君親。

行路難

行路難,行路難,青天蕩蕩如覆盆。青天之高兮飛仙可上,人心之嶮兮舉世莫攀。吁嗟!有酒且自醉,有肉且加餐。胡爲向前苦著力,至今雙淚紅闌干。

行路難,奇而險,劍閣雖云巇,孟門未巉絶。掉臂莫向人閒遊,道路千迴并百折。舉足須防刀戟排,聳身恐墮機穽設。有物能將人口箝,有鬼能將人魂滅。就中佳境豈云無,多恐逢之心膽裂。行路難,奇而險,險且艱,不如且用清我心,翛然與物長無關。

秋　夜

誰憐涼夜景淒清,百慮千愁撇又生。葉轉空階疑客至,風鑽窗紙作蟲鳴。黄花節屆無情管,紅燭膏殘有淚傾。偏是哀鴻聲不斷,南飛時共陣雲横。

吴柳堂故宅

柞子橋頭楊公宅,三百年來人膾炙。南横街前吴氏廬,粉額新題作故居。椒山柳堂不同世,意在後先看一例。我行過此意遲疑,傳聞尚憶垂髫時。毅皇中興擴宏業,龍馭上賓薄海咨。前星未耀因傳及,卜賢立德承丕基。吴君忠義世莫比,涕泣他年定皇嗣。手執諫章帛繫頸,報恩願同婦寺死。帝王繼統不繼世,紛紛私意苦拘泥。今皇仁聖德如天,御極垂今三十年。慎選賢良擇夾輔,誓挈神器還宋宣。詔書一出天下仰,聖心常共日星懸。吁嗟世人果慕義,無亦盡心乃所事。未聞片語頌堯仁,翻喜先臣得吐氣。先帝有臣今無臣,不知將身何等置。青宮乍建遺宅出,睹此茫茫揮無涕。祇今兵革天地愁,倏忽廟社成墟邱。追原禍本窮所自,斯人詎足任推求。柳堂有知悔應晚,區區何用故宅留。嗚呼麟經不作人心死,天下滔滔乃如此。閉門聊學抱膝吟,颯然坐嘯秋風裏。

生日述懷

我生中興日,甲子歲云秋。閱世累三紀,百倍逢罹憂。兵戈天地塞,萍梗波浪浮。身墮龍蛇窟,命與仇敵謀。食息懷蹈虎,旦莫歎無鳩。鄉人憫塗炭,拯溺棹歸舟。嗟余性拙彌,偃蹇此邦留。豈伊甘荼毒,趨避夙所羞。溝壑倖賒死,位置如綴旒。妻孥忍飢凍,鬢髮慘生愁。時命誠難必,禔躬在慎修。憶昔十八九,旅食敝征裘。鑽研老孔孟,軒冕輕王侯。塵走悲世俗,抗志古爲儔。顛頷十年餘,簦笈未嘗休。誓守淵明節,豈登王粲樓。高堂懷二老,罔極曷爲酬。有弟聯六七,相期雁翮遒。坐犯由頤厲,利涉蹈洪流。壯年貢舊鄉,一第償所求。庶幾媲夏畦,胼胝獲歲收。淡泊志能足,勤劬職易修。夷然履平坦,饘粥庶無尤。豈期昌黎老,苦與五窮讐。一飽歲屢歉,乍暖風颼颼。居遊伴兕虎,恩愛化爲仇。何知動得咎,身命守羅睺。責躬期自厚,君子貴由由。方今陽氣潛,陰霾滿四陬。保身慎所處,履道足夷猶。固窮絶希冀,秉直謝薄媮。何事求賞音,積謗崇山邱。長歌仰喬松,蒼然巖壑幽。

北　窗

誰家植林木,對我北窗閒。隱約籠翠影,依微接遠山。鏡檻排圖畫,尺幅斂朱殷。卧看霜葉落,坐聽鳥聲蠻。四時呈異態,盡日破愁顔。不妨風塵際,翛然且閉關。

鄰人避難院舍皆滿戲作

卜居最喜占清幽,隙宇無多任客留。乍感街衢成異域,不妨胡越與同舟。犬雞地窄群皆雜,童稚情親語易投。只是主人防久溷,此回未擬借荆州。

聞南省諸公謀送諸朝士歸里感賦

北直干戈總未平,秋鴻鎩羽沮歸程。深州久已圍元翼,鄭客今思出智罃。但恐長途多鶴唳,不須渡險效雞鳴。諸君風義高千古,足使羇人兩淚傾。

菊　花

群芳冷被早霜欺,正是東籬得意時。晚節能貞香到葉,芳心雖槁影連枝。欲傳粉本難爲譜,未入葩經枉學詩。每對秋風狂起舞,不辭人誚菊花癡。

秋來誰與鬬繁華,百豔千奇萃一花。造物何年留巧様,廣庭隨意到仙葩。斯人未必逢陶令,此地應須近酒家。正好長安行樂處,馬頭跌宕幾枝斜。

九日訪魏濟川逢其醉卧

亂離何處可登臨,盡日閒門鎖落陰。殘砌葉飄籬菊冷,隔林煙出寺鐘沈。知君此日還堪醉,笑我愁時倍不禁。説是重陽須縱飲,如何獨有中賢心。

聞衢州土寇起述懷

世亂如秋蓬,風來齊起舞。到處迷人目,烏有清淨土。五月神京擾,開門召狼虎。及秋遂淪陷,至今罹網罟。南望歸思發,奮飛悵毛羽。豈意枌楡鄉,今亦萑苻聚。聞之乍驚懼,轉憶心淒楚。江河本細流,燎原始一炬。蠢兹伏莽徒,盜弄如狐鼠。奮迅易撲滅,玩視或難禦。封疆自有人,無勞代越俎。奈此瘡痍民,未堪震金鼓。家室久蕭條,飄搖況風雨。倚閭雙白髮,方用憂行旅。兩地見兵戎,百倍添愁苦。諸弟能孝養,未堪禦外侮。念此心如割,哽咽不得語。悲來一呼天,鬢絲生幾縷。

感歸

星河黯淡夜飛霜,天際銜蘆雁幾行。遠客盡歸憐我在,荒城無主爲誰忙。碧梧枝老巢堪戀,黄菊花殘節自香。何故欲逃世網密,海天煙水正茫茫。

弔菊

十載遊長安,神交結秋菊。愛汝芳潔姿,采擷供雅俗。竭蹶營盆盎,百十未云足。錦繡爛千屯,繁華萃一族。誓欲羅衆品,藉飽饞眼福。晨夕嘯其傍,襟帶餘芳馥。再拜謝天公,設奇餉幽獨。癡願猝難償,滄桑紀世局。城郭煙塵生,荆榛莽滿目。芳華叢穢墟,盂缶埋墻曲。庭户廢掃除,何心理花木。祇今秋風過,不見珠英簇。感此悵予懷,頓使雙眉蹙。微物各有數,貪取已云黷。隨意且欣賞,坐惜窗前緑。

示人二絶

循環天道最無私,調劑終歸一念慈。運到嚴寒逢短晷,陽和春日已遲遲。

狂風驟雨不終朝,翠柏蒼松亦後凋。識得箇中消息好,浮雲富貴莫輕摇。

歲寒草卷三

雜興十首效放翁

悲來不自勝，一展淵明詩。頓覺肝肺閒，曠然清且夷。人心若懸鏡，事過忘妍媸。假使滯迹象，詎有光明時。鑒兹葆吾性，毋爲外物疲。因應各適職，造化與爲期。

林宗天下士，所至得人喜。步兵號清狂，評論絶臧否。處世戒危言，囊括豈得已。胡獨效熱腸，脱口直如矢。苦心或未諒，刺骨虞傷己。願懔金人銘，斯言冠衆理。

人生百寒暑，蜉蝣天地間。學聖苦不足，盡日嬉且頑。木落有時蘖，頭白那復還。斯理在返求，開門若見山。得志及民物，安居尋孔顔。俯仰期真樂，豈與衆生閒。

天道誠難測，行生終有常。妄謂運數舛，坐聽廣田荒。此責匪異人，揞拄在廟廊。人心革澆薄，登進崇俊良。九經燦方策，四海躋安康。嗟哉古聖言，豈用誣後王。

所惡僞學徒，嘵嘵唯尚口。崖岸峻其防，言清行顧否。此實病在人，斯道曾何有。胡乃薄世俗，輒用相詆醜。遂使砥礪儒，俯仰虞掣肘。頹波一至斯，將誰執其咎。

刑賞時或窮，殃慶時或戾。惟此羞惡心，天良誠難昧。君子疾殁世，麟經策萬代。宰治握大權，莫若斯名貴。豈無矯詐流，終勝堤坊潰。惟恐不好名，至論誠爲快。

群邪醜衆正，大獄開朋黨。苦心定爰書，志在歸一網。人亡國旋殄,歷歷如影響。有意防覆轍,乃令鳴孤掌。曾不辨賢姦,徒用沮忠讜。名節日以漓,世事安可想。

少年慕意氣,出門重交友。慷慨捐黄金,殷勤託白首。寧知今異古,掉頭輒相負。浮沈二十載,心知竟何有。閉户兀自悔,市道烏能久。顧念貧賤身,歸逐漁樵叟。

貧窮畏適市,作惡肆中書。徘徊不忍捨,夢想猶踟躕。積久忽自悟,癖好皆成愚。置書如置產,豐約誠難逾。胡爲欲求富,寧與貪人殊。慎守架上編,時至謀其餘。

孤山一林梅,栗里三徑菊。昔賢寄閒適,情興各有屬。而我處斯世,衣食資微禄。更值喪亂餘,旦暮愁饘粥。欲歸已無田,進退實維谷。固知養性難,黽勉或自足。

歸　思

底事南人久北居,欲歸未得竟何如。常年强半偎爐火,每食空思擷野蔬。鄰舍隔籬長楚越,賓朋滿座諱詩書。世途何處容真率,準擬東山結草廬。

玉　環

喜把雙玉環,緊與銀缸對。流輝相映射,百物無其媚。安得纖纖手,贈之割吾愛。

晚起即事

荒園遯迹日柴門,身世搖搖若醉昏。夜静不眠餐過午,天寒欲凍火無温。朱纓貯橐生霉點,紅印緘書漬淚痕。忽聽街頭笙鼓過,居然嫁娶長兒孫。

度支將盡自歎

顑頷京華歲月淹,癡頑有病苦難砭。一生萬死寧非幸,九日三餐且自廉。名每將成來鬼妬，節非求異惹人嫌。孤城窮卧終何益，悵惘茅廬債又添。

耕牛歌

君不見，南村富人守農業，家畜耕牛并獵犬。牛居隴畝常力田，不如犬得主人憐。追狐逐兔誇捷足，出入隨從飽粱肉。門庭無事嬉且遨，燠館涼臺就眠宿。牛畊乍罷負鹽車，上下峻阪隨僮奴。汗流氣喘不得息，歸來偃卧齧殘芻。嗚呼牛犬分貴賤，輕重豈翅勞佚殊。一朝强寇來欻忽，吠犬無聲門户失。主人嗾犬犬已逃，奔命遠向前山立。惟有畊牛戀主恩，摇角怒目向賊奔。氣窮力竭淚如雨，抵死復入牀前蹲。牽挽不動秣不食，任摧皮肉擢角筋。斯時主人早遠避，犬行覓食徐亦至。昂頭摇尾主人前，連聲呼犬稱犬義。賊去人歸牛飢疲，見主起立涕雙垂。俯視蹲處土未動，黄金白鏹燦離離。主人心寬行懋賞，金鈴如盞繫犬項。但原四方覓主心，不記從前負恩養。春來雨足快扶犂，一鞭牛復向塗泥。塗泥躑躅敢怨望，願得騎乘隨東西。人謂斯牛徒自苦，當日幸未膏賊斧。不如避禍行求主，反得主人心意許。

憶　夢

浮生一大夢，真僞何殊别。禍福有先機，每共精誠結。傷哉亂未萌，神魂早驚絶。市户貨人肉，懸骸任屠割。長廊黯無日，塗地膏如雪。獨行涉蒼莽，愴呼肝腸裂。方謂兆亢旱，監門有圖説。私語告同僚，隱憂殊竊竊。豈期數旬間，兵禍起飄瞥。兹事非所料，思患防何設。矧乏尺寸柄，天機亦徒洩。胡勿警當路，庶使陰謀輟。垂誡炯天象，好生心愈揭。將毋刧運來，神靈亦難奪。憐我獨見告，敢不勵修潔。

自　嘲

平生原不慕侯封，欲退無歸歎轉蓬。貧比僧多妻子累，孤如雁羨羽毛豐。飢來懽笑都成强，愁絶文章那得工。坐把酸寒憎傲骨，脂韋到處亦途窮。

雪霽

皚皚積素廣庭幽，一片光明世界浮。稚女懽呼催作餅，癡兒打疊忽成舟。風聲輕墮瓊枝雀，月色微分沙渚鷗。窮巷蕭然人迹絶，也應身似白雲遊。

對食

枉説求官非爲貧，要知餬口亦虛名。翳桑早耐三年餓，得米纔誇五斗贏。稱事時猶羞素食，無田空復夢春畊。不思彭澤絃歌意，已卜愁邊老此生。

天寒遣興

凍雪空庭晚又霏，紅鑪寒勒火光微。眼花擾擾頻呵筆，肌粟粼粼悔典衣。四壁有租催更急，一官無俸戀應稀。哀聲正自歌《黄竹》，待看明年緩緩歸。

一事無成愧蕨薇，生平回首境全非。春蠶作繭將誰裹，粉蝩穿花止自肥。學古未真空忤俗，謀身多拙落愁圍。尼山消息先知命，早定南鍼得指歸。

雪中得班侯信云伯父寓書詢余消息蓋前次寄書尚未能達余生存亡固未卜也感痛賦此用寄伯父兼呈徐君

久别琴樽已五年，遠罹兵革況三千。寄書未達情因見，守死無名賤可憐。風際渾疑飄弱絮，雪中兀自咽殘氈。魚鴻不識緘封意，一任浮沈淺水邊。

欃槍待掃已多時，生死悠悠尚可疑。一掬青衫紅有淚，兩行衰鬢白成絲。求官反重諸親累，作客深知後悔遲。便擬挂冠歸捧杖，牀頭聽《易》樂吾飢。聽《易》用晉王氏事。

謝徐班侯贈書

自笑前身老蠹魚，飢腸轆轆坐讐書。芸編惠我三冬足，雪案高人一尺餘。南渡新詞流齒頰，東萊舊業識權輿。從今乍解相如渴，日日兒童上學初。

過正陽門

繁華舊里忽成塵，刼火空餘瓦礫新。濁水一灣遙見月，頹垣千疊暗傷春。玉樓珠市焚身地，舞榭歌筵墮淚人。好是膏腴臨輦路，東風無慮長荆榛。

雜感四首

平生性苦拙，啟口觸時忌。遂如坏户蟲，衡門深自閉。語笑對妻兒，俯仰窮天地。飯罷一吟哦，聊適胸中意。寧無千載憂，坐歎雙丸逝。浮雲出空山，飄飄任所寄。

古者重交友，相期道藝長。雖不騖聲華，已自迹標榜。今看簡册傳，幾見孤芳賞。末流講勢利，彼此較銖兩。離合隨菀枯，斯道益榛莽。誰歟蹈空谷，跫然足音響。

廣野植榆柳，松柏落深山。締構隨所便，孰肯事躋攀。偶然見蒼翠，乃在陵墓間。匪用任梁棟，留作歲寒觀。託根豈不固，棄置良可歎。歲久忽生蠹，感此涕潸潸。

炎帝嘗百藥，足迹徧九州。豈不誠勞苦，治療貴能瘳。使盡苑中殖，焉用費勤搜。靈草生幽僻，入世亦何求。灌溉慮不長，乃與蕭艾儔。茅叢荃蕙化，漸恐成荒坵。

對鑪獨坐忽忽如有所思

默坐凝思意未通，鉼笙吹響火初紅。銀光遠透窗前雪，紫焰斜噓帳底風。事到遲疑終有悔，文非比喻不能工。眉頭鎮日因誰鎖，惆悵秦山越水中。

車中行

小寒節後詣柏林寺本部公所，一路所見彫殘景象，
愴然於懷，歸途車中作短歌紀之，命曰《車中行》云。

朔風吹面凍雲黑，駕言城南往城北。天寒地遠何足愁，到眼淒涼説不得。説不得兮可奈何，十里路經五國過。憶昨腥風扇妖孽，唾手斷送人山河。山河殘破今尚在，陵谷滄桑變已多。舊日前門歌舞地，可憐荆棘莽銅駝。霎時繁華成瓦礫，誰令平地起風波。譙樓百尺雲霄裏，殘址荒荒如燕壘。此中慘戚更難論，棋盤街真戰場矣。門外向西門内東，一片茫茫皆傾圮。官署聯翩紫禁旁，黑奴窟穴如牛羊。六曹盡作穹廬壞，諸寺化爲牧馬場。焚者已焚毀者毀，留者蹂躪更堪傷。過此欲入不得入，回首頓足心徬徨。宫殿森嚴百靈護，見説門庭尚如故。紅墻繚繞穿穴行，紛紛來往成道路。翠華玉輦無人收，儀衛叢殘向天露。多恐芙蓉楊柳間，白日荒寒走狐兔。嗟余此去復何之，柏林蘭若集群司。衣冠散盡獨株守，長此顛沛復流離。貧殘自傷百僚底，竟填溝壑有誰知。書名畫到空復爾，祇是新亭對泣時。嗚呼！世間禍變豈難識，公等應須早努力。漫漫長夜夢不醒，濕盡青衫真何益。我來到此一事無，歸歟坐歎風雨夕。

變亂來廢車馬者半載一日馳驅連朝酸痛感慨賦此

陶公齋外甓，蜀主園中菜。手足惡閒逸，髀肉下涕淚。古人志功業，往往成感嘅。而我事儒書，無求在此外。閒曹繫匏瓜，相隨旅進退。

悠忽六年間,日月傷逾邁。自經喪亂來,閉門更坐廢。筋骨久解弛,精力漸頹敗。偶然勞車馬,痛苦動窒礙。安佚豈不佳,念此良自愧。小少慕功名,志在敵王愾。每飯懷鉅鹿,竹帛思前代。閱歷悟世情,斯願不可遂。志氣暗銷磨,夢想生後悔。遇合信有天,況與時世背。鞅掌違素心,奔競憐世態。車馬非吾有,馳驅亦何爲。不如毛錐子,營壘自相對。山徑闢成蹊,幽蘭紉作佩。毋使硯田荒,筆墨生蕪穢。世上閒中忙,正好在我輩。

梅花絶句

大地春回氣象寬,滿城桃李恣遊觀。梅花未必輸凡豔,孰解尋芳到歲寒。

嶺頭三兩忽横枝,正是園林寂寞時。天意且憐應且妬,放教六出賽芳姿。

野外籬邊淺水濱,也無蜂蝶也無人。三更好月籠疏影,清絶何曾著點塵。

余居村邊有老梅一株斷垣流水之間翛然幽勝今不見二十年矣未知在否因見盆梅感賦

梅萼含春意,獨出支歲寒。得氣既清絶,結子仍苦酸。坐此植者稀,三百屬逋仙。故園饒紅杏,彌望鬬鮮妍。獨此標奇格,一樹老村邊。斷垣傍流水,髣髴已百年。花時競攀折,枝禿榦横眠。良辰每孤往,撫景一流連。竭來二十載,未審尚便娟。長安重盆景,年年故事傳。花農逞私智,根榦横屈蟠。生機遭遏抑,清韻復何言。所以異凡品,野趣得天全。園林失位置,況復斗室遷。也似浮名累,强作知音纏。念此成耿耿,迴首復淒然。何當掃三徑,一笑與追歡。

海天謠

日夜江聲鬬紫瀾,一回潮漲一層灘。捲得岸上黄金去,奔流入海不復還。海上黄金作宫闕，岸上白銀尚如雪。潮滿搻將白雪填，何患潮頭來不絶。

贈人之官

茫茫宦海惡風濤，舟檝未具漫遊遨。我有一舟堅且牢，贈君遠涉江之皋。赤心爲木恕爲艚，廉介重重鐵甲包。清勤且慎是三篙，進退禮義柁須操。雙脚踏實艕輕搖，更有一槳勿宣驕。何患浪頭連天高，穩渡平川如駕鼇。縱有損失徒秋毫，方寸不改樂陶陶。慎莫天幸常貪叨，水流風利挂颿飄。風勢旋改禍旋招，更勿捷徑從旁抄。港汊紛歧防淺膠，欲速反遲心周遭。不如緩緩盪蘭橈，有時徑渡不崇朝。不見吴兒善弄潮，扁舟出没如泛瓢。觀者膽落魂魄銷，一朝失手飽鼉蛟。險哉性命輕鴻毛，逆流勇退理常昭。我有轉語爲君標：順水無人肯收艄，君今意氣干雲霄。先民有言詢芻蕘，勿訝耳食徒戲嘲。送君自崖君遙遙，洪波利涉君其勞。

得母舅應刺史韓卿書覆寄

似舅何郎愧未真，浮雲散後十年身。一杯冷啜吴江水，五斗狂飛燕市塵。豈有文章歸亞士，可能貧賤合他人。欣逢驛使聊開口，寄與梅花滿室春。王融稱甥劉孝綽云："天下若無我文章，當歸阿士。"殷浩送甥韓康誦詩云："富貴他人合，貧賤親戚離。"因泣下。

雪中聞補給秋俸並湘撫俞佽助同鄉之信感賦一詩足見苦況矣

疊疊書來喜氣新，嚴寒過盡漸回春。流離未絶蓼蕭惠，憂患同扶桑梓親。漫擬出門愁涷雪，須知懸釜欲生塵。無功坐食吾何敢，常恐身爲負債人。

初六日准和詔書有曷勝感慨之語不覺潸然

微茫星月夜沈沈，一紙天書感慨深。戰後山河餘墨色，挽回宇宙仗丹心。羞聞高固矜投石，愁絶更生欲鑄金。嘗胆卧薪千古事，與誰共此一霑襟。

幕　府

風流何似習家池，附尾攀髯競展眉。可待文章誇露布，試看淡笑出毛錐。消寒儘有千樽酒，旁午還須一局棋。不見少陵嚴府日，長安西望獨垂洟。

小雲年伯坐上晤子澄員外談及近作并有合刻之約深感其意賦此謝之

五字長城萬口傳，君詩早貴洛陽箋。冬心獨抱冰霜裏，淚眼相逢尊酒邊。舊價漫誇楊汝士，新聲休倚柳屯田。遙知青竹留題滿，珠玉隨風落九天。

孤羆矯矯見深叢，記得當時便識公。肯把世情懸眼底，但留書味在胸中。猶龍老子寧求異，如鯽名流未許同。到此自慙疏闊甚，頻年踪迹馬牛風。

滄海茫茫逐隱淪，天涯幽獨悵風塵。坐觀青史流傳客，幾見中年寂寞人。游夏三千曾附驥，春秋二百爲傷麟。子澄自言新詩二百餘。搏霄縱得扶搖力，爭奈鯤鵬未化身。

寒友歌 硯名。

君不見，泰山石立魏榆言，妖氛煽動兵火煎。圖書彝鼎成灰燼，百物聚散更紛然。此硯不知幾歷刼，塊然墮落污泥邊。市人賤視衆不省，黄鐘毁棄瓦釜懸。我行緩步光照眼，殷勤拂拭塵埃間。方長尺餘厚過寸，神工鬼斧相雕鐫。雨後天青潤欲滴，赤日波湧凝紫煙。端溪深洞擘魚腦，斵削山骨爲良田。葘畬畊穫世久寶，購置奚止值萬錢。時數適當爲我有，雙縑聘取力能便。向使金縢貯華屋，豈來茅舍守青氈。嗚呼！虢叔之尊父丁卣，未央宫瓦銅雀磚。古來彝器重款識，神物類須以名傳。世人貴耳久賤目，依附假託紛連翩。此獨穹碑號没字，皎皎素質留貞堅。不然胡賈坐奇貨，豪貴爭取捷足先。忽來几案良非偶，遇合定須有前緣。摩挲撫弄感不已，强而名之我得專。身傍環列松梅竹，邂逅恰值歲寒天。呼君寒友君應諾，穆穆深山對古賢。雖不如小鸞眉子韻而妍，更不如文山蟬腹碧血鮮。贈君一銘記一篇，長歌短句語蟬聯。庶幾守此白頭約，陵谷可遷盟不寒。

吾　廬

客中何處是吾廬，將就年年且稅居。日照南檐偏北向，火宜矮屋反高舒。庭前賸積三冬雪，架上空留幾卷書。寒士宜寒真若此，掀髯一笑自軒渠。

對　月

我家在東南，我居面西北。東南念親恩，西北懷君德。鄉國夢三千，宸居近咫尺。忽然俱悠遠，中立長惻惻。寸心懸兩地，萬里馳瞬息。空作軹首蛇，恨少雙飛翼。蚤夜起徬徨，涕淚空霑臆。明月照我懷，笑我心如織。相約隨之行，彼此兩有得。月出我東望，月入我西即。日夜一輪迴，終嫌久睽隔。東去海濤青，西望浮雲黑。安能遂我心，情懷徒脈脈。何當復北辰，欣喜瞻顔色。方乞閒散身，歸畊勤子職。彼時對月情，要豈同此夕。

蚌中佛

曩觀雜記言蚌中有佛，未之信也。亂後行都市乃見之，蚌五寸許，佛像三行，突起如排指頭,露頂趺坐,行列疏整,官骸畢具。尤奇者,像十有四,符余昆弟之數,而鑿去其一,余十一弟適已不禄矣。嗚呼!物之生則豈有意。及此荒齋無事,追思其異,不覺棖觸於懷,因爲歌以紀之。

吁嗟造物何好奇,洪鑪冶鑄思匪夷。直須閉盡談天口,紛紛格物同兒嬉。世傳蚌珠感明月,蚌中有佛誰能説。蚌長半尺佛指尖,分行排列三四七。光頭趺坐玉琢成,髣髴石壁勒神僧。中間末座獨去一,羅漢想已凡間行。我聞佛生周王代,流傳中國二千載。不知何年入此中,芥子須彌成世界。石中詩句橘中人,奇奇怪怪難具論。明珠一顆錢百萬,此物豈非更足珍。紀載難憑恐傳誤,目覩恍然乃大悟。世人多怪由少見,强分新舊生愛惡。人爲物靈自天生,人巧尚欲天工爭。造化本爲生物主,豈有人能天不能。陰陽生生況不息,世風既變物亦改。目所未經詫爲奇,何異井蛙侈語海。中有一段卻可疑,追思不覺淚雙垂。嗟余雁行十有四,一雁將翔忽垂翅。細數位置良不差,此物若爲吾家瑞。倏如煙雲過我前,天公有意與無意。嗚呼!無意何足恤,有意何足誇,此物今知屬誰家?泡幻起滅恒河沙,誰能有涯窮無涯。貴賤重輕隨流俗,不如飲酒且看花。

夢至杭州見黼庭舅氏館一富人家殊未禮敬因感憤勸舅辭去醒而感歎賦此

不作蓉城主,非耶奈道何。生前餘蹭蹬,地下尚蹉跎。老膽雄心在,貧將傲骨磨。屋梁驚落月,感泣發悲歌。

音容翩已邈,謦欬了無痕。蛹化絲難盡,鴻飛迹自存。饔飧菹百甕,翰墨錦千屯。留得羊曇在,西州哭過門。

夜　坐

久作寒蟲蟄,昏昏度歲華。茶烹前夜雪,梅綻隔年花。睡醒聊開卷,愁餘但憶家。北風如有刺,窗紙入塵沙。

凍雀寂無聲,枯枝徹夜鳴。家貧因客久,天冷覺衣輕。夢裹關山遠，檐前星斗横。春風來轉瞬，何以慰離情。

連得伯父七弟書口占

亂裏征鴻久渺茫，遙知空斷老人腸。書來細説情千叠，讀罷連揮淚幾行。信有人間離别苦，誰能世外樂憂忘。歸期到此終難必，進退今爲誤觸羊。

自　遣

淒涼宋玉自悲秋，底事干卿更送愁。未忍負人多負己，庶幾相好反相尤。百般萋菲空銷骨，一悔追隨到白頭。珪璧無瑕終莫玷，光輝不減潤寒流。

追憶金華舊遊

芙蓉山下碧谿環，叱石仙童去未還。舟趁橋門如箭激，月斜塔頂似弓彎。乳生巖腹能扶弱，酒賤街頭不用慳。數到洞天三十六，芒鞋安得此身閒。

子澄員外見過并示和章仍叠前韻奉答

好句殷勤手自傳，琳瑯滿袖貯吟箋。荒居遠在南城曲，佳客來從北斗邊。才氣驚人船下水，閒情笑我石爲田。今看八九吞雲夢，兩腋風生欲上天。

一身眠食亂書叢，五十爲郎似鄭公。妙譽久馳三殿上，故交多在九霄中。憂時仗節懷無忌，通德傳經喜小同。莫笑水曹成冷宦，詩人舊例杜陵風。韓翃《贈鄭員外》："風流不減杜陵時，五十爲郎未是遲。"

不信中原會久淪，試看壇坫靖邊塵。願君蚤作持旄客，顧我終非戀棧人。泉石蕭閒尋鹿豕，丹青彪炳看麒麟。他年一笑容長揖，爲憶新亭對泣身。

有懷郡守公卻寄

金華山下小遊仙，三至群歌太守賢。桃李門前紅欲雨，芙蓉郭外緑如煙。誓將鐵網沈珠海，且喜冰壺闢洞天。多少舞雩僮冠侶，白雲回望獨淒然。公於書院旁起宴桃李軒。

愛士如公惜晚來，好移紅杏日邊栽。車聲過處書聲起，文運新時地運回。燦爛星躔連北斗，聯翩講舍近東萊。向陽花木知誰是，兩度逢春得早開。公初任時，余領鄉薦；再至，余捷南宫。

祀竈日思家

異地逢時節，無歡但得愁。鄉風來眼底，客感在心頭。翻恨乾坤大，空教日月流。況兼離亂後，倍益倚閭憂。

竈祀通天下，今年異昔年。滿城無爆竹，比户少炊煙。豈爲麗涓減，將毋孟母遷。一杯聊復爾，再拜已潸然。

奉懷徐覺生同年信善 時由户部改官知州。

徐君我良友，訂交射策時。乍見兩傾倒，金石以爲期。五載數晨夕，形影未或離。飲羡長鯨吸，毛畏詩癖吹。官閒匏難繫，吏俗拙可醫。坐守毛義檄，忽驚漁陽鼙。倉皇奉母走，胡忍不一辭。知非夷吾怯，正合王陽師。吴興信多善，君名尤不欺。虎口方自脱，鴻嗷悵何依。傾囊活桑梓，千里拯溺飢。餘波及賤子，此意良可思。君問故鄉人，使我難置詞。

有懷陳仲英太守師

宦海浮沈事覺非，膺門回首倍依依。能文韓子官爲業，愛士林宗世所歸。樸野誰憐心貌古，闊疏偏賞足音稀。羊公舞鶴非無意，慚向人前奮翼飛。

歲寒草卷四

立春後尚嚴寒

青帝方乘震，盛德久在木。一陽動群蟄，百物待亭毒。餘寒久不退，氣象彌慘肅。功成何戀戀，坐使勾萌蹙。豈伊造化心，發舒防太速。寒暑相代謝，陰陽如轉轂。時物順天常，俯仰得人欲。春至冬遂嬗，過此乃相瀆。不見隴頭樹，雪中花簇簇。

除夕書懷 庚子

客裏何心送別年，世情時局兩茫然。愁如衆水趨深壑，夢逐閒雲繞遠天。竹葉後彫知節勁，梅枝無曲把絲纏。零丁已抱窮途恨，何用燃萁更苦煎。

早將身命付清虛，留得餘生已可歔。水蜮含沙工伺影，陵螺篆壁詎知書。孤飛久似聞弦鳥，同病誰爲濡沫魚。親舊化成豺虎客，招魂合作九夷居。

茫茫四海望津涯，未報深恩坐歎嗟。萬里謀生常是客，五年作夢未還家。道逢御叔難爲聖，僭卜臧孫定不差。惆悵白眉彫落早，浮沈水母已無蝦。

百年無日不憂危，獨作勞生事可悲。修德適爲讒所聚，逃名更有妬相隨。花開棘裏香難發，月入雲中影易虧。稍喜東皇消息近，委懷莫遣鬢毛衰。

得友人書謂既不挈家避難以慰親心又不奔赴行在以圖捷足作此答之二首

策名登天府，貴賤盡爲臣。承平思捷足，喪亂欲全身。志士夙所羞，貪生非其倫。況乃寇敵逼，走避寧爲仁。一死志已決，蠖屈遑求伸。妻孥縱小弱，志節自嶙嶙。生死難分手，先去或望民。一門守忠義，降鑒有鬼神。虎口倖脱免，天道匪難論。雖未填溝壑，亦既歷苦辛。教忠差不辱，持以慰吾親。

避難失臣節，趨利尤可嗤。平生守道心，硜硜肯背馳。一官本附贅，百爾有職司。未能陳上策，徒欲占高枝。倉猝或承乏，躁進已貽譏。況以朝廷禍，而圖臣子私。竊恐《羔羊》節，掃地遂無遺。豈不戀聖慈，亦豈忘險巇。不進亦不退，株守正其宜。人生固有命，孔孟乃吾師。作詩告明哲，不才當諒之。

感前書意欲效子澄員外作上下平韻詩因事敗興止成四首附録於此

紫極崔巍感上穹，九重深閉忽成空。翠華迢遞臨新邑，玉璽飄零出故宫。破瓦沈溝涵慘碧，壞墻經雨落殘紅。百靈擁護今安在，惆悵西天黄葉風。

烏合何曾解折衝，紛紛蛙怒觸群兇。補天有石人難鍊，換骨無丹醫更庸。不作星辰環北極，爭爲風雨擁西封。菁華一旦消亡盡，辛苦年年釀蜜蜂。

愁圍獨守對寒缸，借酒頻攻未肯降。草際聲來風捲地，梅邊影落月臨窗。嚴城入夜驚巢鳥，異服巡更惹吠尨。欲寄鄉書何處所，夢魂萬里涉空江。

正是孤臣見節時，覆巢碎卵更何疑。壁閒空有雙繯在，城下曾無一鏃遺。聞説市廛皆按堵，不堪門户盡懸旗。苟全性命非吾志，懊悔頻添兩鬢絲。時城中盡避，咸以爲必屠。予夫婦擬結繯壁間，敵至即自盡。乃入城二日後，始知之，則止殺矣。因而苟免，豈非天哉。

枯　棗

棗树生京国，城郭鬱青青。此物多鈎曲，何自託門庭。舍傍有遺植，直上方崢嶸。知我意不屬，三載未向榮。積漸成枯朽，斬伐作薪蒸。里鄰笑我拙，灌溉殊未曾。結實豈不佳，止合產郊坰。墻下能幾何，闢作嘉樹坪。坐待成林日，車蓋立亭亭。翔舞邀鸞鳳，柯葉餘芳馨。何用惜微利，叢莽雜棘荆。

葡　萄

北地葡萄種，甘美殊尋常。結實垂牛乳，聯珠綴蜂房。獨惜質柔弱，不任飽雪霜。冬來蟠深土，有似蟄蟲忙。當春支架立，彼此相扶將。去歲黄楊厄，松菊三徑荒。何心更收拾，枯骨挂高墻。朔風裂膚甲，生意慘消亡。見者爲歎息，撫視空徬徨。數年灌植勞，無復一得償。悔不植榆柳，森森自成行。

追憶前事有感

憶昨津沽警報連，憂時曾賦《罪言》篇。自來狐鼠方憑社，從古豺狼但寇邊。何事英雄求草澤，先教城市變桑田。禍機重搆非難料，痛哭臺澎割地年。

愁雲慘澹掩斜暉，嘹唳征鴻何處飛。六馭蒼黄憂北狩，三軍踴躍賦西歸。國亡自有家仍在，人瘦終教己可肥。倚作長城今若此，誰憐黼座獨宵衣。

霎時翦盡棘荆叢，空想當年郭令公。匪兕千群原野外，游魚百萬釜鬵中。狡夷譎詐隨機轉，悍卒猖狂與寇同。殘破山河易收拾，誰能一起奏膚功。

元　宵

寂寥城郭暮煙凝，爲憶金吾禁未曾。閉户愁看今夜月，傍檐誰挂去年燈。中宵鼓角三聲壯，往事崑崙百感增。火樹銀花銷歇盡，祇餘北斗帶觚稜。

春日感懷

春城黯黯日昏黄，觸處都牽舊恨長。特起異軍誰藉手，横行公子本無腸。雲山迢遰懷秦隴，鼙鼓喧闐聽范陽。悵望寥天何所似，紙鳶風際不成行。

題漁洋山人介山詩後

霸主坐圖大，知人在善使。重耳返故國，左右倚三士。濟濟狐趙倫，群蛇烏足齒。謀帥首詩禮，不聞備鞭弭。報德兼録賢，非關爵禄市。踐土繼桓軌，功成蓋以此。咄嗟綿上翁，狷介山梁雉。想彼牧圉勞，未足效臂指。事定酬恩私，遲遲良有以。胡遽出怨言，妄意窺管蠡。謬謂賞從亡，何故獨遺己。負氣入空山，輕身如敝屣。貪天固云非，尤人誠亦鄙。矧貽君王羞，更重慈親累。忠孝兩決絶，艱大詎堪倚。悠悠千載人，禁煙空復爾。後世代來功，紛紛遂無已。卓哉屠羊説，高風孰倫比。

春　感

東風遠過灞橋西，垂柳千條繫馬蹄。寸草有心春已老，落花無語鳥空啼。鄉園舊夢蠶桑晚，城闕新愁燕麥齊。欲著麻鞋尋萬里，滿天飛絮恐沾泥。

憶署中紫藤花 已爲西人所佔。

亭亭天半彩霞施，想見藤花爛熳時。十步香風迷錦幛，一庭碎影展牙旗。拏雲虬榦空搖落，傍砌雕闌孰護持。爲問婆娑趨值客，不堪回首憶前期。

二月中旬移工部於王佐胡同司員世善宅也世時出守衢州同人僦用之

鐘鼓樓邊甲第寬，權開別墅集同官。寇深故府難仍舊，典缺司空孰抱殘。時議開則例館，余忝纂修。廨宇今真成傳舍，優伶近欲借衣冠。縱教露立猶多愧，西望長安敢即安。

排　恨 爲車夫李三事。

天宇久沈晦，耿耿夜何長。鬼魅潛四壁，豺虎卧隤廊。跼身荆棘茇，寄生蛇蠍鄉。氣屏未嘗息，憂來不可防。徒言恃天理，幽隱自悲傷。

蛇雀知報德，狗馬解懷恩。兕虎受餧養，未忍妨主人。咄玆負義徒，梟獍與爲倫。所恃王綱墜，安復人理存。誰爲殄四兇，庶幾遠不仁。

身世憂輡轅，前行無坦途。恩施輒仇報，非關吾德孤。值此時命蹇，未可恃中孚。引狼遭反噬，不平枉嗟呼。兇惡天所懟，違天罰豈誣。輕與小人緣，請自鑒前車。

鄉　思

家貧事儒業，遠行良自玆。上冀展所學，下以慰其私。朅來二十載，桑梓輕仳離。奔走求衣食，他鄉耐凍飢。勉學匏瓜繫，佇竢河清時。高堂倏已老，時局又已危。清晨攬明鏡，蕭蕭鬢髮衰。興言返故里，愛日守春暉。殷勤誓墓下，今是覺昨非。少小不作苦，躬稼願多違。田舍非吾有，何地當立錐。不作駑戀棧，已似羝觸籬。暫歸望顔色，夢寐常奮飛。年勞重日月，簪組等羈縻。爲山非一簣，頓使前功虧。明知空復爾，聊冀親心怡。求名多失實，擇術本云癡。及玆計前後，能不泣素絲。

孤　鴻

征鴻來遠渚，孤飛爲稻粱。整翅負日月，振翮横風霜。擇木得其桷，失侣羞迴翔。不逐雞鶩群，已入豺虎鄉。悲音唳寒谷，聞者心慘傷。一旦感金飈，軒翥凌穹蒼。向者燕與雀，俯視何茫茫。

晚　寒

羊裘擁背護餘疴，度盡殘春氣未和。欲捨空株防兔至，待删垂柳怕鶯過。迂儒事業豪雄少，久客情懷拂逆多。芰製荷裳蕭散盡，遂初無計奈愁何。

三月望日至公所同僚始有衣冠者

野服從公法禁寬，危城晦迹褚衣冠。帶長頓訝腰圍減，車敝能辭腳力殘。五日期多休沐假，一堂人聚笑言讙。聖恩方念流亡苦，肯使餘生把鋏彈。

奉和子澄員外誕日用宋人謝孟蘭漫興詩韻之作四首

一震漁陽鼓，頓教感歲年。鬢添菱鏡雪，金盡藥鑪煙。寶劍提愁舞，寒氈抱影眠。世途方偪仄，無計得安便。

插腳紅塵裏，三周子丑年。滔滔流日月，忽忽過雲煙。官冷匏能繫，春殘柳共眠。時宜多未合，笑指腹中便。

遊子思親日，微臣戀主年。桃花華浦浪，楊柳灞橋煙。對飲常先醉，愁時獨晏眠。無窮千里感，何日意稍便。

末座參耆宿，追陪正盛年。功看平水土，時喜靖烽煙。五日逢休沐，一朝且醉眠。司空行攝相，崇論仰便便。

望 雨

三春苦亢旱,草木半焦枯。昨夜降甘雨,僅及城西隅。花柳含秀潤,蒿萊發緑蕪。可憐壠上麥,辛苦三時餘。立苗稿欲盡,未得同沾濡。將毋廟社近,禱祀有良巫。鄉農守樸拙,難得神懽娱。雨露本無私,饔飧尤所需。胡勿灑原野,藉以裕倉儲。

偶讀祁相國䙝觚亭集有感

半生著述愛蟲魚,未到蓬萊願總虚。一字偶違宗匠尺,朝考脱落一字。三年空看使臣車。勞形案牘終無賴,名世文章更不如。容易雲泥聲價别,匆匆悔甚策名初。

雜 感

爰居遙集魯城頭,群鳥相隨滿四陬。爭戀牲牢鐘鼓奉,誰憐獨抱故鄉愁。

十月聞雷六月霜,何人不解説妖祥。往來寒暑皆常理,多恨天公少主張。

鐵綱沈江春水波,千頭唼唼得魚多。漁翁有酒還沈醉,潮落魚空奈網何。

三春無雨鳥空啼,垂柳青青也自低。止是魯陽戈太短,中天日影易斜西。

雙 樗

數椽矮屋覆雙樗,嘉蔭蔥蘢四月初。翦拜愛留先達蹟,蕭閒雅稱散人居。三冬落葉頻添火,五載秋根此讀書。莫笑荒園株獨守,蒙莊高論已無餘。同鄉唐耕石副憲寓此最久。

雙　樫

千條原似柳，三秀亦如芝。細葉青絲密，輕花紫雪垂。負霜堪作頌，知雨合名師。我愛雙株植，人間疾可醫。可治疹。

戲作榆錢歌

柳綿雖軟難製衣，榆錢雖好莫療飢。屋後榆林三五樹，多謝春風勤鼓鑄。年年饋我春荒時，階前階下紛無數。生來癖性不愛錢，羞向方兄脅兩肩。坐此與錢成牴牾，青蚨到手輒飛去。錢乎錢乎爾莫我揶揄，阿堵何用累錙銖。我有金錢百千萬億貫，收藏不用如錢奴。

初夏感懷

水深火熱已經年，日暗雲昏未見天。啼絶鷓鴣春不雨，掘殘雀鼠午無煙。葛藤可斷枝多蔓，弓矢雖藏縞易穿。憔悴一身何足道，可堪時局更遷延。

悤悤春過又朱明，喬木欣欣自向榮。倒挂綠楊空有恨，將離紅藥惜無情。舟中麥盡誰爲贈，爨下桐焦忽作聲。欲把行藏問龜策，垂簾何處訪君平。

久客何堪獨繫匏，安陽捧檄興空豪。書愁雁足千行寄，險悔羊腸九折遭。回首西山憂日薄，忍懷北土計年勞。歸思頻賦無聊甚，怕見秋風長二毛。時和議成，急思歸省，以將迎鑾，未果。甫逾月而訃音至矣。忠不成名，遂抱終天之恨，千古罪人，雖粉身何贖哉？

談天空抱杞愚憂，抵掌深慙昧遠猷。勾踐卧薪終霸越，班超投筆竟封侯。摶風鵬展垂天翼，跋浪鯨吞横海舟。悔甚當年平準藏，不將馬首指東歐。

觀𥙷䶵亭集蕹菘詩漫題

壽陽相國古解人，齋廚日食厭百珍。風流最愛儒生色，菜根滋味齩津津。品蔬首重晚菘美，不數熊掌跨猩脣。三十年來飽藜藿，對此起我思秋蓏。北人食菘如食麥，旨蓄禦冬若輿薪。妄意矜誇江南筍，豈知菘味已不倫。北種惟憑土力沃，濃甜滑膩肥失真。豈若寒畦灌山淥，負霜戴雪青翠新。芬芳滿口清且雋，採擷日日凌芳晨。更有園芥品逾絶，甘爽正好含苦辛。大葉桑青腴可煮，花芥九頭醃甕存。嘉蔬鮮美兩無比，俗客迴非高士鄰。筍奴菌妾論非妄，知味正合野叟詢。我來京師苦乏竹，食指不動七經春。偶然買得海船載，色枯味失空輪囷。此間未參玉版座，蘆芽荳甲用薦賓。何況菘本園中植，服食不論富與貧。我不喜菘并厭肉，腸枯安得面無皴。何當歸坐竹林裏，手斟苦酒剥新筠。

久客茶盡貧不能致日買雜末一包戲詠

不能飲酒且煎茶，誰碾龍團細似砂。碎影輕翻波上粟，新香記採雨前芽。偶因貧甚猶行古，古人茶皆細碾。豈待秋來始憶家。堪笑相如成渴疾，翻貪玉露戀京華。

觀宣武門外火車

又聽嗚嗚煙突鳴，六街輭繡任縱横。驚看板屋隨風過，豈但檣帆罔水行。重載不勞牽挽力，長途惟有沸騰聲。祇愁火旺金能尅，不戢焚如道忌盈。

得家書言近地亦起教案感賦

茫茫洪水泛乾坤，景教流行禍早根。徧地藏奸皆有藪，何年揖盜自開門。負嵎未免思攖虎，入苙不堪更逐豚。寄語鄉閭勤守本，食毛莫負聖朝恩。

詠瓶中芍藥

聞説豐臺芍藥花，春疇一片泛紅霞。如何玉蕊瓶中插，空自催開待鼓撾。

惜汝將離愛汝姿，風光聊慰眼前思。腰圍不肯舒金帶，似怨天家雨露遲。

念　舊

廿載飄流水上萍，知交寥落數晨星。尋思風雨聯牀夢，誰識芝蘭入室馨。患難何人堪共託，雲泥幾輩可忘形。素心自是三生分，莫便逢人望眼青。

半生無好復無能，臭味薰蕕合未曾。遮莫游心憑淡漠，還嫌傲骨自嶙嶒。看山有約誰攜手，飲水何妨且曲肱。莫笑嚶鳴空費舌，枝頭睍睆盡良朋。

盆中側柏

柏苗新種已亭亭，貼翠裁絲一色青。心正何妨名自側，節堅更有性通靈。玲瓏子結蛛蟠網，綽約姿多鳳展翎。植向瓷盆聊爾爾，會看芳蔭滿春庭。

聞　笛

誰家玉管度淒聲，似怨年年殢北平。海畔鱗枯潮誤信，沙場馬瘦草無情。枕戈欲睡難成夢，標榜何心浪得名。八駿西馳歸未得，消愁且把濁醪傾。

樗花滿地色逾新柳芳若吴萸愛而掃之因賦

種樗得清蔭，未卜闘春葩。和風扇暄日，落英忽交加。門庭淨無埃，簇簇墮飛沙。輕黄含嫩緑，嬌媚凌窗紗。清飇迴相薄，團轉聚微窊。呼僮掇盈把，不用費梳爬。秀色良可玩，氣味矧堪誇。絶似吴茱萸，辛芳勝辟邪。因念鬼目名，不材世共譁。木惡兼葉臭，評騭未及花。菲葑累下體,物議騰疵瑕。豈知高隱流,未肯露英華。不用成大用,蒙叟興歎嗟。一旦見芬郁,此樹欲譽嘉。聊爲解其嘲,應非癖嗜痂。相賞良不易,秋根坐結跏。

有　客

有客昔避難,依人若馴鴿。婉轉求寄棲,徘徊飛三帀。雅意哀其窮,殷勤爲下榻。飲我枝上露,啄我廚中粒。恩養隨所便,意豈在酬答。云何化爲鴟,凡百思侵奪。方悔群鴉雀,豈惟惱鵝鴨。有如處空山,引虎入我室。遽肯聯翩去,取麋間敝邑。回思偪處時,旦夕恒慴慴。從此閉閒門,慎勿妄延納。

詠　史

買臣市上行薪日,子美山頭拾橡時。吴下何人能刮目,蜀中無地可揚眉。物情盡似浮雲幻,素性難教介石移。獨對陳編三歎息,不如日飲學袁絲。

不如歸去詞

不如歸去,他鄉難久住。嗟爾好容顔,朝來白髮紛無數。故居似桃源,門前屋後生緑樹。春畦富蔬筍,秋圃饒栗芋。魚鳥自親人,往來多舊故。爭如處他鄉,愁朝又愁莫。富貴亦何爲,日月空向愁中度。不如歸去。

三忠詩

三忠者,許少宰景澄、袁太常昶、徐大司馬用儀,皆浙人。當時與崔閣學聯元、楊司農立山,同稱五君者也。二公素昧生平,不敢妄贊,謹就浙中所謂三忠者詠焉。

人生喪亂時,身命誠難測。嗟嗟許公賢,使我心悽惻。憶昔初見日，殷勤荷拂拭。近復託僚屬，勢懸情反隔。固知歸絶域，盡瘁在事國。燃眉搆兵禍，誾誾辨必力。遂因犯衆怒，不自知臣罪。緹騎西郭來，天地爲變色。

矯矯袁太常，夙昔負盛名。廿年濳郎省，一出擁專城。浹旬驟三擢，左遷爲京卿。諫疏連連上，披瀝神鬼驚。豈期禍端伏，遂以促其生。世誰不惜死，求死殆非情。向使守緘默，且復累簪纓。雖然死不朽，千載有餘馨。

七十而致仕，我朝多老臣。已過絳縣紀，慷慨猶捨身。一語蹈殺機，事敗衆愈瞋。倉皇逮西市，簿録及家人。同時楊與崔，碧血膏朱輪。遺骸獨暴露，慘慘委沙塵。痛哭欲具斂，孤掌鳴酸辛。幸聞南來士，仗義慰忠魂。

二哀詩

哀哉相國師，八十一老儒。世風已陵谷，高談猶程朱。轉石障横流，奮臂自當車。位尊權不屬，衆射的所趨。空言賈實禍，老死被謗誣。再拜辭北闕，城亡當捐軀。千載猶未瞑，大節誠不渝。吁嗟倭文成，生豈喪亂餘。

哀哉穎夫子，馴謹自天性。弦佩晉安于，馬數漢石慶。晉人責發難，漢相不關政。冤加始禍名，頗駭道旁聽。死寇匪死法，敵人挾强令。公言安于死，國寧趙氏定。臣罪固當誅，況非聖主命。含笑别妻孥，入地淚更迸。

野鵝駝

野鵝駝，何無賴，來自流沙萬里外。世人見爾形醜怪，紛紛猜作馬腫背。爾乃自矜龐然大，不見南方有象百獸王，屹立如山卧如墻，鼻尖横捲千山倒，駝兮駝兮爾敢當。又不見蜂蠆有芒雞有距，蜈蚣殺蛇獅食虎，楚國亡秦但三户。以小制大爲所苦，況乃癡癡蠢蠢野鵝駝，黔驢之技苦無多。人將寢爾皮，食爾肉，爾形雖大將奈何。

出欄彘

出欄彘，出欄彘，何不安處闌欄裏？狂奔横突無時止，一朝攫盡越裳雉。雉盡爾則肥，竟忘獵者爲。張弓挾矢爾不知，爾將難守舊藩籬。出欄彘，不知足，既搏雉，又逐鹿。鹿乃仙騎爾敢逐？罰爾世作机上肉。

滴胭脂

西方美人滴胭脂，高擡螺髻畫蛾眉。蛾眉螺髻終是假，得意還仗十里馬。十里馬，美人騎，美人騎馬號胭脂。揚鞭踏浪渡過海，朝朝暮暮把人迷。豪華公子喜揮霍，費盡黄金擲盡寶，豈知胭脂亦易老。十里馬死蛾不掃，琵琶那復堪别抱。請君當此夢醒時，快刀斬卻滴胭脂。

鷹擊鯉

鷹擊鯉，鷹擊鯉，鷹在雲中飛，鯉在水上戲。兩兩薰蕕不同器，豈料種殊心即異。自恃爪長兼嘴利，鬼眼眈眈來側翅。鷹擊鯉，莫窺伺，前者鯉正睡，未及爲爾備。儻若再來時，端自蹈危機。休想飄飄片羽歸，鯉已化龍知不知？

三神山

三神山，三神山，當日秦人來求仙。童男童女紛聯翩，倏離桑梓幾千年。一朝丹成欲上天，忽視舊鄉如雲煙。胡勿騎鶴散腰纏，反令同根苦自煎。脣亡亦當念齒寒，不見外强中亦乾，胡忍骨肉相摧殘。三神山，聽我宣，黄禍黄禍是何言？此輩饞饞久垂涎，方思馬腹展長鞭，豈真愛憎或有偏？今幸興也方勃然，一旦孤立亦堪憐。三神山，泣漣漣，試讀新書《天演篇》，教爭教殺禍連綿，人類不滅心不悛。

跋

嗟嗟！《歲寒草》，主人既自序之而自名之矣。不幸虎口餘生，旋遭大故，遂以輟筆。凡自庚子夏五迄辛丑夏五，得詩僅二百餘。一歲之中，杜門待盡者半，閉户偷生者半。親朋寥落，婢僕散亡，消息罕通，見聞斯隘。故紀述恒略，激極所發，聊吐胸中之鬱，藉延殘生之喘而已。一身所經歷，尚不能道其髣髴，況乃茫茫世局，有若望洋，詎可以井底蛙語之。故即續有所聞，亦不復更作，以無意爲詩，且抱難言之痛也。同學諸子，不審其不類，或以爲可存，乃遂靦然録之。視彼能者，奚翅小巫，然周客懷中璞，遼東白頭豕，敝帚千金。腐鼠曰：嚇！自古有之。鄙我笑我，聽之而已。甲辰冬日，抱經室記。

勞生草卷上 甲午以前。

永康吕傳愷曉叔

李陵答蘇武書

人貴知心耳，遙遙李與蘇。河梁終古别，沙漠一身孤。恨事從頭訴，歸途望眼枯。剖符君努力，失策我全軀。涼月長思漢，悲風莫問胡。多情傳雁訊，無分逐麟圖。蕩漾心旌結，淋漓手筆粗。唾壺横擊處，潑墨到西都。

嚴陵釣臺

赤帝乘龍上天住，故人掉頭不肯顧。一時感動漢君臣，富貴視同草上露。益推心腹泯猜嫌，諸將功名全末路。可憐關西逐鹿場，酒徒爲帝盗爲王。當日若有桐江叟，何用紛紛烹功狗。

又七絶

百尺臺邊祠宇新，羊裘曾釣大江濱。嚴陵終古名長在，笑殺中原易姓人。

屈指千年雙釣叟，子陵本意學磻溪。偏教物色功成後，不見投竿早到齊。

九龍洞訪古

芙蓉山下春將暮，處處鷓鴣啼荒雨。杖藜扶我到九龍，放懷直上講堂塢。我聞在昔劉孝標，結廬講學揮談麈。論成運命與絶交，臨崖笑傲空千古。英雄已老山沈沈，萬壑煙霞付誰主。況復仙童去不還，疇聞叱石青崖間。清谿萬丈懸峭壁，鹿田雨過水潺潺。鳥道羊腸千盤折，畏途屼嵂不可攀。有時霧鎖藤蘿暗，有時雲開露出青黄丹碧石痕斑。古來勝境原如此，但恨不見先生見青山。呼僮且酌酒，願爲山靈壽。先生清節並山傳，山名亦賴先生垂不朽。我今相距千餘年，生來卻近三十六洞天。會當徧攬朝真冰壺勝，助我揮毫落紙如雲煙。

三十里坑秋行

生嗤一曲乞鏡湖，又疑半幅翦吴淞。何如三十里坑策蹇過，一日看徧秋山峰。秋山雜沓秋容好，天放韶光酬野老。霜林漸落山骨瘦，螺髻高梳眉淡掃。紛紛青碧與丹黄，天孫褪下雲錦裳。又似老翁朱顏酡，醺然醉卧大道旁。白窨峰頭連北斗，彩霞天半横斷岫。空際時聞鐘磬音，行人到此驚回首。一山過去一山來，山山彎曲水瀠洄。山自東西水南北，數間茅屋白雲隈。下有青谿深不測，百丈古藤支危石。長松忽作老龍吟，風葉蕭蕭山欲黑。驟雨亦佳晴更奇，半晴半雨影迷離。東山夕陽西山霧，山頭杲杲下淋漓。行行漸近前村路，棲鴉一聲天忽莫。但見炊煙不見人，青林紅葉紛無數。一水一石含淒清，半邱半壑俱有情。眼前好景道不得，此身疑在畫中行。我本山民有山癖，盡日看山愛山色。柳州之記輞川詩，歸來遣此風雨夕。

吴山麓

吴山麓，春雲矗，宫殿輝煌重且複。羽客緇流競馳逐，木魚一聲傳齋粥，驅使長官如奴僕。金錢百萬明珠斛，紛紛佈施爭祈福。深院鎖簾櫳，曲徑穿花木。果然佛法無邊强，不見紫陽山前三百年來一破屋。

西湖柳

西湖柳,青青拂馬首,君自揚鞭儂自走。走徧湖上堤,青鞋印紫泥,與君相約斷橋西。斷橋路,在何許?君心滑,儂心苦。滑似蓴絲苦似蓮,君反落後儂向前。不如斬盡西湖柳,莫遣絲絲把人纏。

客　感

二十餘年成往事,三千多路殢閒身。功名蹭蹬鍼磨杵,心緒縈迴軸轉輪。

黄堯卿移寓會館喜賦

抛書兀坐正馳思,報道君來喜可知。苦雨不嫌行路滑,望雲猶恨出山遲。乍令倦枕忘歸夢,從此挑燈好論詩。況是萍蹤難久聚,門前垂柳已絲絲。

新　晴

苦雨經旬半掩扉,緑槐忽見午陰圍。蜨因曬粉當階舞,燕欲銜泥傍市飛。晝静漸知過客少,家遥空憶寄書稀。閒來偶讀放翁句,世態紛紛未覺非。

連日困倦逢母舅南旋有感

天晴憎暑雨憎寒,一日中分兩候看。病骨自應憐瘦削,愁腸誰爲解悲酸。偶思小飲心先醉,每欲微吟興已闌。壯志邇來銷欲盡,願隨征轡上歸鞍。

夏日偶成

涼颸初動捲簾時,又見槐陰向午移。客裏小窗無箇事,偶然興到即成詩。

空庭寂寂獨迴翔，似坐春風渡野航。更好緑陰深處立，便無詩酒亦清狂。

晚　興

一編吟罷興悠哉，曳屨尋芳踏緑苔。葉底絲長蟲倒掛，檐前鈴響鴿初回。雲歸似與鴉相約，客至兼邀月共陪。如此詩情如此景，旅懷何事賦歸來。

憶杭州

匹馬曾經湖上遊，無端心事上眉頭。緘愁寄遠魂千里，把酒悲歌月一樓。迴首故人成宿草，斷腸客子未歸舟。重來當與孤山約，佳處茅庵爲我留。

送黄堯卿朱蕙卿南旋

悤悤賦罷渭陽篇，又聽驪歌唱别筵。浪迹劇憐成斷梗，歸途重複覩先鞭。韋絃久作寸心佩，翰墨今分兩地緣。珍重故人從此别，再相逢處已三年。

閏六月應教習試與丁君夢軒同號舍口占

纔向名場鎩羽回，紛紛橐筆又重來。處囊如我心常怯，入舍逢君眼忽開。雞肋敢云非舊願，蠅頭應愧少新裁。放懷且共談今古，准備明朝擊缽催。

都門道中

曉起束輕裝，驅車登古道。入城復出城，涼風捲衰草。撲面怯緇塵，紆行避泥潦。斷岸忽中分，對峙如懸島。策蹇碾輪過，疾落秋風掃。顛簸不能禁，俯仰身屢倒。嗟哉行路難，對此傷懷抱。

忽然馳曠野，一片秋光好。如瓜紫綴茄，似火紅垂棗。柳緑與蘆黄，紛紛麗奇藻。中有一雁栖，丰姿殊矯矯。不飛亦不鳴，矯首凌蒼昊。誰謂孔道旁，未堪恣幽討。應笑林棲者，坐錮煙霞老。

通州晚泊

緑楊城下泊行舟，夜色淒淒動客愁。涼月漸低檣影墮，西風初勁雁聲遒。提壺覓醉難成夢，翦燭敲詩總爲秋。知否明朝移棹去，滿天星斗是何州。

過楊村時永定河決

舊日車行地，今朝好放船。前村無路達，荒戍有旗懸。落葉秋風裏，悲笳夕照邊。不堪回首望，經過憶頻年。

津門有感

津門煙樹接迷茫，大地無端水作鄉。雙槳近穿檐下過，群鷗低傍屋頭翔。儒生有恨思填石，當道何人爲發棠。寄語嗷鴻休浪託，天心終未變滄桑。

途中遇燕感賦

我去汝南來，我來汝北去。去來春復秋，多在中途遇。飛飛汝暫停，片語聊相喻。昔我挂驂時，奇氣薄雲霧。翔舞嗤鸞鳳，俯仰失鴛鷺。鵰鶚盤高空，鴻鵠競攀附。飛鳴而食肉，千里在指顧。豈料鎩羽回，江湖悲失路。汝號意而子，慣向人間住。燕燕尾涎涎，飲啄恃何具。今忽帶雛歸，聯翩夕陽渡。得意向人鳴，繞檣飛故故。等是倦遊者，榮枯何異數。此理豈難明，要在識時務。汝飛傍朱門，出入得庇護。汝語縱呢喃，柔媚無牴牾。機變汝夙工，戇樸吾亦痼。一巧與一拙，世情判愛惡。擇術自不侔，尤人毋乃誤。雖然汝亦勞，我願行吾素。與爲俎上犧，甘作書中蠹。緣木遑求魚，守株寧待兔。遭際亦何常，貴得其中趣。語罷重鼓掌，將毋謂我固。瞪目若不聞，一摟入雲樹。

早發嘉興道中

曉色冷荒江，溼雲低貼水。雙槳搖空青，漸入蘆花裏。輕煙盪不開，沙際一鷗起。頽岸蔓垂紅，斷橋餘雁齒。隔林聞吠聲，竹深不見底。野僧打包過，破笠肩頭倚。忽憶行沽處，朝曦已上市。

將至杭州望見西湖諸山

片帆轉處水痕彎，撲面欣逢畫裏山。眉黛最憐新雨後，髻螺時露斷雲間。三年游迹勞成夢，萬里征塵爲解顔。今日推篷須飽看，放教蓬島絶躋攀。

胡小樵招至江船夜飲馬上口占

江城秋色晚迢迢，策馬同遊渡小橋。塔影孤懸人影亂，船聲雜沓市聲遙。滿山寒樹紅醺眼，夾路疏花緑拂腰。便擬移樽相對飲，消愁何必定良宵。

席上贈小樵

翩翩公子劇豪華，結客同登月夜査。海内論交須縱酒，醉中聞樂倍思家。十年舊夢腸應斷，一首新詩手屢叉。曲罷請君迴首望，幾多清淚洒琵琶。

八月十五日桐江舟中

年年明月中秋好，相逢多在關山道。今年好月值歸舟，孤篷病卧秋更秋。披衣强起船頭望，一輪已在高山上。微風扇動波紋生，銀光返照影盪漾。清輝如此不勝寒，癡心暗祝月團圞。可能飛落白雲端，雙手攜歸枕上看。

重過釣臺

得嚴公顧喜津津，作執金吾願已伸。豈識牀頭加足客，羞爲殿下折腰人。君看逐鹿來新野，我自披羊釣富春。咄咄子陵千古事，可憐諸將盡風塵。

又五律

南陽無片瓦，大澤有高臺。炎運歸新主，客星動上台。垂綸千里感，故劍百年哀。爲問舂陵郭，更誰望氣來。

九　日

到家纔九日，恰好是重陽。野菊移根活，園橙帶葉香。山遙空挹翠，酒熟愛流黄。爲憶登臨處，高歌又幾行。

樓　中

偶然離塵境，移榻傍高樓。俯揖山千疊，平看月半鈎。動中常得静，醉裏不知秋。願息風塵轍，時來豁遠眸。

歸家後檢閱曾君廉泉下第詩奉和

新詩誰賦斷腸篇，往事追思益惘然。下第如君堪痛哭，窮愁似我更憂煎。已拚一夢同蕉鹿，爭奈千聲怯杜鵑。到此窮通休苦問，且攜尊酒醉花前。

半生同是誤浮名，鹿鹿頻年賦北征。富貴可求須載寶，文章無價論連城。親庭鐘鼎知何日，客路星霜悔此行。誰信飢驅還出走，東風一騎又春明。

秋雨獨坐

風透疎簾雨入櫺，小樓坐擁一氈青。閒披古史磨心鏡，秀折疏花入膽瓶。世事渾忘秋欲晚，人生惟有夢難醒。近來漸稔村居樂，紅樹滿山户半扃。

晚步村外至東屏山麓少坐

水隈彳亍復山隈，無限詩情傍醉來。日落層巒雲作幄，風斜曲徑葉成堆。盤根老樹容人坐，撅笛村僮賽佛回。即此忘機堪少住，關心何必到蓬萊。

題郡城鄭氏草堂

雙溪西畔萬峰前，斗室高寒似洞天。深竹月鳴喧宿鳥，枯桑風緊曳寒蟬。窺簾山色邀清供，拂榻花陰護醉眠。好是東萊祠宇近，門前車馬影連翩。

滿城風月總無邊，小坐匡廬意洒然。書帶縈迴階下草，畫圖磊落酒中仙。僮收賸墨臨唐帖，客愛清談學晉賢。笑我家園如傳舍，卻來此處聳吟肩。

紫陽講舍題壁

十年前此寄吟身，風物重來易愴神。春水一池饒蔓草，殘山半角鎖荒榛。惜花客去牛羊滿，種竹人歸魚鳥親。可奈萍踪留不得，一鞭行復逐紅塵。

應君小棠見和復用前韻答之

頗疑飛絮是前身，北馬南船枉耗神。客路無心留翰墨，天涯滿目莽荆榛。愁如亂草逢春長,病似故交遇事親。須索與君留後約,萬荷深處望征塵。

桐江舟夜同黄堯卿作

山下泊行舟,清光足勝遊。疊嶂圍江暗,寒泉抱石流。蛙聲喧隔浦,蟾影落前洲。别有登臨興,幽懷孰與儔。

富春江中

寒風習習雨聲催,浩渺空江賦溯洄。雲影倒涵波影動,山花低蘸浪花開。鸕鷀飽後銜魚出,桑柘低時壓縴來。便爾遲遲良不惡,何心飽曳片帆回。

出門值雨途中望諸山

籃輿就道雨纖纖,過眼山都似隔簾。更恐行人回首看,亂雲隨掩數峰尖。

舟中聞鼓吹

紅旗高颭水之隈,萬艇千艘打槳來。空際忽聞音樂過,鹽場官吏正銜杯。

正是軍門上鑰時,輕煙漠漠柳依依。承平幸得長歌舞,莫遣沙場聽鼓鼙。

午　睡

醉餘高卧小池西,欲雨陰雲冪冪低。千里叫回遊子夢,碧梧枝上鷓鴣啼。

紫陽肄業向來金紹二郡居多皆隨便居止自諸大吏專與士人爲難遠來者多失所余以孝廉寄住亦仍舊也今聞又將查核則亦不得安此矣感賦一詩應君復和亦再答之

瀛洲未到待何如？ 槖筆重來覓舊居。惡令不堪聞逐客，清歌空復渺愁余。飄零身世三彈鋏，慙愧生平再上書。看取扶搖騰萬里，九天高處是吾廬。

僻性生來總不如，碧池西畔殢幽居。寂寥舊侶誰知己，磊落新詩忽起余。雅意漫傾惜別酒，暢懷勝讀賀貧書。梅花千樹蕭閑甚，爲訪孤山處士廬。

聞　蛙

池塘閣閣亂蛙鳴，苦向人閒訴不平。華林未遇晉天子，誰肯官私問一聲。

閨　思

徹夜蛙聲共雨聲，聲聲都帶别離情。眼看春色垂垂老，腸斷東風緩緩行。一夢未圓鶼比翼，百年生怕鴂先鳴。滿腔心事渾難了，輾轉牀頭到五更。

偶　成

寂寂荒齋外，詩懷入夜清。半天浮鴈影，四壁雜蟲聲。遠樹疑人立，寒燈背月明。有情憐睡鴨，伴我到殘更。

税　關

朝泊鼇關午放行，行人心急亂喧聲。篙師笑指紅窗裏，五斗劉伶未解酲。

書生行李米商船，偶被聖恩一例蠲。關吏連呼等等等，休嗟時日更遷延。

戲贈梁上人

風淒月黑露珠團，窗際頻勞冷眼看。縮手出來應失笑，書生寒比小偷寒。

零星藥裹與殘編，入手從來不值錢。擲向窗前呼負負，誤人露立五更天。

過滬爲陳秀才題畫

詩情畫意兩如何？紅袖青衫伴醉哦。爭似離人添別緒，滿江風雨唱驪歌。

碧梧深院夜涼時，相對無言意可知。儂自焚香郎自誦，任教誦罷《比紅》詩。

題快船壁

乘得長風豈偶然，煙雲漠漠下湖天。飛空浪激雙輪駛，銜尾船高一線牽。萬里幾人能作客，半窗無事且閒眠。雪泥聊爲留鴻爪，取次拈毫到日邊。

通州逆旅

飢寒計迫一身輕，卸卻征驂策蹇行。萬里秋風來去路，五更殘月別離情。黄粱易覺浮生夢，白水須尋異日盟。莫笑相如空慕藺，題橋心事最分明。

呈應纘甫農部時將告歸

堅白雌黄盡可疑，雨雲翻覆態偏奇。鑠金自昔憎多口，抱璞何妨聽相皮。任補郭公修魯史,還憑貴主倒韓碑。千秋定論分明在,載筆紛紛孰是非。

故山喬木自森森,萬里閒關仰止心。爲起膏肓求藥石,愛談出處證苔岑。無歸安得留司馬,有異還堪問子禽。他日五峰揮麈坐,石崖舊約可重尋。余家雲谿公與朱子輩講學於此,後石崖公又與石門應君等同會集焉。

雞　訟 爲某侍御作。

山深不知曙,鵾雞時一鳴。瞿然覺我夢,由來非惡聲。因之試鸞刀,何以得其平。群雌惟粥粥,凡鳥徒嚶嚶。孰效司晨職,顧使俗人驚。恐彼憚犧者,斷尾自偷生。

都門感事八章步陳君韻

鑪火篝鐙夜嚮晨,頻年羇旅未歸人。胸中塊壘千秋事,世外蕭閑一葉身。槖筆待輸金殿策,買花嬾醉玉壺春。本來遊子多傷感,況復烽煙起遠塵。

茫茫遼海接三韓,萬里帡幪拓地寬。豈料藩籬容豕突,翻教衣帶失鴻磐。蒼生有命從戎易,緑水無情欲渡難。坐使至尊宵旰切,幾回飛詔下朝端。

聞説牙山羽檄馳,將軍奮勇奪門時。貔貅百萬驕夷虜,組練三千老我師。錯已鑄成無可奈,瘫原養就不勝悲。中興耆舊今安在,雲雨瀟湘起夢思。

雄關百二簇霜戈,太息南來馬飲河。倚仗安危須有託,評量功罪總無頗。龍城戰士雄心舊,麟閣勛臣觖望多。漫説通天惟衛律,撫衷應否悔蹉跎。時衛汝貴已誅。

檣帆陣陣海門聯,瞥睹狼煙怯不前。豈有將軍能盪寇,空教屠伯慘延年。事機坐失横江鐵,歲餉虚縻内府錢。悵望遼東雙涕淚,滿天風浪夕陽邊。

牙旗玉帳擁征途，百道雄兵發上都。重譯尚能知敵愾，窮檐猶自急邊需。浪翻雪海兼天湧，草偃風砂帶骨枯。叵耐南陽春夢穩，滿腔心事聽倭奴。

英雄事業孰追攀，蒿目能忘天步艱。小醜跳梁猖獗甚，中書伴食有無閒。已知借箸虚前席，尚愛方壺領舊班。也勝巫臣行盡室，夢魂飛繞故園山。

紅旗天半掣斜曛，爭説鄰邦爲解紛。誓掃欃槍清毒霧，肯教日月翳浮雲。元戎壁壘三邊壯，大將威名萬里聞。拭目甘泉書奏捷，待將綵筆勒殊勳。

對　雪

風雪紛紛逼歲寒，衡門獨自卧袁安。名心未免羞雞肋，食肉何須問馬肝。兩載閒澆燕市酒，九天曾染鳳池翰。可堪裘敝更金盡，坐聽蕭蕭竹數竿。

書石頭記後

茫茫泡影總難憑，掩卷長吁感不勝。世事到頭原是夢，天涯行脚即爲僧。有誰能勒懸崖馬，到處都成誤筆蠅。一樣癡迷緣底事，虚傳白日學飛昇。

步魯鄰感懷韻

閑來無計遣愁魔，塗抹何心學阿婆。此日煙雲驚滿幅，幾時雷雨果騰梭。還家有夢黄金盡，末路逢人白眼多。盼到東皇消息好，春風滄蕩起微波。

公車歎

去年上公車，倉中糶新穀。今年上公車，隴上賣黄犢。一上再上用漸稀，三上公車不得歸。不得歸時可奈何？飄零書劍苦無多。日日質錢謀一飽，臨風但倡懊憹歌。歌懊惱，不忍聽，窮途有眼誰爲青？豈無長卿《上林賦》，生平難得狗監遇。亦有昌黎《送窮文》，窮鬼爭辨徒紛紛。憔顇青衫已如此，仰面求人良可恥。曳屨擬向朱門行，欲上不上顔忸怩。忸怩容顔止自憐，回頭嬾步前門前。卻有乞兒環左右，牽衣攔道苦相纏。説來世事亦可歎，我釜生塵還未飯。待我明年及第時，給汝青蚨三百貫。

讀唐人田家詩有感

耕稼重本務，生民有大始。春氣動郊原，丁壯齊舉趾。風雨雙笠蓑，朝暮千耒耜。胼胝不告勞，篝車已云喜。所得誠亦薄，勤劬終可恃。秋夏納租税，晨昏奉甘旨。自養以養人，身勞心卻美。我本南山農，家世務耘耔。忽然辭雙親，輟業謀青紫。萬里客京華，兩載缺滫瀡。升斗未可期，瓶罄良已恥。不惟愧諸弟，何以謝閭里。行舍浮名去，歸釣桃溪水。絶勝風塵中，勞勞無底止。

述客愁

人生不作客，八十頭未白。客豈能白頭，奈有客中愁。客愁亦何益，最是思歸切。思歸不爲友，思歸不爲親。除卻友與親，誰能知我心？

勞生草卷下 丙申以後

永康吕傳愷曉叔

龔鞠田刺史見示近作依韻奉酬

宦海曾經百鍊身，佇看健翮奮風塵。彈冠喜作王陽客，時滇督王爲奏復原官。賣劍還追渤海人。往事書空成咄咄，去思有味道津津。青雲此去無多路，莫歎蕭疏白髮新。

河山無計補金甌，聊藉醉歌爲解憂。王猛高談嘗捫虱，庖丁絶技少全牛。蠻鄉煙雨供詩料，燕市花枝作酒籌。壯不如人今未老，一鞭跌宕自風流。

再呈龔丈

卓犖使君信不凡，嘗從世味判酸鹹。機雲才調輕傖父，嵇阮交情重阿咸。但恨高歌無《白雪》，不愁落拓有青衫。當年莫被薰膏誤，蓬海早飛天際帆。

和龔丈韻

雪光照檻影漫漫，獨坐狂歌興未闌。舊服難忘三徑好，新巢粗得一枝安。責惟在我情偏嬾，熱不因人夢亦寒。正好蓬門高卧穩，羞將故步學邯鄲。

葛軼仙駕部以和龔丈除夕詩見示并索步韻

孤心歷亂歎飛蓬，饘粥年年止自供。似箭陰過人易老，如舟屋小膝能容。座因客少飛塵壓，詩恐愁多下筆慵。爆竹一聲鄉思起，白雲回望隔重重。

一室蘭膏繼晷焚，書聲兒共正紛紛。茶香鼎沸思春釀，炭火爐温勝夕曛。踪迹忙如營壘燕，應酬嬾似出山雲。米鹽凌雜成何事，醫俗無方愧此君。

浪攜梅鶴上長安，回首親庭覺尠歡。薄俸未能籌事畜，衰年忍復累飢寒。書傳冀北春將半，夢到江南夜每闌。屈指春暉誰報得，寸心虚説此中丹。

關河遥隔路三千，爲訪金臺拌入燕。臣職濫羈慙治水，君恩欲報合籌邊。雲中佳訊輪流盼，酒後新詩取次銓。更有《陽春》和不得，忍寒坐到曉鐘天。

再次前韻

男兒枉説志桑蓬，郎署清閑職可供。芸簡自排深夜課，梅花静對古時容。爲憐腰折飢寧忍，最愛身閒夢亦慵。還我青毡殊大好，緑窗燈影鎖重重。

甲煎名香几上焚，澄懷一洗俗塵紛。紙鳶遠颺風初定，鈴鴿揹回日正曛。閒愛朱鱗尋淺水，静看蒼狗幻浮雲。胸中五嶽平何易，手把煙霞付與君。

朝來無事覺心安，獨坐匡牀默舊歡。尺牘嬾酬人已遠，重裘未脱歲猶寒。不妨米盡先謀酒，待到花開便倚闌。最好忘機塵海外，延年何用覓金丹。

詞源滚滚浪三千，筆陣縱横掃許燕。物理鳶魚參上下，人情狐鼠澈中邊。赫蹏細楷當窗勘，婪尾餘春次第銓。身世自嘲還自解，幾回搔首看蒼天。

送台州周君之官黟縣

東風拂拂柳絲絲，送客都門路漸岐。薊北人歸春有恨，江南氣暖鳥先知。羨君竹馬歡迎日，惹我蒓鱸入夢時。從此牛刀須一割，親民最好莫嫌卑。

宦遊況復近鄉邦，衣帶盈盈一葦杭。黍谷春回三月莫，桃源境好百花香。黟縣有桃源。訟庭此去堪羅雀，治道從來等牧羊。早韭晚菘風味永，彦倫遺範幸能詳。

小試經綸抵掌誇，文通治術舊名家。攜將闕下三春雨，洒徧河陽一縣花。内外並宜清積蠹，公私也合問鳴蛙。雙梟到處稱神父，竡煞閒官冷放衙。

家鄰天姥是天台，出處何曾著點埃。黄嶽峰連巘㕢地，赤城霞映釣魚臺。剛從鴈蕩扶筇出，又向烏聊蠟屐來。占盡東南山水好，前身君合住蓬萊。

漫擬交情重脱刀，還從公瑾飲醇醪。撲人眉宇饒春氣，老我頭顱例水曹。破帽孤留燕市影，扁舟遠泝越江濤。他年管取秋風裏，鵰鶚飛來天更高。

盆梅

窄窄瓷盤一樹栽，無端小刼到寒梅。美人自合藏金屋，高士何緣傍玉臺。素靨倒垂疑有恨，芳心雖吐未全開。箇中委曲真難説，卻被旁人羨占魁。

竹簾紙帳几烏皮，偪促庸非野性宜。屈曲蟠根憐瘦骨，縱横纏縷忽多髭。芳姿俯就魂先斷，老態裝成病豈知。爲憶園林千樹好，暗香疏影幾横枝。

最耽幽寂避群芳，卻逐繁華到玉堂。折簡憑通千里訊，移根翻作九迴腸。婆娑自是多奇節，挫折終須發異香。借問矯揉誰始俑，一冬厄運等黄楊。

山橋野店竹籬邊，蠟屐騎驢韻事傳。冷艷忽參賓主座，孤芳時傍舞歌筵。龕前笑口開詩佛，樽畔齊眉伴水仙。不避冰霜寧樂此，和羹用汝待他年。

春光昨夜上彤墀，雨露新承酒半巵。玉樹端宜屏上立，瓊英雅合帳中施。南宫乍奪楊妃寵，東閣翻吟杜甫詩。桃李含愁松竹笑，一般臭味有差池。

寄金被没葛軼仙駕部爲設法歸還詩以志感

長安索米已三年，羞澀看囊賸一錢。柳子無心聽羽化，葛仙有術得珠還。渾忘避債臺臨水，依舊凌空突起煙。且喜餘糧支隔歲，一家飽過早春天。

傲　骨

孤飛弱羽倦風塵，贏得京華落拓身。執筆慙非投筆吏，拆橋竟是過橋人。介推意氣羞言禄，長孺功名易積薪。最好别尋方外去，不嫌傲骨自嶙峋。

東鄰詞

東鄰婦女厭綺羅，西鄰婦女競笙歌。東西結交兩來去，爲歡不知日早暮。春來相約踏紅塵，絳袍翠袖一時新。出入喧嘩滿庭户，遺釵墮珥碎車輪。糟糠之妻冰雪性，對此亦復嗟貧病。吁嗟習俗易移人，況攝兩大若陳鄭。豈知彼富我已貧，處此先須安義命。兩家男子本貲郎，門户更兼婦爲政。我乃謀生筆頭秃，幸博一第充饘粥。負郭並無半畝田，贍家安有千鍾粟。得錢且用覓圖書，闕靡何能備紈縠。金玉錦繡豈不佳，嫁得黔婁已寡福。不如且學鮑宣婦、梁鴻妻，挽車春賃齊眉齊。否則尚有織錦文、詠絮篇，芳名千載《玉臺》編。令狐貴，王霸高，齒髮何用慚兒曹。樂羊遺金盜泉水，議論推倒千英豪。但有容工兼言德，靡麗紛華何足惜？不記東鄰歲暮償遊資，典及牙籤汝歎息。

戊戌除夕

京師五度逢除夕，每撫流光喚奈何。米價驟增前日倍，爆聲輒憶往年多。人情老去陰逾惜，天道春來氣漸和。且喜六街塵擾擾，牽裾群唱太平歌。

新春即事

紅牋書刺往來新，馬驟車馳又入春。交拜嘗爲答拜客，通名半未識名人。儀文欲洗衣冠習，酬應難辭簪組身。至竟此風猶近古，無分寒熱一般親。

市上觀女郎畫

誰説儒生不好名，風流閨閣已多情。袖中一管生花筆，付與人間月旦評。

聲價高擡售未曾，芳名細署玉壺冰。可憐幾幅丹青畫，博得人間萬口稱。

人日步少陵韻

一年一度逢人日，此日人人著眼看。夜雪喜聞檐溜滴，春風權耐被池寒。短轅有驥能終伏，長鋏無魚未忍彈。來復天心誰見得，長安都説久居難。

穀日出行遇雪

晴日安居冒雪遊，書生作事自風流。一鞭冷擁灞橋絮，雙槳寒衝剡水舟。天意仁慈憐蔀屋，人間富貴盡瓊樓。官街徧踏豐年瑞，莫慮陰霾歉歲收。

醉歌行

出門横走萬里程，讀書直抉百家精。結交安得天下英，仕宦何必至公卿。白眼休爲阮步兵，折腰羞殺陶淵明。林宗有道四海傾，執鞭忻慕猶人情。世間富貴鴻毛輕，胡用磊落氣不平。徑欲上書請長纓，一鞭直指黄龍城。單于倒縛神鬼驚，然後手執牛耳盟。海外千年息戰爭，書生一笑大功成。翩然歸去掩柴荆，讓與諸公樂太平。快意何必留其名，嗚呼何必留其名。

感　事

陰雲漠漠罥長空，乍看劍光射斗紅。不信變秦來衛鞅，翻成禍宋有荆公。遙天苦喚蒼鳩雨，大海腥聞黄雀風。獨仗媧皇摶五色，滿朝袖手老衰翁。

狂瀾東去詎能迴，七國名誅晁錯來。嘗膽竟成填海恨，推心誰是濟川才。豎儒誤國真堪歎，聖德格天枉見猜。賸有星辰環紫極，夜深坐聽笛聲哀。

觀近人詩話偶成

天籟從來貴自然，依人門户總堪憐。君臣喜起誰衣鉢，童叟謳吟亦管絃。體格爭摹初盛晚，頭銜競慕聖王仙。枝頭鳥語綿蠻甚，似笑詩翁聳兩肩。

漫　賦

蒼蒼無主宰，日月迺不渝。蒼蒼有主宰，治亂何須臾。頗聞古聖言，好生帝所圖。蚩蚩日偷薄，浩刼爲驅除。既握造化權，胡勿慎厥初。降衷無惡薄，賦性泯頑愚。閒或戾氣鍾，疾疫翦其軀。胡必蓄怨忿，四海逞毒痡。況彼懲勸道，降鑒亦含糊。顔夭跖乃壽，孔孟老泥塗。即今瀛海外，豺狼生豕貙。父母愛宗子，坐視不一扶。豈在萬里上，猝難聞見乎。或者遭其睡，閶闔枉叫呼。一日已千年，俗語信不誣。不然時未至，亦爲氣運拘。此惑誰能解，欲作天問書。

古者三不朽，盛名衆所趨。德功未易言，學作章句儒。立人通天地，豈等硜硜拘。斯事關根柢，積累在錙銖。流弊千年後，盜襲成鈔胥。著述誇等身，競握靈蛇珠。胡爲魏晉閒，苦心撰僞書。意在亂楮葉，豈有美名沽。徒使後世人，執筆譏其誣。矻矻老窮年，詎非古之愚。撫卷爲歎息，疾也今則亡。

壽徐母戲呈班侯户部

木壽莫如松，物壽莫如鶴。當其得天時，元氣已磅礴。若夫壽在人，亦可據理索。或賦質貞强，或寄懷沖漠。或養性全真，或睢盱渾噩。或適意豪華，或乞靈丹藥。樂易而和平，行仁能守約。卓哉太恭人，延年占高著。憶昔庚寅時，輪舟大海泊。寶相覩莊嚴，私心早駭愕。貴能備紈綺，身乃厭珠珞。養足羅珍羞，口乃甘藜藿。文伯躋華膴，敬姜自操作。熊記昔年丸，鮓還今日卻。想其襟懷閒，定藏幾邱壑。滄海本難量，蠡測此一勺。已知金母儔，千載猶矍鑠。況乃先生賢，群飛横一鶚。風骨何嶙嶙，胸襟殊落落。伉直逾娬媚，真誠彌脱略。曼倩雜詼諧，季布重然諾。不惠亦不夷，俯仰期無怍。作官幸未熱，仁術借俞鵲。壽人以壽母，撫衷斯云樂。春晝敞華筵，介眉齊歌咢。詩詠《南山》篇，樽開北海酌。献頌盡班揚，捧觴來衛霍。阿蒙不識字，例止許饞嚼。空手學白描，聊以資噱噱。布鼓向雷門，合浮三巨爵。徐君招飲而徵文，敢不逮，知其誤也，姑與爲謔，固是游戲，然表揚處皆實，故仍之。

夜　坐

夜寒獨坐起徘徊，忽聽更聲斷續催。燭校異書常見跋，茶烹活火自添杯。芊綿草憶江南長，嘹唳鴻歸塞上哀。寂寂荒齋無限思，明朝准擬踏青來。

送徐子之東河

都水空吾職，長河快爾遊。塵沙千里暗，京國十年秋。伏櫪悲奇骨，安瀾羨壯猷。文襄如可遇，三策莫輕投。

故舊皆星散，臨歧倍惘然。孤鴻天際遠，雙鯉客中先。夢逐河流曲，心同帆影懸。何當重掃榻，一笑與參禪。

重有感

滿目豺狼集奥區，東南又見失膏腴。野蠶食葉爭眠起，海蜃成樓自有無。衛國高軒春載鶴，陳王篝火夜鳴狐。靈均淚盡長沙哭，天意蒼茫孰可呼。

喬松千尺鬱蟠根，剥盡龍鱗百蠹屯。大將誰爲趙李牧，右師共識宋桐門。沈沈北府鸛鵝列，赫赫南山虎豹尊。任有葵花能向日，卷葹心斷總無言。

黄昏細雨草萋萋，楚客悲秋獨惋悽。乍看鵲巢支壞木，終愁蟻穴潰長堤。天驕盡有關河嶮，地軸難迴江漢低。安得越王千萬弩，長風吹射海門西。

送貢又山丈出守順慶

資格磨人已白頭，天風吹送上西州。使君今日攜琴鶴，槎客何年訪斗牛。郎署星移三列宿，驛亭雲擁八諸侯。涪江若遇黄山谷，爲道張衡有《四愁》。時黄堯卿在蜀。

述　夢

我生未曾經五嶽，忽然夢作五嶽遊。白雲縹緲生衣袂，蒼煙九點小齊州。泰華恒衡排咫尺，一步一跨衆峰頭。此時四顧天地窄，往來跳躑如獮猴。巨靈贔屓擘兩山，掌蹠未足羨奇猷。忽覩樓閣連雲壯，云是落雁之峰上。太白當年此問天，奇句驚人古不讓。高倚危闌百尺梯，捫墻拂石氣奔放。寒山瀉碧夕陽紅，夢中詩記此一句。詩成擲筆搖蒼穹。蘭若蒲牢聲夜吼，倏忽萬象成虚空。牀頭輾轉不復寐，搖搖猶似五雲中。吁嗟此夢亦奇絶，芥子須彌竟飄瞥。借問縮地費長房，可能有此遊山訣。

紙鳶歌

長安城中風日清，長安城頭紙鳶輕。美人跨鳳彈珠玉，散落九天作春聲。遊手少年閒無事，街市縱横陳列肆。削篾鋪牋樣翻新，髣髴魚龍呈百戲。居奇何止值千錢，百丈遊絲信手牽。轆轤滚滚隨風放，頃刻飛上碧雲天。東北兩三行，衡陽歸雁篆天章。西南四五隊，妃子凌波弄嬌態。昂頭笑，拍手歌，共説天孫渡銀河，翩翩聯聯駕鵲多。彩霞成綺日西落，齊向雲中招白鶴。誰家貪歡秉燭遊，侍婢籠燈走繩索。爆竹連聲光滿天，還仗封姨助歡樂。風遒綫勁斷飀飀，六鷁退飛鷹脱韝。宛轉低斜挂樹杪，跕跕或向深淵投。我行覩此成感歎，萬事當作如是觀。乘風直上嫌綫短，可收不收此時難。

夫人壽

將進酒，夫人壽，綺帳瓊筵敞春晝。大開平津舊閣門，招集賓朋樂晨昏。雛伶歌舞千金擲，紫駝朱鯉如雲屯。百席豪華恐不足，滿堂鵠立盼高軒。高軒胡爲久不至，魚龍暫時停百戲。庖人延佇八珍冷，賓從逡巡潛引避。當時惟愁顯者多，到來賤亦無幾何。無幾何，興蕭索，後堂白髮慘不樂。迴憶尚書當國時，勢傾天日力能移。庶司爭向要津走，衛霍金張無等夷。何日臣門不如市，百車十輦挽金貲。一朝奄忽歸黄土，老妻嬌子當門户。昔時勢盛人盡趨，今日勢去趨何苦。桑田滄海變須臾，此風由來亦已古。君不見，安國灰死不復燃，廷尉門前雀可羅。根株未斷猶如此，何況東歸若逝波。得之自是失自是，榮利浮雲何足恃。若使千載長豪華,富貴何由到君家? 君家貲財尚鉅萬,出入意氣生顧盼。去者已去難復留,莫遣當前更星散。將進酒,夫人歎。

花　朝

寂寂花朝日,荒齋晝掩門。鴻歸空有信,春至尚無痕。樹老風聲急,塵高月色昏。遂令游宦客,長憶杏花村。家園杏花甚盛。

攬　鏡

行年三十六,兩鬢久成絲。四壁家何在,千秋事可知。天高見月小,地冷得春遲。願逐閒雲去,飄飄任所之。

望春詞

京國春來何所有,一斗千錢空使酒。枝頭處處繞鳴烏,終歲不聞啼鷓鴣。已過清明一百六,徧地尚無寸草緑。惟聞壓擔賣唐花,春光獨入貴人家。不見江南二三月,東風一到便繁華。

春宵漫興

料峭春寒敝錦袍,養成疏嬾在閒曹。滿城好月聞胡舞,一榻殘鐙讀楚騷。空對芳樽懷北海,誰憐舊里是西豪。金門遯迹非無術,爲向江潭學餔糟。

都門雜詠

枯枝日日繞飛鴉,二月京城未見花。坐憶九秋風味好,滿畦寒菊有奇葩。

夏深生意入階庭,瓦縫參差草色青。讀史漫疑門上莠,北來處處似蘆汀。

輪蹄細碾滿城埃,十丈緇塵捲地來。生少爲農猶未慣,依稀隴上撒飛灰。

黄金買桂那堪燃，石炭和泥箇箇圓。繚繞香爐宫殿外，燒殘馬矢有炊煙。

井上轆轤轉水頻，一車分送自轔轔。就中甘苦分明在，價比江南竹葉春。

紙格承塵貼掌平，四圍藻采鬬光明。衹愁夜半蠦蜰出，瘦蠏爬沙郭索聲。

細雨和成没踝泥，駕轅躑躅似扶犂。須防夏日開溝處，失足猶如落溷雞。

乍到新年廠店開，如雲婦女探春來。香車擁擠無行處，早被遊人看一回。

白雲觀裏樹連天，有客當年此遇仙。屈指賣燈節過後，香鞍寶馬日喧闐。

破廟斜臨古道旁，出城十里汗如漿。可憐南頂成荒土，猶自年年舉國狂。

獨有陶然景色幽，四圍爽翠一亭收。詩情到此真無那，楊柳青青蘆荻秋。

金魚池上滃塵氛，水面時時泛彩雲。好滌煩襟十刹海，荷風到處有清芬。

滿衢花勝插叢叢，奇巧真堪奪化工。最是京華風物好，由來翦綵出隋宫。

哀絲豪竹滿城陬，菊部繁華樂未休。一自荆卿高唱後，無人不解按《涼州》。

雛伶好比郢中姝，錦簇花團落座隅。一曲清歌憐斷袖，不須少婦更當壚。

正陽門外舊平康，引得遊蜂日夜狂。賣笑年年緣底事，怕從陌上採柔桑。

五城設厰散杯羹，游惰萬千樂再生。只是郊原多曠士，休教飽暖廢春畊。

嬌小兒身不自由，貪錢阿姆强梳頭。百金買得千金賣，索向勾闌作馬牛。

簾冪沈沈拂地垂，兩廊列肆炫珍奇。遊人過市休論價，三尺兒童解售欺。

綿綿長巷東交門，萬國梯航萃一村。不是九天多雨露，賈胡何事近重閽。

見報知陳仲英太守師當來喜賦

先生去作二千石，弟子相思四五年。闕下忽傳聖主詔，江南共説使君賢。朱幡白馬行將至，絳帳青鐙舊有緣。卻憶攀轅諸父老，悲歡兩地各紛然。

寓齋之東有樗圃庭院閒敞少有花木前爲高姓所居去後予恐他人逼處遂併租焉朝夕偶一散步感而賦此

墻東老屋挺雙樗，廣舍荒寒廢掃除。爲愛看花留隙宇，不妨擇主曠安居。丁香蕊結逢春盡，榆筴錢飛待夏初。只是催租人太急，翻教婢僕議迂疏。

自　懺

生成爽直與粗豪，每把深言對淺交。只道人情無楚越，誰知世路有函崤。投珠按劍庸非惑，從井芸田枉見嘲。最好窗前明月影，終宵無語度花梢。

簡同舍

水石年年向爾投，誰將心事喻留侯。緑楊依舊鄰元白，銀漢何妨隔女牛。相約階前掃落葉，不愁海畔觸虛舟。孤懷脈脈君知否，莫放鸚哥在上頭。

小屏春詞 庚子。

潁上當年樹塞門，此風今日已難論。幸留餘地朝金闕，北面亭亭拜主恩。

家本桃谿楊柳津，錦屏山色四時新。者番不及天然好，也與先生攩軟塵。

花信吹來第幾風，隔城遙訊買花翁。輸君盡日當門看，開到櫻桃眼欲紅。

四扇縱横彈復欹，畫圖猩色詎相宜。山妻怕被东皇笑，勸寫宜春代折枝。

自題勞生草後四首時乙巳春初久病方起

抱膝幽棲已六旬，嚴寒過盡不知春。病多久若忘斯世，性拙惟堪友古人。幾卷詩詞勞手輯，一冬井臼累兒親。窮途長自兼奴僕，宦海沈沈墮此身。

心緒茫茫集百端，少陵病肺我傷肝。銷愁坐歎無長策，入世胡能效達觀。莫訝孤嫠忘恤緯，劇憐諸老競彈冠。幕烏巢燕逍遥在，獨惜𫛞鵑到夜闌。

自笑平生少宦情，蛾眉猶復被人驚。絃歌久已輸陶令，婚嫁何時畢向平。作客爲貧非欲富，吟詩自遣豈圖名。謀身苦拙誰如我，付與他年衆口評。

病中得句且長哦，生不逢辰奈爾何。賈傅疏詞流涕上，放翁題詠感懷多。晚來佳境還思蔗，老去韶光已擲梭。臣朔年年飢欲死，侏儒莫更笑蹉跎。

虚谷文卷一

遏邪論 丙申

聖人之所以治天下,何恃乎?恃有道與教而已。道也者,本乎倫常者也。教也者,修其倫常之道,而致之民,使相安者也。反乎是,而爲道則怪,爲教則邪。怪且邪,不可一日存乎天地之間。存乎天地之間,則其世必大亂。何也?爲邪與怪之説者,必亂民也。蓋聖人之教,父子、君臣、長幼、朋友、夫婦而已,其事飲食、衣服、宫室、喪祭、嫁娶、賓客往來而已,所以行之仁與義而已。自非禄於官者,士農工賈各有執業,不能安坐而享也。而彼人曰:此何足以爲雄哉?吾欲起貧賤而置之萬人之上。則莫若爲新奇怪誕、神仙禍福之説,使之尊我、奉我、畏我,衣食而奔走我。其説一出,黠民附和之,愚民信奉之,爲人君者方且樂其説之誕,而忘其與我敵也。身率先之,上下老幼,舉國若狂,卒之仙無有也、佛無有也。耗蠹焉耳,惑亂焉耳。弱者恣淫樂,强者謀叛逆焉耳。向使無此,則秦皇不致破滅,漢室不至敗壞,梁武不至餓死,徽、欽不至北狩,南宋諸陵不至發掘,明之嘉靖不至委政權奸,草竊盜賊、僭亂之徒不至有所號召以恣其毒。嗚呼!老與佛之已事可睹矣,而世之奉之也,歷千百年而不衰。今又有所謂天主耶蘇者,果何爲者耶?其人則夷狄也,其教則竊佛之餘也,其説之鄙俚猥雜則三尺童子所聞而掩耳也。航萬里而來,至中國老死異域而不悔,深山絶谷、窮鄉僻壤之所無不到,勸講之堂無不設。道遇之則牽裾而相聒,其行教之勤,又老與佛之徒所未有也。其果何爲也哉?探吾疆域，測吾道途，吾之財賦贏絀無不校，政治得失無不知，民情之好惡、兵力之勇怯、物產之良楛、户口之息耗無不燭照而數計，中國形勢皆在其掌握。然後蕩搖我邊疆，虔劉我屬國，侵佔我膏腴，攘奪我財利，撓亂我政權。知吾民之拒之也力，而仇之也深，於是挾天子之令以行之，侵有司之權以悦之。使中國之民不趨其術趨其利，不樂其法樂其勢，則皆教士之爲之也。夫其始至也，二三醜類潛伏海陬，非絀於力不能禁也，以謂不足而狎畜之，以取寬大之名，故其毒卒至於此。人之受病必於壯盛之年，及其老而發焉，則不能以治，何以異此哉？故教也者，聖人恃之以爲治，而姦人即竊之以爲亂。遏之不可不嚴，而防之不可不預也。然則今且奈何？曰：務絶其株，毋爲之驅。老與佛陰惑吾民者也，爲患久而氣已暮，在爲上者革去之耳。天主耶穌强刼吾民者也，患方始而勢日張。我修吾政教，養吾財力，强吾甲兵，盡吾君民之道，使民之心日固，民之力日寬，民之氣日舒，然後一舉而掃除之，彼將何爲也哉？將何爲也哉？

淮陰侯論

苟可以快其私志有利於己，則不憚忍心害理，犯天下萬世之詬病而爲之，從古奸雄莫不皆然，而禍端一開，流毒遂不知所底。如漢之高祖者，尤帝王中之罪人哉。夫淮陰侯一出而定三秦、平魏趙、收燕代齊之地，得天下太半，遂以成劉氏之帝業。其功之奇，蓋從古所未有也。當滎陽被困之日，苟一搖足則天下非漢有，不待智者而知，若使漢祖處此，有立起自爲耳。乃武涉説之而不聽，蒯徹勸之而不動，甚至屢奪其軍，坐遷其國，而不疑且怨。其忠節之誠，又非蕭、曹、絳、灌輩依附成名者可同日而語也。以此而得三族，夫豈人情所及料哉？且其後車縛載，黜王爲侯，明示以必不相容之勢。此在常情固宜有不能釋然者，然使淮陰於此，苟稍懷怨望，以彼其才威名震天下，即兵權已奪、土地已削。脱振臂一呼，告天下以弓藏狗烹之故，彼布、越之徒懷狐兔之悲，必將竝起而亡漢室矣，何竢隱忍四五年，間陳豨之隙而後動哉？況彼謀逆之言乃出怨家之口，觀淮陰臨死始悔不從蒯通，愈可知前此之必無是心也。彼漢祖者，自知其才不逮淮陰遠甚，其視之常若芒刺之在背。特天下未定，不能不賴其力，故每得一地，輒收其精兵，而一遇挫敗，及項王既死，惟汲汲以襲奪其軍爲得計。嗟乎！天下已定，淮陰惟有一死。雖欲效范蠡所爲，如曩時垂釣城下，從漂母一飯，烏可得哉？故淮陰而才不奇、功不大、忠不至，則或可以不死，才奇功大而忠至則死，固其所也。而論者不察，乃謂其見疑以假王故，何所見之晚耶？夫修武之奪符，固不在假王後也，其處心積慮，早定於相見恨晚之時矣。至淮陰已死，彭越、黥布特恐反之不早耳。田横五百人尚不能捨，而況擁有茅土者哉？惟韓、彭之死爲尤冤，故特假手婦人，欲以欺天下後世。奸雄之心迹一何可醜，而世且以豁達大度目之。遂使後世君臣常懷惴惴不相保之心，而如明之太祖，且直師其故智以爲雄武，謂非斯人作之俑乎？

荆軻論

荆軻以一布衣，懷匕首入强秦，環柱而逐秦王，胸中若無事者，其意氣之盛，可謂壯哉！而事卒不就者，何也？其所以自爲者多，而所以爲燕者少也。夫事無論成敗，必先權其利害之輕重而審處之，則成固獲利，敗亦不至大害。古今志士，未有不忘身爲國，而能徼倖以有成者也。若荆軻之所爲，何其妄哉！夫以秦之强與王之暴，其於齊桓猶馬牛之不同皂也。十五城於趙，商於、漢中之地於楚，售其欺者屢矣。即能刼之於倉卒之頃，其怒之也必甚。尚望其不食言乎？吾恐軻未及下殿，而頭已落，王翦之兵且必壓境矣。此在童孺當知之，豈軻之愚而端若此？彼蓋習聞夫曹沫之事，與相如之取重於澠池也，而頓忘其事勢之懸絶。以爲事成而歸，且享無窮之奉，故不暇他顧，冒昧而爲此耳。向使軻果忘其身以爲燕，則必思侵地之難返，與家國之不能兩全，而壹意以死秦王爲事。然秦王死，而秦之仇燕也必深，則燕社之亡仍不能免，猶非策之善者。故爲軻者，莫若隱其爲燕之迹，假他端以入於秦，事成有以報其主，不成不累太子，如聶政之所爲者，豈不志事較然也哉？軻之智皆足以知之，而不肯自捨其生，欲徼倖以圖富貴，故卒至身死名裂，社稷爲墟。未見食言之禍而已，一敗而不可爲悔。不然以誓不生還之壯夫，刺一倉皇無備之人主，詎復有倖生者哉？觀史氏所載，當秦王斷袖驚起環柱逼逐拔劍不得之時，命早懸於軻之手。斯時欲求濡縷之血，固非難事。乃必待左股已斷，萬無生理，始以一擿不中了事。甚矣，其妄也！故王可死也，不可刼也。死秦王，必并死軻。而軻先無意於死，故卒以徒死。嗚呼！軻之命乃反重於王也。況其所與共事者，爲秦舞陽。或曰：生刼之命，受之太子，此不得罪軻。即又不然。夫太子，愚人也，而軻固所稱深沈好讀書者也。太子之言曰：爲我刼秦王，使返侵地則大善，即不可爲我刺殺之。夫太子非以秦爲必可刼也，秦王死，軻必不生，交疏之際，而欲令人必爲己死，此人情所難言也。兩可之欲，使軻自悟耳。故於其行，具白衣冠送之。不然，彼方冀其歸報，而預爲此不祥哉？且樊將軍之首、督亢之圖，皆軻爲之。彼固欲借人之頭與人之家國，以冀倖一己之功名。而謂太子誤軻耶？軻誤太子耶？且彼嘗以術干衛元君矣。古之志士，其處世也，則尊其身，其事人也，則棄其身，故不可以輕求也，而況肯干人乎？故荆軻者，惜死而圖富貴者也，所自爲者多，而爲燕者少也。夫惜死而圖富貴，人之常情，而與之謀非常之事，未有不爲所誤者。用人者其鑒諸！

魯隱公論

群言淆亂，衷諸聖人，然往往有諸説並存，而聖言簡奥，反不若他説之詳核者。不察其説所從來，而曰一以聖言爲斷，則終不足以執造言者之口，而袪後人之疑。如歐陽子論《春秋》，據經闢傳，以魯隱爲非攝。其言當矣，然余以謂其義猶未盡者，何也？夫曰攝曰讓，非左邱、公羊、穀梁三子之言，乃魯史所記魯人之言也。亦非魯人之言，乃桓之子孫之言也。桓子孫欲蓋其先人之惡，而妄爲此言，不足取信。賴聖人筆削之以傳信，彼三子者，知信聖人而不明其意，乃反爲魯人所誤，而因以厚誣聖人耳。試即其時與勢言之：魯自隱公被弒，迄孔子作《春秋》二百餘年，凡承君位者非他人，桓之子孫也；執國柄者，非他人，桓之子孫也；守官司典宗祏者非他人，桓之子孫也。夫群魯國而皆桓之子孫矣，弒逆大惡必有引爲深恥者。榮駕鵝之謂季孫曰："縱子忍之，後必或取恥之。"猶此志也。夫既已恥之，則必思彌縫焉、揜飾焉，以冀少寬其罪惡，亦屬爲人子孫者之常，特無如其弒逆之事之不可終諱也。於是假爲將讓之詞，若以桓本無意爲君，其弒也，隱自啟之者；又假爲攝立之詞，若以位本桓所宜有，隱不終讓，故被弒者。然而隱之與桓，其爲非嫡，均也。隱又長且賢，何爲當讓？則爲之説曰：以母貴故然。而聲子、仲子其爲媵同也，聲子又先歸，何以仲反貴？則又爲之説曰：有文在其手故。噫嘻！此桓氏之故智也，他日又言有文在手曰友矣。從古奸雄舉事，每假符瑞以炫惑世人，彼芒碭之雲氣，與勝、廣之帛書，果孰辨其真僞哉？或曰：子言似矣。桓弒兄而欲揜其惡，何不竟言桓爲隱奪，及長而復之，而必爲此曲説乎？曰：此非桓氏所敢言也。隱，魯之賢君也，大夫又扳立之，誣以篡奪之事，國人將不信。以爲彼固將讓，而舉讒搆之禍，歸之羽父，一若隱之優柔顧惜，有以自取者。此情之或有，國人所易信，欲以貸惡名而欺後世，計誠狡矣！又豈知雄狐肆毒，禍在彭生，弒逆之賊，其報甚速哉！聖人惟深知之而深疾之，故於魯隱十一年中，書爲公者十有三，而正名定分之書，且托始於此，其旨微矣。惜乎三子者之未悟也。然則其不書即位奈何？曰：春秋自隱公及莊、閔、僖，凡四君，皆不書即位，或史氏闕文，或别有故，何獨於此而疑之？然則其考仲子之宫奈何？曰：仲子，惠公母，孝公妾也。經書"宰咺歸惠公仲子之賵"，又書"秦人歸僖公成風之禭”，皆繫母於子，於桓何有焉？彼三子者既不明聖意，而受蔽於魯人，後之論者，復不詳察，務爲深文刻覈，歸咎隱公，以自附於責備賢者之義。吾恐親剸刃於其兄之腹中者之竊笑於其傍也。故本歐陽子之旨而推論之，使後世之身犯惡逆而欲巧避其名者，知所警焉。

雜　説

鍾子期死，伯牙終身不鼓琴，子期可謂知音矣，然伯牙之於琴，非真能者。能者之於技也，則寄焉，苟以寓其幽思，道其堙鬱，而陶寫其性情，夷然曠然，自適其適於天地之間，而何事於人歟？惟其不然，故有知之者而懽然以忻，無知之者而戚然以感。則其平日之所爲之，無亦苟求以悦聽者之耳而止爾。味之而不盡，爲之而不專，而又能深造而自得耶？無得於己，而能有動於人耶？琴之至者，飛鳥翔，潛魚出，鬼神爲之假，風雨爲之摧。苟至是而以責之人，可也；不責之人，可也。惜乎！伯牙之未聞之。

寄母舅應刺史書 庚子正月。

自去秋奉寄一緘，忽忽又已改歲，日月如馳，音問稀闊，想深諒之也。年來居貧守寂，益不可聊，每見他人年節信札，多至數百，少亦數十緘，平日投贈往來，駱驛於門者不絶也。而某自入都來，計今四五年，家報外，罕有以尺素通者。以此溷迹京華，一何可笑，固宜其貧且困，至於如斯也。然而不悔者，賤之與傲，自維已審，賤則人無先之者，傲則亦不屑先人，惟有文章道誼之交耳。吾舅試思，今世衣冠趨走中，尚復有以文章道誼相磨切者哉？勢利既不相入，欲求一文章道誼之人可爲師友者，又猝不易得，即得之，而其人或未必果賢，賢矣而地位懸絶，且久習於世，故恐未必遽察其所以來之意，而旁觀無識之人，或反疑其借此爲援引之階，則於區區之心，尤大剌謬。夫是以四顧躊躇，寧甘於冷落，而去人日遠也。然心交即不可得，而朋輩往還、杯酒接懽之事，亦豈遽遠於人情？即又無以爲車馬酒食之費，故終日杜門不出，而世遂不知天壤間尚有此人。夫人生一世，必有自立，未有沕沕於當時，而能傳聞於後日者也。某生三十七年矣，去古人所謂無聞見惡之時，蓋岌岌耳。駑鈍不合時宜，既於富貴無望，獨念爲童子時，即知篤好古人之文章，以少無師友，又溺没於八股時文之學，不得不求衣食爲急。幸得一第，謂可殫精極慮，畢其素願矣。而目前困頓更甚往時，夙昔所夢寐不忘欲買之書籍，與夫朝夕饔飧之所需，尚不能備，而妄欲執筆從古人之後，參末議於是非得失之林，昧其本而獵其枝，羽毛未滿而欲高飛，亦多見其不知量也已。然而於斯道之軌轍，亦既觕識崖略而辨其東西，終不忍以自棄也。蓋古文之爲理與氣而已。理不足則無以昌其氣，氣不盛亦無以達其理，而二者皆足以覘其中之所守。自來能爲古文之士，其行誼節概未有不卓然可觀者，故自與藻麗爲工、茁軋成癖者殊科也。湘鄉曾公有云："其有所成與，以此畢吾生焉；其無所成與，以此畢吾生焉。"夫某之志則亦若是，而孤立而鮮助，恐終頽廢棄，絶不能自致古人之域。此所以内顧身世而悚然增懼者，不能不望之於吾舅也。道遠不悉，惟希有以裁之。

與徐班侯論事書

某謹白班侯先生執事：蓋聞古君子之處世，所以名聲風馳雨驟於天下，天下人仰之，至歷千百世而不衰者，必其人實抱宏深之雅量，能爲衆人所難爲之事，於是相與驚歎駭服，交口推之，曰君子人，君子人。雖在君子之用心第以爲如是則安，不如是則不安，而於其人之有罪無罪，世之稱與不稱，置勿論焉，而人亦卒莫之負者，天理之在人心者然也。今方某以邈不相干之事，不幸中風狂之疾，突然推刃於先生，此世人所萬難堪者。雖徼天幸，傷未及重，其罪固已斷無可恕，律以應得，誰曰不宜？而先生於此尚復念其財産，爲之處置，送究之日，恐異族急暴,或至猝戕其生,遲疑不決。嗚呼!仁已厚矣,德已大矣!此無論罪人身負重咎,不敢再望恩施於先生,即旁觀有如魯仲連其人者,亦復誰能啟齒?然而某之愚,竊願更有進者。以謂古君子之所以大過人者,當不僅如是而足,而熟窺先生之用心,又必不以爲如是而可即安也。夫犯而不校,昔賢所難,然考之史傳所載,韓長孺尚能召復田甲,伊婁謙亦知請赦高遵。度其當時憤恨之意,蓋必有欲驟得之而甘心者,迨情勢既返,怨懟亦消,遂能爲人所難爲之事。而二人者,亦竟以此顯名於天下,爛然於後世。今以風狂之人校之二者,或者猶可末減。況天下人之所以仰望先生,與先生平日所自期待,固將上躋顏子之班,而不但若韓、伊諸人已乎。特其勢迫於無可如何,不得不交官羈管,以防其後耳。夫交官羈管,先生非與狂人校也,保全之也。今聞官中又欲移交司寇,則必照律科罪,失先生本意矣。故不如充先生平日不校之懷,爲方某開一面之網,推法外之仁,暫羈城坊以生其愧悔,請免交部以保其身家。夫方某以名父之子,位列搢紳,不自振拔,至流於邪匪之所爲,一旦身陷大僇,爲天下笑,將使其先人飲恨吞聲於九泉之下,尚何足惜。然此等人即使論之如法,於先生曾無所益,而彼於議罪之後,功名既去,財物盡亡,倘從此困躓無聊,或益重其狂疾,至於覆宗絶祀,亦在意計之中。先生固嘗惻然念之矣,今一舉而罪人得以倖免,宗祧賴以不墜,於先生未有所損,而深仁雅量固已流播於天下,功德固已昭垂於無窮,視前日之冒險而救學堂諸生之命者,殆又過之。是狂人之一擊,乃天之所以大顯先生,厚相先生也。夫事固有因禍而得福、小屈而大伸者,不遭艱難險阨不足以見賢豪,此之謂也。而先生之心則又大安矣,夫何樂而不爲乎?且方某風狂未發之時,冷落一身,曾無與處而獨知依傍先生,且輸心腹於先生,是其平日惟獨信先生,爲君子一隙之明,猶有可念者。雖先生因此而得無妄之災,又安知非彼命中應犯奇禍,有鬼神焉默牖之,使之不於他人而於先生,以卒脱此阨也?是先生之仁厚早已見知於冥漠之中,而造物者之所以待先生尤爲不薄矣。某不肖，交先生久，知先生深，又蒙齒在他山之列，故敢以世人所尤難者望之先生。欲以顯揚盛德，使天下後世遇有如先生今日之事者得所矜式，而不肖亦藉以自勵焉，則皆先生之賜也。惟不鄙其愚而垂察之，幸甚。

再與徐班侯書

班侯先生足下：間者竊不自揆，謬進狂瞽之言於左右執事，不察咎其專以不校爲詞，而證其説於以直報怨，且持之甚堅，一似鄙人有意代人作説，而未嘗爲先生設想者，慚愧慚愧。夫某於彼人非有一日之素，道途遇之，慮不相識，而於先生則群、紀之交也。向者之言，其非欲以市惠也明矣。語云："狂夫之言，而智者擇焉。"某不佞，既已謬論於前，勢難終閟於後，謹就所指摘者畢申其説，惟先生平心察之。來示謂不校之義，乃指無足重輕者而言，非概置仇怨於不論，是固然矣。然竊觀孔子屢次當阨，皆欲置之死地，其輕重也何如？而當日處此不過曰："匡人其如予何？""桓魋其如予何？"未聞後有復仇報怨之事也。若以謂力不能敵，姑含忍之，則剛亦不吐，柔亦不茹，恐君子未必忍之於力之所不能，而必求快之於力之所可能也。然使世有報怨之人，聖人亦決不非之，此則不以所難能者責衆人，所謂"以義度人，則難爲人"者，而非君子之所以自處也。君子所自處，則固有如孟子所謂奚難焉者矣。至於以直報怨，則竊疑向來解是語者，皆未盡其旨，即朱子以愛憎取舍爲言，亦尚得半之論。蓋直之云者，謂不宜匿怨而友，以伺隙而逞毒，及設謀暗害、借刀殺人與。《晉語》所載郵無恤、祁奚等事皆是，蓋以此待怨者已爲厚道，所以别於報德之條，意在以直不在報怨也。今曰彼傷我，我必傷之，則一來一往，報復相尋。夫人而知之，又何待聖人之教乎？且如此則曰以怨報怨可矣，而必曰以直，何哉？今狂人雖加横逆於先生，而原其出身則固職官也。匐匍於仇敵，輸作於城旦，羈縶於官府，呵叱鞭撻於奴隸人之手，使得復出，已難爲人，雖未褫革其功名，而所以困辱其身世，而洩先生之忿者，亦云可矣，又必交部治罪，是再罰也。夫免罪雖非告者所得請，而斯時斯地當可挽回，先生猶必以此報怨謂之爲直，竊以爲少過矣。來示又云：“務仁厚以沽名，諱剥膚以傷孝，此寬柔以教者之所爲，非顔氏子之不校。”則鄙見尤不謂然。夫寬柔以教君子之道，反乎此則入於强者矣。聖人於此非有不足之詞，原欲抑子路之剛進於中道，故並舉以相形，使之知所擇執，若不能乎中而流於北，則固不如南方之强，猶不失爲君子聖人之意，可知也。蓋柔道之病在於疲苶委靡、不自振拔，若寬柔以教，不報無道，此正用柔之美者。君子進德貴用剛，待物則莫如用柔。克己復禮，顔子之剛也；犯而不校，顔子之柔也，此即夫子所以進子路之意。不校之義，孰加於是。今曰非顔子之不校，則不知所謂不校者，果安在也？況若所云則既已治其罪已，尚何不校之有乎？且彼所受既如此，固非全以不校望先生也，特以先生有行仁之意，而鬱於餘怒之未息，機不得發，故欲迎其意以決之，以無負先生之用心，所謂“他人有心，予忖度之”耳。而以仁厚之事爲沽名，則豈所望於先生者。且果以仁厚爲沽名，則將力避沽名之嫌，而務爲不仁不厚之事乎，抑亦有不必然者矣。夫“好名”二字出於孟子，在當時原有所爲，不料適以禍後世，今天下不好名之效，可睹矣。先生尚忍訾之耶？至若傷孝之説，則尤未免於深文，徒以重狂人之罪，而堅報復之心，竊所不取，何則？今日之事，固非不共戴天之比也，身體髮膚，受之父母，爲悖理妄行者言之，无妄之災譬諸陰陽氛沴，非所能料，不能以責孝子。設使當時竟大不幸，或至傷殘其肢體，則微論先生，即鄙人亦尚有交遊之讐之例在，而何怪先生之忿忿乎？且先生固曰“念其若迷若狂，而欲原之矣”。君子所行必踐，所言發於心，必徵諸事。如第曰財物而已，則尊府現與同居，亦宜有此脱身之著，而不得謂專以此舉加恩於彼也。夫過人之事，原以望之君子，盡言之受，亦惟在於善人。不然，某孱人也，何敢污筆舌以自取戾？伏承不棄，更誘之直言,故敢復陳其狂惑,至情事曲折,前書頗已盡之,唯終察焉,不具論。嗚呼!於先生而無所用吾言,則真無所用吾言也已。某頓首頓首,死罪死罪。

亂後與人書一

某白:庚子夏,民教鬨京城中,事牽海外各國,師船雲集,勢驟決。遷延至七月,京城陷。當變起時,士大夫知必敗,咸託故去。洎事急,僉言敵以報復名,城即陷,無望留雞犬,則愈洶懼,走者連日夜,城中蹄噭爲空,親故訣别以死語。留者悲忿自厲,皆慷慨無復顧,或盡室自焚溺。己未,敵大至,礮聲震天地,俄而火起,死者山積。兩宫倉卒西狩,自内城居者不及知,二三大臣外不得從。是役也,師先潰,無攻守事,敵少懈,不果屠,於是居人復漸漸有生意。然殘擾甚,教徒導之到處抄,財物盡空,平民皆擄掠,更半月乃稍息。方是時,搢紳在者百不得一,留眷屬者千不得一。婢僕盡散財物竭,寒無衣,飢不得食,愁苦顛頓難言狀。公卿貴人充牛馬走,受鞭笞,忍恥偷生,大辱國,時復有之。僕以貧故居僻地,亦有天幸,賴未受迫辱,且諗敵無他意,因復收召魂魄,延餘息以待定。嗚呼!謂非虎口餘生者耶?僕始終斯難,肝摧腸裂,淚血久枯,念欲紀述離亂,用寫隱憂,而時局茫茫,一部十七史從何説起?是以欲言氣結,輒復廢然。所有《歲寒草》,雜亂無統紀,更不足言詩,他日少不得須獻醜也。

亂後與人書二

嗚呼!古今禍變之奇,有如斯役者哉!以細民牙角之爭,召宗國危亡之慘,一戰潰敗,而城郭爲之邱墟,人民爲之塗炭,乘輿爲之播越,時局爲之顛危,圖籍散,彝鼎毁,倉庫空,財帛竭,上掃千載之精英,下吸百年之膏血。向之奮臂揭竿,甘心戎首者,鳥駭獸伏,不知所之,而天下重困矣,可勝痛耶!夫亂肇於天變者可弭,生於人心者難弭，乘於外患者有涯，迫於内憂者無涯。綜計起事以來，妖民亂卒，焚掠殺擄於前，强鄰叛族，貪殘報復於後，兇頑無藝，愍不畏死之徒，乘時剽刼，縱横攘臂於其間。朝士流離轉徙，十室九空，義不苟去，則束手瞑目以待斃。幸而獲免，所託者荆棘之場，所居者豺狼之窟，悲憤激乎中，困苦迫於外，重足乎寇敵，寒心乎盜賊，晝飢夜凍，朝不謀夕者，一歲有餘矣。今雖和議可成，驚魂乍定，而後來局面，不知作何設想。蓋天方棄我，而人心風俗爲之驅也久矣，悲夫！

吴穎芝先生五十生日詩序

山之與水，其動静殊，其爲仁與智之所樂亦殊。登闔廬之墟以瞰太湖，則汪汪三萬六千頃，畏佳七十二峰其間，若沈若浮，與波下上，蓋山之静者，亦若改觀焉。故其流動澹蕩、扶輿清淑之氣，鍾之於人，類多聰明才智、文采風流之士。觀夫吴季札以初通上國之人，論樂若有夙契；聖門四科，言子獨得文學；以去孫吴東晉，下逮宋齊梁陳，藻豔綺靡，流風益鬯。明代迄今，遂爲士大夫文章之林藪，豈非其地然歟？故論文章，士大夫於今日之吴，猶粤之鎛，燕之函，齊魯之諸生，莫得而專焉者。唯夫仁義道德忠孝廉節之人，出則貴而卿相如范希文，賤而布衣如顧亭林者，無遠無近，莫不翕然指目之。非唯文行之别，天爵人爵之異，蓋其處繁華之俗而崇惇樸之行，丁眩瞀之場而有謙退之節，智足以籠萬物而渾之於虚，學足以貫三才而守之以孱。不因乎地，不牽乎時趨，尤非卓然特立君子不能也，唯吾穎芝先生乎。承累世孝友之風，言忠信，行篤敬，文章淹雅如其素。官翰林十年，未嘗以才智先人。登高第，膺上考，而不以爲華。三爲分校，一不得持使節，而不以爲歉。其接於物也動中，其教人不以其或盭於俗而訾之也。其諸智而兼仁者與？趣於水而倣於山者與？今皇上三旬萬壽之年，庚子孟陬，先生春秋五十，門弟子各爲詩歌以獻傳。愷從山中來，不能樂其所樂，而犖确，而頑鈍，不解涵濡浸潤，以與世相入，則於山之性爲近。以此事先生，故以質先生，且以見壽莫壽於使天下後世皆指目之爲仁義道德忠孝廉節之人也。昔湘鄉曾公叙唐太常生日詩，以近時祝壽爲諛，而深詆歸震川氏壽序之陋。然壽序非古，而介眉黄耇之語，三百篇中多有之，黨亦卑幼事長之禮，有發於至誠者與？今輒爲詩二十韻而序之如此，若以爲諛媚而亡等，則非不材之所敢知也矣。

擬某君詩集序 代。

嘗聞世之侮慢人矣，必曰書生，而人之自謝不曉事也，亦曰吾書生。嗚呼！書生顧如是其可鄙耶？昔原伯魯不悦學，閔子馬知周室之將亂。伊古來惟五季時書生乃絶少，士豈有不日親《詩》《書》而可與講求名節、謀人家國者？朝廷方盛時，一二鉅人長德，相與從容暇閒，倡提學術，海内翕然，人知廉恥，户尚風雅，故出而效用於當世，咸卓然有所建樹。即或懷抱不偶，終老牖下，而其潔清自愛、浩落不磨之氣，發爲文章歌詠，猶足以廉頑立懦，興起一世，人患不書生耳。數十年來，海氛甚惡，在上位者以權時濟變爲急，於是智能便捷昂首先鳴，握槧懷鉛之士漠然無所適向，不得不枘去牙角以求合鑿枘。往往朋舊往來，至以《詩》《書》爲諱，廣坐中或出一紙相質證，則咸相與非笑之，罕肯爲勉强終篇者，甚則掩耳走爾。其取厭也如是，去閔子馬所譏者幾何？昔人謂求士三代下，惟恐不好名，斯言實沈痛。詩文雖小道，而人材之升降，風俗之盛衰，恒必由之，則豈非士大夫有志者之責也？某君先生博雅而篤厚，以名進士爲尚書某部郎將三十年，雖簿書鞅掌，而撰述不釋手，其於治亂興衰之故，既講明之熟矣。庚子之亂，雜處陷城中，困苦顛沛，無所復事，則益以其忠君愛國之忱，抒之篇什，裒然成編。一旦相過太息，遂使序之。夫某於先生雖傾風已久，非故嘗結殷勤之歡，而先生交遊且徧公卿閒，顧獨以此委之末學新進寂寞無聞之人於立談之頃，此豈復今之人所嘗爲者？某誠不足以辱先生，此則彌足爲先生重矣，夫何敢辭？嗚呼！先生之詩，讀者自知之，其必嘅然興起，相與扢揚風雅，以益發其忠愛，而無避書生之謗乎？此則聖天子與諸公貴人所以已亂之本也已。

續修太平吕氏宗譜序

嗚呼！政治衰於上而風俗厚於下者，曷恃乎？恃有師儒之教術與祖宗之法度而已。自後世宗法不行，講會亦廢，教術與法度兩無所寄，於是一二大族不得不申明其義於譜牒，凡以聯宗族，正倫紀，維風化，意甚盛也。吾吕氏自有宋南渡以來，世以科名道學爲郡邑宗，其時風尚敦樸，人重節義，雍雍乎比户可封。竹谿、石崖諸先生出，復以師儒之教衍祖宗之法，凡諸行實，據事直書，嚴加褒貶，凜若《春秋》。雖論者或譏其過嚴，謂家乘不同國史，然法立而化行，化行而俗美，縱當兵燹流離困苦顛沛之際，終不敢自踰短垣以貽羞宗祖。而太平吕氏遂獨爲數百年來後衰之族，其見諸鄉先正遺文者可考也，謂非諸先生激揚之力乎？迄今日而公論衰息，大道淪亡，習非爲是，玷白爲黑，一夫不逞，則衆人攘臂，百口沮撓，雖至甚可羞恥之事，而亦靦然安之，以爲固然。此無論諸先生之法萬不能行，且有百倍軼於法之外者，以愚者膺其任，不爲射之的，則爲怨之府耳。雖然，因噎而廢食，不可也。發言盈廷，誰敢執其咎？事之所以尠成也，不可也。弊在去其太甚者過，當擇其可居者。譜之續也，始乙未之歲，以匪人在列，事敗垂成。洎癸卯之莫，傳愷外艱，服滿，且束裝行矣。諸宗老痛時費之稽糜，而蠹簡之將朽也，鑒於前轍，益用逡巡。以小子愚戇，使爲鄭騑，雖極知僭踰，而無所逃罪，遂攘垢忍恥爲之。罡風惡浪，軏軏動搖，幾廢者屢。賴諸君堅忍襄事，凡三閱月，事獲竣以半，因成緒。且續修悤悤急就，一切行故事，去太甚而已。至於别體例，訂繁簡，猶有待焉。是役也，稟命於諸尊長，委勞於諸少俊，某則適爲射之的、怨之招而已。雖然，尤自恨雖獲戾於宗人，而終不能告無罪於竹谿、石崖諸君子，爲可羞也。書成，伯父命弁其首，故自抒胸臆如此。

義烏余君壽序 代。

天下之至公而難得者，其唯壽命乎？王公之貴，不能以自私；庶人之賤，不因而或減，故不可以禱祝爲也。善乎晏子之對景公也曰："古而無死，則爽鳩氏之樂，非君所樂。"斯言類知道者。然世之人雖知其難，無不欲其壽命之永，而人情於所甚親愛之人，非得夫至難得之物，則不足以稱其崇奉之心，而副其無窮之望。於是乎禱祝之事起，而歌詠之詞興，如華封人所稱，其來蓋遠矣。三百篇中，兹事尤夥，類皆平時燕飲，歌以致頌之詞。洎乎戰國紛爭，風雅不作，則有所謂捧觴上壽，及以千金爲壽者。蓋古時風氣質樸，於凡酒食賓朋之會，無不以壽爲祝，非如今世動以富貴利達之語相媚諛，而要亦不必於其生日也。生日之説，其原不見經傳，大抵起於魏晉間佛老之徒。唐宋以還，士大夫始稍爲詩歌以相慶。沿及近代，則庶人之家，苟粗自給於衣食，而其子孫能自達於文士者，莫不競爲詩文以祝之。諛詞儷語，千聲一喙，等於俳優之所爲，何其濫也！然事出於人子之至情，又必其人果無愧善人長者，而爲比閭族黨之人所願望其長壽而永年者，則君子不憚爲之稱説焉。彼篇什所陳，曰其德不爽，壽考不忘，曰樂只君子，遐不眉壽，故非苟爲夸奼焉已也。義烏余君，以行商起家，撫兄弟遺孤，至於成立。而自其家貧時，即知樂善好施，爲衆人所不能爲之事。性復剛直不阿，以排難解紛爲己任，蓋庶幾善人長者，而比閭族黨之人所願望其長壽而永年者矣。年今七十，其子某以書抵余都中，求一言爲壽，因述壽命之難得，與夫古來所以稱祝之意。余君雖布衣，直可挾此以嫮王公也，黨可侑一觴乎。

余頡齋先生五十生日序

淳之鄉有蜀阜余氏者，於其邑爲甲族，樸山方先生集中嘗盛稱之。夫環一邑而族者以百數，乃獨於其中推巨擘，此必其所憑藉者厚，其託業者有恒，而凡人士之卓拔特異能自立者，胥於是萃焉可知也。今於都中得二人焉，以丁酉拔貢官兵部者曰建侯，以壬寅舉人入大學堂者曰建基，彬彬乎仲海季江，聯鑣並轡，方氏之説爲有徵矣。一日，建基來余舍，自述其家世，蓋昌谷其派而蜀阜其宗者。昌谷故多山，新安江水出其前，伐木採薪，以載以浮，獲巨利焉，余氏之先業是者三世矣。其尊人頡齋先生，少而英敏，與兄詠齋並馳聲庠序，譽望日隆隆然。詠齋以乙酉選拔，歷任學博，先生亦以丙申歲貢京師，注廣文籍矣。乃意殊不屑，以謂此齪齪者若轅下駒也，遂乃理舊策，握牢盆，日往來杭滬間，與碧眼紫鬚者相角逐，凡數歲而大贏。此其憑藉者厚而託業有恒，又其精神材力足以酌劑盈虛，甄別良楛，而不爲天時人事所困，故以書生張沽帆，逐利藪，而能於百戰場中自樹一幟，足以豪矣。嗚呼！吾華商業之衰也久，自馬遷作史，創立《貨殖列傳》，而後世多非之，豈知世變所趨，風捲潮湧，此區區商賈之盛衰，遂與國家之强弱爲唇齒。彼西人挾其操奇計贏之術，伏人而鹽其腦，致枯竭者，不知凡幾矣。吾所恃以相抵制者，僅此茶、絲兩物，而又採掇之不精，製鍊之無術，久矣成爲弩末，謀國者所同聲慨歎也。今朝廷既立專部，各省亦設商務，庶幾講求磨切，復我利權，此正志士奮袂攘臂之秋。先生以過人之才，守累世之業，據自然之利，必能運其精心果力，期與千艘萬舶交馳迭騁於歐羅、阿墨之場，以擴張權利爲己任。則豈惟富一家，且將富一國；豈惟甲一邑，且以甲天下，不誠生平快事哉！乃世之人，於士之不得志，於升斗而謀逐什一者，輒文其名曰隱於商。噫嘻！世之以商顯者多矣，況今日之發揚威武，操國家進退之命脈者，其權尤屬於商哉！吾甚願先生之無以商爲隱，而稍沮其富國之願力，徒以富一家爲事也。今兹先生年方五十，正古者服官政之時，而嗣君建基，以祝壽之詞爲請，故推廣其託業之有關政治者，以侑一觴。若夫頌禱之辭，奉揚之語，僕病未能所不逮焉。

虚谷文卷二

讀國語

《國語》二十一篇，自司馬遷、班固皆謂左邱明著。以余觀之，蓋各國史記及雜家紀載之文，邱明取其事實爲《傳》，其餘未經採録，及已删改而爲嘉言法語，與夫典章文物所存，不忍割棄，别録爲書，名曰《國語》，明其爲各國之語也。故與内傳意同辭異者十居八九，又有一事兩出者，如倉葛所言，周、晉各異。有兩書重見者，如梁山崩等篇。非邱明所作也。邱明所作，乃《左傳》耳。唐啖助乃謂左氏得數國之史以授門人，後代學者始演之爲傳。不知夫子作《春秋》時，列國史策具在，故筆削之以示大法，使人按籍而稽，則褒貶自見，而未嘗明以其意示人，所謂"微而顯，志而晦"也。故當時弟子之未達者，即已退而異言。邱明恐典籍散佚，聖訓寖微，於是譔録成傳，意在存事實，而非專以解經。故其言經義者寥寥，而亦間有謬誤。如"公在乾侯"，"越竟乃免"之文。後世因此遂疑左氏非邱明，及後人坿益之語，皆非篤論也。且如啖氏所言，則當時史策唯邱明有之，夫子何爲而作？此人不及知之，庋詞以爲垂教乎？特其取材既富，未免好奇，此則邱明有意爲文，而其事要皆實録，其並存《國語》者，亦以見事取諸此文，則其所潤色焉耳。余意夫子未修之《春秋》，亦與《國語》無異，故韓宣子曰《周禮》盡在魯。而邱明之所得，或即夫子之所傳，特傳作於夫子既殁之後，未及折衷耳，斷非後人所能爲也。若公、穀二家，則眞本師以口説相授，至後人作書之時，史策已失，故事實不存，而其比附日月，曲生條例，則皆以其意爲之,又夫子未嘗明以其義示人之一證也。嗚呼!若無左氏,則二百四十二年之春秋,不幾如王安石所譏爲斷爛朝報者哉!

書惲子居仲子廟立石文後

惲子居刻石先賢仲子廟庭,言死孔悝事,因推論出公之宜爲君,以明爲之臣者深合於去就。斯言也無當乎!仲子深便乎出公賊父子之大倫,背聖人之至教,不可以不辨。今夫子之於父,一也。蒯聵不可得罪於靈公,出公不可得罪於蒯聵。故在靈公時,則責子道於蒯聵;在出公時,則責子道於出公。今其言曰:蒯聵不可爲衛君,而可爲衛君之父。蒯聵在戚,出公以國養可也。以國養者,謂如舜之瞽瞍、漢之太公云爾。不知其父而甘爲瞽瞍、太公,可也。不甘爲瞽瞍、太公,則人子者固宜心父母之心,奉國而歸之,而不得强其父之爲瞽瞍、太公也。今不歸國而曰以國養,若曰吾父嘗得罪於父,不可以爲君焉爾,是以子而正父也。翘父之過,傷父之心,而其勢必仍出於爭。此猶公羊氏之説耳,穀梁氏之説耳,非孔子之志也。夫孔子正名於出公之朝,則固將責子道於出公,而必不許出公以議父之罪矣,安得以是而言出公之定爲君無過哉?況出公并未嘗以國養也。未嘗以國養而且以國爭,乃遽謂爲無過,何其言之自便乎?且彼謂宜立者出公而已,亦非也。靈公之謂公子郢曰:“余無子,將立汝。”是靈公不以蒯聵爲子,亦不以出公爲孫也。不以爲蒯聵爲子,故蒯聵不宜立;不以出公爲孫,則出公亦不宜立。宜立者,莫公子郢耳。郢不自立而致之出公,在靈公死後,出公之立,非靈公意也。非靈公意,則出公宜立,蒯聵亦宜立。何也?出公本所以得立者,固曰亡人之子耳。因亡人而及其子,則蒯聵之於衛,未嘗絶也。故經書曰“衛世子”,而於圍戚之文,首之以“齊國夏”,皆不予出公之辭也。乃子居於此獨深其文,謂靈公之心以爲廢之。人子者,心父母之心,斷斷不宜自居於世子,故蒯聵不宜立,而宜立者出公。嗚呼!宜心父母之心者,獨蒯聵耶?何其明於此而暗於彼耶？特夫人南子，而在出公之立爲有辭耳。爲出公者，當南子時，則攝君位以安其祖母。南子死，則反國於蒯聵以安其父。此不易之道也。今其言曰：孔子至衛，出公之定爲君久矣。意謂君位一定，不可復變。子果正名，必不責出公以反國於其父乎？則使蒯聵未嘗得罪靈公，而以他事出其子，據而有之，亦將以其久定而許之乎？且新莽之篡也，十八年矣，漢祀之絶已久，後人猶不許之。今出公之立也，雖殊於莽，其拒父之罪，實浮於莽。子貢曰"夫子不爲"者是也，何顯與聖人悖乎？且圍戚之時，出公年幼，謂之未嘗拒父可也。今在位十三年矣，南子不復見傳，當必前死，衛之政誰主之？乃爲之解曰：出公長而勢已不可爲。豈反國於父不可爲，與父爭國顧可爲耶？此黨逆之言也。君子之持論也，必酌乎情理之大公，庶以維倫紀於不敝，而不可曲爲附會，以就一己之偏。衛之時，父子之變大矣。聖人處之，固不能爲蒯聵恕，尤不能爲出公寬，以斯時固蒯聵爲父，而出公爲子也。今不據子道以責出公，而唯責蒯聵之得罪於父，以曲赦其子，是蒯聵不得爲子，而出公固可以無父也。然乎哉！然乎哉！然則二子之仕，其於去就何如？曰：仲子，家臣也，邑宰也，於衛君無與也。子居之言是矣。且君子之仕也，求稱其職而已。孔子之爲委吏也，曰會計當；其爲乘田也，曰牛羊長；未聞擅誅少正也，未聞輒卻萊兵也。高子，士師也，卑官也，出公之宜爲君與否，非所及也。若夫爲衛政，則孔子曰："必正名矣。"名不正，非特孔子知，高子亦必不爲也。此去就之義也。且孔子嘗欲往佛肸矣，嘗欲往公山不狃矣，君子之欲行其道，固無所不可哉，況二子於父母之邦耶？彼子居者，以爲君子不苟於去就，因曲恕出公之爲君，而以之誣二子者，并以誣聖人，所謂求其説不得，從而爲之詞者也，無解於此而大害於彼者也。立論而欲求新奇之説，固無當哉。

惲子之文，立論甚辨，刊之石，鋟之版，將以傳後，故爲正之。

跋吴孝子行述後

自墨翟教行，而天性之恩薄，浸淫至於佛氏，其害愈益烈矣。然其事雖悖，其所以儆惕頑愚，猶庶幾神道設教之意焉。世變日亟，海外諸邪説，乘其狡謀兇燄，益沓來紛至，以與吾聖人爭此黔首，遂欲使天下之人，舉棄其毛裏之親，而專奉所謂天主耶穌者，强聒之不能而利誘之，雖以我朝孝治之隆，不能遽遏其横流之勢也。獨賴篤志敦行之君子，内以修之身者教於家，外以觀感於鄉里，使朝廷有所藉手，以行其化導之權，造物者得施其福祚，以資覺牖，庶幾冠帶之倫，不致盡淪於夷狄禽獸，則彦欽吴先生父子之在今日，其功與德不尤大而遠乎？先生，吴之賢士也，性至孝，嘗割股以療母疾，其於翼世扶教、仁民愛物之事，蓋知之無不爲，爲之無不盡，而一皆原本於孝德。菡青先生帥而行之，賢聲益隆隆鄉里閒，而其侍二親疾也，亦刲其左臂至再。云：嗚呼！身體髮膚，受之父母，不敢毁傷，此爲虧體辱親者言之也。若以父母之故，至不敢自愛其身，此正孝之大者。而二先生乃以是世其傳，且施及有齋季女。《詩》曰："孝子不匱，永錫爾類。"若先生者，可謂能錫類矣。吾知吴之人士，觀其行事，薰其德慮，無不興起感發而爲善者。天下之人，聞先生父子女孫，皆以孝行受朝廷褒寵，愛親之心，又必有油然生者。及其知吾師穎芝先生，以第三人及第者，爲菡青先生之嗣，又必怳然於積善餘慶之説在此不在彼。即素務佞佛以求福田者，亦將奪其所恃而返諸天性，又何無父之教之足以蠱惑吾民爲？昔者孟子闢楊、墨，昌黎韓氏攘斥老、佛，而先生父子獨本身修教，以力抵邪説之凶鋒。雖其意或不在此，然使世無孝子，吾烏知天下後世之民，不相率入於禽獸夷狄而不自覺也？身任世道之責者，其不以余言爲過也乎。

跋庚子都門紀事詩後

此吾友子澄先生憫時感事、宣憂抒憤之所爲作也。方妖氛猝煽，鄉愚悍卒攘臂叫囂，坐召敵讐，卒至金湯淪陷，皇馭播遷，大局幾不可問。會天牖敵衷度德，懲前計，攘聲實。城潰之日，斂軍待約，鐘簴不移，故諸臣雖誓死不去，猶未及盡塡溝壑，然事急捐軀，闔門盡節者，已指難僂屈。則夫出萬死一生之餘，其憂傷憤鬱，艱苦顛沛，蓋可想也。昔少陵當天寶之末，未嘗久陷危地，而叙述離亂，悽愴沈鬱，千載生悲。後人讀《北征》詩，謂具一代興亡，足與風、雅、頌表裏，況負少陵之才志，躬當其境者乎？則是編抑詩史之流亞也。夫毆變之來，必有端兆，言之其蚤，則衆謂不祥，至麥秀黍離，要徒增憤惋無憀之太息而已。然還念曩者閉門待盡，及事稍定，晨出市麥皮豆屑以爲食時，今日得相與擊節悲歌，猶爲幸事，而卧薪嘗膽之痛，即於是寄焉，又豈徒感慨云爾乎？

國子生黄君墓誌銘

孝義之爲鄉，在萬山中，於吾永爲甌脱地。從四方來者，必嶺而入，嶺而出，耰鉏之氓，或老死不知城郭，眞若與世隔也。然士之秀者，亦往往出焉。往予應學使者試於郡中，見黄子立鵠，外文而内質，與之言，誠且篤，心識之。明年，立鵠又與其從弟立鶚偕，年十五矣，以藝選爲學官弟子，温潤玉立，彬彬然與其兄相亞也，於是又識立鶚。踰十年，余以事過芳田，山環其坳，水鳴其曲，雞聲人語，隱隱樹間，則黄氏之居在焉。聞余且至，有候於途，有肅於門，有拱於堂。賓然秩然，蓋黄氏群從與立鶚之父國子生黄君纘成者也，於是又識黄君。君爲人純静自喜，與世少忤。入其室，庭宇修潔，黍酒備具，男婦長幼，各有法度，可想見也。予既樂黄氏之多賢，且徧覽其山川，接其父老，而觀其人情風土，則又誠有足樂者。因歎少時讀書，見所稱民風之淳厚，習俗之敦龎，必在通都大邑衣冠遊集之地。至于窮鄉僻遠，則以謂聲教所不逮，往往鄙夷之不屑道，甚或以處不率教之人，若其地舉無足惜者。及長而歷郡邑，至京師，復退而遨遊鄉曲，乃知都不如省，省不如郡，郡不如邑，邑不如鄉，鄉又不如山谷之鄉。大抵地愈大，人愈衆，俗亦愈澆，何其與古異耶？蓋古之時，王化初行，風俗由惡而美，故必自其近者。後世政教衰歇，風俗由厚而薄，而姦猾變詐之徒，又皆集於朝市之所，以求逞其欲，故近者先壞，而遠者後衰，理或然歟？然考古之逸士高人，每多喜潛匿澗谷間，與畊氓野老者相遊處，則風氣之殊，非自今始也，宜黄君之有以自樂而不出歟？顧君雖自棄於世，所以望其子弟者甚殷，不幸立鶚以病卒，君痛之，其明年亦卒。君前卒之二日，余適重至其地，於是立鵠命其子追余於路而請銘，余無辭以卻，乃爲之銘。君諱某，字某，年五十有五，某年某月某卒，以某月日葬於某。丈夫子七人，長立鶚，次某某，女三人。孫一人，名某。銘曰：

生於兹邱，藏於兹邱。嗚呼黄君，而復奚求，以慰諸幽。

誥封中憲大夫顯考鑑塘吕府君墓誌

嗚呼！我先考府君之棄不肖輩也，計今甲辰三年矣，始克卜吉於村前南山下之蓮巢隴，將以臘月初吉改葬焉，此殆天之所留以待我府君者。府君之隱德蓋多矣，惜傳自成童後即出遊學，比竊禄以來，違晨昏者又六載，府君之嘉言懿行末由詳悉，欲泣述一二銘諸幽以詔後嗣，又譾陋無似，然則不孝之罪卒無以少貸也。按：府君貌頎挺，性沈默寡言，坦白無城府而涇渭判然同出。凡四季早殁，伯叔皆應舉掇科第，府君獨以中子佐家政，際難而任重。祖父潤卿公，性方嚴，每事恪恭謹慎，能得其歡心，處兄弟尤怡怡，務自貶抑，凡諸子服用居處，令不得比群姪。時經寇亂，家驟落，食指益夥，惟府君任事，餘皆坐耗，又不敢一主裁，或反尤府君以多子。於時祖父殁，議分爨，族者、戚者、傭而侮者，察伺風色，芸芸然相與鰽府君，府君一不校。斯時也，幾無以爲生。後數年，傳愷漸寸進，始稍稍舒矣。然府君不色喜，彌歛抑，唯恐人或不豫，務損己以自適其意。衆方謂府君德厚，天之所以報施者未艾也，而孰知竟未獲一日安享哉！府君生平約己礪行，世俗嗜好一無所染，惟以廉介剛潔養其浩然之氣，不爲貧故少貶損，而尤以不欺爲本。自少幹家，故綜練世務，鉅纖畢當。平居恂恂，及遇事，衆議紛拏，徐出一言而定。然一秉正直，不肯少阿私。有非理餂者，但目視不言，其人慚沮自引去，亦終不言也。晚年綜理族事，贖田置器，建祠表隴，所至一新。出納間尤絲毫不苟，緘縢扃鐍，雖窘甚，不肯暫假貸緩。渦潭堤工爲主辦，倡議以軍法部勒，植立督視，歷百日不倦，工省而成速，未費公家一漿酒，亦未嘗一言功也。田產交易，津貼銀色，貧者虧累甚多，府君爲酌定，俾一律通行，人咸便之。兒輩有一善，則欣然喜，片語或悖，輒默令自思。鄉人名譎詐者，見府君輒自輸肺腑，不忍欺也。傳愷在京，恒馳書勉以忠義，家且窘，未嘗責以禄養，故稍能自立。庚子之變，謠言全家没，府君口不語，日皇皇出入，恒數十次，得報乃釋然。自是益衰老矣，哀哉！其次年辛丑五月二十八日，殁於永康太平里第，春秋五十有九。初，葬地頗不吉，繭足東西凡二年餘，卒不得，後乃獲此。此府君生前遺產，以無意得之，外此更無立錐地，豈非天哉！府君諱念曾，字鑑塘，國子生，封中憲大夫。配應氏，封恭人。曾祖諱經理，祖諱鋙，俱庠生，贈朝議大夫。曾祖妣胡氏，祖妣朱氏，贈恭人。考諱福澤，府同知，贈中憲大夫。妣應氏，封恭人。男八人：成愷；傳愷，工部主事；亘愷；喆愷；讓愷；文愷，縣學生；俊愷，縣學生；魯愷。孫十人：朝枚、朝聲、朝望、朝黼、朝煦、朝美、朝銓、朝棐、朝炯、朝棨。女一人，適傅氏，未婚守志。孫女十人。銘曰：

繄南山之麓，隱隱隆隆。厥名蓮巢，吉在其中。坎離既濟，玄竅斯通。衆靈之府，百祥所鍾。或呵或護，有德則逢。惟吾先人之宅兮，萬福來同。

寒友硯銘 并序。

硯長尺有三寸，廣得三之二，厚得六分廣之一。面淺緑色，僅二分餘，純紫，中作重規形，以其圓者受磨，而深其上之半者爲池，池中圓暈如珠，所謂眼也。旁刻歲寒圖，綴以鶴十有七，嵌空玲瓏，極精巧，無年月款識，不知何代物也。庚子十月，購得之燕市。世所傳硯多矣，若岳武穆、文信國、趙南星、楊忠愍諸舊物，得之者以爲至寶，雖兼金不易也。然皆重之以其人，作僞者比比。斯硯所遭，未必無名人傑士可爲增重者，而莫可攷據。經喪亂顛沛，輾轉而辱於余，意者蓋有待耶？夫微物之離合顯晦，則亦有數矣。余用感此，繫之以銘，而鐫諸其背，蓋將以重辱斯硯云。

銘曰：石生之歲，幾萬幾千。而爲硯兮，不知幾年。琢之礱之，既葆貞堅。立之默之，以永無諐。吁嗟硯兮，而逅我於歲寒兮。是惟吾友，俾勿諼兮。

應秀才傳

秀才應姓，名德輿，字敬卿，永康諸生也。少孤貧，依母夫人以活。年稍長，隨其族父敏齋廉訪江南署中，益讀書，練世事，爲族中諸兒冠。廉訪時無子，心獨器敬卿，許爲謀禄仕。而幕中用事者害其能，媒孽之，事遂寢。久之，辭歸應試，爲學官弟子，有聲。廉訪喜，復招之去，終用害者言，不甚愛視也。廉訪旋亦罷歸。是時賓客幕友，或由寒素擁厚貲致膴仕，及家居後爲主計營運者，無不乾殁贏餘，買良田沃產自肥。獨敬卿以親子弟隨從數年，落落猶書生。人或尤敬卿脱少周旋，或一啟齒斥數千金謀州縣符印，若九牛一毛。而敬卿岸然負氣，概不能爲諂媚，又自以親屬搖手視他人鼻息，益不屑然，頗以前言，故自懈弛，輟舉子業不講，唯益務肆力爲詩歌，間以寫其憤鬱，多奇恣可喜。然未嘗輒示人，人亦無知之者。既遭齮齕不得志，而族父終以子幼羈縻之，不欲使遠離，居府中若爲耳目，益滋忌。敬卿雅不欲，乃求爲司事永濟倉，得薪米自給，蒔花種竹，若將終焉。而友人樓君往，幾得館穀，敬卿爲謀年餘，不得當，乃託故辭去，輾轉而致之樓君。數年,樓君歸,始復就故,則知前此之辭,蓋爲樓君也。娶胡氏,以不得姑歡,禁勿與同處。敬卿固安之,未嘗形於言面。讀其詩詞,訝其抑鬱,從旁察乃得之,然竟以無子。敬卿爲人質實謹厚,與人交有肝膽,終日懽愉歌笑,若未嘗不自得者。年三十九卒。

傳者曰:余交敬卿於杭州,在辛巳、壬午間。相去五六里,每夜深不寐,起視星月在天,輒獨步往叩户,相與挑燈劇談,歌詠流連,至曉乃返。或遂留數日不去以爲常。斯時敬卿意興豪甚,嘗與客泛小艇西湖,呼風弄棹,浪激沾衣,震蕩失色。敬卿益揚揚踞船尾,高歌其所爲《水龍吟》曲。比登岸,視韈屨盡濕,則鼓掌稱大快意以爲樂。其視人世間富貴,蓋略不足數也。後數年,復相遇故處,則敬卿方奉晨昏於此,齒髮未衰,而時時垂頭不語,若有所深念者,何耶? 彼其於富貴,固不肯以彼易此,則其所自待者可知矣。而獨於閨門之内,有不能自克者,遂以殞其天年。悲夫! 今其詩稿藏於家,不可得見,又交友中如斯人者,誠未多覯也。爲述其梗概著於篇,亦聊以塞余之悲云。

兩明經傳

國朝取士,有選拔一科,所以待績學之士久困場屋者,試高等輒予七品京官,次亦得縣令長,與進士科埒,由是而致顯秩者比比,故進取之士尤騖之。然必累試上考乃得選,故所取恒眞才。數十年來,仕途日殢,壯而釋褐,老或不得一官,又所重楷法,非長年者所能,迺始以少俊充選。試之日,隳去功令,得挾朋輩自助,新進淺學,摹習字畫,便可得售,寖失其本意矣。其試之廷也,初即授官慎重之,加覆校焉,而易其主者。於是關節門户之事起,而弊反甚。旁求之盛典,變爲徼倖之坦途,可嘅也已。丁君朝牧者,浙之義烏人,字夢軒。父以賈起家,生四子,三在庠序而夢軒有學行,最知名。弱冠補廪膳生,與學官某有隙。學官者,故學使者所取士也,訴之,得除名。乃納粟爲國子監生,應順天試,冀一捷以洒前辱,已而報罷。學官亦自悔,詳復其衣頂。越明年乙酉,遂以第一人拔貢京師。初試合得縣令莫爲先,卒被黜落。然夢軒書舊爲同輩所見推許,亦以此自期必得,故其被黜,尤默默也。夢軒爲人素灑落,無城府,資財漫不省。前後北上費頗多,兄弟因之爭相豪靡無限制,家以暴落。唯夢軒所取皆有籍,兄弟執此交謪之,以家破而名一不遂也。既無以自明,怏怏復入都,考得八旗教習,以需次館於旗人某家。鬱鬱年餘,病若狂,自飲藥以卒。其次科丁酉,處州曾君亦以此歿京師。

曾君春撰,字巽三,宣平人也。居於松陽,世以儒業名家。生十歲而爲學官弟子,與其兄春沂俱有神童之譽。兄以壬午舉於鄉,而巽三爲丁酉拔貢,工書法,能文章,醫卜星命之學皆習之。性沈默寡言,温温如處子,與人交甚肫摯,而於其兄友愛尤篤。兄以貧而多才,嘗遊學,巽三唯課徒奉母,不外出。其應試入都也,自卜不吉,欲無行,兄强之與俱,及試得第二。既而覆校後,主試者甚反前所爲,易置之,而巽三綴名榜末,例以教職佐貳,聽自占,口雖不言,志鬱鬱不欲就。兄爲注州判籍,將分發,行矣,忽得病,病十餘日遂卒,年未三十也,而丁君年亦止三十餘。嗚呼!得失之於人甚矣。今之仕者,貴游擅恩蔭,富者以貲自進,聲氣之徒竄名勞籍,取爵禄秩如寄。獨士半生攻苦,廢日力,忍飢凍,幾得一第,自慰藉而償者千一。若緣弱組而登天閶,憒憒者復以其私奪之,則巧者倖進,而拙者以冤死,如二君者,蓋不可勝數也。雖曰天命,謂非斯人之咎乎哉!

記胡某事

永康民胡某者,氓而鰥,嘗以八九月間鬻食物路傍,以待過客。予少時嘗從伯父謁宋胡侍郎廟於方巖,過而憩焉,則某方移來,手持素紙黏門,涕交頤,兩目盡腫而赤,若無日不哭泣者,蓋喪母期矣,而某之年亦且逾六十。余心甚敬之,私語伯父,以謂庶幾五十而慕者卒卒，未遑詢其姓氏也。後數年，以問胡君心泉，始知爲其族人，蓋即侍郎之裔也。心泉又言："某故有家室，其弟以貧故鬻婦，將行矣，某自外至，咋曰：'是有子，方乳而去其母，可乎？'擁之入，逆者大讙。某則誑其妻，令出，納諸輿，俾肩以去，弟妻得全，而某遂無子。"嗚呼！世之人以牀笫之私，睽離其骨肉者多矣。某鄉曲一細民，非有矯激沽名之念，乃獨能以義勝私若此，則平日之所以奉事其親者，蓋可知也。雖其事或未純，而足以厲世而愧俗，則君子不多責焉，其殆古所稱獨行之士歟？余久欲傳其事而忘其名，將歸問之心泉，恐其久而盡失之也，姑録之，以俟夫採風者訪焉。夫以胡某之行事，苟不遇余，則未有能措意焉者，而余又善忘若此，貧且賤若此，則其得聞於世與否，終未可知，余益以悲。夫巖穴之士，懷貞抱璞，而堙滅晦没，不能自白於人人者，不可勝道也。庚子正月記於京邸。

先弟質甫悲述

於虖！於是吾弟質甫之喪，越再期矣，其兄某欲述其遺事而不忍也。觸於懷而不勝悲，懼於觸則恐益遠而難追，於是忍痛書之。弟諱文愷，字質甫，於吾父中憲公爲第六子，於吾王父同知公爲十一孫。於光緒丙子人日，吾弟以生，生逾年而母舅生女，其母不能育，以屬吾母，吾母以親故，撫以爲弟之婦。於是弟失乳早，幼遂羸。然性穎異，自三四歲時，從兄寢書室，枕上授以書，一再巡，皆成誦，與講解，亦能領會。兄將就試，戲以問，弟曰："第六。"次問，曰："今首選矣。"已而皆驗。人以是奇之，謂有夙根也。稍長，知孝敬，嘗泣請吾母節勞，母曰："若念吾勞，第讀矣。不然，吾勞未艾，且滋戚。"弟聞則愈悚然以懼，然力弱不任多讀，而自是讀逾勤。婚三日，即出就館，雖節序未嘗輒歸，歸或一宿即脱去，學因大進。每課輒高等，書法尤勁秀，間涉筆爲花鳥，亦有致，庶幾可造者。在家時，見諸兄操作，不自安，必拮据以助吾力田。諸弟於經史大義，皆略能通説，或時時督過之，弟惟俯首受，不敢校。於兩弟尤能親愛，其在外，朋輩咸樂暱就之，故其歸，相探問者趾踵接也。吾兄弟皆性忠厚而拙直，弟特警敏，含蓄有韻致，雖弱，能以義理自强，遇所不可，輒慷慨見於詞色。或論事，衆議糾紛莫能定，弟從旁發一語，無不中肯綮。然長者在，輒默，非固問之，不敢言也。兄弟輩嘗私喜，謂可倚以集事，雖諸父伯叔，亦時時稱許之。會某供職京曹，欲與俱，道遠不果行。而母舅自歐洲使還，官於蘇，挈之去，使課其子。弟以離骨肉遠出，益感奮力學，圖上進，舅亦雅愛敬之。然居恒鬱鬱，若不可言，半年遂得病，足痿輭，不任履地。舅適奉檄出，莫爲主醫藥，不時治，病遂劇，乃令表弟送諸杭使歸。既渡江，纍然一身，冒暑熱鬱悶、顛簸肩輿中數百里，困苦慘痛，寒燠飢飽無所告，又貲用乏竭，時時内憂，病益劇。天且暴熱，尚衣重棉，卧厚褥，行烈日中，昏冒不自知，血漲指甲盡紫，未至家二十里遂卒，戊戌四月二日也。哀哉！弟之病假速治可得瘳病矣。苟速歸，或且緩歸，或歸而有親屬伴送，皆不至遽死。其病也，與其歸，曾無一語報家，徒以委之不知誰何之人，故至於此，然誰料其竟至此哉！弟之殁也，肩者在後，瞥覩童子自輿下過，忽不見，而輿夫停輿矣。訃至，夜方半，諸兄號跳痛哭，親往迎歸。越三日，然後斂，目視不可含，而手足温輭，面如生。異哉！弟爲人如此，其終也如此，固宜其有異也。自弟之殁，吾父母日以衰老，吾兄弟皆皇皇如不欲生，宗族親戚及相識者皆爲墮淚。所過道路之人聞其事者，皆咨嗟悼歎，以爲斯人不宜死。而其友來弔，至有一慟氣絶，踰時始甦者。嗚呼！弟年少，何以得此於諸人哉！弟之目可瞑矣。獨某自弟六歲時出門，此後常在外，惟辛卯家居課弟，相聚者一年耳，而督責過嚴，悔之何及！後四年乙未，弟入泮，某亦成進士歸，歸而勞勞奔走，無數十日聚。次年復入都，則弟自書館歸送兄行，依依洒淚，噤不能發一語。嗚呼！遂與吾弟永訣矣。某苟知此，豈忍一日舍弟而去哉！弟在家時，寓某書，每言學術無成，不能爲父母分憂，多淒楚之語。某嘗答書戒之，以爲非宜。其在蘇,與七弟書,語尤悲,不忍讀,而弟竟死矣。弟生一子,名朝衡,不育,將以兄弟子後之。嗚呼!吾弟而止於斯,是使余茫茫四顧,而益歎身世之無聊也。

緩渦潭重修石堤記

華谿之水,自密浦山東南流十里許,至太平,挾壽溪、東澗兩源,合流而東,砂高漲滿,水湍流急,其氣甚怒。村人於頂衝築堤障之,使折而南,以殺其勢。波迴瀾轉,若渟若滀,有緩渦潭焉,由來舊矣。然而石碎隄薄,工窳人惰,往往山水暴發,横衝直掃,則沙空石走,而堤輒潰。數十年來,屢築屢圮,日剥日齧,潰決田園以數百丈,侵尋且及於廬墓,岌岌哉!於是相與聚議,謀所以一勞永逸者,衆皆難之。先大夫曰:"夫水就下而性直,逆而障之,宜固且厚。且天下事,衆擎則易舉,獨任則難支;公用則費浮,私費則用省。今請公家捨財,衆人捨力,凡飭材庀具募匠,惟祠帑與公會任之,則財足。假軍法,設千夫長、百夫長、十夫長,千夫長首置酒,約爲百長者十人。百長許諾,則退而置酒,約爲十長者十人。十長許諾,則退而率其子若弟任力作,凡十夫。齎糧屝屨凡自備,而力足矣。工何患不固?隄何患不厚?"於是族人某曰:"善,願爲千夫長。"先大夫曰:"未也。爲之製器械,爲之具畚鍋,爲之量廣狹淺深,掘槽培基,斵杙爲樁,卧木眠石,毋使傾側。石縫參差,牙交筍合,内實砂土,融以漿汁,峩峩百堵,懸崖若削。上流斜指,則有挑水壩焉;堤根横卧,則有坦石坡焉。厚之固之,施功如是。"遂乃卜日興工,千夫竝舉,夯之撞之,遠聞邪許。誰其督者,忘渴與飢?誰其率者,忘公與私?誰其作者,勞苦不辭?長堤百丈,數旬而畢之。時則小子傳日盤桓於其側,樂其趨事之勤,而赴功之速也,心竊識之。越數年,職都水,獲披河防諸牘,益信治水之道,於斯合焉。欲歸於過庭時證之,而邈不可得矣。悲夫!是役也,在光緒丁亥之冬。先大夫外,某某皆有勞,餘勞者不能多憶也。癸卯冬日,某記。

新建柏山翁祠堂記

東屏之麓，翼翼峩峩，皆祠宇也。其巋然西向，背山環水，居宗祠之後，慎祠之旁者，有穆祠焉，爲時享我祖柏山府君之所。府君生明正德間，當族盛時，篤志厲行，隱居不仕，以孝友著聞鄉里。嘗愛龍窟山水，於其旁築堤置舍，爲遊息地。後果得牛眠壤於龍川陳公墓北厝焉。其爲發祥之祖，宜哉！祠之建，在道光庚寅，時祠帑匱甚。以墓鄰程時搆隙，壬午歲，雅泉公助費用且數千緡，得不竭諸祠長力，節省有少蓄，欲得片席地以薦蒸嘗，相與太息。或曰："必允孚謀之。"允孚者，雅泉公仲子，慷慨有智略，善經畫，至則上指下規，歷數若寢、若堂、若聽事、若門廡，木石瓴甓凡若干，費甚鉅，衆咸咋舌。公曰："是不難，富者輸財，貧者輸力，買地而築，卜日以幾，請自我家始。"遂乃商出三百鎰，炳、蔚、琅皆百，義亦百餘雜效。始基立，衆志定，少長咸集，多寡以力，莫有慢者，經之營之，遂以蕆事。於是衆皆歎曰："多矣哉！允孚之功也，宜爲文紀之。"或尼焉，遂寢。迄今七十有四年矣，諸父老罕能舉其詳者。甚矣！成事之難也。有其人無其財不能也，有其財無其人不能也，有其財有其人而或掣之肘焉，猶不能也。然則是舉也，以爲公之功可，以爲不獨公之功可也，要其實不容泯焉，故誌之。誌之者，公之族曾孫傳愷，而述其事者，公之姪孫南枝也。餘出力者，具詳家乘，不暇贅焉。

雙溪祠堂記

夕山之下，背臨華水，前界南林，其地曰雙谿，非古也。少遠公子孫居雙谿宅者，輾轉而遷於是，故以名，後遂稱爲雙谿派云。少遠公諱宏，始祖五十府君三傳之宗子也。宋咸淳三四年間，族中登進士第者五人，公之孫曰然、曰儻，居其二，遂世爲仕族。厥後椒聊蕃衍，播爲遠條，有峴口、石門、下嚴、八達、苞村、南山、杖溪、千祥各派，綿延各縣邑者，無慮三四，各祠其始遷之祖爲小宗，而雙溪宗祠缺焉。諸派之朝宗而來者，欲禋薦焉而無所也，咸惕惕焉。於是相與謀於族衆，庀材鳩工，搆造寢堂三、餕堂三，門闥墻垣惟備。乙亥冬，祠成，遂乃卜日刑牲，奉少遠公以下神主祔焉。俎豆莘莘，威儀棣棣，觀者咸歎美之，以爲知所先務也。夫君子將營宫室，宗廟爲先。今之世家鉅族，閈閎軒敞，房闈曲折，亭臺池榭，務爲閒靡，而求其所爲灌鬯之所，麗牲之地，渺焉無有者多矣。諸君於兵燹流離之後，飄搖風雨，敝廬未庇，獨能踴躍輸將，以侑妥先靈爲急，不誠加人一等乎？是祠也，其與雙溪併存焉可也。癸卯冬日某記。

先墓靈蹟記

去余家太平里之東五里，有谷嶔然，深曠奥衍，似武陵桃源，居人所稱爲漁父里者，吾鄉山水佳勝處也。先大父潤卿公卜窀穸於此有年矣，一旦爲山瀑沖決，術者言當改向避之，因從伯氏往觀。躡層椒，涉翠微，既乃徘徊壠畔，相與躊躇焉、四顧焉，莫之適也。忽有一物，鞠衣而草服，六翼而四足，匪魏之收，似蒙之叟，栩栩然御風而遊，還繞吾兩人襟袖。余聳然異之，因語伯氏以牛眠事。伯乃舉竹桿横庋墓前石上，定向而祝曰："可，則正立此。"語竟，果翩然飛集。初落時，甲其首，俄轉身南行，漸緣至末，布趾摇翅，若審定者，頃之止。余就諦之，訝其少偏，則又稍移動。正立良久，飛起入叢薄中，忽不見，徧搜竟不得。蓋時值冬，山中此物絶少也。因相與驚異，以爲丙向無疑。後數年，祖母升祔，穿舊壙，知不可用，乃坎左方，則土色紅黄燦爛，氣鬱鬱葱葱然。始悟前之初向東者，以穴尚在東，後之少偏右者，乃丙向，宜兼午也，因改窆焉。噫，異矣！是何神也？夫陰陽之理，鬼神之事，瞢者以爲不足憑。然余觀《篤公劉》一詩，所謂陟巘降原、相陰陽、觀流泉者，實爲後世言堪輿者所自祖。又況尼山毓聖，崧岳降神，以及袁氏之四世五公，陶家之八州都督，與夫銅山西崩，靈鐘東應，載籍所紀，歷有明徵，固非誣也，故朱、蔡大儒尤重之。特是山川之精蘊，造物者恒閉藏之，以待有德，非其人則隱焉，匪可倖耳。今吾祖積善於身，潛德幽光，鬱而未發，固宜有鬼神焉默相之，陰祐之，諄諄然面命耳提，使歸於必得而後已。故其叮嚀也若彼，其顯著也若此，是可幸也。謹志之，告我親屬，俾知葆守焉。若夫嘉祥美蔭，非所敢知，有憑無憑，在後人自勗之耳。大父先葬以光緒庚辰年，改窆以癸卯年，家世行誼，具詳葛君所撰誌中。

《永康文獻叢書》已出書目

1 **陳亮集** ［宋］陳亮 著　鄧廣銘 校點
2 **程文德集** ［明］程文德 著　程朱昌 程育全 編校
3 **吴絳雪集** ［清］吴絳雪 撰　章竟成 整理
4 **胡長孺集** ［元］胡長孺 著　程嶠志 整理
5 **樓炤集** ［宋］樓炤 著　錢偉彊 編校
6 **徐無黨集　林大中集　應孟明集** ［宋］徐無黨 等 著　錢偉彊 林毅 編校
7 **（正德）永康縣志　民國永康縣新志稿** ［明］吴宣濟 等 纂修　盧敦基 莊國瑞 校點
8 **（康熙十一年）永康縣志** ［清］徐同倫 等 纂修　盧敦基 校點
9 **（康熙三十七年）永康縣志** ［清］沈藻 等 纂修　盧敦基 校點
10 **（道光）永康縣志** ［清］廖重機 應曙霞 等 纂修　盧敦基 校點
11 **（光緒）永康縣志** ［清］李汝爲 潘樹棠 等 纂修　盧敦基 校點
12 **永康縣儒學志　五峰書院志　（民國）永康鄉土志** ［清］趙凝錫 等 纂修　盧敦基 程朱昌 程育全 校點
13 **胡則集** ［宋］胡則 著　［清］胡敬 程鳳山 等 輯　胡聯章 整理
14 **程正誼集　程子樗言** ［明］程正誼 程明試 著　程朱昌 程育全 編校
15 **徐德春集**　徐德春著　徐立斌 整理
16 **王崇集** ［明］王崇著　李世揚 章竟成 整理
17 **太平吕氏文集** ［宋］吕皓 等 ［明］吕文焚 等 ［清］吕堂壽 等 著　李鳳立 整理